ハヤカワepi文庫
〈epi 82〉

ならずものがやってくる

ジェニファー・イーガン
谷崎由依訳

epi

早川書房

7542

A VISIT FROM THE GOON SQUAD

by

Jennifer Egan

Translated by
Yui Tanizaki
Published 2015 in Japan by
HAYAKAWA PUBLISHING, INC.
This book is published in Japan by
arrangement with
INTERNATIONAL CREATIVE MANAGEMENT, INC.
acting in association with
CURTIS BROWN LTD.
through THE ENGLISH AGENCY (JAPAN) LTD.

ピーター・Mへ
感謝を込めて

「詩人たちは言う。若かったころ住んでいた家なり庭なりに入るとき、人けずっと以前にそうであった自分を束の間取り戻すと。しかしこの巡礼はたいへんな賭けであり、成功するのと同じくらい、落胆に終わることも多いのだ。あらゆる時間を通して同じである場所は、むしろ自分自身の内側に探し求めるほうがよい」

「他者の生における不可知の要素は、自然におけるそれと似ている。科学者たちの発見によって減ることはあるものの、完全になくなることは決してない」

——マルセル・プルースト『失われた時を求めて』

目次

ならずものがやってくる

A

1　見つかった物たち

いつものそれが始まった。ラッシモ・ホテルのトイレにいたときだ。鏡に向かって黄色いアイシャドウを塗り直していたサーシャは、洗面台のわきの床に鞄が置いてあるのに気がついた。個室トイレの金庫のようなドア越しに放尿の音が聞こえるが、その女のものに違いない。鞄の口は開いていて、淡い緑の革財布がかろうじて見えている。あとから思い返したとき、サーシャが容易に認めることができたのは、放尿女の盲目的な信頼に腹が立ったということだ――**わたしたちが住んでいる都会では、人々は隙を見せれば髪の毛すら毟《むし》って盗んでいく。それなのに、こうも無防備に荷物を放置し、無事ですむと思っているのだろうか？**サーシャは女に思い知らせてやりたくなったのだ。しかしこの教訓の願望は、サーシャが心のより深くに抱いている、ある感覚を誤魔化すものでしかない――ふっくらとした素敵な財布が、自分の手へと身を差し出している。なのにみすみす見逃すなんて、味気なくてつまらない。それよりいっそこの時を摑み、挑戦を受けて立ち、跳躍し、狭い場所から逃げ出して、警戒心をかなぐり捨てて危険に生き（「わかったわかった」とここで心理療法士のコズは言う）、そのファッキンな物自体を**手に入れる**。

「つまり、盗むってことだな」

コズはサーシャに〝盗む〟という言葉を使わせようとしている。彼女が過去の年月にわたりくすねてきた物たちに較べ、財布の場合は、この語を避けるのがより困難である。（コズが言うところの）〝健康状態〟が悪化してから、サーシャは数々の物をくすねてきた。鍵束五個、サングラス十四個、縦縞のある子ども用スカーフ、双眼鏡、チーズのおろし金、小型ナイフ、石けん二十八個。ペン八十五本の内訳は、サーシャがデビットカードの伝票にサインするのに使った安手のボールペンから、ネットで二六〇ドルの価格がついているビスコンティの万年筆までさまざまだ。万年筆は、以前仕えていた上司の顧問弁護士から、契約会議の際にくすねた。店から取ることはもうなくなった。冷たく生気のない売り物たちには、もはや心をそそられないのだ。サーシャは人からしか取らない。

「いいわよ」と彼女は答える。「盗む、ね」

サーシャとコズはその感覚を、〝個人的な挑戦〟と呼ぶことにする。すなわち、財布を取ることはサーシャにとって、強さと独立性を確認する行為なのだという解釈だ。二人がこれからすべきことは、彼女の頭のなかを逆転させ、財布を取ることから取らないことへと、挑戦の中身を変えることだ。それが治癒となるだろう。もっともコズは、〝治癒〟というような語を決して使わない。ファンキーなセーターを着て、自分のことをコズと呼ばせているが、昔ながらの謎めいた心理療法士である。同性愛者だろうかとか、有名な本の著者かもしれないとか、サーシャが考えてしまうほどに謎めいていた。あるいは（とサーシャはときどき疑う）もぐりの外科医で、患者の頭蓋骨内に手術器具を残した挙句逃げている最中のお尋ね者とか、そういう類《たぐ》いの人間かもしれない。そうした疑問はむろん、グーグル検索で一分もあれば解決することだ。しかしそれらは（コズによれば）有効な疑問らしいので、当面のところサーシャは検索するのを控えている。

コズの診察室の寝椅子は青い革張りでとても柔らかく、彼女はそこに横たわっている。コズは寝椅子が好きなのだと以前話していた。「目を合わせるのが嫌いなの？」目を合わせるという重荷から、お互いを解放できるかららしい。「目を合わせるのが嫌いなの？」とサーシャはそのとき訊いたものだ。そんなことを心理療法士が認めるのは変だと思った。

「疲れるんだよ」と彼は言った。「こうしていれば、二人とも、好きなものを見ていることができる」

「あなたは何を見てるのかしら」

コズは笑った。「きみの見ているもののうち、どれかだ」

「患者が寝椅子に横になってるとき、いつもどのあたりを見てるの？」

「部屋じゅうだよ」とコズ。「天井とか、空間とか」

「寝ちゃうことってない？」

「ないね」

サーシャはたいてい、窓を見ている。通りに面した窓で、そして今夜は彼女が語っているあいだずっと、ガラスが雨にさざなみだっている。――サーシャはその、桃のようにふっくらと熟れた財布を一瞥した。それを女の鞄から抜き取り、自分のハンドバッグに滑り込ませ、放尿の音がやむ前にファスナーを閉めてしまった。トイレ出入り口のドアをひらりと開けて、浮き立つような足取りでロビーを通り、もといたバーへ戻った。彼女と財布の持ち主とは、互いの姿を一度も見なかった。

　財布以前、サーシャは憂鬱な夜に捕らえられていた。黒い前髪の後ろで何やら思いをめぐらしつつ、時折液晶テレビに目をやる、つまらないデート相手（またもや）。テレビはニューヨーク・ジェッツの試合を放送していて、相手はベニー・サラザーについてのサーシャの、正直あまり身の入らない話より、そちらのほうに興味を引かれていた。ベニーはサーシャのかつての上司で、豚の耳《ソウズ・イヤー》・レコード・レーベルの創始者として有名だった。彼はコーヒーに金箔を振りかけて飲み（サーシャは偶然それを知り、催淫剤としてではないかと疑った）、腋の下に殺虫剤をスプレーする習慣を持っていた。

　けれど財布以後は、その同じ場面が可能性に満ちて、陽気にさざめくようだった。秘密の重さを帯びたハンドバッグを抱え、そっとテーブルへ戻るとき、サーシャは給仕の好意的な視線を感じた。席につき、メロン・マッドネス・マティーニをひと口飲むと、アレックスのほうへ首を傾けた。そして彼女が〝イエス・ノー・スマイル〟と呼んでいる、相手にゆだねる笑顔で言った。「ハロー」

イエス・ノー・スマイルの効果は絶大だった。

「ご機嫌だね」とアレックス。

「いつだってご機嫌よ」とサーシャ。「ただときどき、それを忘れちゃうだけ」

彼女がトイレに行っているあいだに、アレックスは勘定を済ませていた。デートを打ち切ろうとしていたことの明らかな証拠だ。だがいま、彼はあらためてサーシャを見つめた。

「どこかほかのとこへ行きたい?」

二人は立ちあがった。アレックスは黒いコーデュロイのズボンに、白のボタンダウン・シャツを着ていた。彼は弁護士秘書だった。Eメールだと想像力に富み、間が抜けて見えかねないほど愉快だったのに、実際に会うと神経質で、同時に退屈しているように見えた。サーシャには、彼が見事な体つきをしているのがわかった。ジムに行っているためではなくて、まだ若く、高校や大学でしていたスポーツの痕跡が身体に残っているためだ。サーシャは三十五歳で、そんな年齢はもうすぎていた。だがコズでさえ彼女のほんとうの歳を知らない。近くて三十一歳と推測されるのがせいぜいで、大概は二十代に見られた。サーシャはふだんから運動し、日光を避けていた。ウェブ上のプロフィールはすべて二十八歳になっていた。

アレックスのあとについてバーを出るとき、彼女は堪《こら》えきれずハンドバッグを開け、丸々とした緑色の財布に一秒だけ手を触れた。心臓が収縮し、その存在を感じることができた。

「窃盗が自分をどんな気分にするか、きみはよく自覚してる」とコズは言う。「盗んだことを思い出して、気分を高めることができるくらいにね。でもそれが他人をどんな気分にするか、考えたことがあるかい？」

サーシャは頭を後ろへ傾け、コズを見る。わざわざそうやって見ることで、自分が馬鹿ではないことを時折コズに知らしめるのだ。その質問には正しい答えがあるのをサーシャは知っている。彼女とコズは共同でとある物語を書いていて、その結末はとっくに決まっている——つまり、彼女は快復する、という結末。人から盗むことをやめ、かつて彼女を導いていた物事にふたたび気持ちを向ける。音楽、ニューヨークに来た当初作った友人たちとの付き合い、新聞印刷用の紙にでかでかと書き、これまで住んできたアパートの壁にテープで貼っていた達成目標。

マネージャーをするバンドを見つける
日々のニュースを理解する
日本語の勉強
ハープの練習

「他人のことなんか考えないわ」とサーシャは言う。

「でもきみに共感能力が欠けているというわけじゃない」とコズ。「配管工の一件で、それがわかる」

サーシャはため息をつく。ひと月前、彼女はコズに配管工の話をしたのだが、以来彼はほぼ毎セッション、何かにつけてそれを持ち出そうとする。配管工は年老いた男で、階下の部屋で水漏れがする原因を調査させるため、アパートの大家が寄越したのだった。彼はサーシャの玄関口に現れた。頭には白髪の束が幾らか残っているだけの老人だ。そして一分も経たないうちに、ドーンと音を立てて床に転び、そのまま穴ぐらに隠れようとする動物のように、バスタブの下に潜りこんでしまった。バスタブの裏のボルトを探る配管工の指は、煙草の吸い殻のように汚れていた。また手を伸ばしたことでトレーナーが捲り上がり、白くふやけた背中が丸見えになった。老人の惨めさに打ちのめされ、サーシャは背を向けた。現在臨時でやっている仕事へと逃げたくなった。だが配管工はサーシャに話しかけ、どれくらいの時間、また頻度でシャワーを使うか尋ねてきた。「使ったことない」と無愛想に答えた。「ジムで浴びるから」きっと馴れているのだろう、彼女の非礼さなど気にも留めずに、配管工は頷いた。サーシャは鼻がちくちくしてきた。目を閉じ、両のこめかみをきつく押さえた。

目を開けると足許の床に、配管工の工具ベルトが置かれているのが見えた。美しいスクリュードライバーが差してある。透明なオレンジ色の持ち手は、擦り切れた革輪のなかでキャンディーみたいに光り、見事な造形の銀色の軸は閃光を放っていた。その物のそばにいると緊張し、食指が動くのがわかった。ほんの束の間でいい、あのスクリュードライバーを握らねばならない。サーシャは膝を曲げ、それをベルトから音もなく引き抜いた。僅《わず》かな金属音すら立たなかった。骨張った彼女の手は、何をするにも震えてしまいがちなのに、これだけはうまくできる。**このためにある手だ**と、対象を得た恍惚のうちに、サーシャはしばしば思ったものだ。スクリュードライバーを手にした途端、バスタブの下を背中のふやけた老人に嗅ぎまわられているという苦しさから解放され、やがて解放以上のものが訪れた。喜ばしい無関心。こんなことで苦しくなるのが、そもそも馬鹿げているという気持ちだ。

「それで、配管工が帰ってしまってからは？」サーシャがこの話をしたとき、コズはそんなふうに訊いた。「スクリュードライバーは、どんなふうに見えた？」

少し間をおいてサーシャは、「ふつう」と答えた。

「そうか。もう特別に思えなかったんだね？」

「ありきたりのスクリュードライバーだったわ」

背後でコズが移動するのが音でわかった。部屋のなかで何かが起こる感じがした。――そのスクリュードライバーを、サーシャはアパートのテーブルの上に置いた。もともとあったテーブルと、それを補うために最近加えたテーブルの二つで、取ってきた物たちの保管場所にしていた。置いてからは見もしなかったのだが、そのスクリュードライバーがいま、コズの診察室で空中に吊り下がっているように思えた。二人のあいだにそれは浮かんでいる。ひとつの象徴として。

コズは静かに尋ねた。「自分の憐れんだ配管工から取るというのは、どんな気分だった？」

どんな気分だった？ **どんな気分だった？** もちろん、この問いには正解がある。時折サーシャは、ただ正解をコズに与えないためだけに嘘をつきたいという衝動と、闘わねばならなかった。

「悪い気分」と彼女は言った。「これでどう？　わたしは悪い気分だった。ったく、わたしはあなたに与えすぎて、もう破産寸前よ。……もちろんわたしだって、これが素晴らしい生き方じゃないことくらいわかってる」

一度ならずコズは、老配管工をサーシャの父親と結びつけようとした。彼女が六歳のとき失踪した父だ。サーシャはその連想の線に引き摺《ず》られないよう気を付けていた。「父のことは憶えてないの」とコズに言う。「だから何とも言えない」そんなふうに答えるのは、コズと自分とを守るためだ。二人の書いているのは贖罪と、新しい出発と、第二のチャンスの物語だ。だが父親の方向には、ただ悲しみがあるだけだった。


サーシャとアレックスは、ラッシモ・ホテルのロビーを横切り、道へ出ようとしていた。サーシャはハンドバッグを上腕に押しつけるように抱いていた。財布はまるく温かく、脇の下に収まっていた。堅い蕾《つぼみ》をつけた枝を潜《くぐ》り、大きなガラス扉を抜けて行こうとしたとき、ひとりの女性がふらつく足取りで行く手に現れた。「待って」と彼女は言った。「探しものがあるの……ほんとうに困ってて」

サーシャは恐怖に引き攣《つ》った。この女性こそ、彼女が財布を取った相手なのだ。女性はサーシャの想像していた持ち主、鳥の濡れ羽色の髪をした朗らかな女性像とは似ても似つかなかったが、それでも瞬時にそうわかった。傷つきやすそうな茶色の瞳をし、先の尖った平靴を履いていて、その足音は大理石の床で騒々しく耳につく。縮れた茶色の髪には、灰色の毛がたくさん混じっていた。

サーシャはアレックスの腕に触れ、ドアを通り抜けるよう促した。触れられてはっとしたようだったが、彼はその場を動かなかった。「何を探してるんですって?」とアレックスは女性に訊いた。

「誰かが、財布を盗んだの。身分証も入ってたわ。明日の朝、飛行機で発たなきゃならないのに。ほんとうにどうしたらいいのか!」女性は縋《すが》るように二人を見た。ニューヨークに住みはじめた人間ならほどなく隠すようになる類いの、率直な困窮の身振りだった。サーシャはたじろいだ。財布の主がこの都会の人間でないとは、思いもよらなかったからだ。

「警察には連絡しましたか?」とアレックスが言った。

「接客係が呼んでくれてるわ。でももしかしたら、……どこかで落としたのかも」足許の大理石を、彼女はうろうろと見まわした。サーシャは僅かにほっとした。この女性は周囲の人間を、意図せず困らせてしまうタイプの人だ。アレックスに続いて接客デスクに向かっているが、この期に及んでまだ申し訳なさそうにしている。サーシャは二人のあとを、ちょっと遅れて付いていった。

「この女性に応対したのは誰だい?」アレックスが言うのが聞こえた。

接客係は髪を固めて立てた若い青年だった。「警察は呼びましたよ」と言い訳がましく答えた。

アレックスは女性に向かって、「どこで盗まれたんです？」

「女子トイレよ。たぶん」

「ほかに誰かいました？」

「いいえ」

「誰もいなかった？」

「もしかしたら、いたかもしれない。そうだとしても会わなかったわ」

アレックスがサーシャを振り返った。「きみ、さっきトイレに行ったよね？　誰か見なかった？」

「ううん」そう答えるのがやっとだった。ハンドバッグに抗不安剤《ザナックス》が入っていたが、開けることはできなかった。怖かった。ファスナーが閉まっていてさえも、ハンドバッグがうっかり口を開いて財布がどうしようもなく人目に触れてしまい、一緒にたくさんの恐ろしいものが滝のように流れ出てきそうだった――逮捕、恥辱、貧窮、死、といったものたちが。

アレックスは接客係に向きなおった。「本来きみがすべき質問を、ぼくがしてるのはどういうわけだろうね？　客が盗難に遭ったんだぞ。きみたちのところには、そう、ガードマンみたいなのはいないのか？」

〝盗難〟や〝ガードマン〟といった言葉には、ラッシモだけでなくニューヨークじゅうのホテルを満たして流れている、心地よいバックビートを刺し貫く威力があった。ロビーにちょっとした好奇心のさざなみが立っていった。

だ。

「ガードマンは呼びました」接客係が襟をただした。「でももう一度呼んでみます」

サーシャはアレックスを見た。彼は怒っていた。その怒りのために、先ほどの無駄話（もっとも、おもに喋っていたのはサーシャだが）ではわからなかったことが顕《あら》わになっていた。アレックスは、ニューヨークに来て間もないのだ。どこかもっと小さな街から来たのに違いない。そしていまアレックスは、人が人に対する際の礼儀をひとつずつ示してやっているのだ。

二人のガードマンが現れた。テレビで見るのと同じようなのが、生きて動いている。雄牛のような男どもで、礼儀正しく几帳面だったが、その同じ几帳面さで悪者の頭蓋を叩き割りそうに見えた。彼らは二手に分かれ、バーを捜索しはじめた。そのあたりに財布を置いておけばよかったと、サーシャは強く思った。まるでそれが抗《あらが》いがたい衝動であるかのように強く。

「わたし、トイレを探してみる」アレックスにそう言うと、彼女はエレベーターの列の前を通っていった。急ぎ足にならないよう、努めて自分を抑えながら。トイレには誰もいなかった。サーシャはハンドバッグを開け、財布を出し、底からザナックスの小瓶を探り当てると、ひと粒口に放り込んだ。噛み砕くほうが速く効くのだ。焼けるような苦みが舌に広がり、彼女は室内をすばやく見まわした。財布をどこに隠すか決めねばならない。個室のなか？　洗面台の下？　決めようとすると身体が麻痺した。正しい選択をし、何ごともなく出なければならない。そしてもしそうできたら、そのときはきっと……。サーシャは熱に浮かされたように、心中でコズに誓っていた。

女子トイレのドアが開いて、あの女性が入ってきた。取り乱した彼女の目が、洗面台の鏡のなかでサーシャの目と合った――緑色の細い、同じく取り乱したサーシャの目と。間があって、サーシャは対決を挑まれていると感じた。この女性は、知っている。初めからずっと知っていたのだ。サーシャは彼女に財布を渡した。女性が啞然とした表情を見せたので、違う、やはり知らなかったのだと悟った。

「ごめんなさい」サーシャは早口に言った。「これ、わたしの病気なの」

女性は財布を開けた。財布を取り戻した彼女の身体的な安堵が、あたたかな波動となってサーシャを通り抜けていき、互いの身体が融合したかのように感じた。「みんな揃ってる。誓うわ」とサーシャ。「わたし、開けさえしなかったもの。病気なのよ、わたしの。でもだんだんよくなってる。ただ……お願い、黙っててくれる？　でないとわたし、身の破滅だから」

女性は顔を上げ、柔らかな茶色の目がサーシャの顔をゆっくりと眺めた。何が見えているのだろう？　サーシャは振り返って、ふたたび鏡を覗き込みたいと思った。自分の何かが、いまやっと明らかに見えるかもしれない――自分の失った何かが。だが振り返らなかった。サーシャはじっとして、見つめられるままになった。そして唐突に気づいた。この女性の年齢はサーシャ自身と――そのほんとうの年齢と、変わらないということを。家には、子どもだっているだろう。

「いいわ」と女性は言い、顔を伏せた。「秘密にしておいてあげる」

「ありがとう」サーシャは言った。「ありがとう。ほんとうにありがとう」安堵と、穏やかに効きはじめたザナックスのために気を失いそうになり、サーシャは壁に凭《もた》れかかった。それから、女性がここを出ていきたがっていることに気づいた。サーシャのほうは床に滑り落ちてしまいたかった。

ドアをこつこつと叩く音がして、男の声が、「ありましたか?」と訊いた。


サーシャとアレックスはホテルを離れ、寂しく風の吹きすさぶトライベッカ地区へ出た。ラッシモ・ホテルを選んだのは、サーシャの長年の習慣からだった。ベニー・サラザーの助手として、十二年間働き続けたソウズ・イヤー・レコードの事務所に近かったのだ。だが世界貿易センタービルがなくなって以来、この界隈の夜は嫌いだった。かつては貿易センタービルの照明がきらびやかに行き交い、希望に満ちた感じがしたものだった。サーシャはいまやアレックスにうんざりしつつあった。たった二十分のあいだに、経験を共有する意味ある関係という理想的な時点をとばして、互いを知りすぎているというあまりそそられない関係に至ってしまった。アレックスは毛糸の帽子を目深に被っていた。長く黒々とした睫毛《まつげ》をしている。「変な話だよな」と彼は言った。

「そうね」とサーシャ。それから、少し間をおいて、「つまり、見つかったってことが?」

「何もかもだよ。でも、そのことだな」彼はサーシャを見た。「それは、なんていうか、見えないところにあったの？」

「床に落ちてたわ。隅っこのほうに、植木鉢の陰になってたの」嘘を口に出して言うと、ザナックスの効いた額に小さな汗の粒が浮き出てきた。**ほんとうは、植木鉢なんてなかったの、**と言おうかと思ったけれど、かろうじて自分を抑えた。

「なんだか、わざとやったみたいな気がする」とアレックス。「彼女、他人の注意を引きたかったのかも」

「そんな人間には見えなかったけど」

「どうだか。ぼくはニューヨークに来てから学んだんだ。相手がどんな人間かなんて、決してわかりはしないってことを。二枚舌どころじゃない……多重人格みたいな連中がわんさといるんだから」

「あの女性はニューヨークの人じゃないわ」サーシャはアレックスの忘れっぽさに苛立ったが、それを見せないようにした。「憶えてないの？　飛行機に乗るって言ってたじゃない」

「ああ、そうだね」アレックスは言った。そして少し黙って首を傾げ、灯りの乏しい歩道を渡るあいだサーシャをじっと見ていた。「だけど、きみにだってわからないか？　この街の人間について、ぼくが言ってることをさ？」

「わかるわよ」サーシャは注意深く答えた。「でも、そのうち慣れてしまうでしょうよ」

「ぼくはむしろ、どこかほかのところへ行きたいよ」

何のことか理解するのに、サーシャはちょっと手間取った。「行くところは、ほかにはないわ」そんなふうに答えた。

アレックスは、はっとしたようにサーシャを見た。そしてにやりと笑った。サーシャも笑みを返した――イエス・ノー・スマイルではないが、似たような微笑みだ。

「上手いね」とアレックスは言った。


二人はタクシーを拾い、ロウワー・イースト・サイドにあるサーシャの、エレベーターなしのアパートに着くと、四階まで歩いて昇った。彼女はここに六年住んでいた。部屋にはアロマ・キャンドルの匂いが染みつき、ソファベッドにはびろうどの上掛けが掛けられ、枕がたくさん載っていた。カラーテレビは旧式だったが、映像はとてもよかった。旅行先で集めた土産が窓辺に一列に並んでいる――白い貝殻、赤いサイコロひと組。中国土産のタイガー・バームの缶は、中身が乾いてゴムみたいな質感に変わっていた。それから水やりの習慣をきちんと守っている小さな盆栽。

「すごい」とアレックス。「台所にバスタブがある！　話に聞いたことはあったけど……つまり本で読んだことはあったけどさ、まだ残ってるなんて思わなかった。シャワーの管は新しくなってるよね？　ここ、〝台所に湯船のある〟アパートなんだ！」

「そうよ」とサーシャ。「でもほとんど使ったことないの。シャワーはジムで浴びるから」

バスタブには適当な板が渡してあり、サーシャはそこに皿を積んでいた。アレックスはバスタブの下に手を這わせ、その猫脚を確かめた。サーシャはキャンドルに火をつけると、台所の棚からグラッパの瓶を取り、小さなグラスに二つ注いだ。

「このアパート、すごく好きだ」とアレックス。「古き良きニューヨークって感じがする。こういうのがこのへんにあるのはわかるけど、でも、どうやって見つけたのさ?」

サーシャは彼のそばでバスタブに凭れ、グラッパをほんの少し啜《すす》った。ザナックスみたいな味がした。アレックスのプロフィールにあった年齢を思い出そうとした。二十八歳だ、確か。でももっと若く見える。もっと、ずっと、若く見える。彼の目に映るのと同じように、自分のアパートを眺めてみた。ニューヨークに来たばかりなら珍しいだろうこんな地方色も、やがて強烈な経験の数々にたちまち色褪せてしまうはずだ。サーシャは自分がアレックスにとって、一年か二年後には思い出すのにも苦労するような、ぼんやりとした記憶のなかで時折光るだけの断片になるのだと思い、不愉快になった――**あのバスタブのあった部屋はどこだっただろう? あの女の子は誰だっけ?**

アレックスはバスタブを離れ、アパートのほかの箇所を見はじめた。台所の隣はサーシャの寝室だ。通りに面した反対側は、居間兼小さなオフィスだった。布張りの椅子が二脚置かれ、机は仕事以外での自分の企画のための場所になっていた。成長を見込んでいるバンドの広報とか、《ヴァイブ》や《スピン》といった音楽雑誌に載せる短い記事を書くための。もっともそうした作業も、ここ最近めっきりしなくなっていた。じつを言うとこのアパートは、六年前住みはじめたときには、もっとよい住処へ移るための中間地点のつもりだった。それが固定的なものとなり、次第に質量と重量を増していって、サーシャはぬかるみにはまった気持ちにも、運がよかったという気持ちにも、どちらにもなるのだった——ここから動けないだけでなく、動きたくもないかのように。

　アレックスは背を丸め、窓辺に並んだ蒐集《しゅうしゅう》物を覗き込んでいた。ロブの写真のところで止まった。大学のとき溺れて死んだ、サーシャの友人だ。だがアレックスは何も言わなかった。サーシャが盗んだ物を積んであるテーブルには気づかないようだった。ペン、双眼鏡、鍵、子ども用のスカーフ。このスカーフは、小さな女の子の首から、母親に手を引かれてスターバックスを出ていくときに落ちたものだった。サーシャはそれを拾い、ただ返さなかったのだ。そのときにはすでにコズの診察を受けはじめていたから、言い訳の呪文の数々が頭を、頭痛のようにずきずきと通っていくのを、自分で意識することができた。——だってもう冬は終わりだ。子どもの成長は早いもの。子どもはスカーフが嫌いだ。親子はもうドアを出ていった、手遅れだ。動揺してしまって返せなかったのだ。落ちるところを見なかったことにするのも簡単。というか実際見てなかったし、たったいま気がついたのだ——**あら、スカーフだわ！　明るい黄色にピンクの縦縞の、子ども用のスカーフ……気の毒に、持ち主は誰かしら？　そうね、じゃあちょっと拾って、しばらくわたしが預かっておこう……**。家に着くとそれを手で洗濯し、丁寧に折りたたんだ。たくさんの物たちのなかでも、お気に入りのひとつだった。

「これ、いったい何？」

　アレックスがとうとうテーブルに気づいたらしく、山と積まれた物を見つめている。それは小さいものが好きなビーバーの作った作品みたいに見えた。物たちは判読しがたいけれど、出鱈目《でたらめ》に積まれているわけではない。サーシャの目には、それは困惑の重みのためにほとんど揺らいで見えた。ぎりぎりのところで得た小さな勝利、混じりけのない恍惚の瞬間。そこには彼女の人生が、凝縮されて詰まっている。いちばん外側にあるのがあのスクリュードライバーだ。サーシャはアレックスに近づいた。そうしたすべてを取り込んでいく、彼のまなざしに惹きつけられて。

「で、盗んだ物すべてを前にして、アレックスと一緒に立っているのはどんな気分だったかな？」とコズは訊く。

サーシャは青い寝椅子に顔を伏せる。頬が火照ってくるのを見せたくないのだ。そこにアレックスと立っていたときの、さまざまなものが入り混じった感情を説明したくはない。物たちにおける彼女の誇り、それらを所有している恥ずかしさからくる優しい気持ち。サーシャはすべてを危険にさらし、その成果がこれなのだ――彼女の人生の、未熟で、ねじまがった核心。物たちの上を移ってゆくアレックスの目を見ていると、彼女のなかで何かが掻き乱された。サーシャは後ろから彼に腕をまわした。アレックスは振り返り、驚いたけれど、その気だった。彼女は口いっぱいにキスをして、彼のズボンのファスナーを下げ、自分も蹴るようにブーツを脱いだ。アレックスはもうひとつの、ソファベッドに横になれる部屋に誘おうとしたが、サーシャはテーブルのわきに膝をつき、そのまま彼も引き摺り下ろした。ペルシャ絨毯がちくちくと背中を刺した。窓越しに入る通りの灯りが、アレックスの飢えた、期待に満ちた顔と、剝《む》き出しの白い太腿とを照らしていた。

終わると、二人は長いあいだ絨毯に横たわっていた。キャンドルは燃え尽きかけてぱちぱちいっていた。頭のそばの窓に、盆栽の棘だらけの影が映っているのをサーシャは見た。興奮は急速に冷めつつあり、あとに残るのはひどい侘びしさと、詐欺にでも遭ったみたいな、暴力的なまでの空虚だった。彼女はふらふらと起き上がった。アレックスがさっさと帰ってくれればと願いつつ。彼はまだシャツだけの姿だった。

「いまぼくが何を考えてるかわかる?」アレックスはそう言って立ちあがった。「あのバスタブで風呂に入ることさ」

「できるわよ」サーシャは気怠《けだる》く答えた。「使えるわ。このあいだ配管工が来たばかりだし」

彼女はジーンズを穿いて、崩れるように椅子に座った。アレックスはバスタブへ行き、皿の山を注意深く退《ど》かすと、木の板の覆いを取り去った。水は勢いよく蛇口からほとばしった。バスタブを使ったほんの数回、この勢いはいつもサーシャを驚かせたものだ。

アレックスの黒いコーデュロイのズボンは、足許の床に丸まって転がっていた。後ろポケットの一方の布地が、財布の角で擦り切れていた。しょっちゅうこのズボンを穿いていて、つねにそのポケットに財布を入れているかのようだ。サーシャはちらりとアレックスを見た。バスタブから湯気が上がり、彼は片手を浸して湯の温度を確かめている。それから物たちの山に戻ってきて、特定の何かを探そうとするようにかがんだ。サーシャはそのさまを見ながら、先ほど感じた震えるほどの興奮がよみがえらないかと願った。でも駄目だった。

「これ、ちょっと入れてもいい？」アレックスは入浴剤の包みを手にしていた。それはサーシャが親友のリジーから取ったものだった。二、三年前、二人がまだ口を利いていたころに。入浴剤は水玉模様の包装に入ったままだった。物たちの山のなかほどに深く埋まっていて、引き抜こうとすると山は少し崩れた。アレックスはどうやって見つけたのだろう？

サーシャは躊躇《ためら》った。彼女は長いことコズと、なぜ盗んだ品を生活から切り離しておくかについて話しあってきた。なぜなら使ってしまったら、貪欲さと利己心から取ったということになるから。なぜなら手つかずで置いておけば、いつか持ち主に返すつもりのようにも思えるから。なぜなら積んで山にしておけば、それらの力が流出するのを防ぐことができるから。

「うん、たぶん」とサーシャは言った。「いいと思う」コズと一緒に書いている物語から離れていくのを彼女は感じた。象徴的な一歩である。だがハッピーエンドへ近づく一歩か、それとも遠ざかる一歩なのか？

アレックスが彼女の頭に手を置き、髪を撫でるのがわかった。「熱いのが好き？」と彼は訊いた。「それともぬるめ？」

「熱いの」と答えた。「とても、とっても熱いの」

「ぼくもだ」アレックスはバスタブに戻り、つまみをいじると入浴剤を振り入れた。部屋はたちまち植物の香りのする湯気でいっぱいになった。サーシャには、とても懐かしい匂いだ。

リジーのアパートの浴室の匂い、リジーと一緒にセントラル・パークを走り、シャワーを借りていたころに嗅いでいた匂いだ。

アレックスが呼んだ。「タオルはどこ？」

タオルは洗面所の籠《かご》にたたんで仕舞ってあった。アレックスが取りに行き、洗面所の扉が閉まる音がした。小便をしているのが音でわかる。サーシャは床に膝をつくと、アレックスのズボンのポケットから財布を引き抜き、開けてみた。脈が急に速くなり、心臓が熱くなるのを感じた。飾り気のない黒い財布で、角は擦り切れて灰色だった。サーシャはすばやく中身を点検した。デビットカード、仕事の身分証、ジムの会員証。サイドポケットには古い写真が入っていて、少年二人と歯に矯正器具をつけた少女ひとりが目を細め、浜辺に立っていた。黄色いユニフォームを着たスポーツ・チームの集合写真は、顔がとても小さく、アレックスがいるかどうかわからない。そうしたぼろぼろの写真のあいだから、ルーズリーフの切れ端がサーシャの膝に落ちた。ひどく古い紙で、隅は破れ、水色の罫線も消えかかっていた。彼女はそれを開いた。かすれた鉛筆の文字で、**あなたを信じています**と書かれていた。サーシャは凍りつき、その言葉をじっと見つめた。言葉は小さな紙片から、まっすぐに彼女へ向かってきた。この破れかけた贈り物を、破れかけた財布に隠し持っていたアレックスへの俄《にわ》かな当惑、そしてそれを見てしまった彼女自身を恥じる気持ちをもたらしながら。洗面所の蛇口が捻《ひね》られる音が、かろうじて耳に入った。動かなければならない。手早く、機械的に、財布の中身を戻したが、紙片は持ったままだった。ちょっとだけ持っていよう。アレックスのズボンに財布を突っ込みながら、自分で自分に言い聞かせていた――これはあとで戻そう。こんなものが入っていたのを、彼は憶えていないだろう。というかわたしは、ほかの誰かに見つかる前に、これを抜いておいてやるのだ。いつか言おう、**ねえ、これ絨毯に落ちてたんだけど、あなたの？** 彼はこう答える、**それ？ いやあ見覚えないな……きみのじゃないかな、サーシャ。** ほんとうにそうなのかもしれない。これは誰かが何年も前にわたしにくれたもので、忘れていただけかもしれない。

「で、そうしたのかい？ 紙切れを戻したの？」とコズが訊く。

「そんな隙はなかった。彼が洗面所から出てきたから」

「でもそのあとでは？ 風呂に入ったあと。あるいは、次に彼に会ったときとか」

「お風呂がすんだらズボンを穿いて、出ていってしまったわ。それ以来、彼とは話していない」

しばしの間がある。コズが背後で待っているのを、サーシャは痛いほど感じる。何かコズを喜ばせることを言いたいという衝動に駆られる――**それが転機になったのよ。いまは何もかも前とは違う。そのあとリジーに電話をかけて、とうとう仲直りしたの。**または、**もう一度ハープを弾くことにしたわ。** あるいはただ、**わたし変わりつつある、変わりつつあるの。そう、わたしは変わったわ！** 贖罪、そして変化――ああ、彼女はどんなにそれを望んでいたことか。毎日、毎分。でもそれは誰だって望むことだ。

「お願いだから」とコズに言う。「どんな気持ちかとは、訊かないで」

「わかった」と彼は静かに答える。

沈黙のうちに、二人は座っている。かつて彼らのあいだにあったなかでも、もっとも長い沈黙だ。サーシャは窓ガラスを見る。それは絶えず雨に洗われて、夕闇の降りる街の灯りをぼんやりと見せている。彼女は身体を強張《こわば》らせ、寝椅子に横になっている。それは彼女の場所だ。彼女の見ている窓と壁。そこにいて耳をすますと、いつも聞こえるかすかな雑音。そしてコズとすごすこの時間。一分、また一分と続く。そしてもう一分。

2　金《きん》の治療

ベニーの恥ずかしい追憶は、その日の早々、午前中の会議のときすでに始まっていた。幹部経営者のひとりが、姉妹バンド、ストップ・ゴーを切り捨てるべきだと主張していた。ベニーは数年前、そのバンドと三枚のレコード契約を結んでいた。当時のストップ・ゴーは、優れた可能性を秘めて見えた。姉妹は若く愛らしく、サウンドは骨太でシンプルでありながら一般受けしそうだった（「シンディ・ローパーとクリッシー・ハインドの融合」と、ベニーはその初期に書いたものだ）。低く抑えたベースに、茶目っ気のあるパーカッション――そう、カウベルも入っていた。そして悪くない歌詞を書いた。なんといってもステージの傍らで一万二千枚ものCDを売り上げていた。ベニーがその演奏を聴く前にすでにだ。ほんの少し時間をかけてシングルを作り、ちょっと頭を使ったマーケティングとまともなビデオクリップがあれば、トップに立たせることができそうだった。

だが姉妹はそろそろ三十代だと、チーフ・プロデューサーのコレットはベニーに言い渡した。もはや高校を卒業したばかりという印象を与えるのは無理だ、とりわけ姉妹のうち片方は九歳の娘まで抱えているのだと。その上、バンドのメンバーは法科大学院に通っていた。彼らはプロデューサーを二人クビにしたし、三人目は降りてしまった。それでも一枚のアルバムも出ない。

「マネージャーは誰なんだい？」とベニーは訊いた。

「姉妹の父親よ。新しい曲のサンプル《ラフ・ミックス》をもらったけど」コレットは言った。「ボーカルが七層ものギターに埋もれてしまってる」

その瞬間だった。ある追憶がベニーを襲った（姉妹《シスターズ》という言葉がきっかけだったのか？）。彼はウェストチェスターの修道院裏にしゃがみ、大便をしていた。徹夜のパーティーのあとで、日が昇りつつあった――二十年前？　もっと前か？　透明でよく響く、どこか不気味で甘い歌声が、青くなってゆく空の下を波のように漂ってきた。お互いどうし以外誰にも会うことなく、沈黙を誓って隠遁した尼僧たちが、ミサ曲を歌っていたのだ。膝の下では濡れた草が玉虫色に輝いて、疲弊した眼球に痛かった。いまでもなおベニーは耳のなかに、尼僧たちの甘やかでこの世ならぬ歌声が、こだまするのを聴くことができる。

彼は修道院長との打ち合わせを手配し（彼女が唯一、外部の者との会話を許された尼僧だった）、事務所から女の子を二、三人、カムフラージュのため連れていくと、一種の控えの間のようなところで待った。やがて修道院長が、壁に空いた、ガラスのない窓のような四角の向こうに現れた。全身白の装いで、顔の周囲をぴったりと布で覆っていた。その布の内側で、彼女が薔薇色の頬を持ちあげてはよく笑ったのをベニーは憶えている。ミサ曲をCD化することで、無数の家々に神をもたらすことを思い、喜びを覚えたためかもしれないし、あるいは紫のコーデュロイのズボンを穿いたA&R（CDリリースまでの進行を管理する人間）が、言葉巧みにスカウトしてきたのが珍しかったのかもしれない。交渉はものの数分で成立した。

　別れの挨拶をするために、彼は四角い切り抜きへと近づいた（ここで現在のベニーは続く瞬間を予期し、会議室の椅子で身をよじった）。修道院長は身体をやや前に倒し、頭を僅かに傾けたが、この仕草がベニーのうちで何かの引き金となったのだろう。彼は窓敷居越しに身を乗り出すと、修道院長の口にキスをした。びろうどのような産毛のある肌の感触、親密な、ベビーパウダーの匂いが半秒間ほどあったのち、修道院長は悲鳴とともに飛びすさった。そうして彼は退却した。修道院長の愕然とした、傷ついた表情を眺め、恐怖しつつもにやにや笑っていた。

「ベニー？」とコレットが言った。彼女はコンソールの前で、ストップ・ゴーのCDを持って立っていた。会議室の全員が待っていた。「あなた、これ聴きたい？」

　だがベニーは二十年も前のループに捕らえられていた。――窓敷居から修道院長に、何度も、何度も、何度も、壊れた鳩時計みたいに首を出す。

「いや」呻《うめ》くように彼は言った。そして汗に濡れた顔を風に当てた。旧トライベッカ・コーヒー・ファクトリーのビルの窓から入ってくる風だ。ソウズ・イヤー・レコードは、六年前にこのビルに移転してきて、いまではフロアを二つ使っていた。ベニーが尼僧たちのレコードを作る日は来なかった。彼が修道院から戻るとすでに、通達が待ち受けていた。「聴かない」そうコレットに答えた。「そのサンプルは聴きたくない」ベニーは動揺し、傷ついていた。彼はしょっちゅうアーティストをクビにしている。ときには週に三つとか。だが今日は、ベニー自身の恥の記憶がストップ・ゴー姉妹の不首尾に重なって、まるで悪いのは彼自身であるかのように感じられた。その感覚を打ち消そうとするかのように、最初に姉妹に惹きつけられたのはなぜか、ただちに思い出さねばならないという衝動が湧き起こった──あの最初の興奮を、いま一度感じなければ。「姉妹の家に行く」唐突に彼は言った。

コレットはぎょっとしたようだったが、やがて疑わしげな、続いて心配そうな顔になった。その顔の変化をふだんのベニーなら面白がっただろう。だが彼はいま震えていた。「本気なの？」とコレットは言った。

「もちろん。今日にでも行くさ。息子に会ってからね」

彼の助手であるサーシャがコーヒーを運んできた。クリームに、砂糖は二つ入れる。ベニーは身体を前後に揺すりつつ、ポケットから赤い琺瑯《ほうろう》細工の小箱を取り出した。精巧な留め具を外し、震える指先で金箔を数片摘《つま》むと、コーヒーカップに落とした。二カ月前アステカの医術の本で、金とコーヒーを一緒に飲むと性的能力が高まると読んでから、続けている食餌療法だ。しかしベニーの目的は性的能力以前のもの──すなわち性的欲求だった。彼のそれは、謎の消失を遂げつつあった。いつごろから、どうしてそうなったのか、自分でもよくわからない。原因はステファニーとの離婚？　クリストファーの親権をめぐる争い？　四十四歳になったから？　惨事に終わった先日の〝ザ・パーティー〟（それを計画したのはほかでもないステファニーの元上司で、いまはその過失により服役中だ）で被《こうむ》った、左前腕のささやかな、まるい火傷のせいか？

金箔はミルク入りコーヒーの水面に着地し、くるくると勢いよくまわった。ベニーは回転に目眩《めまい》を覚えつつ、それを金とコーヒーとの劇的な錬金術の証しだと思った。狂ったような動きは彼をその輪のなかに誘っていた。これぞまさに肉欲というものの正確な体現ではないか？　ときどきベニーは、そんなもの消えても構わないと考えた。定期的に誰かをファックしなくてもすむのはある意味気が楽だ。十三歳以来半勃ちのアレがいつだって彼に付き添っていたが、そいつがない世界のほうが間違いなく平和である。けれどもそんな世界に、自分は住みたいだろうか？　彼は金により変質したコーヒーを啜り、サーシャの胸許に目をやった。それはこのごろ、彼の達成度を測るリトマス試験紙になっているのだ。サーシャがここで働き出して以来、ベニーはずっと彼女に情欲を抱いてきた。まずは見習い、次に受付、いまでは彼の助手になっている（おかしなことに、自立した権限を持つ役職には昇進したがらず、その地位に留まったままだ）。彼女はベニーの情欲を、嫌だと言うことも、彼の気持ちを傷つけたり苛立たせたりすることもせずに、上手にかわしていた。そしていま、黄色い薄手のニットに包まれたサーシャの胸を前にして、ベニーは何も感じない。無邪気な喜びが走ることさえない。望んでこれを勃たせることが、この先果たして出来るのだろうか？

息子を迎えに車を運転しながら、ベニーはスリーパーズとデッド・ケネディーズを交互に流していた。ともに彼が聴いて育ったサンフランシスコのバンドだ。ベニーはくすんだものを聞き取ろうとした。つまり本物のミュージシャンが、本物の部屋で本物の楽器で演奏しているという感覚を。このごろではそうした質感は、（仮にあったとしても）大概はアナログ信号の効果にすぎず、誠実なテープ録音によるものではない。どんな効果も血の通わない構成されたものであり、ベニーと仲間たちはそれを大量生産している。彼はたゆまず働いていた。熱烈に、あるべきあり方で、最前線の音楽を、人々が愛し購買し、着信音にダウンロードし（そしてもちろん、盗用し）たがるような音楽を作ろうとしていた。とりわけ彼が五年前にレーベルを売却し、スポンサーになった多国籍石油企業を満足させようとしてきた。だがベニーは、自分が世界に送り出しているものがクソでしかないと知っていた。あまりに明快、きれいすぎるのだ。精確さ、完璧さこそが問題だった。つまり問題はデジタル処理なのだ。その微細な網の目を通し、デジタル処理はあらゆる薄汚れたものから命を吸い取ってしまうのだ。フィルム映画も写真も音楽も、みな死んだ。**まさに美のホロコースト！** だがこういうことを口に出すほど、ベニーは愚かではなかった。

これらの古い歌が与える震えるような興奮は、それが呼び起こす〝十六歳的なもの〟にこそあった。ベニーと高校時代の悪友――スコッティ、アリス、ジョスリンにレア――が夢中になっていたものだ。彼らのうち誰ひとりとも、何十年も会っていない（数年前スコッティがいきなり事務所に来た、あの謎の訪問を除いて）。それなのにベニーはいまも、土曜の夜にサンフランシスコのマブハイ・ガーデンズに行けば（そのクラブは閉鎖されて久しいのだが）、髪を緑に染めあちこち安全ピンをつけ、入り口前に並んで待っている彼らに会えるような気が、半ば本気でしているのである。

やがてジェロ・ビアフラが『トゥー・ドランク・トゥ・ファック』を歌い突き進むうちに、ベニーの心は二、三年前のある授賞式へ、ある女性ジャズ・ピアニストを〝無類《インコンパラブル》の〟と紹介しようとし、二千五百人の聴衆の前で〝無能《インコンピテント》の〟と言ってしまった瞬間へと漂っていった。〝無類の〟などと言おうとすべきではなかったのだ——それはあまりに洒落《しゃれ》ていて、ベニーの語彙ではなかった。ステファニーを相手に、事前にスピーチを練習するたび、その言葉で舌を噛んでいた。しかしその語はそのピアニストにぴったりだったのだ。長く金色に輝く髪をした彼女は、（自分でそう漏らしたのだが）ハーバードを卒業していた。ベニーは彼女をベッドへ伴い、その髪を肩と胸に感じたいという向こう見ずな夢を抱いていた。

いま彼は、クリストファーの学校の前で車をアイドリングさせ、追憶の疼《うず》きが去るのを待っていた。そして車を乗り入れると、息子が運動場を友達と一緒に横切ってくるのが見えた。空中でボールを蹴りながら、クリスはちょっとスキップしていた——いや、確かにスキップしていた。だがベニーの黄色いポルシェに座り込んだときには、軽やかさはあとかたもなく消えていた。なぜだ？　台無しになったあの授賞式のことを、もしかしてクリスは知っているのか？　馬鹿げたことだと思いながらも、ベニーはその言い間違い《マラプロピズム》を小学四年生の息子に打ち明けたい衝動に駆られた。精神科医のビート先生は、その衝動を**暴露願望**と呼んだ。そして打ち明けたくなったら、その重荷を息子に負わせるのではなく、紙に書くようにと強く勧めた。ベニーはそれを実践した。昨日受け取った駐車券の裏に、**無能**、と走り書きした。さらにその前の恥のことも思い出し、**修道院長にキス**とも付け加えた。

「で、ボス」とベニーは言った。「今日はどういたしましょうか？」

「わかんない」

「とくに希望はなし？」

「うん」

ベニーは途方に暮れ、窓の外を見た。二カ月ほど前クリスは、毎週ビート先生のところへ行く代わりに〝何かして〟午後をすごしたいと言った。以来医者には行っていないが、その決定をベニーは後悔していた。〝何かする〟ことで、二人の午後は散漫なものになったし、宿題があるというクリスの宣告によってしばしば短縮されることにもなった。

「コーヒーでも飲むか」とベニーは提案した。

クリスはぱっと笑顔になった。「フラペチーノ頼んでもいい？」

「ママには言うなよ」

ステファニーはクリスがコーヒーを飲むのを認めなかった。息子はまだ九歳なのだから当然だ。だがベニーは、息子と二人で別れた妻に楯《たて》突くことから生じる、この張りつめた繋がりを抗いがたいものに感じていた。ビート先生はそれを**裏切り連帯**と呼び、**暴露願望**と同様、御法度リストに入れていた。

二人はコーヒーを買い、ポルシェに戻って飲んだ。クリスはフラペチーノを貪欲に啜った。ベニーは琺瑯細工の赤い箱を取り出し、金箔を幾つか摘むと、プラスチックの蓋を開け、カップへ滑り込ませた。

「それなあに？」クリスが訊いた。

ベニーはハッとした。金箔はもはや日常のものとなり、人目を避けることすらしなくなっていたのだ。ややあって彼は、「薬さ」と答えた。

「何の薬？」

「ここのとこ、ちょっとした症状があってね」というより、あるべきものがないんだけどね、と心中で付け加える。

「どんな症状？」

フラペチーノの効果なのか？　項垂《うなだ》れていたクリスはいまや背を伸ばして座り、見開いた、黒く美しい率直な瞳で彼を見ていた。「頭痛だ」とベニーは答えた。

「見てもいい？」とクリス。「薬なの？　そんな赤い箱に入ってるの？」

ベニーは小さな箱を手渡した。子どもはしばし、その凝った留め具をいじっていたが、やがて開けることができた。「わあ、パパ。これ、いったい何？」

「薬だと言っただろう」

「でも金に見えるよ。金箔だ」

「まあ、かたちは似ている」

「舐めてもいい？」

「クリス。それはちょっと……」

「一片だけ」

ベニーはため息をついた。「一片だけだぞ」

少年は金箔のひとかけらを注意深く摘み、そっと舌の上に載せた。「どんな味がする？」抑えきれずにベニーは訊いた。彼はこれまでコーヒーに入れてしか金を摂取したことがなく、その場合とくに風味はなかった。

「金属って感じかなあ」とクリス。「なんかすごい。もう一片食べていい？」

ベニーは車を発進させた。薬だと言ったのは、嘘臭かったのだろうか。息子は明らかに信じていなかった。「あと一片だぞ。それで終わりだ」

クリスは指のあいだにたっぷり摘み、舌に載せた。ベニーは金箔にかかる代金のことを頭から追い払った。じつを言えば、過去二カ月で八千ドルを金箔につぎ込んでいた。コカインのほうがまだ安くつく。

金箔を飲みこむと、クリスは目を閉じた。「パパ」と彼は言った。「なんだかぼく、内側から目覚めていくみたい」

「それは興味深い」ベニーは考え深げに答えた。「それこそが、その本来もたらすべき効果なのだ」

「効いてるってこと？」

「そのようだね」

「でもパパには効いてない？」

　この十分のあいだに息子は、ステファニーと離婚してからの一年半におけるより、ずっと多くの質問をしたとベニーは思った。これ、すなわち好奇心もまた、金の効能なのだろうか？

「パパはまだ頭痛がするよ」

　邸宅の建ち並ぶクランデール地区の道を、ベニーはあてもなく運転していた（〝何かする〟ことには、あてのないドライブも含まれていた）。そのどの住居の前にも、ラルフローレンを着た子どもが四、五人、遊んでいるようだった。その子どもたちを眺めながら、ベニーはこれまでになくはっきりと、自分がこの界隈に住み続けることはできなかったのだと確信した。というのも彼は、シャワーを浴びて髭を剃った直後でさえも、黒ずんで汚らしく見えるからだ。一方のステファニーは、ダブルスのチームでテニス・クラブ中一位の座に昇りつめていた。

「クリス」ベニーは言った。「パパはあるミュージシャンのグループを訪ねないといけないんだ……若い姉妹の二人組だよ。というか、そこそこ若い姉妹、かな。あとで行く予定だったんだけど、もしきみが行きたいって言うなら……」

「もちろん」

「ほんとに？」

「うん」

この〝もちろん〟と〝うん〟は、ビート先生がしばしば指摘したように、クリスがベニーを喜ばせるために無理をしているしるしなのだろうか？　それとも金箔に刺激された好奇心が、ベニーの仕事にまで及んでいるのか？　クリスはむろん、ロック・グループに囲まれて育ってきたけれど、彼はポスト著作権世代に属していて、その世代にとっては〝コピーライト〟とか〝創造物の所有権〟とかいうものは存在しない。ベニーはもちろん、クリスを責めるつもりはない。音楽産業を駄目にした解体業者は、息子の上の世代であり、すでに大人になっている。それでもベニーは、ビート先生の助言に従って、音楽産業の衰退を語りクリスを（先生の言葉によれば）恫喝することはやめ、代わりに二人が共通して好きな音楽、たとえばパール・ジャムなんかをかけることにした。大音量で鳴らしながら、マウント・バーノンへと向かった。

ストップ・ゴー姉妹はいまも、郊外の生い茂った木々の下、荒れた家に両親とともに住んでいた。姉妹を発掘した二、三年前にも、ベニーはこの家を訪れていた。プロデューサーたちの最初のひとり（彼らは結局達成できなかった）に、姉妹を託する以前のことだ。クリスと一緒に車を降りるとき、その前回の訪問の記憶がベニーに怒りの発作を引き起こし、頭に血が昇ってきた――こんなに時間があったのに、チクショウ、なぜどうにもならなかったんだ？

戸口のところにサーシャがいた。彼女はベニーの電話を受けて、グランド・セントラル駅から電車に乗り、先に着いていた。

「こんにちは、クリスくん」言いながらサーシャは、クリスの頭をくしゃくしゃに撫でた。彼女はクリスを生まれたときから知っている。おしゃぶりだの紙おむつだのをドラッグ・ストア《デュアン・リード》まで買いに走ってくれたのも彼女だった。ベニーはサーシャの胸許をちらりと見た。感じない。というか、性的なものは何も感じない。感謝の気持ちでいっぱいになるのは感じた。事務所のほかのスタッフたちには、殺意にも似た怒りを覚えるのとは正反対だ。

　ちょっとした間があった。黄色な木漏れ日が鋭く降りてくる。ベニーは視線をサーシャの胸から顔へと持ちあげた。頬骨が高く、目は細く緑、髪はウェーブが掛かっており、季節によって赤にも紫にも見える。今日は赤だった。彼女はクリスに微笑みかけているが、その笑顔にベニーは気苦労のあとを見て取った。彼はサーシャをひとりの人間として考えたことはほとんどなかった。恋人ができたり別れたりといった気配をぼんやりと察する以外には（初めはプライバシーを尊重していたため、最近では関心がないために、ぼんやりとしか知らないのだ）、その人生について具体的なことはろくに知らなかった。しかしこの家のそばでサーシャを見ると、俄かに好奇心が燃えたつのを感じた。ピラミッド・クラブでの、ザ・コンデッツのライブ《ギグ》で初めて会ったとき、彼女はまだニューヨーク大学の学生だった。それがいまや三十代である。なぜ結婚しないのか？　子どもは欲しくないのだろうか？　とたんに彼女が老けて見えた。それともこれまでサーシャの顔をまともに見てこなかったのか？

「どうかした？」ベニーの視線に気づき、サーシャが言った。

「いや、何も」

「大丈夫？」

「絶好調だよ」ベニーはそう答えると、ドアを甲高くノックした。


姉妹はまったく素敵だった。高校を出たてには見えなくても、カレッジを出たてには見えるだろう。一、二年休学したり、何度か転部していたと思えば、たぶん。二人の黒髪は後ろでまとめられていたし、瞳は輝いているし、新しい素材でいっぱいのノートだって持っていた——**これを見るがいい！** 仕事仲間に対するベニーの怒りはさらに強まったが、それは悦ばしい、前向きな怒りだった。姉妹の高ぶった神経が、家じゅうをぴりぴりさせていた。ベニーのこの訪問が最後のチャンス、最後の望みだと二人は知っていたのだ。シャンドラというのが姉で、妹はルイーザだった。ルイーザの娘オリヴィアは、前回来たときはまだ私道で三輪車に乗っていたものだが、いまやぴったりとしたジーンズを穿き、頭にきらきらしたティアラを載せていた。仮装でなくファッションとしてそうしているらしい。オリヴィアが部屋に入ってきたとたん、クリスがぱっと注意を引かれたのがわかった。まるでまじないをかけられた蛇が、籠から顔を出したかのごとくだ。

一同は列を成し、地下にある姉妹のレコーディング・スタジオへと細い階段を降りた。父親が数年前に、姉妹のために作ったものだ。狭い部屋で、毛羽立ったオレンジ色の布が、床、天井、壁を覆っていた。ベニーはただひとつの椅子に腰掛けると、キーボードのそばにカウベルのあるのを見とめ、頷いた。

「コーヒー、淹れましょうか？」サーシャが彼に訊いた。コーヒーを作ってもらうために、シャンドラがサーシャを上階へ通した。ルイーザはキーボードに着き、ぱらぱらと主旋律を弾いた。オリヴィアはボンゴのセットを手にし、母親の伴奏をした。彼女はクリスにタンバリンを渡した。すると驚いたことに、息子はそれを完璧なタイミングで叩いてみせたのだ。よい、とベニーは思った。よい。とてもよい。一日は予想外にも、よい方向へと逸《そ》れていっている。ティーンエイジにさしかかる娘のことも、彼は問題ではないと判断した。歳の離れた妹か、あるいは従妹《いとこ》としてバンドに加われば、全体の少女っぽさを強調できるだろう。もしかしたらクリスも加われるかも。ただ息子とオリヴィアは楽器を交換したほうがいい。タンバリンを叩く少年とは、どうも……。

　サーシャがコーヒーを運んできたので、ベニーは赤い琺瑯の箱を取りだし、ひと摘みの金箔を入れた。飲むと歓喜が、あたかも降る雪が空を満たしていくように、腰から上に広がった。ああ、とってもよい気分だ。これまで彼はあまりにも、現場に関わらなすぎた。音楽が作られる瞬間を聴いていること、これ以外に何があるのか。人間、楽器、そしてくたびれて見える器材といったものたちが、たちまち正しい位置に着き、柔軟で生き生きした音の構築物となる。姉妹はキーボードを弾き、曲をアレンジしていた。ベニーはとある予感を抱いた――いまここで、何かが起ころうとしている。彼にはわかった。そのことがぴりぴりと、腕や胸に感じられた。

「プロ・ツールスはインストールしてある？」楽器に囲まれてテーブルに載っているノートパソコンを示して、ベニーは言った。「録音はすぐにできるかな？　つまりいまここで何トラックか、曲を収録することは可能？」

姉妹は頷き、ノートパソコンを確認した。録音の準備は整っていた。「声も録《と》る？」とシャンドラ。

「当たり前さ」とベニー。「いっぺんにやっちまおう。このボロ家の屋根を吹き飛ばそうぜ」

サーシャはベニーの右隣に立っていた。小さな地下室にたくさんの身体が犇《ひし》めきあっていて、サーシャの肌からは彼女が長年つけている香水の――それとも、ローションのだろうか――杏《あんず》の匂いが立ちのぼっていた。甘いだけでなく、腋のあたりではかすかに苦い匂い。そのローションの匂いを嗅ぐうちに、彼のモノはひとりでに勃起した。年老いた猟犬が、さっと蹴られたかのようだった。驚きのあまり椅子から飛び上がるところだったが、彼は平静を保った。急《せ》いてはいけない、ただ起こるがままに。それを怖《こわ》がらせちゃいけない。

やがて姉妹は歌い出した。ああ、なんという生の歌声、ほとんど擦り切れたような彼女たちの声が、がちゃがちゃとした楽器の音と交ざりあうこの音楽よ。その呼びさました感動は、ベニーの身体の奥で、善し悪しの判断や歓喜よりもまだ深い機能と結びあった。その震え、ほとばしるような反応に、彼は目眩さえ覚えた。ここ数カ月で初めての勃起――それはサーシャによってもたらされたが、彼女は数年来あまりに近くにいすぎて、ベニーはほんとうに見ることができていなかった。まるで十九世紀の小説――少女たちだけのものと思われているため、ベニーが隠れて読んだ小説――みたいな話である。彼はカウベルとばちを摑むと、熱狂的に叩きはじめた。口のなかに、耳に、肋骨の内側に、音楽が感じられる。それとも心臓の音なのか？　ベニーは燃えていた！

歓喜の絶頂でそれをむさぼりながら、彼はとあるＥメールを読んだときのことを思いだしていた。同僚のあいだでやり取りされたメールが、うっかりコピーされて送られてきたものだったが、そこで彼は白分のことが〝毛玉〟と呼ばれているのを見出した。ああ、その言葉を読んだとき、ベニーは液体状の羞恥が水溜まりを作っていく感じがした。〝毛玉〟とはどういう意味なのか。ベニーが毛深いということか？　（確かに。）あるいは不潔だということ？　（それは違う！）あるいはまた文字通り、彼がひとびとの喉を塞ぎ、吐き気を催させるということか――ちょうどステファニーの飼い猫シルフが、ときどき絨毯に毛を吐くみたいに？　その日ベニーは散髪屋に行き、背中と上腕をワックス脱毛してもらうべきか真剣に考えた。夜になってステファニーが、ベッドでベニーの両肩をひんやりとした手のひらで撫で、その体毛を好きだと言ってくれたので、ようやく悩むのをやめたのだ。男のワックス脱毛ほど無用なものはこの世にないと、彼女はそのとき言ったのだった。

音楽。音楽をベニーは聴いている。姉妹は叫んでいて、部屋はそのサウンドのために内側から破れそうだった。ベニーは先ほど感じた、あの満ち足りた感覚を呼び戻そうとした。だが〝毛玉〟が彼を落ち着かなくさせた。地下室が窮屈に思えてきた。ベニーはカウベルを下ろすと、ポケットから駐車券を出した。そして毛玉と走り書きし、その記憶を追い払おうとした。そしてゆっくりと深呼吸をし、眼差しをクリスへ注いだ。息子はタンバリンを連打し、姉妹の変則的なテンポに合わせるべく頑張っていた。するとたちまち、それが起こった。二、三年前、クリスを散髪に連れていったときである。長年通っている床屋のストゥーは、鋏を持つ手を止め、ベニーをわきに呼んだ。「お前の息子の髪には問題があるぞ」

「問題だって⁉」

ストゥーはベニーを椅子に座ったクリスのところへ連れていくと、その髪を掻き分け、頭皮に芥子粒《けしつぶ》ほどの茶褐色の生きものが動いているのを見せた。ベニーは気を失うところだった。「虱《しらみ》だ」と床屋は囁いた。「学校で移されるんだよ」

「でも息子は私立校へ行ってるんだぞ！」ベニーは叫んでいた。「クランデールの、ニューヨークの！」

クリスの目は恐怖に見開かれていた。「何なの、パパ？」ほかの客たちもまじまじと見ていた。ベニーは我が身の獰猛《どうもう》な頭髪を思い、ひどく責任を感じた。以来今日にまで毎朝、腋の下に殺虫剤〝オフ！〟をスプレーせずにはいられないほどに。そのスプレーは事務所にも常備している。正気の沙汰ではない！　わかっている！　みんなの見ているなか、親子で上着を羽織りながら、ベニーは顔から火が出そうだった。ああ、そのときのことを思い出すと、いまでもベニーは傷つく——身体的に傷つくのだ。追憶が身体じゅう引き裂いて、深い傷口を開いていく。ベニーは両手で顔を覆った。耳も塞いでしまいたかった。ストップ・ゴー姉妹の生み出す不快な音を遮断したかった。サーシャに気持ちを集中した。すぐ右隣にいる彼女の、甘苦い匂いに。そうするうち、気づくとベニーはある女の子を思い出していた。ニューヨークに来た当初、追いかけていた女の子だ。彼はそのころ、ロウワー・イースト・サイドでレコードを売っていた。百年も前のことに思える。とびきりのブロンドの娘――名前は、アビーだったかな？　彼女を目で追いながらコカインを何列か吸ううち、ベニーは唐突に、腸のなかのものを出したいというのっぴきならない衝動に駆られた。人類を根こそぎにできそうな悪臭のなか（思い出すだに頭が痛い）、出しながらトイレに座っていると、鍵の壊れたドアがバンと開き、そこにアビーが立っていた。彼女はベニーをまじまじと見下ろした。彼は下半身丸出しで、底知れぬ恐ろしい一瞬のあいだ、二人は目を見交わした。そして彼女はドアを閉めた。

　ベニーは誰か違う娘《こ》とパーティーを出た――当時はいつも、誰か違う娘がいたのだ。そしてその夜を楽しんだおかげで、アビーとのトイレでの邂逅を帳消しにできたと思い込んでいた。しかしそれは戻ってきた。あろうことか戻ってきたのだ。その伴ってきた恥の大波は、ベニーの人生を丸呑みにし、引き摺り去ろうとしている。到達も成功も誇らしき瞬間も、すべて完全に破壊して、彼が無であった地点まで――そう、彼はまさしく無だった――便器に座り、恋しい女が吐き気を催す顔を見ていた、あの地点まで連れていくのだ。

　ベニーは椅子から跳ね起きた。片足でカウベルを踏み潰していた。汗が目に流れ込んで痛かった。頭は天井すれすれで、毛羽だった布と髪が絡みあっている。

「大丈夫？」サーシャがびっくりして訊いた。

「ごめん」ベニーは息を荒らげて眉を擦《こす》った。「ごめん。ごめん。ごめんなさい」


一階に戻るとベニーは玄関を出て、新鮮な空気を肺に吸った。ストップ・ゴー姉妹とその娘はベニーのまわりに集まって、レコーディング・スタジオの空気の悪さを詫び、いまだに父親がまともな換気孔をつけてくれないのだと言った。そして自分たち自身、あの部屋で作業しながら失神しそうになったことが何度もあると、熱心に頷きあった。

「ここでだって旋律を口ずさめるわ」彼女たちは言い、実際にそうした。オリヴィアも加わり、ハーモニーを成した。三人ともベニーのほど近くに立っていて、その笑顔には絶望が見え隠れした。ベニーの脛《すね》のまわりで灰色の猫が8の字を描いていた。恍惚とした様子で、骨張った額を始終脛にぶつけてきたので、車に戻ったときにはほっとした。

ベニーはサーシャを市内まで送るつもりだったが、まずクリスを家に送り届けねばならなかった。息子は後部座席で背中を丸め、開けた窓に顔をさらしていた。この午後の愉快な思いつきは、不首尾に終わったことが知れた。ベニーはサーシャの胸を見たいという欲求から気持ちを逸らしていた。リトマス試験を行う前に、落ち着き、心の平衡を取り戻さねばならない。そして赤信号になったときやっと、彼はゆっくり、何気ないふうに、彼女のほうを見た。最初は焦点をぼかしながら、だんだんはっきりと、そこを見た。何も感じない。この喪失はひどい痛手だったので、叫び出すのを抑えるためには身体的な努力を要した。さっきはあったのに、**あったのに！**　でも、どこに行っちまったんだろう？

クリスが言った。「パパ、信号青だよ」

ふたたび車を走らせながら、ベニーは敢《あ》えて息子に訊いた。「で、ボス。今日はどうでした？」

子どもは答えなかった。聞こえないふりをしているのかもしれない。あるいは風の音のせいで、ほんとうに聞こえないのかもしれない。ベニーはサーシャに目をやった。「きみはどう思った？」

「ふう」とサーシャ。「ひどかったわね」

ベニーは瞬きをした。驚いた。サーシャに怒りを覚えかけたが、それは数秒後に消えた。残ったのは奇妙な安堵だった。もちろん、そう。あれはひどかった。問題はそこなのだ。

「聴けたもんじゃなかったわよ」サーシャは続ける。「あなたが心臓発作を起こしたのも、無理ない」

「不可解だよ」とベニー。

「何が？」

「二年前は、彼女たち……違ったのに」

サーシャは不審そうな目を向けた。「二年じゃないわ。五年よ」

「ほんとうかい？」

「前回あの家に行ったとき、わたしウィンドウズ・オン・ザ・ワールド（世界貿易センタービルの最上階にあったレストラン）で打ち合わせしたあとだったもの」

それが何を意味するのか、理解するのに少しかかった。それからやっと、「ああ」と言った。「あれの、どれくらい前だった？」

「四日前よ」

「なんてこった。気づかなかった」追悼を捧げるかのように、ベニーはしばらく黙った。そして言った。「だがとにかく、二年だろうと五年だろうと……」

サーシャは身体ごと彼を向き、その顔をまじまじと見た。怒っているようだった。「わたしはいったい誰と話してるの？　ベニー・サラザーなのよ、あなたは！　ここは音楽業界。〝五年は五百年と思え〟って言ったのはあなたでしょう？」

ベニーは答えなかった。車は彼のかつての家に近づきつつあった。〝昔の家《オールド・ハウス》〟とは呼べなかった。ほんとうは、〝家〟という表現さえできない。自分が金を出した建物なのに。かつての家は、道から少し奥まったところにあり、草深い斜面に建っていた。輝くばかりに白いコロニアル風の建築で、ポケットの鍵を探って玄関を開けるとき、いつも荘厳な気持ちになったものだった。ベニーは縁石のところでエンジンを切った。私道を車で登っていくことは、彼にはできない。

クリスは後部座席から身を乗り出し、ベニーとサーシャのあいだに顔を出していた。いつから彼がその姿勢でいたのか、ベニーにはわからなかった。「パパ、あの薬飲んだほうがいいいアイデアだ」とベニーは言った。そしてポケットをあちこち叩いたが、赤い小箱はどこにもない。

「ほら、ここにあるわ」とサーシャが言った。「レコーディング室から上がってくるときに落としたのよ」

　こうしたことは何度も、何度もあった。ベニーの忘れものをサーシャが見つける——ときにはベニーが失くしたことをまだ気づかない先に。このことはベニーの彼女への依存に、何か恍惚とした感じを加えていた。「ありがとう、サーシャ」

　彼は小箱を開けた。ああ、金箔は光っていた。金は色褪せることがなく、そこが大事なところだった。この金箔は五年後も、いまと同じように光っているだろう。

　ベニーは息子に訊いた。「きみがしてたみたいに、直接舌に載せるほうがいいかな？」

「そう思うよ。ぼくも貰うね」

「サーシャ、この薬、きみも試してみる？」

「ふむ。いいわ」とサーシャ。「それ、何に効くの？」

「問題を解決する」ベニーは答えた。「つまり、頭痛とか。まあ、きみにはそんな問題、ないだろうけど」

「まず、ないわね」サーシャは答え、あの隙のない笑みを浮かべた。

　三人はそれぞれに金箔を摘み、それぞれの舌の上に載せた。一同の口中にある金の値段を、ベニーは計算しないよう努めた。彼は味覚に集中した。金属っぽい味、いやこれは先入観かな？　コーヒーに似ている気がするのは、さっき飲んだのが口に残っているせいだ。彼は舌先をきゅっと丸め、金箔から出る汁を吸い取ろうとした。酸っぱい、と思った。苦い。いや甘い？　どの感じも一瞬は正しく思えた。だが最後には鉱物のようなもの、石の味だと感じた。いっそ土だ。そう思ったところで塊は溶けて消えた。

「パパ、もう行かなくちゃ」クリスが言った。ベニーは息子を車から降ろすと、強く抱きしめた。クリスはいつもと同じように、身体を硬くして動かなかった。喜んでいるのか耐えているのか、それもベニーにはわからない。

彼は次に身を引いて、息子を眺めた。ステファニーと二人で添い寝して、キスをしてやった赤ん坊。それがいまや痛みを呼び起こす、謎めいた存在に成長している。ベニーはこう言いたい誘惑に駆られた——**薬のこと、ママに言っちゃ駄目だぞ。**クリスが家に入ってしまう前に、一瞬でも繋がりたいと強く思った。だが彼は躊躇し、ビート先生が教えてくれた心の計算を行った——自分は息子がほんとうに、ステファニーにばらすと思っているか？　否だ。注意せよ、**裏切り連帯**の兆候だ。ベニーは結局、何も言わなかった。

彼は車に戻ったが、まだキーはまわさなかった。うねうねとした芝生の斜面を、彼のかつての家に向かって、クリスがよじ登っていくのを見ていた。発光して見えるほど鮮やかな芝生だ。息子は巨大なリュックの下で押し潰されそうになっている。いったい、何が入ってるんだ？　プロの写真家でも、あんな荷物は持っちゃいない。クリスが家に近づくと、その姿が霞《かす》んだ。ことによると、濡れてきたのはベニーの両目なのだろうか。玄関ドアへの長い道のりをゆく息子を見るのは耐えがたかった。サーシャが何か言うことを、ベニーは恐れていた。**あの子はいい子ね**とか、**楽しかったわ**とか、ベニーが振り返らねばならないようなことを言うのを恐れた。だがサーシャは言わなかった。何もかもわかっているのだ。ただ黙って隣に座っていた。クリスがよく茂った鮮やかな芝生を登り、玄関へと辿りつき、扉を開けて振り返りもせずになかに入るのを一緒に見ていた。

ヘンリー・ハドソン・パークウェイからウェスト・サイド高速へ抜け、ロウワー・マンハッタンへ向かうあたりまで、二人は口を利かなかった。ベニーは初期のフーとかストゥージズとか、コンサートにも行けないくらい幼かったころに聴いていたバンドの曲をかけた。続いてフリッパー、ミュータンツ、アイ・プロテクションといった、七〇年代ベイ・エリアのグループをかけていった。マブハイ・ガーデンズで仲間と一緒にスラムダンシングをやった曲たちだ。そのころはベニー自身もまた、ザ・フレーミング・ディルドズという聴くに堪えないバンドを結成していたものだ。彼はサーシャが注意を払っていることに気づいた。そして自分が幻滅しているという告白——彼が人生を捧げるこの業界をほんとうは憎んでいるという告白を、するべきかどうか考えた。ベニーはひとつひとつの選曲に重きを置いていった。曲そのものを通して、彼の主張が透けて見えるように。パティ・スミスのぎざぎざの詩情(なぜ彼女は辞めてしまったのか?)、ブラック・フラッグの男気なハードコア。サークル

・ジャークスはオルタナに道を譲った。それは大きな譲歩だった。そこから墜ちて、墜ちて、墜ちて、ベニーが今日《こんにち》ラジオ局にシングルを流してくれと頼むような、命のない冷たい音楽、青い夕闇に切り込むビルの四角い窓の、蛍光灯みたいな音楽にまで落ちぶれるのである。

「信じられないわ」サーシャが言った。「いまは、何にもないなんて」

ベニーはひどく驚き、彼女を見た。この大音量の曲の連なりを追うだけで、彼の惨めな結論にまで辿りつくことが可能なものだろうか？　サーシャはダウンタウンを見ていた。その視線の先には、かつてツインタワーのあった空っぽの空間が広がっていた。「ねえ、何かあるべきじゃない？」ベニーを見ずに、彼女は言った。「残響とか、輪郭みたいなものでも」

ベニーはため息をついた。「そのうち何か建てるだろう。小競りあいが終了したらさ」

「そうね」だがサーシャはまだ南を見ていた。それが彼女自身の心の、解決できない問題であるかのように。理解されたわけではなかったことに、ベニーはほっとした。彼はルー・クラインを思い出していた。ベニーの師匠だった男で、ロックンロールはモントレー・ポップ（一九六七年カリフォルニアのモントレーで開かれた音楽フェスティバル）が頂点だったと、九〇年代に語っていた。人々は当時ロサンゼルスの、庭に滝のあるルーの家に集まっていたのだという。ルーは魅力的な女の子たちを侍《はべ》らせ、家の前には車のコレクションがあったのだと。ベニーはその話を聞きながら、自分のアイドルの有名な顔を覗き込み、**あんたはもう終わってる、**と思ったものだ。ノスタルジーは終わりを意味する——誰でもわかっていることだ。そのルーは三ヵ月前、脳卒中のあとの全身不随のうちに死んでいた。

赤信号で止まったとき、ベニーはあのリストを思い出した。駐車券を取り出すと、最後にひとつ書き加えた。

「ねえ、その券にずっと何を書いてるの？」サーシャが訊いた。ベニーは駐車券を手渡したが、その○・五秒後に、リストを人目に触れさせたくないという思いが溢れてきた。恐れた通り、サーシャはそれを声に出して読みはじめた。

「修道院長にキス、無能、毛玉、芥子粒、便器の上」

ベニーは苦痛のうちに聞いていた。おのおのの単語が世界の終わりをもたらすかのように。だがサーシャの掠《かす》れ声で発音されたとたん、言葉たちは中和されていった。

「悪くないじゃん」とリーシャ。「曲のタイトルでしょう？」

「もちろん、そうだ」とベニー。「もう一回読んでくれるかな？」サーシャは読みあげた。すると彼の耳にもほんとうに曲のタイトルみたいに聞こえた。平和な、浄化された気持ちだった。

サーシャは言った。『『修道院長にキス』っていうのが好きかな。どうやったら使えるか、考えなくちゃね」

フォーサイスにある彼女のアパートまで来ると、車を停めた。道はひと気がなく、街灯も暗かった。サーシャはどこにでも持って歩いている、黒い鞄を掻き集めた。それは願いを叶える不定形の井戸で、ベニーが欲しいと言えばいつでも、ファイルでも書類でも引っ張り出すことができるのだ。十二年来、ずっとそうだった。ベニーはサーシャの、痩せた白い手を握った。「聞いてくれ」と彼は言った。「聞いてくれ、サーシャ」

　彼女は目を上げた。ベニーはいま、性欲は一切感じていなかった。下半身も硬くなっていない。彼がサーシャに感じているのは、愛だった。かつてステファニーに感じていたような、安らぎと親密さ——ベニーが裏切りを繰り返し、妻が正気を失くしてしまう以前に感じていたような。「とても好きだ。ものすごくきみが好きだ、サーシャ」

「ちょっと、ベニー」たしなめるような口調だ。「そういうのは、ナシ」

　ベニーはサーシャの手を、両手で挟んでいた。彼女の指は冷たく、震えていた。もう片方の手はドアにかかっている。

「待ってくれ」ベニーは言った。「頼む」

　サーシャは彼を振り返った。厳しい表情をしている。「絶対に駄目よ、ベニー。わたしたちは仕事のパートナーなんだから」

　乏しい光のなかで、二人は互いを見やった。柔らかな輪郭を持つサーシャの顔は、少しそばかすが浮いていた。少女の顔だ、と思った。だが彼が目を離したとき、彼女は少女であることをやめた。

　サーシャは身を乗り出して、ベニーの頬にキスをした。純粋なキスだった。兄と妹のあいだのキス、母と息子のあいだのキス。それでもベニーは彼女の肌の柔らかさを感じたし、あたたかな息づかいもまた感じることができた。そしてサーシャは車を出た。窓越しに手を振り、何か言ったが、ベニーには聞き取れなかった。空っぽの助手席へ身を乗り出して、顔を窓ガラスに近づけると、サーシャが繰り返すのをじっと見た。だが今度もわからなかった。そちらのドアを開けようとしていると、サーシャはそれをもう一度、とくべつにゆっくり口を動かして、言った。

「ま、た、あ、し、た」

3　気にしてないけどね

　夜遅くなって、どこも行くとこがないとき、あたしたちはアリスん家《ち》へ行った。スコッティがピックアップ・トラックを運転して、助手席に誰か二人がぎゅう詰めになって座った。ストラングラーズとかナンズとか、ネガティブ・トレンドとかを海賊版のテープで鳴らしてさ、残りの二人は荷台に乗るから、一年じゅう震えてなきゃなんないし、スコッティが丘を登ってくときにはマジで空中に放り出されそうになる。でもペニーと一緒なら、あたしも荷台のがいいな。寒いから肩を寄せていられるし、尻が跳ねあがるようなときにはちょっとしがみついたりもできるから。

　最初にシー・クリフへ行ったとき、そこがアリスの住んでるとこなんだけど、ユーカリのあいだを霧が這いあがってく崖を指さして、わたしの学校、あそこだったのよ、って彼女は言ったもんだった——女子校で、いまはわたしの妹たちが通ってるわ、って。幼稚園から六年生までは、緑の格子縞の上着に靴は茶色、そのあとは青いスカートに白いセーラー襟の上着で靴は自由。スコッティが、見たい、って言った。わたしの制服を？　ってアリス。そしたらスコッティ、いや、きみのその妹たちを、だって。

アリスはあたしたちを二階へ連れていった。スコッティとベニーがアリスに続いた。二人ともアリスに惹かれてたけど、べた惚れだったのはベニーのほう。でアリスは、もちろんスコッティに惚れてた。

ベニーは靴を脱いでいて、あたしは彼の茶色い踵が、綿菓子みたいな白い絨毯に吸いこまれるのを見ることができた。絨毯はとても分厚くて、あたしたちの足跡を包んで消した。ジョスリンとあたしは最後だった。ジョスリンはあたしに顔を近づけてて、その息からはチェリー・ガムの匂いと一緒に、五百本の煙草の匂いがした。その晩のはじめに飲んでいたジンの匂いはわからなかったけど。パパの隠し持ってる酒のなかから、あたしがくすねてきたジンだ。路上で飲んでもバレないように、あたしたち、コーラの缶に移して飲んでた。

ジョスリンが言った。ねえ、レア、アリスの妹たち、きっとブロンドだよ、って。

あたしは言った。なんでさ？

金持ちの子どもはブロンドだって相場が決まってるの、ってジョスリン。ビタミンの関係でそうなるんだ、って。

あたしは本気にしたりしなかった。嘘じゃないよ。ジョスリンの知り合いなら、あたしは全員知ってるんだ。

豆電球が一個ついてる以外、部屋は真っ暗だった。あたしはドアのとこで立ち止まった。

ベニーもためらったみたいだったけど、ほかの三人はぞろぞろ入っていった。アリスのちっちゃな妹たちは、シーツを肩まで引きあげて、横を向いてきちんと寝てた。ひとりはアリスに似て、色素の薄い髪。もうひとりはジョスリンみたいな黒い髪だった。二人が目を覚まして、あたしたちのしてる犬の首輪や安全ピン、ずたずたのTシャツなんかを見て怯えないかと心配になった。あたしたちはここにいるべきじゃない、って思った。スコッティはこの部屋に入りたいなんて言い出すべきじゃなかったし、アリスもOKすべきじゃなかった。アリスときたら、スコッティの頼みはぜんぶ聞き入れるんだもん。それからあたしは、あのベッドのどっちかに潜り込んで眠りたいとも思った。

部屋を出ていくとき、ちょっと咳払いして、あたしは小声でジョスリンに言った。黒髪だったじゃん。

そしたらジョスリンも小声で、黒い子羊だ、だって。

八〇年代はすぐそこまで来てて、それはほんとありがたいことだった。老いぼれたヒッピーどもは、薬でいかれた脳ミソで、サンフランシスコじゅうの街角に座って物乞いしてるしかなかった。髪はぼさぼさで、裸足の足裏は靴底みたいに分厚く灰色で。連中には、ほんとうんざり。

学校ではあたしたちは、暇さえあれば穴ぐらに行った。正確に言うとそれは穴じゃなくて、運動場の上手にある細い通路みたいなものだった。去年卒業した穴ぐらの住人から、あたしたちはそれを受け継いだ。でもいまだに穴ぐらに入るときは、ほかの住人たちがもう入り込んでるんじゃないかって、ちょっと不安になるんだ。ほかの住人ってのは、毎日色違いのダンスキンのウェアを着てるテイタムとか、自分のクローゼットで種なしマリファナを栽培してるウェインとか、家族で自己啓発トレーニングを受けて以来、会うひと全員にハグをするブーマーとかだ。ジョスリンがいるときじゃないと、あたしは入るのをためらうし、ジョスリンはあたしがいないと駄目。つまりあたしたちは一心同体なんだ。

天気のいい日には、スコッティはギターを弾いた。フレーミング・ディルドズのギグのときに弾くエレキ・ギターじゃなくて、いろんなふうに持つことのできるラップ・スチール・ギターだった。スコッティはこの楽器を、ほんとに作った。板を曲げて、貼りつけて、シェラック・ニスを塗りつけた。みんなが集まって聴いた。スコッティが演奏するときには、そうしないではいられない。いつかなんて、サッカーの二軍の子たちが運動場からまるまる登ってきて、聴いた。ジャージに赤い長靴下で、なんでここにいるのかわからないみたいな、不思議そうな顔で見まわしていた。スコッティには磁力があるんだ。スコッティに惚れてるわけでもないあたしが言うんだから、間違いない。

ザ・フレーミング・ディルドズには、数々の別名があった。ザ・蟹《クラブズ》、ザ・クロックス、ザ・縮れ毛《クリンプス》、ザ・さくさく《クランチ》、ザ・ぼりぼり《スクランチ》、ザ・のろま《ゴークス》、ザ・ねばねば《ゴブス》、ザ・フレーミング・スパイダーズ、ザ・ブラック・ウィドウズ。スコッティとベニーが名前を変えるたび、スコッティは自分のギター・ケースとベニーのベースのケースを黒くスプレーし、新しい名前のステンシル型を作って、名前を白くスプレーした。名前を変えるか続けるか、一人がどうやって決めていたのかあたしにはわからない。ベニーとスコッティが喋るとこなんて、見たこともなかったから。でも二人はすべてを理解しあってた。たぶん超能力かなんかで。歌詞はジョスリンとあたしでぜんぶ書いた。ベニーとスコッティと一緒に、曲も作った。リハーサルで一緒に歌いもした。でもステージは苦手だった。アリスもステージが苦手で、それはあたしたちと彼女のたったひとつの共通点だった。

ベニーはその前の年に、デイリー・シティの高校から転校してきた。彼の家がどこかは知らなかったけど、あたしたちはときどき放課後に、クレメント通りにあるリボルバー・レコードへ遊びに行った。ベニーはそこで働いてた。アリスを連れていくと、ベニーは休憩を取り、隣の中華屋で一緒に肉まんを食べた。霧がその窓を這っていた。彼の肌は明るい茶褐色で、とても素敵な目をしていた。髪はモヒカンにして、ヘア・アイロンでヴァージン・レコードの盤みたいにつやつやにしていた。ベニーはいつもアリスを見てたから、あたしは好きなだけベニーを見ることができた。

穴ぐらから少し行くと、チョロ（メキシコ系ギャングを指す隠語）のやつらがたむろしてる場所がある。黒いレザーのコートを着て、かちかち鳴る靴を履き、黒い髪をほとんど目に見えない網に包んでいた。連中はときどきベニーにスペイン語で話しかけた。ベニーは笑うけど、答えたことはない。なんで連中は、彼にスペイン語を使い続けるんだろ？　ジョスリンにそう訊いてみた。そしたら彼女、あたしを見て言った。レア、ベニーはチョロなんだ。一目瞭然だろ？　って。

馬鹿言うんじゃねえ、ってあたしは言った。顔が火照ってるのがわかった。ベニーはモヒカン族インディアンの髪型をしてるし、連中と友達でもねえじゃん。

ジョスリンは言った。チョロのやつらがみんながみんな、友達どうしってわけじゃないさ。それから続けて、耳寄りな話があるぜ。金持ち娘はチョロとはつるまない。だからベニーはアリスと付き合えない。ジ・エンドってわけさ、と言った。

ベニーが振り向いてくれるのを、あたしが待ってるのをジョスリンは知ってた。でもベニーはアリスが振り向くのを待ってる。アリスはスコッティを待ってるし、スコッティはジョスリンを待ってるんだ。っていうのも彼女がいっとう昔からスコッティのことを知っていて、一緒にいると安心できるから。スコッティには磁力があるし、髪を脱色して分厚い胸をして、天気のいいときはそれをはだけてるけど、それでも三年前に母親を、睡眠薬の過剰摂取で亡くしてる。そのときから、スコッティは以前より寡黙になった。そしてどんよりと寒い天気の日には、誰かに揺すぶられるみたいに震えるんだ。

ジョスリンもスコッティを好きだった。でも恋してるってわけじゃない。ジョスリンはルーに恋していた。ヒッチハイクしてた彼女を拾った大人の男だ。ルーはロサンゼルスに住んでるけど、つぎにサンフランシスコへ来るときには連絡する、って言ったんだって。もう何週間も前の出来事だ。

あたしは、誰にも恋されてない。このお話のなかであたしは、誰にも待たれてない娘だ。そういう子はたいていデブなんだけど、あたしの悩みはもっとめずらしい。それは、そばかすなんだ。あたしは、誰かに泥のかたまりを投げつけられたみたいな顔をしてる。ちいさいとき、ママはあたしに、これはとくべつなんだ、って言った。ありがたいことに、大人になって自分で手術費を払えるようにさえなれば、これを消すことができる。それまであたしは犬の首輪をつけて、髪を緑に染めとくんだ。だって緑の髪をした女に、〝そばかす女〟なんて言えるやつぁ、いないだろ？

ジョスリンは短い黒髪をしてる。いつだって濡れて見える髪だ。耳には十二個ピアスをしてる。あたしが穴開け用ピアスを使って、氷なしで開けた穴だ。中国系ハーフのうつくしい顔をしてる。それはすごく際だってる。

ジョスリンとあたしは小学四年生のときから、何でも一緒にしてきた。けんけん遊びでも縄跳びでも一緒、おまじないの腕輪も一緒に作ったし、宝物も一緒に埋めた。スパイになりたいハリエットごっこも、血の誓いも、いたずら電話も、マリファナもコカインもクアールード（ドラッグとしても使われる鎮静剤）も。あたしのパパが酔ってうちのアパートの生け垣に吐いてるとこも彼女は見てるし、ポーク通り（ゲイが集まるので有名だった）でハードゲイの連中が、バー、ホワイト・スワローの外で抱き合っているのを見つけて、さらにそのひとりが出張中のはずの彼女のパパだとわかったときも——その後彼は出ていってしまうのだけど——あたしはジョスリンと一緒だった。だからルーって男と出会ったとき、あたしが彼女といなかったのが、いまだに不思議で信じられない。ジョスリンはダウンタウンから帰るのにヒッチハイクをしていた。そこにルーの赤いメルセデスが停まり、サンフランシスコ滞在中に使ってるアパートまで乗せていった。彼がデオドラントの缶の底を捻って開けると、コカインの小袋が滑り落ちた。ルーはジョスリンの裸の尻のうえにコカインの列を作って吸った。二人は行くところまで行って、それを二回やった。それから彼のを口でした。あたしはこの話を細部までていねいに、何度もジョスリンに繰り返させた。彼女の知ってることとぜんぶをあたしは知って、だからあたしたちはまたおなじになった。

ルーは音楽のプロデューサーで、ビル・グレアムを個人的に知ってる。家の壁にはゴールドとシルバーのレコード・アルバムが掛けられ、エレキ・ギターが何千とある。

フレーミング・ディルドズのリハーサルは、スコッティのガレージで土曜にやる。ジョスリンとあたしが着いたときには、新しいテープレコーダーをアリスがセットしていた。義父が買い与えたもので、本物のマイクがついていた。アリスはいわゆるメカ好き少女で、ベニーはそんなとこにも惚れてるんだ。続いてディルドズのドラマー、ジョエルが、父親の運転する車で到着した。ジョエルのパパは練習のあいだじゅう、第二次世界大戦の本を読みながら、外のステーションワゴンで待ってる。ジョエルはぜんぶの科目で飛び級で、ハーバードに出願してるから、父親は大事を取ってそうしてるんだと思う。

あたしたちの住むサンセット地区では、振り向けばいつだって海が見えるし、家々はイースター・エッグみたいにカラフルだ。だけどスコッティがガレージの扉を勢いよく下ろすと、とたんにあたしたちは暴れ出す。ベニーのベースは人生を嗤《わら》い、続いてあたしたちも歌を叫ぶ。歌のタイトルは『ペット・ロック』とか『計算しろよ』とか『クールエイドをおれにもくれよ』とかだ。だけどあたしたちがスコッティのガレージで喚《わめ》くとき、歌の歌詞はたとえば**ファックファックファックファックファックファックファック**とかそんな感じになっちまう。ときどき学校の音楽部の子が（ベニーの紹介で）オーディションを受けるため、ガレージの扉を叩いた。スコッティがロープで扉を持ちあげて開けると、真昼の太陽が頭を振りたてていて、あたしたちの目にぎらぎらと反射した。

その日あたしたちは、サックスとテューバ、それにバンジョーでやってみた。でもサックスとバンジョーはステージでブーブー言い続けたし、テューバの子は演奏がはじまったとたん、自分の耳を塞いじまった。そろそろ練習も終わりってとき、べつの誰かがガレージのドアを叩いて、スコッティが開けてやった。AC／DCのTシャツを着た、ニキビだらけのデカいのが、バイオリン・ケースを手にそこに立っていた。ベニー・サラザーはいる？　って彼は言った。

ジョスリンとアリスとあたしはびっくりして、互いの顔をまじまじと見て、その一瞬だけはあたしたち三人友達みたいな感じがした。つまり、アリスも友達みたいに。

「よう」とベニーが言った。「いいとこに来たな。みんな、こいつはマーティだ」

笑っているときですら、マーティの顔は絶望的にひどかった。でもマーティもあたしのことをおなじように思うかもしれない。あたしは笑い返さなかった。

マーティはバイオリンをコンセントに繋ぎ、あたしたちは十八番の『ホワット・ザ・ファック？』をやりはじめた。

あんたは自分を妖精の姫だと言った
あんたは自分を流れ星だと言った
いつかボラボラ島に行きましょうって言った
それがおれたち、いま、どこにいると思う……？

ボラボラ島って歌詞はアリスの提案だ——そんな島、あたしたちは聞いたこともねえ。みんながコーラスをハモってるあいだ（**ホワット・ザ・ファック？ ホワット・ザ・ファック？ ホワット・ザ・ファック？**）、あたしは耳をすませるベニーを見てた。目を閉じて、モヒカン・ヘアを百万のアンテナみたいに立てて。歌が終わると彼は目を開けて、ニヤッて感じに笑った。「録音はしてただろうな、アリス？」ベニーが言うと、アリスはテープを巻き戻して確認した。

アリスはあたしたちの録音をぜんぶ取ってて、一本のベスト・テープにまとめてた。ベニーとスコッティがクラブからクラブへとトラックでまわり、そのテープを聴かせて、フレーミング・ディルドズのライブ予定を取りつけるんだ。第一目標はもちろん、マブ。ブロードウェイ通りのマブハイ・ガーデンズだ。あらゆるパンク・バンドがそこで演奏してる。ベニーがそれぞれのクラブで礼儀知らずのクソ野郎どもと交渉してるあいだ、スコッティはトラックのなかで待つ。スコッティには気をつけてなくちゃならない。スコッティの母親は、彼が小学五年生のときはじめて家出した。スコッティはそのあいだじゅうずっと、家の外の芝生に座って太陽を見つめてた。学校に行くことも、家に入ることも拒んだ。父親が隣に座り、彼の目を手のひらで覆った。放課後になるとジョスリンが来て、おなじように隣に座った。その後スコッティの視野には、灰色の斑点ができてしまった。スコッティはその斑点を好きだと言う――正確には、こんなふうに――「おれはそれを、視覚の改善だと思ってる」って。きっとその斑点が、母親を思い出させるからだ。

土曜の晩にはいつも、練習のあとマブに行った。クライムを聴き、アヴェンジャーズを聴き、ジャームズを、そして数え切れないバンドを聴いた。そこのバーは高すぎたから、事前にうちのパパの酒をくすねて飲んでおくのがつねだった。ジョスリンはあたしよりたくさん飲まないと酔っ払えないたちだった。彼女は酒がまわってくると、深く息をついた。まるで、やっと自分自身に戻れたとでもいうみたいに。

落書きだらけのマブのトイレで、あたしたちは盗み聞きをした――リッキー・スリーパーがライブの途中にステージから落ちたとか、ターゲット・ビデオのジョー・リーズがパンク・ロックの映画を撮っているとか、いつもクラブにいる二人姉妹が、ヘロイン代を稼ぐために売春をはじめただとか。こういうことを知ることで、ちょっとホンモノに近づけた。でも完全にってわけじゃない。偽モヒカンはいつホンモノのモヒカン族になるか？　それを決めるのは誰？　どうしたらそうなったってわかる？

演奏のあいだあたしたちは、ステージ前でスラムダンシングをやった。取っ組みあって押しあって、負けて後ろに下がったりしながら、ホンモノのパンクと汗が混じりあい、肌が触れあいまくるのを感じた。ベニーはそういうのはあまりしなかった。彼はほんとうに音楽を聴いてたんだと思う。

ひとつだけ、気づいたことがある。そばかすのパンク・ロッカーはいない。そんなものは存在しない。

ある晩ジョスリンが電話に出ると、それはルーで、やあ可愛い子ちゃん、って言った。毎日毎日掛けてたんだぜ、でもいっこうに出やしない。ジョスリンがルーの言葉を繰り返したとき、なら夜掛けりゃいいじゃん、ってあたしは言った。

その土曜のリハーサルのあとで、ジョスリンはあたしたちとじゃなく、ルーと連れだって出掛けた。あたしたちはマブに行き、戻ってからアリスん家に行った。そのころにはもう、自分たちのアジトみたいにすごしてた。アリスのママが保温器を使ってガラスの器に作ったヨーグルトを食べ、リビングのソファに寝そべって、靴下を穿いた足を肘かけに載せた。アリスのママがホットチョコレートを作り、金のお盆に載せてリビングへ運んできたこともあった。彼女はおおきな、疲れた目をして、首には筋が目立っていた。ジョスリンがあたしの耳に、金持ちはもてなすのが好きなんだ、自分を見せびらかすのが、って言った。

でも今夜はジョスリンがいない。あたしはアリスに、以前話してた制服をまだ持ってるかどうか訊いた。アリスは驚いたみたいだった。うん、持ってるけど、って言った。

あたしは彼女のあとについて、ふわふわの階段を昇り、二階のアリスの部屋にはじめて行った。それは妹たちの部屋よりちいさく、毛足の長い青い絨毯が敷いてあって、壁は青と白の十字模様だった。ベッドは縫いぐるみで埋め尽くされていた。ぜんぶカエルの縫いぐるみだった。鮮やかな緑の、薄い緑の、または蛍光緑のカエル形だった。舌に蝿の縫いぐるみがついてるのもある。枕許のランプも、おまけに枕も、カエル形だった。

カエル好きって知らなかった、とあたしは言った。アリスは、そりゃあ知るわけないでしょ？　って言った。

アリスと二人きりになるのははじめてだった。ジョスリンが一緒のときよりも、アリスはつめたいように見えた。

彼女はクローゼットを開けて、椅子を持ってきてそこに立つと、制服の入ってる箱をうえから引っ張り出した。ちいさいときに着た、緑格子のワンピース。それからおおきくなってからの、セーラー襟の上下の服。どっちが好き？　ってあたしは訊いた。

どっちも嫌い、とアリス。制服なんか、誰が着たいかしら？

あたしは着たい、とあたし。

なにそれジョーク？

これがいったいどんなジョーク？

あなたとジョスリンが二人で言って、わたしがわからないのを見て、笑いものにするときみたいなジョーク。

喉がすごく渇くのを感じた。そんなことしない、とあたしは言った。あたしたち、笑いものになんかしてない。

アリスは肩をすくめた。気にしてないけどね。

あたしたちは絨毯に座り、二人の膝のあいだに制服が広がっていた。アリスは破れたジーンズを穿き、滴るような黒いアイメイクをしてたけど、髪は長くて金色だった。彼女もやっぱり、ホンモノのパンクじゃなかった。

しばらくして、あたしは訊いた。あんたの両親はなんで、あたしたちを入れてくれるんだろう？

両親じゃないわ、とアリス。母親と、義理の父親よ。

そっか。

あのひとたち、あなたたちを見張りたいんだと思う。

シー・クリフでは霧笛はひどくおおきく響く。まるで船のうえにたったひとりでいて、分厚い霧のなかを進んでるような気持ちになる。あたしは膝を抱えた。ジョスリンがいてくれたらと強く思った。

いまもそう？　あたしはそっと訊いた。いまもあたしたちを見張ってる？

アリスは深く息を吸い、吐いた。それから、いいえ、と言った。もう眠ってるわ。

バイオリンのマーティは高校生ですらなかった。サンフランシスコ州立大の二年生だった。ジョスリンとあたしとスコッティが（彼は代数IIが通ればだけど）、来年進むことになってる大学だ。ジョスリンはベニーに言った。あの間抜けをステージに立たせたら、たいへんなことになるぜ。

どうなるか見てみよう、とベニーは答えて、考えごとをするみたいに時計を見た。あと二週間と四日と六時間と何分後かまではわからないけど、そのとき明らかになるだろう。

言ってることがわからなくて、あたしたちはベニーを見た。彼はあたしたちに告げた――マブハイのディルク・ディルクセンが電話を掛けてきたんだ。ジョスリンとあたしは金切り声を上げ、ベニーに抱きついた。彼に触ると、電気に触れたみたいに感じる。彼の身体が腕のなかにある。彼にハグした瞬間を、あたしは逐一思い出せる。ひとつハグするごとにひとつのことを知った。彼の肌があたたかいこと、シャツを脱いだりはしないけど、スコッティみたいな筋肉を持っていること。そして今回は、彼の心臓を知った。その鼓動は手のひらに、彼の背中越しに伝わった。

ジョスリンが訊いた。それ、ほかに誰が知ってるの？

スコッティと、それにアリスも。だけどこのことが問題になるのは、もう少しあとのことだった。

ジョスリンはうちのアパートからルーに電話を掛けていた。あたしはロサンゼルスに従姉妹がいるから、電話代が目立たない。長く伸ばした黒い爪で、ジョスリンがダイヤルをまわすあいだ、あたしは親たちの花柄のベッドのうえで、ほんの二インチのところで見ていた。男の声で出るのが聞こえた。彼が実在するって知って、あたしはちょっと驚いた。ジョスリンの法螺《ほら》じゃなかったんだ。べつに疑ってたわけでもないけどさ。でも彼は、やあ可愛い子ちゃん、とは言わなかった。代わりにこう言った、こちらから掛けると言ったはずだぞ。

ジョスリンは、ごめん、て言ったけど、その声はちいさく虚ろだった。あたしは受話器をひったくり、ずいぶんなご挨拶じゃん？　って言ってやった。お前、いったい誰だ？　ってルー。レアだよ、ってあたし。すると穏やかな声になって、はじめまして、レア、と言った。ジョスリンに受話器を戻してくれないかい？

ジョスリンは受話器を受け取ると、遠くへ持って行っちまった。ルーが一方的に喋ってるみたいだった。一分か二分そうしていてから、ジョスリンがあたしを追い払った。あんたは出てて。出てってったら！

あたしは親たちの寝室を出て、台所へ行った。シダ植物が天井から鎖で吊ってあって、茶色い葉っぱがシンクに落ちていた。カーテンは松笠模様だった。兄と弟はベランダに出て、マメ科の植物を接ぎ木していた。弟の理科の宿題だった。あたしも一緒に外に出た。両目に太陽が差し込んできた。でもあたしは目を逸らさなかった。スコッティみたいに、まっすぐに見ようとした。

しばらくして、ジョスリンが出てきた。幸福感が、髪や肌に漂っている。あたしは思った

――気にしてないけどね。

ジョスリンはあとで、ルーがOKしたのだと言った。マブハイでのディルドズのライブに来てくれるって、それでもしかしたらレコード契約も結んでくれるかもしれない。約束じゃないぜ、とルーは念を押した。でもどっちにしても、楽しめるよな、可愛い子ちゃん？　おれたちいつも楽しんでるよな？


ライブのある夕方、あたしとジョスリンはルーとヴァネッシで待ち合わせることになった。ブロードウェイ通りのレストラン、エンリコの隣の店だ。テラス席でアイリッシュ・コーヒーを飲む観光客や金持ち連中が、あたしたちがそばを通るたび、ぽかんと口を開けて眺めるあの店。アリスを誘ってもよかったけど、ジョスリンが、さっとあそこん家ならヴァネッシなんてしょっちゅう両親に連れてってもらってる、って言った。両親じゃなくて、母親と義理の父親だよ、とあたしは言った。

隅のボックス席に座った男が、歯を見せて笑いかけてきた。それがルーだった。あたしの父さんとおない年くらい、つまり四十三くらいに見えた。髪はもじゃもじゃしたブロンドで、顔はまあハンサムだった。つまり、あたしたちの父親に、ときどきいるようなハンサムってことだ。

おいで、可愛い子ちゃん、とルーはほんとに言った。そしてジョスリンに向かって腕をあげてみせた。明るい青のデニムシャツを着て、銅らしきブレスレットをしていた。ジョスリンはテーブルをまわりこんでいくと、彼の腕のしたにぴったり収まった。レア、とルーが言って、反対の腕をあたしにあげた。あたしはジョスリンの隣に行こうとしてたけど、やめてルーの反対隣に座った。彼は両腕をあたしたちにまわした。するとあたしたちは、ルーの女みたいに見えた。

一週間前にあたしは、ヴァネッシの外のメニュー表に、ハマグリのリングイネを見つけていた。この一週間のあいだずっと、その料理を注文しようと考えていた。ジョスリンもおなじものを選び、注文がすむと、ルーがテーブルのしたからジョスリンに何か手渡した。あたしたちは二人でボックス席を抜け、女子トイレに行った。それはコカインがいっぱいに詰まったちいさな茶色い瓶だった。鎖の端にミニチュアのスプーンもついてる。ジョスリンはスプーンを二度山盛りにして、二つの鼻の孔に入れた。鼻を啜ってちいさく呻くと、目を閉じた。そしてふたたびスプーンを山盛りにして、あたしのほうへ寄越した。テーブルに戻るころには、頭のなかじゅうに目が散らばって、レストランで起きてることぜんぶをいちどきに見ることができた。いままでにやってきたコカインは、きっとほんとのコカインじゃなかったんだ。あたしたちは座ってルーに、フリッパーっていう新しいバンドの話をした。ルーはあたしたちにアフリカで乗った列車の話をした。その列車は駅に来ても完全には停まらず、ただ速度を落とすだけで、お客は飛び降りたり飛び乗ったりするんだ。あたしが、アフリカ行きたい！　って言うと、いつか三人で行こうってルーが言って、それはほんとに実現しそうな感じがした。アフリカじゃ土地がとても肥沃だから、丘の土は赤色なんだ、とルーが言い、うちの弟がマメを接ぎ木してたけど、その土はふつうの茶色だとあたしが言い、蚊はいる？　とジョスリンが言って、あんな漆黒の夜空と明るい月はこれまで見たことがないとルーが言い、あたしはその晩、大人としての人生がはじまっていくのを、ひしひしと感じたのだった。

ハマグリのリングイネが運ばれてきたけど、ひとくちも食べることができなかった。ルーだけが食べていた。生に近いステーキと、シーザーサラダと赤ワインを。ルーは片時もじっとしていないタイプの人間だった。三回ほど知らないひとがテーブルに来て、ルーに挨拶したけれど、彼は紹介してくれなかった。あたしたちは喋りに喋りまくって料理はすっかり冷えてしまって、ルーが食べ終わったときに揃ってヴァネッシを出た。

ブロードウェイ通りを歩くあいだ、彼はあたしたちの肩に腕をまわしてた。いつもの光景が通りすぎる。トルコ帽をかぶって通行人をカスバに誘い込もうとする薄汚い男たち、コンドルやビッグ・アルの戸口にたむろしてるストリップ嬢たち。笑いながら、袋をまわしながら、うろついているパンク・ロッカーたち。ブロードウェイ通りはひどい渋滞で、みんな車からクラクションを鳴らしたり、手を振ったりしてて、まるであたしたちみんなでひとつの巨大なパーティーにいるみたいだった。頭のなかの千の目で見ると、何もかも違って見える。まるで違う人間が見てるみたいだ。そばかすが消えたあとの人生は、ずうっとこんな感じだろうとあたしは思っていた。

マブハイのドアマンはルーの顔を見知っていて、長蛇の列をとばして入れてくれた。それはクランプスとかミュータンツとか、あとのほうで演奏するバンドを聴こうと並んでる連中だった。入ると、ベニーとスコッティとジョエルが、アリスと一緒にステージをセットしていた。ジョスリンとあたしはトイレに行って、犬の首輪と安全ピンを身につけた。トイレから出てくると、ルーがバンドのみんなに自己紹介してるとこだった。ベニーがルーの手を握って、お会いできて光栄です、って言った。

ディルク・ディルクセンがいつものように諷刺の効いた紹介をしてくれて、フレーミング・ディルドズは『草のうえの蛇』から演奏をはじめた。お客は誰も踊ってなかったし、ちゃんと聴いてもいなかった。まだ入場の途中だったり、お目当てのバンドの演奏がはじまるまで暇を潰したりしてるのだ。いつもなら、ジョスリンとあたしはステージの真ん前で聴くんだけど、その晩は後ろのほうへ行って、ルーと一緒に壁に凭れていた。彼はあたしたちにジントニックを買ってくれた。ディルドズの演奏がいいのかどうか、あたしにはよくわからなかった。っていうか何も聞こえなかった。心臓はひどくどきどきしてたし、頭のなかに詰まった目玉はまわりじゅうに目を剝いてた。ルーの横顔の筋肉を見ると、彼は歯を食い縛ってるみたいだった。

マーティは二曲めから入ったけど、緊張してバイオリンを落としてしまった。ろくに聴いてなかった観客は、マーティがコンセントに差し直そうとしゃがみ、ズボンからケツの割れ目が覗くと俄然《がぜん》注目して野次を飛ばした。あたしはベニーを見ることすらできなかった。えらいことになったと思った。

『計算しろよ』の演奏がはじまったとき、ルーがあたしの耳に怒鳴った。あのバイオリンは誰の提案なんだ？

あたしはベニーだって答えた。

あのベースのやつか？

頷くと、ルーはベニーをしばらく凝視した。その間あたしも彼を見た。大した弾き手じゃないな、とルーは言った。

でもベニーは……って説明しようとした。これはぜんぶベニーの……。

何かグラスみたいなものがステージに向かって放り投げられた。でもスコッティの顔に当たった瞬間、氷だとわかってほっとした。スコッティはちょっとたじろいだけど、構わず演奏を続けた。バドワイザーの缶が飛んできて、マーティの額にもろに当たった。ジョスリンとあたしは顔を見合わせ、パニックに陥った。でもあたしたちが動こうとすると、ルーが引き留めた。ディルドズは『ホワット・ザ・ファック？』をはじめたけど、いまやステージじゅうにゴミが飛び交っていた。安全ピンで鼻と耳たぶを繋いだ四人の男が投げているのだ。数秒ごとに新しいドリンクがスコッティの顔を直撃する。スコッティはとうとう目を閉じて演奏しはじめた。あの斑点の傷跡を、見てるんだろうかとあたしは思った。アリスはゴミを投げてる連中に体当たりしようとしていた。そしたらみんなすごい勢いでスラムダンシングをはじめた。ダンスっていうより喧嘩みたいだった。ジョエルはめったくたにドフムを叩き、スコッティはもともと裂けてるTシャツを引き裂いて、ゴミを投げてるやつの顔に投げつけた。それはぎゅんと音を立て、正面の男にまともに当たった。続いて二発目もヒュンと投げた。うちの兄と弟がタオルの投げっこをするのに似てたけど、もっと鋭かった。スコッティの磁力が働きはじめた。ひとびとは剝き出しになったスコッティの筋肉が、汗とビールに濡れてひかるのを見た。ゴミ投げ野郎のひとりがステージにあがろうとしたけど、スコッティはそいつの胸をブーツの裏でまともに蹴りつけた。男が蹴り飛ばされた瞬間、聴衆が息を飲むのがわかった。スコッティは笑っていた。はじめて見るような笑い顔だった。犬歯が剝き出しになっていて、あたしはスコッティが誰よりも怒っているのだとわかった。

　ジョスリンのほうへ向きなおると、彼女は消えていた。たぶん千の目に教えられて、あたしはしたを見たんだと思う。ルーの指が彼女の黒髪を摑んでるのが見えた。ジョスリンは彼の前に跪《ひざまず》き、口でやっていた。まるで音楽が隠してくれるみたいに、誰にも見えてないかのように。ほんとに誰も見てなかったかもしれない。ルーのもう片方の腕はあたしにまわされていた。あたしが逃げなかった理由はそれだと思う。逃げようとすれば逃げられたのに。でもあたしはそこに立っていて、そうしてルーはジョスリンの頭を彼の脚のあいだに何回も何回も押しつけていて、あたしはジョスリンがどうやって息をできてるのか不思議だった。その繰り返しを見てるうちに、ジョスリンは何かの動物か、さんざん使っても壊れない機械みたいに思えてきた。あたしは努めてステージを見てた。スコッティは濡れたシャツを投げつけ、ブーツで聴衆を蹴り続けてた。ルーはあたしの肩を摑み、その手にますます力を込めた。そしてあたしの首に頭をつけると、激しい呻き声をあげてイッた。音楽のなかでもその声が聞こえた。彼はあたしにくっついていた。そう思ったら突然泣けてきた。涙が両目から流れ出した。顔の、二つの目からだけ。あの無数の目たちはもう閉じられていた。

ルーのアパートの壁には、何本ものエレキ・ギターとゴールドやシルバーのレコード・アルバムが飾られていた。ジョスリンの言ってた通りだった。でも三十五階にあるなんてことは聞いてなかった。それはマブハイから六ブロックのところの建物で、エレベーターには緑大理石の厚板が敷き詰められていた。これを言わないでおいたなんて、ちょっとどうかと思う。

台所ではジョスリンが、フリトスのチップスを皿に山盛りにして、冷蔵庫から青リンゴの入ったボウルを取り出していた。その前にはクアールルードをまわしていた。みんなにひとりひとつずつあげてたのに、あたしにはくれなかった。あたしを見るのが怖いんだと思った。いい、いい、いい、誰がもてなしをする番だよ？　ってあたしは訊きたくなった。

リビングにはアリスとスコッティが座ってた。スコッティはルーがクローゼットから出したペンドルトンのシャツを着てた。青ざめて震えてるみたいだった。さんざん物を投げられたせいかもしれないし、ジョスリンには恋人がいて、それは自分じゃなくて、永遠にそれは自分じゃないって思い知らされたせいかもしれない。マーティもそこにいた。頬に切り傷ができてたし、青痣《あざ》にもなりかけていた。そして誰にともなく、強烈だったよ、って繰り返し言い続けてた。ジョエルはもちろん、車でまっすぐ家に帰った。ライブは成功だったってことで、みんなの意見は一致してた。

ルーがベニーを螺旋階段のうえの録音スタジオへ連れていったから、あたしもあとにくっついていった。ルーはベニーを〝坊や《キドー》〟と呼び、部屋に置かれた機材について逐一説明してやっていた。部屋はちいさくてあたたかく、壁じゅうに黒い発泡素材が取りつけられていた。ルーの脚はひっきりなしに動きまわり、口は音をたてて青リンゴを齧《かじ》っていた。岩を砕くみたいな音だった。ベニーはドアの外をちらちら見てた。階段の手すりの向こうのリビングに、アリスの姿を窺ってたんだろう。あたしはずっと叫びだしそうだった。さっきクラブで起きたことは、ルーとセックスしたことになるんじゃないかと不安だった――あたしも加わったことになるんじゃないかと。

結局、階下へ戻ることにした。リビングの手前のドアがちょっと開いていて、扉越しにおおきなベッドが見えた。あたしはなかに入って横たわり、びろうどのベッドカバーに顔をうずめた。ぴりっとしたお香の匂いが身体のまわりを流れていった。部屋はひんやりとして暗く、ベッドの両わきには額に入った写真がいくつか置かれていた。身体じゅうが痛かった。しばらくすると誰か入ってきて、あたしの隣に横たわった。ジョスリンだった。彼女もあたしも何も言わず、暗いなかにただ並んで寝そべっていた。それからあたしはやっと言った。

教えてくれりゃあ、よかったのに。

教えるって、何をさ？　ジョスリンは訊いたけど、あたしにもわからなかった。ジョスリンは、たくさんありすぎて、って言って、その瞬間何かがすんだ気があたしはしたのだった。

しばらくしてジョスリンがベッドサイドの灯りをつけた。見て。彼女が手にした写真のなかで、ルーはスイミング・プールに入り、子どもたちに囲まれていた。ちいさい子二人は赤ちゃんと言ってよかった。数えたら六人いた。これ、あのひとの子どもなんだ。この金髪の娘《こ》、チャーリーって呼ばれてるんだけど、彼女はもう二十歳。こっちはロルフで、彼はわたしたちとおなじくらいの歳。みんなでアフリカに行ったんだって。

あたしは写真に顔を寄せた。子どもたちに囲まれて、ルーはすごく幸せそうで、ふつうのお父さんみたいだった。あたしたちと一緒にいたルーが、このおなじルーなんて信じられない。それからロルフを見つけた。青い目に黒い髪で、明るく優しそうに笑ってる。あたしは胃がぐるぐるするのを感じた。ロルフ、ちょっと素敵じゃん、って言った。ジョスリンは笑って、ほんとうに素敵だよって答えた。わたしがそう言ったってこと、ルーには内緒ね、とも付け加えた。

間もなくルーが部屋に入ってきた。新しいリンゴをまた岩みたいに食べてる。きっとリンゴはみんなルーのものなんだ。ひっきりなしに食べてるもん。彼を見ないようにしてベッドから降り、部屋を出た。ルーはあたしの背後で扉を閉めた。

リビングで何が起きてるか、理解するのにちょっとかかった。スコッティは脚を組んで座り、炎をかたどった金色のギターを手に取っていた。後ろにはアリスがいて、両腕を彼の首にまわし、顔と顔をくっつけて、長い髪はスコッティの膝に落ちていた。目はうっとりと閉じられている。あたしは一瞬、自分が誰だかマジで忘れそうになった――ベニーがこれを見たらどう思うだろうって、そのことしか考えられなかった。あたしはベニーを探したけど、部屋にはほかにマーティが、努めて気配を消しながら壁のレコードを見てるだけだった。それからアパートぜんたいに——寝椅子にも、壁にも、床にさえも——音楽がいきなり洪水になって溢れてきたのに気づいた。ベニーがひとりでスタジオにいて、音楽を降り注いでるんだとわかった。さっきまでは『ドント・レット・ミー・ダウン』。つぎがブロンディの『ハート・オブ・グラス』。そしていまはイギー・ポップの『ザ・パッセンジャー』だった。

おれは乗客
おれは街の端っこを走るバスに乗ったまま
星が空から生まれるのを見てる

聴きながら思っていた。あたしがどんなにあんたをわかってるか、きっと知ることはないだろう、って。

マーティがためらいがちに、あたしのほうを見てるのに気づいた。やがてその視線の意味がわかった——あたしは売れ残ったから、マーティをあてがわれるんだ。そこでガラスの引き戸を開けて、ルーのベランダに出ていった。こんな高いとこからサンフランシスコを見るのははじめてだった。やわらかな藍色の背景に、色とりどりの灯りが浮き、煙みたいな霧が漂っている。平坦な暗い湾に、桟橋が長く突き出ている。少し風があったので上着を取りに戻り、また出て、白いプラスチックの椅子に膝を抱えてまるくなった。そして気持ちが落ち着くまで、風景を見ていた。世界は、だだっぴろいと思った。だから誰もほんとうには世界を説明できない。

しばらくすると引き戸が開いた。きっとマーティだろうと思って、顔をあげないでいた。でもそれはルーだった。裸足で、ショートパンツを穿いていた。日に焼けた脚の色が暗いなかでもわかった。ジョスリンは？　ってあたしは訊いた。

寝てる、とルーが答えた。彼は手すりのとこに立ち、外を眺めていた。ルーがじっとしてるとこを見るのははじめてだった。

あたしはこう訊いてみた。あたしたちくらいの歳のころ、どうだったか憶えてる？

ルーはにやりと笑い、椅子のうえのあたしを見た。でもその笑顔は、晩ごはんのときの笑顔のコピーにすぎなかった。おれはきみたちとおない年さ。

ふん、とあたしは言った。六人も子どもがいるくせに。

ああ、いるな、と彼は答えた。そしてこっちに背中を向けて、あたしが去るのを待つみたいだった。この男とセックスなんかしてない、とあたしは考えた。あたしはこの男を知ってさえいない。やがて彼は言った。おれは年を取らないんだ。

あんたはすでに年寄りだよ、ってあたしは言ってやった。

彼はくるりと振り向いて、椅子にまるまったあたしを覗き込んだ。お前は怖い、と言った。自分で気づいてるか？

そばかすのせい、とあたしは言った。

そばかすじゃない、**お前**だ。ルーはあたしを見つめたままだった。やがて彼の表情で何かが変わり、おれは好きだぜ、と言った。

嘘つき。

嘘じゃない。おれはお前には、正直にならざるを得ないだろうよ、レア。

彼があたしの名前を憶えてたことに驚いた。もう遅いよルー、とあたしは答えた。

ルーは笑った。心底から笑った。それであたしたち、ルーとあたしは、友達になったんだってわかった。あたしが彼を憎んでたとしても、そんでじっさいそうなんだけど、それでも友達なんだって。あたしは椅子から立ちあがり、ルーのいる手すりのとこへ行った。

ひとはお前を変えようとするだろう、レア。だけど変えさせては駄目だ、と彼は言った。

でもあたしは変わりたい。

駄目だ。ルーは真面目に言っていた。お前はうつくしい。そのままでいろ。

でもそばかすが、と言ったところで、あたしは喉がつまったみたいになった。

そばかすはお前のいちばんよい部分だ。お前のそばかすに夢中になり、そのひとつひとつにキスしたがる男がいつか現れるだろう。

あたしは泣きはじめていた。隠すことさえしなかった。

おいおい、と彼は言った。そして姿勢を低くしたので、顔がすごく近くなり、目がまっすぐにあたしの目に入った。ルーは疲れてるように見えた。誰かが彼の肌のうえじゅうを歩き、足跡をつけていったみたいだった。この世界にはな、クソッタレなやつらが溢れてる。だがレア、そんなやつらの言うことを聞くな——おれの言うことを聞いてればいい。

あたしはルーもそのクソッタレのひとりだとわかってた。でも彼の言葉を聞いた。

その晩から二週間後、ジョスリンが家出した。それをあたしが知ったのは、ほかのひとたちと同時だった。

お母さんは真っ先に、あたしのアパートへやってきた。ジョスリンのお母さんとうちの両親と兄貴が、あたしを問いただしにきた——何を知ってる？　新しい彼氏って誰？　あたしは、それはルーだと言った。ロサンゼルスに住んでて六人子どもがいる。ビル・グレアムの個人的な知り合い。ベニーならルーが何者か、詳しく知ってるかもと思った。そこでジョスリンのお母さんも高校に来て、ベニー・サラザーと話そうとした。でもベニーはなかなか見つからなかった。アリスとスコッティが付き合いはじめたので、ベニーは穴ぐらに来なくなったのだ。彼とスコッティはもともと話さなかったけど、以前は二人でひとりみたいだった。でもいまはぜったい顔を合わせない。

あたしはこう考えるのをやめられなかった——もしあのときルーを振り切って、ゴミ投げ野郎と闘ってたら、ベニーはあたしと付き合ってくれただろうか？　スコッティがアリスと付き合ったみたいに？　そのひとつの行動が、すべてを変えることはあっただろうか？

数日のうちに、ルーの居場所を突き止めた。彼は電話でジョスリンのお母さんに、彼女が何の前触れもなく、ヒッチハイクではるばる彼の家まで来たことを告げた。ジョスリンは無事だし、面倒は見てやっている、路上に放り出すよりマシだとも言った。そして来週サンフランシスコに行くとき、一緒に連れて帰ると約束した。今週来ればいいじゃん、とあたしは思った。

ジョスリンを待っているあいだ、アリスが家に呼んでくれた。学校から二人でバスに乗り、長い道のりをシー・クリフまで行った。昼間の太陽のしたでは、アリスの家はちいさく見えた。台所であたしたちは、彼女のママの手作りヨーグルトと蜂蜜とを混ぜて、ひとり二カップずつ食べた。それから二階へ行って、カエルでいっぱいのアリスの部屋の、窓際に作りつけられた長椅子に腰かけた。生きたカエルを捕まえて、ガラスのテラリウムで飼う計画があることを、彼女はあたしに教えてくれた。スコッティが愛してくれているから、アリスは穏やかで、幸福だった。彼女がマジでホンモノなのか、またはホンモノなのかどうか自分で気にするのをやめちまったのか、わからない。それとも、気にするのをやめてはじめて、ひとはホンモノになるのかな？

ルーの家は海から近いだろうか。ジョスリンも波を見てるかな。二人がルーの寝室を離れることはあるんだろうか。そしてロルフも家にいる？　問いは湧きあがるばかりで、答えはちっともわからない。そのときあたしの耳にどこからか、誰かのくすくす笑う声、何かを打つ音が聞こえてきた。何ごと？　ってあたしは訊いた。

妹たちよ、とアリスは言った。テザーボールをやってるの。

あたしたちは階下に降りて、アリスん家の裏庭に出た。夜になら何度か来たことがある。でもいまは燦々《さんさん》と陽が射してて、花々の織り成す模様も見えたし、木に生《な》っているレモンも見えた。その庭のへりのところで、ちいさな女の子が二人、銀の柱に括りつけた鮮やかな黄色のボールを打っていた。そしてあたしたちのほうを向き、緑色の制服姿で笑った。

4 サファリ

1. 草原

「ねえ、チャーリー、憶えてる？　ハワイで、夜に海に行ったら、雨が降ってきたときのこと」

ロルフが話しかけているのはシャーリーン、自身の正式なファーストネームを嫌い、〝チャーリー〟と名乗っている姉だった。けれども彼らはみな焚火のまわりに寝そべっていたし、ロルフが自分から口を利くことは滅多にないことだし、それに姉弟の後ろで（土に半ば脚の埋もれた）キャンプ椅子に座っている父親のルーは、その実生活がみなの興味を引くようなレコード・プロデューサーであったため、そばにいる人たちは会話に聞き耳を立てる。

「憶えてる？　ママとパパはテーブルに残って、もう一杯飲もうとしてたんだ……」

「さすがに無理でしょう」姉弟の父が、左側で野鳥観察をしているご婦人たちにウィンクしながら割り込んでいる。この暗いのに二人とも双眼鏡を首に掛けている。かがり火に照らされた頭上の枝に、鳥が見えないかと希望を抱いているらしい。

「憶えてる、チャーリー？　砂浜はまだあったかくて、狂ったみたいな風が吹いてた」

だがチャーリーは、自分の背後の父親の脚に気を取られている。それはガールフレンドのミンディの脚と絡みあっている。この二人は間もなくグループを離れ、おやすみを言って自分たちのテントに引きこもるだろう。そしてガタつく狭いキャンプベッドの上で愛の営みにふけるのだ。地面の上でかもしれないけど。隣接するロルフと一緒のテントから、チャーリーはそれを聞き取ることができた――正確には音そのものじゃなくて、その動きを聞き取った。ロルフはまだ幼いから、気づかない。

チャーリーは首を背中に反《そ》らせるように投げ出し、父親をぎょっとさせる。ルーは三十代後半で、えらが張ったサーファーのような顔をしていたが、目許はやや弛《たる》んできていた。

「あの旅行のときは、まだママと結婚してたよね」と娘は父に思い出させてやる。プーカ貝のチョーカーをつけた喉は弓なりに曲がっていて、そこを通ってくる声も引き伸ばされている。

「そうだよ、チャーリー」とルーが言う。「忘れるわけがないじゃないか」

年配の野鳥観察婦人たちは、残念そうな笑みを交わす。ルーはたゆまぬ魅力によって個人的いざこざを生み出し続ける種類の男であり、その痕跡はまるで曳航《えいこう》のように彼の背後に見えている。すなわち、二度の結婚の失敗と、ロサンゼルスにあと二人いる子ども。その子たちは小さすぎて、三週間の探検旅行《サファリ》に伴うことはできなかった。このサファリはルーの昔の軍隊仲間ラムジーが始めた事業だ。ルーは彼と飲んでは羽目を外したもので、朝鮮出征をかろうじてまぬがれたのはもう二十年近く前のことだった。

　ロルフがチャーリーの肩を引っ張る。彼は姉に思い出し、もう一度感じて欲しがっている――風と、黒く果てのない海を。姉弟は暗闇に目を凝らしていた。はるか彼方の、成長した自分たちの人生から、何かのしるしを待ってでもいるかのように。「チャーリー、憶えてる？」

「ええ」チャーリーは目を細めて答える。「確かに憶えてるわ」

　サンブル族の戦士が到着する。戦士は四人で、二人は太鼓を持っている。それから陰に子どもがひとりいて、黄色いロングホーン牛の面倒を見ている。彼らは昨日も来た。午前の動物探検のあとで、ルーとミンディは〝昼寝〟をしていた。チャーリーと一番美しい戦士とが、おずおずと視線を交わしあったのはそのときのことだった。彼は瘢痕《はんこん》組織による模様を、その見事な構造物たる胸や肩や背中にかけて、ぐるぐると線路のようにつけている。

　チャーリーは立ちあがり、戦士たちに近寄る。半ズボンに、小さな円い木製のボタンのある綿のシャツを着た、痩せた少女。歯並びはほんの少し乱れている。太鼓打ちが太鼓を叩きはじめると、チャーリーの好きな戦士ともうひとりの戦士が歌を歌いはじめる。腹部から絞り出される喉声。彼らの前でチャーリーは身体を揺らす。アフリカ滞在のこの十日のあいだに、彼女はまるで違うタイプの女の子みたいに振る舞うことを覚えていた。ふだんなら彼女を脅かすタイプの女の子みたいにだ。数日前、一行は軽量コンクリートブロックでできた町を訪れた。チャーリーはバーで泥みたいな見た目のカクテルを飲み、その後蝶々のかたちをした銀のイヤリング（父親からの誕生日プレゼントだった）を、まだとても若いのに母乳を出している女に、彼女の住む小屋のなかであげてしまった。チャーリーは遅れてジープに戻った。アルバートが探しまわっていた。ラムジーのもとで働いている男だ。「気をつけな」と彼は言った。「お父さんが心配してるぜ」チャーリーは気にしなかったし、いまだって気にしていない。父親の注意の気まぐれな視線を意のままにすることには快感があった。いまだって、彼女がひとり火のそばで踊っているのを、父がやきもきしながら見ているのがわかる。

ルーはミンディの手を放し、椅子の上に座りなおす。娘の痩せた腕を摑み、黒人男たちから引き離したい。だがもちろん、そんなことはしない。そんなことをすれば娘の勝ちだ。

例の戦士がチャーリーに笑いかける。彼は十九歳で、チャーリーとは五つしか違わないが、十歳のときからすでに村を離れて暮らしていた。これまで数々のアメリカ人女性に歌を歌ってきた経験からすると、チャーリーは子どもと見做《みな》してよい。三十五年後の二〇〇八年には、この戦士はキクユ族とルオ族の部族間抗争に巻き込まれ、焼死することになる。そのときまでに四人の妻を娶《めと》り、六十三人の孫を得る。そのひとりのジョーという少年が、彼のラレマを受け継ぐことになる――それはライオンを狩るときの短剣で、革製の鞘に収められ、いま彼の腰に結わえられているものだ。ジョーはコロンビア大学のカレッジで工学を学び、僅かな変則的動作も見逃さない視覚ロボット工学の専門家となるのだが、それは草原にライオンの気配を探してすごした子ども時代の賜物でもある。彼はルルというアメリカ女性と結婚し、ニューヨークに残る。そこで考案したスキャン技術は大衆警備の標準規格となる。ジョーとルルはトライベッカ地区にロフトを購入し、祖父の狩り用の短剣はそこで強化アクリル《プレキシグラス》の立方体に入れられ、天窓の真下に飾られることになる。

「息子よ」とルーがロルフに言う。「散歩に行こう」

少年は土埃のなかから立ち上がり、焚火から離れて父と歩く。焚火を囲むように十二のテントが並び、ひとつに一人ずつサファリの客が泊まっている。それに野外トイレ二つと、シャワー小屋ひとつ。シャワー小屋の水は火で温められていて、ロープを引くと袋から出る仕組みだ。ここからは見えないが、炊事場の近くにやや小さめのスタッフのテント群がある。そしてその向こうには茂み《ブッシュ》が、ざわめきながら黒く広がっている。決して近づかないようにと警告されている場所だ。

「お前の姉さんはイカれた真似をしてるな」暗闇に足を踏み出しながら、ルーが言う。

「どうして？」とロルフは訊く。彼はチャーリーの振る舞いのどこにも、イカれたところは見いだせなかったのだ。だが父は質問の意味を取り違える。

「女ってやつは狂ってるからさ」と彼は答える。「お前もこの先の長い人生を、その理由を探しながらすごすことになるだろう」

「でもママは狂ってないよ」

ていない、ってことになる」

「確かに」ルーは黙って、少し考える。「しかし正確に言うと、お前のママは充分には狂っていない、ってことになる」

歌声と太鼓が不意に遠くなり、ルーとロルフは鮮やかな月の下、二人きりになる。

「ミンディは？」とロルフが訊く。「ミンディも狂ってる？」

「いい質問だ」とルー。「お前はどう思う？」

「ミンディは読書好きだよ。たくさん本を持ってきてる」

「そうだな」

「ぼくはミンディが好き」とロルフ。「でも狂ってるかどうかはわからない。どれくらい狂ってたら充分なのかも」

ルーはロルフの肩に腕をまわす。彼が内省的な人間であったなら、この息子が彼の気持ちを鎮めることのできる世界でただひとりの人間であると、何年も前に気づいていただろう。またロルフが自分に似ることを期待していたにもかかわらず、この息子の性質のうち彼を喜ばせるものの多くは、彼自身とは異なった性質であることにも。その性質とは、物静かなこと、思慮深いこと、自然や他者の痛みに波長を合わせられることなどだった。

「どうだっていいことさ」とルーは言う。「だろ？」

「うん」ロルフも同意する。そして女たちは太鼓の音みたいに遠ざかり、彼と父とは二人きりになる。無敵のコンビだ。ロルフは十一歳だったが、自分について二つのことをはっきりと知っている。自分は父親のものだということと、父親は自分のものだということ。

ブッシュのさざめきに囲まれて、二人は静かに立っている。空には星がぎっしりと詰まっている。ロルフは目を閉じて、また開ける。今晩のことは、一生忘れないだろう、と思う。そしてそれは正しかった。

やっとキャンプに戻ってくると、戦士たちはもう帰ったあとだ。フェニックス派（サファリの参加者のうち、そのフェニックスなる怪しげな町から来た者たちを、ルーは一括りにそう呼んでいた）の粘り強い連中が、何人か火のそばに座り、昼間見た動物たちのことを競うように話している。ロルフは自分のテントに這い入り、ズボンを脱ぐと、Tシャツと下着姿で簡易ベッドに這い上がる。チャーリーはもう寝ているだろうと思う。だが彼女が口を利いたとき、その声から、泣いていたのだとわかる。

「どこに行ってたのよ？」とチャーリーは言う。

2. 丘

「そのバックパック、いったいぜんたい何が入ってるの？」

そう言うのは、旅行代理店でルーを担当しているコーラだ。彼女はミンディを嫌っている。だがミンディは、それを個人的な感情とは受け取らない——それは**構造的嫌悪**である。ミンディは自身の造語であるこの言葉が、この旅行においてひじょうに高い汎用性を持つことを見出していた。筋張った首を隠すために襟の高いシャツを着た独身の四十代女は、強い男の恋人である二十三歳の女性を、構造的に、嫌う。その男は、わびしい中年女にとって雇用主であるばかりでなく、旅行中のあらゆる費用を支払ってもくれている。

「人類学の本よ」ミンディはコーラに答える。「わたし、バークレー大学の博士課程にいるの」

「それ、読まないの？」

「車酔いしたから」とミンディは言う。揺れて上下するジープに乗っているのだからもっともな答えだが、それは真実ではない。ボアズやマリノフスキーやジョン・ムッラを、なぜ開きもしないのか、彼女は自分でもよくわからない。きっと同じくらい実のある何かを、別のやり方で学んでるんだと考えている。毎朝食事用テントで配られる沸かしたてのブラック・コーヒーを飲み、大胆になっているときなどは、いっそこんなふうに思うこともある。社会的構造と感情的反応の関係における彼女の洞察は、レヴィ＝ストロースの焼き直し以上のものになるのではないか——現代に当てはまるよう手を加えられた改良版になるのではないかと。彼女はまだ博士課程の二年生でしかなかった。

五台のジープは草原のなかの埃っぽい道を走っていく。草原は一見茶色だが、その内側に幅広い色相を隠している。紫、緑、そして赤も。ミンディたちのジープは列の最後尾についた。運転しているのはアルバートで、ラムジーの片腕として働く無愛想なイギリス人だ。この数日ミンディは、アルバートのジープをどうにか避けてきた。だがもっともすごい動物を見せてくれるのはアルバートだともっぱらの評判で、今日は動物探検はなく、この旅行初のホテルに宿泊するため丘を目指して走るだけなのにもかかわらず、子どもたちはアルバートのジープに乗りたいと言ってせがんだのだった。そしてルーの子どもたちを、構造的に可能な限り喜ばせてやるのも、ミンディの務めのひとつだった。

構造的憤慨――二度離婚した男の思春期の娘は、父親の恋人がそばにいるのが耐え難く、自身の限られた力を精一杯用いて、父親の興味をこの恋人から引き離そうとする。その際、発生期の性的魅力が主要な武器となる。

構造的愛着――二度離婚した男の前思春期の息子（かつ父のお気に入りの子ども）は、いまだ父親の愛と欲望を彼自身のそれと区別できないため、父親の新しい恋人を容認し、受け入れる。そして彼自身もその恋人を、ある意味で愛し欲望するようになり、彼女はその母親となるには若すぎるにもかかわらず、彼に母性本能を掻き立てられる。

ルーはアルミ製の大きなケースを開けている。そこには彼の新しいカメラが、分解されたライフル銃のように、パーツごとに緩衝材で仕切られて入っている。物理的に身動きが取れないとき、彼を苦しめる退屈から逃れるため、ルーはカメラを使うのだ。彼はごく小さなカセットプレイヤーを装備していて、クッションつきの小さなイヤホンでデモ・テープやラフ・ミックスを聴く。そしてときどきミンディの意見を求めて、その装置一式を彼女に渡すのだが、そのたびミンディは音楽が自分の鼓膜に――ただ彼女ひとりだけの鼓膜に、直接流れ込んでくるという経験に心を打たれ、涙が溢れてくるのだった。その親密な経験は、彼女の周囲の状況を光り輝くモンタージュに変え、まるでどこか未来の地点から、この現在のルーとの戯れを追想しているかのような気がするのだ。

構造的不適合――二度離婚した強い男は、自分より若い恋人である女の野心を認識することができず、ましてや是認することはなおさらできない。よって二人の関係は、その性質上一時的なものとなる。

構造的欲望――強い男の若く一時的な恋人である女は、その男の力を歯牙にもかけないような独り身の男性に、不可避的に引き寄せられる。

アルバートは片肘を窓から出して運転している。彼はこのサファリにあって、大方寡黙な存在だ。食事は食事用テントで手早くすませ、何か聞かれても短くしか答えない（「お住まいはどちらなの？」「モンバサ」「アフリカにはどれくらいいらっしゃるの？」「八年」「どんな理由でこちらへ来ることにしたの？」「いろいろと」）。夕食のあとのキャンプファイヤーに加わることも稀《まれ》だ。あるときミンディは野外トイレに行く途中、スタッフテント側のもうひとつの焚火のそばで、アルバートがビールを飲みながらキクユ族の運転手と笑いあっているのを見かけた。ツアー客といるときは滅多に笑わないのに。たまたま彼と目が合うと、ミンディは自身に羞恥を覚えた。なぜなら彼女は美しかったから。なぜならルーと寝ていたから。なぜならこの旅の目的は人類学的研究を集団力学と民族的居留地に実地に当てはめることだと自分に言い聞かせていたけれど、ほんとうのところ彼女が求めていたのは享楽と冒険、そして徹夜続きの四人のルームメイトから解放されることだったから。

アルバートの隣の助手席《ショットガン・シート》にはクロノスが座り、動物についてあれこれ捲《まく》したてている。彼はルーのプロデュースするバンドのひとつ、マッド・ハッターズのベーシストで、バンドのギタリストとそれぞれの彼女と一緒に、ルーのゲストとしてツアーに参加している。マッド・ハッターズのこの四人は、動物を見ることに心底から執着している（**構造的執着**――集団における、状況的に導かれた強迫観念は、一時的に貪欲さや競争心、嫉妬などの中心となる）。彼らは夜毎誰がもっとも多く、どんな種類の動物を見たかを競いあっていて、おのおののジープから目撃証人を募り、写真という決定的な証拠を帰国後現像して渡してやることを約束しているのだ。

アルバートの後ろには、旅行代理店員のコーラが座っている。彼女の隣で窓を凝視しているのはブロンドの俳優ディーンで、見ればわかる当たり前のことしか言わない彼の才能――「暑い」とか「陽が昇った」とか「木がたくさんある」とか――は、ミンディをいつも面白がらせる、外れのない材料だった。ディーンはルーがサウンドトラックの制作を手伝う映画に出ている。その映画が公開になれば、ディーンはたちまちにして成層圏を突き抜ける名声を獲得するだろうというのが大方の推測だ。ディーンの後ろではロルフとチャーリーが、漫画雑誌《マッド》をミルドレッドに見せている。ミルドレッドは野鳥観察婦人のひとりで、彼女かその片割れのフィオナのどちらかは、つねにルーのそばに見受けられる。ルーは飽くことなく二人にちょっかいを出し、野鳥観察に連れていくよう促している。婦人たちはもう七十代で、このツアーで初めてルーと知り合ったというのに、彼がそんなにも彼女たちに入れ込んでいることは興味深い。ミンディはそこにどんな構造的理由も見つけられない。

最後部の座席では、ミンディの隣でルーがサンルーフから上半身を出し、写真を撮っている。ジープが走っているあいだは席に着くという決まりを無視している。アルバートが急にハンドルを切り、ルーは座席に揺り戻されて、カメラで強《したた》かに額を打つ。ルーはアルバートに悪態をつくが、その言葉も丈高い草を分けて走るジープの音に掻き消される。ジープは道を外れている。クロノスが開けた窓から身を乗り出したので、ミンディはアルバートがこの逸脱を、クロノスがほかの競争者に優位に立てるよう行ったのだとわかる。それとも、ルーをやり込めるという甘美な誘惑に負けたのだろうか。

道なき道を一、二分ほど走り、ジープはライオンの群れから数フィートのところへ出る。全員が息を飲み、静かになる——こんなに動物の近くに来たのは、このツアーで初めてのことだ。エンジンはまだ動いていて、アルバートの手は躊躇いがちにハンドルに置かれている。だがライオンたちは落ち着いていて、こちらに無関心なようだ。アルバートはエンジンを切る。モーターがかちかちいう以外は完全な静寂で、ライオンの呼吸する音が一同に聞こえている。雌が二頭、雄が一頭、子が三頭。子ライオンたちと雌の一頭は、シマウマの血まみれの死体を貪《むさぼ》っている。ほかのライオンたちはうとうとしている。

「食べてる」とディーンが言う。

カメラのフィルムを送るクロノスの両手は震えている。「すげえ」と彼は言い続けている。

「すっげえ」

アルバートは煙草に火をつけて——ブッシュにいるあいだは禁じられている行為だ——待つ。目の前の光景には無関心で、手洗い場の外で煙草を吸っているかのような風情である。

「立ってもいい？」と子どもたちが訊く。「危なくない？」

「パパは立つぞ」とルーが答える。

ルー、チャーリー、ロルフ、クロノス、そしてディーンが座席の上に立ち、押し合いながら上半身をサンルーフの外へ出す。ミンディは必然的に、アルバート、コーラ、ミルドレッドとともにジープのなかに残される。ミルドレッドは双眼鏡でライオンを見ている。

「どうしてわかったの？」束の間の沈黙のあと、ミンディは訊く。アルバートが首をまわして振り返る。二人のあいだには、ジープの長さ分の距離がある。アルバートの髪はぼさぼさで、口髭が生えている。顔からいたずらっぽい調子が窺える。「ただそんな気がしたのさ」

「半マイルも離れてたのに？」

「第六感が働くんじゃないかしら」とコーラが言う。「何年もこの土地に住んでるんだもの」

アルバートはもとに向きなおり、開いた窓から煙を吐き出す。

ミンディはさらに訊く。「何か見えたの？」

アルバートがもう振り返らないようにとミンディは願うが、彼は振り返り、座席の背凭れに身体を寄せる。子どもたちの剝き出しの脚を通して、目を合わせるかたちになる。ミンディは俄かに、強く引きつける力を感じるが、それは誰かに腸《はらわた》を摑まれ捻じられる感覚にどこか似ている。それが相互作用であることを彼女は理解する。アルバートの表情にも、同じものを見たからだ。

「ブッシュが荒れてたんだ」と彼は言う。ミンディを見据えながら。「狩りが行われたあとみたいに。何も見つからない可能性もあった」

疎外感を感じたコーラが、うんざりしたため息をつく。「誰か降りてわたしと交替してくれない？」と、ルーフの上の者たちに呼びかける。

「いま降りるよ」とルーが言う。だがクロノスが先だ。彼はひょいと助手席に戻ると、窓から身を乗り出す。大きな柄スカートを穿いたコーラが立ち上がる。ミンディは顔で血が脈打つのを感じる。彼女の窓はアルバートと同じく車の左側にあり、ライオンとは反対側だ。アルバートが指を濡らし、煙草を揉み消すのを見ている。二人は何も言わず座っている。それぞれに窓から手を出している。あたたかな微風が吹いて、腕の産毛を撫でていく。二人はこのサファリでもっとも見ごたえのある動物観察を無視している。

「おれはあんたに夢中なんだ」アルバートが、とても柔らかに言う。声は窓の外を通って伝わってくるように聞こえる。伝声管越しに聞くみたいに。「あんたも、知ってるはずだ」

「知らなかったわ」呟くように、ミンディも返す。

「いや、知ってた」

「わたしは、縛られてるようなものだから」

「ずっと？」

彼女は笑う。「まさか。いまだけよ」

「そのあとは？」

「大学院へ戻るわ。バークレーに通ってるの」

アルバートは忍び笑いをする。ミンディにはその笑いの意味がわからない――大学院に通っていることが可笑しいのだろうか？　それともバークレーと彼の住むモンバサが、どうしようもなく遠いから？

「クロノス、おい、馬鹿、戻れ」

頭上でルーの声がする。だがミンディはぼうっとして、ほとんど痺れたようになっているので、アルバートの声音が変わるのを聞くまで反応することができない。「駄目だ」と彼は叫ぶ。「**駄目だ！**　ジープに戻れ！」

ミンディは逆側の窓を振り向く。クロノスがライオンのあいだを歩きまわり、寝ている雄と雌の顔にカメラを近づけ、写真を撮っている。

「そのまま後ずさされ」押し殺した、だが切迫した声でアルバートが言っている。「そっと後ずさるんだ、クロノス」

誰も予測しなかった方向から、動くものがある。シマウマを食べていた雌だ。雌ライオンはしなやかな身のこなしでクロノスに飛び掛かる。猫を飼っている者なら誰でも見覚えのある、いとも軽やかな跳躍だ。雌はクロノスの頭に着地し、一瞬のうちに引き倒す。叫び声、銃声が上がる。ルーフに上半身を出していた者たちが転がり落ちてくる。ひどく荒っぽい降り方だったので、ミンディは彼らが撃たれたのかと思う。だが撃たれたのは雌ライオンだ。隠し持っていたライフル銃でアルバートが撃ち殺したのだ。座席の下にでも隠していたのだろう。残りのライオンたちは逃げてしまっていた。ただシマウマの死骸と、雌ライオンの死体だけが残されている。クロノスの両脚は雌ライオンの下になっている。

アルバート、ルー、ディーン、そしてコーラがジープを飛び出す。ミンディもあとに続こうとするが、ルーに押し戻される。子どもたちと一緒にいて欲しがっているのだ。彼女は子どもたちの背凭れに寄りかかり、二人それぞれに腕をまわす。窓越しに経過を見守るうち、ミンディは吐き気がこみ上げてくる。危うく気絶しそうになる。ミルドレッドは先ほどと同様、子どもたちの隣にいる。この年を召した野鳥観察婦人は、アルバートと話していたあいだずっとジープのなかにいたのだと、ミンディはぼんやりした意識のなかで思う。

「クロノスは死んだの？」気の抜けたような声でロルフが言う。

「死んでないわ、きっと」ミンディは答える。

「じゃあなぜ動かないの？」

「ライオンが上に乗ってるからよ。ほら、いまみんながライオンを退《ど》けてる。クロノスは無事なはずよ」

「でもライオンの口は血まみれだわ」とチャーリー。

「あれはシマウマの血よ。さっきシマウマを食べてたでしょう？」歯がかたかた鳴らないよう抑えるのは並大抵のことではない。だが自分が怖がっていることを、子どもたちに悟られてはならないと彼女はわかっている。この場で起きることはすべて、自分の責任だと信じている。

茫漠とした暑い昼のなか、緊張と孤独のうちに彼女たちは待つ。ミルドレッドが節くれだった手をミンディの肩に置く。すると涙が溢れてくるのをミンディは感じる。

「彼は大丈夫よ」老婦人は優しく言う。「ご覧なさいな」


夕食のあと、ツアー全体が山上のホテルのバーに集まったときには、それぞれが何かしらのものを得たように見える。クロノスはバンド仲間やガールフレンドたちに対し、圧倒的な勝利を得ている。左頬を三十二針縫ったという代償も、議論の余地はあるもののひとつの獲得だと言えるし（何しろ彼はロック・スターなのだ）、また抗生物質の巨大な粒を何種類も、ビール臭い息と半閉じの目をしたイギリス人外科医から投与されもした。この医者はアルバートの古馴染みで、ライオンからジープで一時間の、軽量コンクリートブロックの町から彼が引っ張り出してきたのだった。

アルバートは英雄の地位を得ていたが、とてもそんなふうには見えない。彼はバーボンをがぶ飲みし、フェニックス派の連中の馬鹿みたいな質問に答えている。だが核心に迫る問いを突き付ける者はまだ誰もいない。すなわち、**なぜお前はブッシュに入ったのか？　どうしてそんなにライオンに近づいた？　クロノスがジープを降りたとき、お前はなぜ止めなかったのか？**　だがアルバートは、雇用主のラムジーがこうした質問をするとわかっているし、そうすれば彼は解雇される見込みが高い。故郷マインヘッドの母親が、〝自己破壊的傾向〟と呼んだ性質がもたらした、彼の一連の過失のうち最新のものである。

ラムジーのサファリの参加者たちは、余生にわたって語り草にすることのできる小話を得た。この経験のおかげでいっそう、彼らのうち何人かは数年後、グーグルやフェイスブックといったサイトの提案する願望充足的幻想に抗えずに、互いを見つけようとするだろう（**あの人はどうしているかな……？**）。いくつかのケースでは、彼らは過去を回想し互いの身体的変化に驚くために、再会を果たそうとする。そんな変化には会って数秒で馴れてしまうものなのに。ディーンの場合、中年時代に差し掛かるまで、成功は彼の手をすり抜け続けるだろう。中年になってやっとテレビの連続ホーム・コメディで、太鼓腹であけっぴろげな配管工の役を得る。そのディーンはルイーズとコーヒーを飲もうとするだろう（彼女はいまのところ、ぽっちゃりとした十二歳の少女であり、フェニックス派のひとりだ）。ルイーズは離婚したのち、ディーンをグーグル検索するのだ。コーヒーのあと二人は、サン・ビセンテの外れにある安モーテル、デイズ・インへ赴き、思いがけず感動的なセックスをする。そして週末にパーム・スプリングスへゴルフに赴き、最終的にはディーンの四人の成人した子どもと、ルイーズの三人の十代の子どもたちに付き添われ、祭壇へと赴くだろう。しかしそのような成り行きは例外中の例外なのであり、再会はほとんどの場合、三十五年前に同じサファリに参加したからといって何かを共有していることにはならないのだと、互いに思い知る結果となり、いったい自分たちは正確には何を望んでいたのかと、首を捻りつつ別れることになるだけである。

　アルバートのジープに乗っていた者たちは目撃証人の地位を得た。何を見て何を聞き何を感じたか、際限なく質問されることになった。ロルフ、チャーリー、フェニックスから来た八歳の男の子の双子、そしてぽっちゃりとした十二歳のルイーズを含む子どもたちの集団は、木道を通って、水飲み場の横の隠れ小屋に押しかける。隠れ小屋は覗き穴のついた木製の小屋で、たくさんのベンチがあり、動物が水を飲むのをこっそり見ることができるのだ。なかは暗い。子どもたちは競って覗き穴を見るが、いま水を飲む動物はいないようだ。

「ほんとにライオンを見たの？」ルイーズが興味津々に訊く。

「雌ライオン《ライオネス》だよ」とロルフ。「雌は二頭いたんだ。それと雄ライオン。あとは子どもが三頭」

「撃たれたライオンを見たかって訊いてるのよ」チャーリーが焦れったそうに言う。「はっきり見たわよ、あたしたち。数センチの距離で！」

「数メートルだよ」とロルフが訂正する。

「数メートルは数センチからできてるの」とチャーリー。「何もかもはっきり見えたんだから」

　ロルフは早くもこの会話に嫌気がさしている。会話の裏にうごめいている、息を荒らげた興奮――チャーリーはそれに耽《ふけ》っているらしい――が嫌なのだ。とある考えがロルフを悩ませている。「子ライオンたちはどうなっちゃうんだろう」と彼は言う。「撃たれた雌ライオンは、きっとお母さんだったんだ。子どもたちと一緒に食事してたもの」

「そうとは限らないわよ」とチャーリー。

「でももしそうだったら……」

「お父さんが面倒見るんじゃない」チャーリーは言うものの、自信はなさそうだ。ほかの子たちもこの問題について考え、黙り込んでしまう。

「ライオンは集団で子育てをする習性があるわ」小屋の端のほうから、そう言う声がする。ミルドレッドとフィオナがいた、もしくは加わったところだった。彼女たちは年寄りで女だから、しばしば見すごされてしまう。「群れ全体で面倒を見ると思うわ」とフィオナが言う。

「殺されたライオンがお母さんだったとしてもね」

「それにお母さんじゃないかもしれないし」チャーリーが補足する。

「お母さんじゃないかもしれないしね」ミルドレッドも同意する。

彼女もまたあのジープにいたのだけど、子どもたちは誰もミルドレッドに、何を見たかとは尋ねない。

ロルフは姉に、「ぼく、帰る」と言う。

ホテルへ続く上り坂を彼は戻っていく。煙草の煙の立ち込めるバーに、父とミンディはまだいるはずだ。この奇妙なお祝いムードに、ロルフは落ち着かない気分になっている。彼の心は繰り返し、繰り返しジープへと戻っていくが、記憶は混乱したままだ。——雌ライオンが飛び掛かる。銃声の衝撃。医者までの道のりを呻き続けるクロノス。ジープの床に横たわるその頭の下に、まるで漫画の一コマみたいに水溜まりになっていく血液。そうしたすべてのイメージが、背後からロルフを抱えるミンディの腕の感覚や、頭に押しつけられた彼女の頬、彼女の匂いなどで満たされている。ママはパンみたいな匂いがするけど、ミンディはそうじゃない。しょっぱい、ほとんど苦い匂い――あのライオンたちの匂いに近い。

　父親はラムジーと軍隊時代の話をしているが、ロルフがそばに立つと話をやめる。「どうした、疲れたか？」

「一緒に上に行きましょうか？」ミンディが尋ねると、彼は頷く。そうして欲しかった。青く、蚊の多い夜の空気が、ホテルの窓越しに入ってくる。ロルフはバーを出たとたん、少し元気を取り戻す。ノロントでロルフの部屋の鍵を受け取ると、ミンディは「ポーチに出ましょう」と言う。

　二人は野外へ踏み出す。あたりは暗いが、空を背景にした山々はさらに暗い。ロルフの耳に、下の水飲み場の小屋にいる子どもたちの声がかすかに聞こえてくる。彼らから抜け出すことができて、ロルフはほっとしている。彼はミンディとポーチの隅に立ち、山々を眺めている。塩っぽくツンとする彼女の匂いがロルフを包んでいる。ミンディが何かを待っているのがロルフにはわかる。彼もまた何かを待っている。心臓が脈打っている。

　ポーチの下のほうで咳払いが聞こえる。橙色の煙草の火が動くのが見え、やがてブーツを軋ませながらアルバートがこちらへ歩いてくる。「やあ、こんばんは」と彼はロルフに言う。ミンディには何も言わないので、ロルフはこの〝こんばんは〟は二人に向けられたものだと考える。

「こんばんは」とロルフも返す。

「何をしてるんだい?」アルバートが尋ねる。「ぼくたち、何をしてるの?」

ロルフはミンディに向かって言う。

「夜の散歩よ」ミンディはまだ山を見ているが、その声は強張っている。「上に行かなくちゃね」ロルフに向かってそう言うと、さっさとホテルへ歩きはじめる。ミンディが礼儀知らずなので、ロルフは戸惑う。「一緒に来る?」とアルバートに訊く。

「いいとも」

三人は階段を昇っていく。バーの楽しげなざわめきが下から聞こえてくる。ロルフは何か言わなければならないという妙な圧力を感じる。「アルバートの部屋もこの階にあるの?」

「廊下の突き当たりさ」と彼は答える。「三号室だ」

ミンディがロルフの部屋の鍵を開け、なかに入る。アルバートは廊下に取り残される。ロルフはミンディに怒りを覚える。

「ぼくの部屋、見る?」と彼は訊く。「ぼくとチャーリーの泊まってる部屋」

ミンディは短く笑う——ロルフの母親が何かに苛立ち、挙句あきれるようなときの笑い方だ。アルバートは部屋に入ってくる。簡素な、木の家具と埃っぽい花柄のカーテンしかない部屋だが、十日間のテント生活のあとでは豪奢極まりなく見える。

「いい部屋だ」とアルバートが言う。長く茶色な髪と口髭のせいで、彼は本物の探検家みた何かロルフにはわからない空気が部屋のなかに流れている。彼はミンディに腹を立てていたし、アルバートもそうに違いないと思う。**女は狂ってる**。ミンディの身体は細くしなやかで、鍵穴やドアの下の隙間などでもすり抜けられそうだ。薄手の紫のセーターが、彼女の呼吸に合わせ上下している。自分がものすごく怒っているのに気づき、ロルフはびっくりする。

アルバートは箱を叩いて煙草を出すが、火はつけない。フィルターなしの煙草で、両端から葉っぱが覗いている。「じゃあ」と彼は言う。「二人とも、おやすみ」

少し前までロルフは、ミンディが自分を寝かしつけ、ジープのなかでのように腕で押し抱くところを想像していた。だがいまや、そんなのは論外だ。ミンディが一緒ではパジャマに着替えることができない。そもそもパジャマを見られたくない。小さな青い妖精たちがいっぱい描かれた柄のパジャマなのだ。「もういいよ」と彼は言う。自分の声に冷たい響きを聞き取る。「もう戻っていいよ」

「わかったわ」と彼女は言う。そしてロルフのベッドを向くと、枕を膨らませ、窓の開き具合を調整する。ロルフはミンディが部屋に居残る口実を探しているのを感じる。

「お父さんとわたしは隣の部屋だからね」ミンディが言う。「わかってるわね？」

「ふん」とロルフは鼻を鳴らす。それからちょっと反省して、「わかってる」と答える。

3. 砂浜

その五日後、一行は長くとても古い列車で、一晩かけてモンバサへ行く。列車は数分ごとに速度を落とし、その隙に人々が飛び乗ったり降りたりする。ほかの乗客がよじ登れるように、荷物は胸に抱えている。ルーの一行とフェニックス派とはビュッフェ車両に乗り込む。ビュッフェはスーツに山高帽を被ったアフリカ人たちで混み合っている。チャーリーはビールを一杯だけ飲んでもいいと言われていたが、ハンサムなディーンの助力によってこっそりもう二杯飲む。彼はチャーリーの座る窮屈な椅子のそばに立っている。「日焼けしたね」と彼は言って、チャーリーの頰を指でつつく。「アフリカの日差しは強いから」

「ほんとね」チャーリーは答えて笑い、ビールを一口飲む。ミンディがディーンの月並みさを指摘して以来、チャーリーは彼を愉快だと感じている。

「日焼け止めを塗らないと」と彼は言う。

「もちろん、塗ったわ」

「一度じゃだめだ。塗り直さないと」

ミンディと目が合ったチャーリーは、堪《こら》えきれずに笑いだす。父親が近づいてくる。「何がそんなにおかしいんだい?」

「人生よ」父親に寄りかかりつつチャーリーが言う。

「人生!」ルーは鼻を鳴らす。「お前いったい何歳だ?」

　彼は娘を引き寄せる。チャーリーが幼かったときには、彼はしょっちゅうこうしたものだが、成長してからはあまりしなくなっていた。父はあたたかく、ほとんど熱い。心臓の音が、誰かが重い扉を叩く音みたいに聞こえる。

「わっ」とルー。「針が刺さったぞ」それは黒と白のヤマアラシの針で、チャーリーは丘の上で見つけ、長い髪を留めるのに使っていたのだ。ルーがそっと引き抜くと、チャーリーの絡みあった金髪の塊が、窓ガラスが割れるように崩れてくる。ディーンが自分を見ているのをチャーリーは意識する。

「これ、いいなあ」とルーは、針の先端の透明になった部分に目を細める。「強力な武器だぜ」

「武器は大事だ」とディーンが言う。


　サファリ一行は翌日の午後には、モンバサの海岸から半時間登った場所にあるホテルに落ち着く。胸の隆起した男たちが瓢箪《ひょうたん》にビーズを詰めた楽器を売り歩く白い砂浜に、ミルドレッドとフィオナが果敢にも花柄の水着姿で現れる。首にはやはり双眼鏡をぶら下げている。クロノスの胸には怒れるメドゥーサの刺青《いれずみ》が彫られているが、より衝撃的なのは、小さくぽっこり突き出たそのお腹だ。男たるものの多く、とりわけ父親によく見られる幻滅的特徴である。でもルーは違う。ルーは細身で、やや痩せすぎなくらいで、時折サーフィンをするためによく日焼けしている。彼はミンディの腰に手をまわしながら、泡だつ海へと歩いている。

ラメ入りの青いビキニを着たミンディは、期待していたよりもさらに素晴らしい（その期待値はだいぶ高かったのだが）。

チャーリーとロルフは椰子の木陰に寝そべっている。チャーリーはこの旅行のために母親と選んだ、ダンスキンの赤いワンピースの水着に嫌気がさしている。あとでフロントからよく切れる鋏を借り、ビキニにしてしまおうと思う。

「家に帰りたくないなあ」眠そうに彼女は言う。

「ぼくはママに会いたい」とロルフが言う。彼の父はミンディと泳いでいる。淡い波のあいだから、ミンディの光る水着が見える。

「じゃあママがこっちに来たら」

「パパはもうママを愛してないよ」とロルフ。「ママは充分狂ってないから」

「何それ。どういう意味？」

ロルフは肩をすくめる。「パパはミンディを愛してると思う？」

「ないわね。ミンディには飽きてきてると思う」

「でもミンディがパパを愛してたら？」

「関係ないわよ」とチャーリー。「女どもはみんなあの人を愛するんだから」

泳ぎのあとルーは、ミンディと一緒に部屋に帰るという誘惑に抗って、銛《もり》とシュノーケリングの道具を探しにいく。ミンディは明らかについてきて欲しがっていたが。彼女はテントを離れて以来（女というのは往々にしてテント生活が苦手である）、ベッドに行きたくてたまらないようだった——貪るように求め、ちょっとした隙を見てはルーの服を脱がせようとし、彼がまだ終わらないうちからもう一回始めようとする。旅は終わりに近づきつつあり、ルーはミンディに優しくなっている。彼女はバークレーで何か勉強していて、ルーが女のあとを追って行くことはまずなかったからである。旅が終われば、もう一度見つめあうことがあるのかさえも疑わしい。

ロルフは砂の上で本を読んでいる。シュノーケリングの道具を持ってルーがやってくると、文句を言わずに『ホビットの冒険』をわきにどけて立ち上がる。チャーリーは無視していて、ルーは娘にも声を掛けるべきだったかと束の間考える。父とロルフは波打ち際まで行き、マスクと足ひれをつけて、銛をベルトの横にぶら下げる。ロルフの身体は貧相だ。もっと運動をしなければならない。それに水を怖がっている。息子の母は読書と園芸が趣味で、ルーはロルフにおける彼女の影響とつねに闘い続けていた。彼はロルフが自分と一緒に暮らすことを望んでいるが、その話を持ち出すと、弁護士はいつもただ首を横に振るのだ。

派手な見た目の魚たちはサンゴを突ついていて、標的にするのは簡単だ。銛で七匹捕らえるころ、ルーは息子が一匹も捕っていないことに気づく。

「どうかしたか、ロルフ？」水面に顔を出してから、彼は訊く。

「ぼく、見てるほうがいいんだ」とロルフは言う。

二人は外海へと突き出た岩のほうへ泳いでいく。そして注意深く水から上がる。潮溜まりにはヒトデやウニ、ナマコがたくさんいる。ロルフは腹這いになって、それらの生き物を夢中で眺める。ルーの魚は網に入れて、腰からぶら下げている。ビーチからミンディが二人を、フィオナの双眼鏡で見ている。手を振るので、二人も振り返す。

「パパ」とロルフが、潮溜まりから緑色の小さな蟹を摘みあげつつ訊く。「ミンディのこと、どう思う?」

「素晴らしい女性だよ。なぜ?」

蟹はその小さな爪をいっぱいに広げる。どうやったら蟹を安全に摑めるか、息子がよくわかっているのを知り、ルーは誇らしい気持ちになる。ロルフは目を細めてルーを見る。「ねえ、ミンディは充分に狂ってる?」

ルーは思わず吹き出す。以前の会話を忘れていたのだ。だが、ロルフは何もかも憶えている。その記憶力は父を喜ばせる。「ああ、充分に狂ってる。だけど狂ってることがすべてじゃない」

「ぼくはミンディは礼儀知らずだと思う」とロルフが言う。

「お前に対してかい?」

「ううん。アルバートに」

ルーは息子に向きなおる。「アルバート?」

ロルフは蟹を放してやり、ことの成り行きを語りはじめる。彼はひとつひとつよく憶えている――ポーチでのこと、階段でのこと、〝三号室〟のこと。話しながらロルフは、自分がいかにミンディの仕打ちを父に言いつけたかったか実感する。父はひとことも口を挟まず、真剣に聞いている。だがロルフは話し続けるにつれ、その物語が自分には理解できない重みを持っていくのを感じる。

　ロルフが語り終えると、父は深く息を吸い、ゆっくりと吐き出す。彼はビーチを見やる。夕焼けが近づいていて、人々はタオルの白砂を払い、荷物をまとめて帰ろうとしている。ホテルにはディスコがあって、サファリの一行は夕食のあと踊る予定だった。

「それは、正確にはいつのことだ？」

「あのライオンの事件の日だよ。……あの日の夜」ロルフはちょっと間をおいて、そして訊く。「なぜミンディはあんなに失礼だったのかな？」

「女ってやつは淫乱だからだ」父は言う。「それだけのことだ」

　ロルフは茫然と彼を見る。父は怒っている。あごの筋肉がぴくぴく動いている。するとロルフ自身にも、不意に怒りがこみ上げる。時たま彼を襲う、深い、吐き気がするほどの憤りを覚えるようなとき。

――たとえば、チャーリーと一緒に週末、父親のプールサイドでの乱痴気騒ぎから戻ってくるようなとき。ロック・スターたちが屋上に詰めかけ、アボカドのディップとチリ・ソースが大きなボウルに用意され、そして姉弟の母は、彼女のバンガローにひとりぼっちでミント茶を飲んでいるようなとき。家族を捨てて顧みないこの男への憤りがこみ上げるのだった。

「女の人たちは、……じゃない」――そんな言葉を繰り返すことは、ロルフにはとてもできない。

「いや、そうだ」ルーは頑として言う。「お前にもじき、はっきりわかるだろう」

ロルフは父親に背を向ける。だがどこに行きようもないので、海に飛び込み、岸に向かってゆっくりと泳ぐ。太陽は傾いていて、波は荒く、あちこちに影がある。ロルフは脚の下に鮫がいるような気がする。でも振り返りも戻りもしない。白い砂浜を目指して泳ぎ続ける。こうしてもがきながら波間にいることが、父をこらしめるためにできるもっとも有効なことだと、本能的に知っているのだ——同時に、もし自分が溺れたら、父は瞬時に飛び込んで助けるだろうということも。

その晩、ロルフとチャーリーは夕食にワインを飲んでもいいと言われる。酸味のあるその味がロルフは苦手だが、周囲をぼんやりと霞ませるような酩酊は好きだ。鳥の嘴《くちばし》に似た大きな花が食堂じゅうに飾られている。父親が銛で捕った魚は、オリーブとトマトでシェフが料理していた。ミンディは光沢のある緑色のドレスを着ている。父の手はその腰にまわされている。彼はもう怒ってはいない。ロルフももう怒っていない。

ここに来る前の一時間を、ルーはミンディを感覚がなくなるまでファックしてすごしていた。彼の手はミンディの細い太腿からドレスの裾へと伸びている。靄のかかったような目で彼女がこちらを見るのを期待しながら。ルーは敗北には我慢がならないたちの男だ——一度の敗北は彼を刺激し、最終的には勝利せよと、けしかけるものでしかない。彼は勝たねばならない。アルバートのことなどは、彼は屁とも思っていない——アルバートなど見えない、アルバートなどなんでもない（事実アルバートはツアーを離れ、モンバサのアパートに帰ってしまっていた)。肝心なのはこのことを、ミ、ン、デ、ィ、が理解することなのだ。

ミルドレッドとフィオナの頰に赤みが差してくるまで、ルーは二人にワインを汁いでやる。

「まだバードウォッチングに連れていってもらってませんよ」彼はやや不満げに言う。「ずっと頼んでるのに、まだ一度も」

「明日はどう?」とミルドレッド。「海辺の鳥を見れるんじゃないかと期待してるのよ」

「約束ですね?」

「約束よ、絶対」

「出ましょう」チャーリーがロルフに囁く。「外へ行きましょうよ」

姉弟は混雑した食堂を出て、銀色の浜辺へと走っていく。椰子の葉擦《はず》れが雨音のように聞こえるが、空気は乾いている。

「ハワイのときみたい」ほんとうにそうならいいのにと願いながらロルフが言う。すべての素材は揃っている。夜、浜辺、そして姉。でも同じだとは感じられない。

「雨が足りないわね」とチャーリーが言う。

「ママも足りない」とロルフ。

「パパはミンディと結婚すると思う」とチャーリー。

「まさか!　パパはミンディを愛してないって、チャーリーも言ったじゃないか」

「だから何?　愛してなくても結婚はできるわ」

二人の足は砂に沈む。砂はまだかすかに温かく、月光を反射している。幽霊のような海がそこへ打ち寄せる。

「ミンディならまあ悪くない」とチャーリーが言う。

「ぼくは好きじゃない。なぜそんなわかったふうな口利くのさ？」

チャーリーは肩をすくめる。「だってあたし、パパのことわかってるもの」

だがチャーリーは自身のことをわかってはいない。この四年後、彼女はメキシコ国境を越えてとあるカルト教団に入ることになる。そのカリスマ的指導者は生卵の常食化を促進し、チャーリーはサルモネラ中毒で危うく死にかけ、ルーに助け出されるのだ。またコカイン常習のため鼻の骨が溶け、一部再形成しなければならなくなる。そして二十代後半には、無責任で暴君的な恋人たちのため孤独に追いやられ、そのころには互いに言葉を交わさなくなっているロルフとルーの仲を取り持とうともするだろう。

しかしチャーリーは確かに、父親をわかっていた。彼はミンディと結婚するだろう。それが勝利の意味するものだから。またこの半端な関係に終止符を打って学業に戻りたいというミンディの熱意は、彼女がバークレーのアパートのドアを開け、レンズ豆の煮える匂い――彼女とそのルームメイトがいつも食べている安いシチューだ――のなかに入っていくその瞬間まででしか、持続しないからである。道端で拾ってきた背凭れ付きの寝椅子に崩れるように座り、バックパックから何冊もの本を取り出しながら、この数週間これらを持ち運んでいただけで、ほとんど読まなかったと気づくことになる。やがて電話が鳴るとき、彼女の心臓は高く跳ねあがるだろう。

構造的不満――かつて満足していた環境に、より刺激的でより豊かな人生を経験したのちに戻るとき、もはやその環境には耐えられないと感じること。

だが、話を戻そう。

ロルフとチャーリーはビーチを駆けあがる。野外ディスコの灯りと音楽に引き寄せられて。人ごみを裸足で走り抜け、菱形の照明の落ちるダンスフロアの、透明な床に細かな砂のあとをつけていく。震えるようなベースの音に、ロルフは心臓が苦しくなる。

「さあ」とチャーリーが言う。「踊りましょう」

彼女はロルフの前で身体をくねらせはじめる――帰国したらこんなふうに踊ろうと、新しいチャーリーは思っている。だがロルフは困惑する。彼はそんなふうには踊れない。二人のまわりには、ツアーのほかの者たちがいる。ロルフより一歳年上のぽっちゃりとしたルイーズは、俳優のディーンと踊っている。ラムジーはフェニックス派の母親たちのひとりに腕をまわしている。ルーとミンディは全身を隈なく密着させて踊っているが、ミンディが考えているのはアルバートのことだ。ルーと結婚し二人の娘を、ルーにとっての五人目と六人目の子どもを産んだあと、たびたび考えることになるのと同じように。彼女はその娘たちを、ルーの興味が自分から離れていくのをあらかじめ防ぐかのように、立て続けに産むのだ。ルーは書類上は文無しで、ミンディは幼い娘たちを育てるため、旅行代理店で働くことになるだろう。しばらくのあいだ、彼女の人生に喜びはない。娘たちはあまりによく泣いて、彼女はあのアフリカ旅行を切なく思い出すことになる。それは人生最後の幸福な時間であり、彼女には選択の余地と自由があり、重荷から解放されていた、と。ミンディは無意味に、無益に、アルバートを夢に見るだろう。この瞬間、彼は何をしているだろうと考え、あのとき彼が半ば冗談に提案したように、アルバートと一緒に逃げていたら、自分の人生はどう違ったかと夢想することになるだろう。三号室を訪れたあの夜に、彼が提案したように。もっともそのさらにのちミンディは、〝アルバート〟とは彼女自身の未熟さと、悲惨な選択を悔やむための焦点にすぎないと自覚する。そして娘たちが二人とも高校にあがってから、ついに研究を再開し、カリフォルニア大学ロサンゼルス校《UCLA》で博士号を取得し、四十五歳にして学者としてのキャリアを開始、その後の三十年間の大部分を、ブラジルの熱帯雨林で社会構造のフィールドワークをしてすごすことになる。彼女の産んだ下の娘は、ルーのもとで働き、弟子となり、その事業を受け継ぐだろう。

「見て」音楽のなかチャーリーがロルフに言う。「バードウォッチャーたちがあたしたちを見てるわ」

ミルドレッドとフィオナが柄入りのロングドレス姿で、ダンスフロアの隅の椅子に座り、チャーリーとロルフに手を振っている。双眼鏡を持たない彼女たちを子どもたちが見るのは初めてだ。

「きっと年を取ってるから踊らないんだ」ロルフが言う。

「それかあたしたちが鳥みたいに見えるのかも」とチャーリー。

「それか鳥がいないときは、あの人たち人間を見るのかも」とロルフ。

「おいで、ロルフォス」とチャーリー。「一緒に踊りましょ」

彼女はロルフの手を取る。そうやって二人で動くうち、自分の自意識が奇跡のように溶けていくのをロルフは感じる。まるで成長して青年になり、このダンスフロアで姉によく似た女の子と踊っているような気がする。チャーリーも同じように感じる。事実残りの人生を通して、彼女はこの瞬間の記憶に何回も何回も立ち返ることになる。彼女の弟が父親の家で、二十八歳で銃で頭を撃ち抜き自殺して以来、ずっと。髪をきちんと撫でつけて、日を輝かせ、気恥ずかしそうにダンスを覚えようとしている幼い弟。だがそれを思い出している女性は、もはやチャーリーではない。ロルフが死んでのち、彼女はシャーリーンの名に戻る。アフリカで弟とともに踊った少女から、永遠に自身を解き放つのだ。シャーリーンは髪を短く切り、法科大学院へ通う。そして息子が生まれるとロルフと名づけたいと思うのだが、彼女の両親はいまだ壊れたままである。そこで彼女は息子をそっと、心のなかだけでそう呼ぶことにする。やがて何年も経ってから、彼女は自分の母親と一緒に、ほかのたくさんの親たちが声援を送る運動場で、競技をする息子の顔に、あのとき空を見上げていた少年の夢見るような表情を見てとるのだ。

「チャーリー！」とロルフが言う。「ぼく、思いついたよ」

自分の考えに顔じゅうで笑う弟のほうへ、チャーリーは身をかがめる。激しいビートのなかでも聞こえるように、彼は姉の耳許に両手をまるめて当てる。温かく甘い息が、耳に感じられる。

ロルフは言う。

「あの人たちはきっと、一度も鳥を見てなかったんだよ」

5　あなた（たち）

何もかもまだそこにあった。青と黄色のポルトガル製タイルが嵌《は》め込まれたプールも、さざ波をたてて黒い石壁を落ちていく水も。家もまたそのままだった。ただ静かなことだけが違う。静けさの意味がわからなかった。神経ガス？　薬の多量摂取？　それとも全員逮捕された？　お手伝いさんの後ろについて、すべての窓からプールのきらめきが見える絨毯敷きの廊下を曲がりながら、わたしはそんなことを思っていた。あの果てしなく続くパーティーを止めるには、ほかにどんな理由があるだろう？

でもそんなことではまったくなかった。ただ、二十年が経ったのだ。

彼は寝室にいた。医療用ベッドに横になり、鼻にはチューブが繋がれていた。二度目の脳卒中が決定的だったらしい——一度目はそんなにひどくなく、脚が片方震えるようになっただけだった。電話でベニーからそう聞いた。高校のころの友達、ベニーだ。ルーの弟子になったのだ。一緒に暮らしている母を手がかりに、彼はわたしの連絡先を突き止めた。母はもう何年も前にサンフランシスコを出て、わたしを追ってロサンゼルスに来ていたのだけど。ベニーがまとめ役になり、ルーとお別れをするためにかつてのみんなを集めていた。いまはほとんど誰でもコンピューターで見つかるみたいだ。彼は名字の変わったレアを、はるばるシアトルから見つけてきた。

かつての仲間内で、スコッティだけがいなかった。コンピューターじゃ見つからなかった。レアとわたしはルーのベッドのそばに立っていた。何をしたらいいかよくわからなかった。人間がまともに死ぬなんてことのなかった昔から、わたしたちは彼を知ってるのだ。

そのころには、生きる以外の悪い選択への、手がかりや兆しなんかがあった（レアとわたしはここに来る前、コーヒーを飲みつつ思い出しては話した——プラスチックのテーブル越しに、お互いの新しい顔を見つめながら。かつての懐かしい特徴は、数奇な大人時代を潜り抜けてなおそこに残っていた）。まずスコッティのお母さん。彼女はわたしたちがまだ高校生のときに、睡眠薬をたくさん飲んで死んだ。でも彼女はまともではなかった。わたしの父はエイズで死んだけど、そのころにはほとんど会わなくなっていた。どちらにせよ、破滅的な死に方だ。ベッドで治療を施され、たくさんの薬剤と掃除機掛けされた絨毯の匂いのなかの死ではない。わたしは病院を思い出した。匂いのせい、というわけじゃない（病院には絨毯はない）。そこに漂う死の空気、何もかもから隔てられているという雰囲気のせいだろう。

わたしたちは黙って立っていた。いろんな問いが浮かんだけど、すべて場違いに思えた。

——どうやってそんなに老け込んだの？　一日のうちに、いっぺんに老けたの？　それともちょっとずつ縮んでいったの？　パーティーはいつからしなくなったの？　ほかのみんなも年を取ったの？　それともあなただけ？　ほかのひとたちはまだここにいるの？　椰子の木の後ろに隠れてたり、プールで息を止めてたりして？　最後に泳いでプールを往復したのはいつ？　骨は痛む？　こうなることをあなたは知ってて、隠してたの？　それとも思いもしなかったこと？

そんなふうに尋ねる代わりに、ただ「こんにちは、ルー」と言った。同時にレアが「ワォ、何もかも昔のまんま！」と言ったので、顔を見合わせて笑った。

ルーも笑った。歯が黄色くなっていたのはショックだけど、懐かしいあの笑顔だったので、わたしはあたたかな指で内臓を摑まれるような気持ちになった。この奇妙な場所で、彼の笑顔が見られるなんて。

「二人とも、相変わらずきれいだ」ルーは喘ぎながらそう言った。

彼は横になっている。わたしは四十三歳だった。レアもそう。結婚してシアトルに住み、子どもが三人いる。三人もなんて、信じられないことだ。わたしはふたたび母親と暮らし、UCLAの公開講座でいちから大学生をやっている。長い、混乱したまわり道のあとで。母はわたしの失われた時間を〝ハチャメチャな二十代〟と呼び、茶化して笑い話にしようとするけれど、じっさいはそれは二十歳前にはじまり、二十代を越えても続いた。もう、終わってくれたことを祈っている。ときどき朝、台所にいると、窓の外の太陽が間違ったものに思える。わたしはテーブルに座り、腕の産毛に塩を振りかける。するとその感覚が強く迫ってくる——もう、終わったのだ。何もかも過ぎ去った。わたしを置いて。何か面白いことがはじまるんじゃないかと、目を閉じることのできなかった長い月日はもう終わったのだ。

「ルーったら。あたしたち二人ともオバサンだよ。認めなさいよ」レアがそう言ってルーの肩を叩いた。

彼女は子どもの写真を見せていた。ルーの顔に近づけてやっている。

「美人だねえ」一番うえのナディーンのことを言っているのだ。彼女は十六歳だった。ルーがウィンクしたように見えた。痙攣《けいれん》しただけかもしれないけど。

「やめてよね。もう」とレア。

わたしは黙っていた。さっきの感じ——あの指の感じ。またそれを内臓に感じていた。

「あんたの子どもたちは?」レアがルーに訊く。「子どもたちとは会うの?」

「うん、まあ」ルーは答えたが、押し殺したような、奇妙な声だった。

彼には六人の子どもがいた。退屈し、挙句打ち捨てた三度の結婚でもうけた子どもだ。うえから二番目の子で、ルーのお気に入りだったのがロルフだ。この家に一緒に住んでいた。物静かで、青い目をした男の子。その目は父親を睨むとき、いつも少しゆがんだ。ロルフとわたしはぴったりおない年だった。誕生日も、誕生年もおなじだったのだ。わたしはときどき、二人のちっちゃな赤ちゃんが、べつべつの病院でおなじ瞬間に産声をあげるところを想像した。あるときわたしたちは並んで裸になって、全身が映る鏡の前に立った。おなじ日に生まれたしるしが、どこかに見つからないかと思って。そして、見つけることができた。

最後のころには、ロルフはわたしと話さなくなった。わたしが入っていくと、部屋を出ていくようになった。

紫のカバーの掛かったルーの巨大なベッドは、ありがたいことにもうなかった。テレビは新しく、薄型で横に長くて、バスケットの試合を映していた。神経に障るほど鮮やかなその画面のせいで、部屋も、わたしたち自身さえも、薄汚れて見えた。黒い服に、耳にはダイヤをつけた男が入ってきて、ルーのチューブをいじり、血圧を測った。布団をめくると身体のあちこちから、捻じれたチューブが透明なプラスチックの容器へ延びていた。わたしは見ないようにした。

犬が吠えた。ルーは目を閉じて、鼾をかいていた。洒落た格好の看護執事は、腕時計を見て、部屋を出ていった。

では、これがそれなのだ――あのすべての年月を、わたしが犠牲にしたもの。男は、ただの老人で、家は結局からっぽだった。耐えられず、わたしは泣き出した。レアが腕をまわして抱いてくれた。こんなに時間が経ったのに、彼女は何の躊躇もなくそうした。レアの肌は皺が寄っていた――そばかすのある肌は早く老いると、いつかルーがわたしに言った。そしてレアはそばかすだらけだと。「おれたちの仲間のレアは」と彼は言った。「あれは呪われてるぜ」

「あんたは三人子どもを産んだ」わたしはレアの髪のなかで啜り泣いた。

「いいから」

る。

「わたしには何もない」

高校時代の友人のなかには、映画を作ったり、コンピューターを作ったりしてる子もいる。コンピューターで映画を作ってる子も。技術革命だよ、とみんなが言うのをずっと聞いていた。わたしはまだスペイン語を習っている。夜には母に単語カードでテストしてもらっている。


三人の子どもたち。長女のナディーンは十六歳で、わたしがルーに会ったときとほとんど変わらない。わたしは十七歳で、ヒッチハイクをしていた。ルーは赤いメルセデスを運転していた。一九七九年。心躍る物語のはじまり、どんなことでも起こりうる物語のはじまり。そしてその落ちが、これだ。「何もかも、何の意味もなかった」

「そんなことない。絶対ない」レアが言った。「まだその意味を見つけてないだけだよ」

レアはいつだって、自分のしてることをわかってた。踊っているときでも、泣いているときでも。静脈に注射針を刺しているときでさえ、半分は冷静だった。わたしは違う。

「何もかもわからない」とわたしは言った。

悪い一日になりかけていた。太陽の歯に嚙み砕かれるみたいに感じる日。今夜、母が帰ってきてわたしを見たら、「スペイン語はやめとこう」と言うだろう。そしてアルコール抜きのブラッディー・メアリーを作り、ちいさな傘を立てて渡してくれる。それからステレオでデイヴ・ブルーベックを聴き、ドミノか、トランプのジン・ラミーをして遊ぶ。目が合うと、母はいつも微笑んでくれる。でもその顔には疲労のあとが刻まれている。

沈黙が物言いたげな気配を帯びた。ルーがわたしたちを見ているのがわかった。その目はあまりに虚ろだったから、もう死んでいてもおかしくない気がした。「外に。出ていない。何週間も」呟き込みながら、彼は言った。「出たいとも思わなかった」

レアがベッドを押した。わたしは後ろから車輪のついた点滴装置を押して歩いた。家のなかを移動しながら、太陽と医療用ベッドの取り合わせは爆発でも引き起こしそうで怖くなった。ほんとうのルーがプールサイドにいて、赤い、コードのとてつもなく長い電話と、青リンゴのボウルを傍らに置いていて、ほんとうのルーとこの年寄りのルーが喧嘩をするんじゃないかと思った。**どういうつもりだ、お前？　おれはこの家に老人を入れたことは一度もないし、これからも入れるつもりはないぞ。**老い、醜悪さ——そうしたものはお呼びじゃないのだ。決してここに入ってはこなかった。

「そこだ」とルーが言った。いつもの場所、プールサイドだ。

そこにはいまも電話があった。ちいさなガラスのテーブルに載った、黒いコードレス・フォンだ。フルーツ・シェイクのグラスもあった。看護執事か使用人の誰かが、がらんとしたこの庭で羽根を伸ばしてるんだろう。

それともロルフ？　ロルフがまだここにいて、父親の面倒を見ているの？　この家にロルフがいるの？　わたしは彼を感じ、彼が部屋に入ってくるときの、見なくてもそうとわかるあの気配を正確に感じた。空気の動きで、わかるのだ。いつかコンサートのあとで、プール小屋の背後に二人で隠れていたことがあった。ルーは大声でわたしを探した。「ジョースリン！　ジョスリン！」ロルフとわたしはくすくす笑い、発電機が胸のあたりで音をたてていた。あとから思った――あれがわたしのファースト・キス。おかしな考えだった。そこからしていくはずのことすべて、もうしてしまっていたのだから。

鏡のなかで、ロルフの胸は滑らかだった。なんの跡もなかった。でもしるしはいたるところにあった。そのしるしとは、若さだった。

そしてわたしたちはそれをした。ロルフの狭い寝室で、日除けのあいだから太陽が幾本もの筋になって入ってくるなかで。はじめてだと思おうとした。ロルフはわたしの目を見つめ、わたしはまだこんなにもまともなんだと思った。わたしたちは滑らかだった。わたしたち二人とも。

「あれはどこだ。あれは」とルーが言った。ベッドの傾きを調整する、操作盤のことを言っているのだ。かつてのように起き直り、眺めたいのだった。赤い水泳スーツ姿でそうしていたように。彼の脚は日に焼けて、塩素の匂いがしたものだった。電話を手にし、膝のあいだにわたしを挟み、掌をわたしの頭に置いて。鳥はそのときも囀《さえず》っていたのだろう。でも音楽のせいで聞こえなかった。いまもまだ、鳥たちはいるのだろうか？

ベッドは音をたてて動き、ルーの背中を持ちあげた。彼の視界が広がった。「年を取った」と彼は言った。

犬がまた吠えていた。プールにはさざ波がたっていた。まるで誰かがそこにいて、ついさっきあがっていったばかりのように。

「ロルフは？」とわたしは言った。こんにちは、と言って以来、はじめて発した言葉だった。

「ロルフ」とルーは言い、瞬きをした。

「あんたの息子。ロルフは？」

レアが首を振った——声がおおきすぎたのだ。怒りが湧き起こってきた。ときどき頭にやってきては、思考のすべてを黒板を拭くみたいに掻き消してしまうあの怒りだ。日の前で死んでいこうとしているこの老人は誰？　わたしが会いたいのはもうひとりのほう、自己中心的で貪欲なあの男、広々としたこの場所で、脚のあいだにいたわたしを回転させ、笑って電話をしながら、空いたほうの手でわたしの後頭部を摑んで押しつけていたあの男。すべての部屋の窓がプールの側にあることなど、気にも留めないで——そう、彼の息子の部屋の窓も。

わたしはその男に、一つか二つ、言ってやらなきゃならないことがあるんだ。

ルーが何か言おうとした。わたしたちは近づいて、耳をすませた。条件反射みたいなものだ。

「ロルフには無理だった」とルーは言った。

「何のこと？」わたしは訊いた。

老人は泣いていた。涙が頬を伝い落ちた。

「どうして訊くの、ジョスリン？」レアが言って、その瞬間頭のなかのばらばらな箇所が繋がりあい、そうしてわたしは、ロルフのことを、すでに知っていたのだと気づいた。レアも知っていた——全員が知っていた。古い悲劇だった。

「そう。二十八歳だった」ルーが言った。

わたしは目を閉じた。

「もうずっと昔のことだ」彼は言ったが、言葉は喘ぐ胸郭のなかで割れてしまった。「しかし」

ああ、その通りだろう。二十八歳はとうの昔だ。太陽がひどく痛かったので、わたしは目を閉じたままでいた。

「子どもを失うなんて」レアが呟いた。「あたしには考えられない」

怒りがほとばしるように出てきて、わたしを内側から粉々にした。腕が痺れてきた。わたしはルーの医療用ベッドに近づき、しゃがんでしたから押しあげた。ターコイズ・ブルーのプールにルーの身体が滑り落ち、点滴の針が腕を引き裂いて外れ、血が飛び散り、しぶきとなって水に落ち、薄まって黄色っぽい色になった。長い時間が経ったけど、それくらいの力はわたしにもある。わたしはルーのあとについて飛びこむ。レアが叫んでいる。わたしは水に飛びこんで彼の頭を沈めて膝のあいだに挟みこみ、すべてが穏やかに静かになるまで待つ。ルーとわたしは待っている。やがて彼はわたしの脚のあいだで震えだし、激しく痙攣し、生命が身体を出ていく瞬間、がくりと揺れる。完全に動かなくなったら放してやり、水面に浮かばせる。

わたしは目を開けた。誰も動いていなかった。ルーはまだ泣いていて、虚ろな目をプールに漂わせていた。その胸を、レアがシーツのうえから撫でてやっていた。

今日は悪い日だ。太陽が、わたしの頭を噛み砕く。

「わたしはあんたを殺すべきなんだ」彼の目をまっすぐに見て言った。「あんたは死ぬべきだよ」

「もう充分」レアがきっぱりと、母親の声で言った。

不意に、ルーがわたしの目を見た。今日はじめてのことだった。わたしはようやく彼を見ることができた。わたしにこう言ったあの男を——**お前はおれの人生に起きた最良の事件だよ**、と。**おれたちこのろくでもねえ世界を何もかも一緒に見るんだぜ**、と。**なんでこんなにお前がいないと駄目なのかな？**　と。**乗ってくかい、嬢ちゃん《キドー》？**　と。照りつける太陽のなかで笑ってた。鮮やかな赤い車に陽射しの溜まりができていた。**行き先を言ってみなよ。**

彼は怯えていたけど、微笑んでいた。懐かしいあの笑顔。またよみがえる。「もう遅い」と彼は言った。

もう遅い。わたしは屋上を見あげた。いつかロルフと一晩じゅう、あそこに座ってたことがある。ルーが自分のバンドのために主催したパーティーを見おろしながら。庭のざわめきがやんでからも、わたしたちはそこにいて、つめたいタイルに寝そべっていた。陽が昇るのを待っていた。どんどん昇ってきた太陽は、ちいさく明るく、まるかった。「赤ちゃんみたいだ」とロルフが言い、わたしは泣いてしまった。生まれたての壊れやすい太陽が、わたしたちの腕のなかにあった。

母は毎晩カレンダーに、わたしが麻薬をやらなかった日はしるしをつけていく。一年以上しるしは続いていて、いまのところ最長記録だ。母は言う。「ジョスリン、あんたにはこの先まだまだ人生が残されてるんだよ」わたしはその言葉を、しばらく信じてみる。すると目から覆いが除かれる感じがする。暗い部屋から出ていくときのように。

ルーがまた話していた。話そうと頑張っていた。「両側に。立ってくれないか。なあ、女の子たち？」

レアが彼の手を握り、反対の手をわたしが握った。昔みたいな手じゃなかった。節くれだち、乾いて、重かった。レアとわたしは彼を挟んで、互いの顔を見た。わたしたちはこうしてる。三人で。昔みたいに。振り出しに戻ったのだ。

彼はもう泣いていなかった。彼はこの世界を見ていた。プールと、そしてタイル。わたしたちはアフリカに行かなかった。どこにも行かなかった。この家から、ほとんど出なかったのだ。

「いいもんだ。きみたちと、こうしてるのは」かろうじてルーは言った。

振りほどかれまいとするように、彼はわたしたちの手をきつく握った。でも振りほどいたりはしなかった。わたしたちはプールを見て、鳥の声を聴いていた。

「あと一分」と彼は言った。「ありがとう。女の子たち。あと一分。こうしていておくれ」

6　○と×

　事の起こりはこうだった。おれはトンプキンズ・スクエア公園のベンチに腰かけて、キオスク《ハドソン・ニューズ》から盗んできた音楽雑誌《スピン》を読みはじめていた。イースト・ヴィレッジの仕事帰りの女たちが公園を横切るのを眺め、（いつも思うことだけど）おれの別れた女房はどうやって、彼女と似てはいないけれども彼女を思い出させる女たちを、ニューヨークにごまんと住まわせることができたんだろうと考えていた。そんなひとときに、その記事を見つけた——幼馴染《おさななじみ》のベニー・サラザーが、レコード・プロデューサーになっていた！　それは《スピン》の真ん中に出ていて、まるまるひとつ分ベニーの記事だった。三、四年前に数百万枚のヒットを飛ばしたザ・コンデッツってグループを、ベニーがどうやって売り出したかについて書かれていた。ベニーが何かの賞を受けている写真が載っていた。息を切らしている感じで、やや寄り目になっていた。時が止まったような、人生の幸福がもたらしうるもっとも高揚した瞬間。おれはその写真を一秒も見ずに雑誌を閉じた。ベニーのことは考えまいと決めた。誰かについて考えることと、誰かについて考えないことについて考えることのあいだには、紙一重の差しかない。だがおれはその紙一重を、数時間でも守り続けることができる——必要ならば数日でも。

ベニーについて一週間も考えずにいたあとで——つまりベニーについて考えないことについてひたすら考え続け、ほかのことを考える頭の余裕がすっかりなくなったあとで、おれはベニーに手紙を書くことにした。宛先は彼のレコード会社だ。それはパーク・アベニュー五十二丁目の、緑のガラス張りのビル内にあることがわかった。地下鉄に乗ってそこまで行き、うんと頭をのけぞらせてビルを見上げ、ベニーの事務所は何階の高さにあるだろうと考えた。そのすぐ前に設置された郵便受けに手紙を投函するあいだも、おれの目はビルを眺めていた。**よう、ベニっち、**とおれは書いた（昔そんなふうに呼んでいたのだ）。**久しぶりだな。成功したって聞いたぜ。おめでとう。お前みたいに運のいい男はいないぜ。じゃあな。スコッティ・ハウスマンより。**

なんと返事が来た！　彼の手紙は五日ぐらいあとに、東六丁目にあるおれのあちこちへこんだ郵便受けに入っていた。タイプライターで打ってあったから、きっと秘書が作ったんだろう。でも文面は確かにベニーのものだとわかった。

スコッティ・ベイビー——やあ、手紙をありがとうな。お前いったいどこに隠れてたんだ？　ディルドズのこと、いまでもときどき思い出すよ。いまもあのスライド・ギター（筒状のものを弦の上にスライドさせつつ弾く奏法）**を弾いてるんだろうな？　またな。ベニーより。**タイプ打ちされた名前の上に、手書きのくねくねした字で署名があった。

　ベニーの手紙はおれのなかに変化をもたらした。いろいろなことが——なんて言えばいい？　乾燥だ。いろんなことが、おれにとって乾燥したものになってしまった。おれは市に雇われて近所の小学校で用務員をし、夏休みのあいだはウィリアムズバーグ橋付近で、イースト河沿いの公園のゴミを集めてまわっていた。そうした仕事のことを、おれはひとつも恥じてはいなかった。なぜなら、ほとんど誰も理解しないだろうけれど、パーク・アベニューの緑のガラス張りの高層ビルで働くことと、公園のゴミ収集をすることのあいだには無限小の違いしか、人間の想像のなか以外ほとんど存在しないような微小な差異しかないことが、おれにはわかっていたからだ。要するに、そこには何の違いもないかもしれないのだ。

　翌日はたまたま休みだった——ベニーの手紙が来た翌日ってことだ。そこで朝早くからイースト河へ行き、釣りをした。おれはしょっちゅうここで釣りをして、釣果の魚を食べる。河は汚染されている。確かにそうだ。だが汚染の長所は、日々それと気づかず摂取している毒とは違い、その知識があるということである。天がおれに味方したのか、それともベニーの幸運がおれにも移ったのか、これまでにないようなすごい獲物を釣り上げた。巨大なシマスズキだ！　釣り仲間のサミーとデイヴは、この素晴らしい魚に目を見張った。おれはスズキを気絶させ、新聞紙に包んで袋に入れ、抱えて家に持ち帰った。そして持っているなかで一番スーツっぽい服を着た。カーキのズボンとジャケットで、何度もドライクリーニングに出している。つい先週もその服を、まだクリーニングの袋に入ったままでクリーニング店へ持っていき、カウンターの向こうの店番の娘をびっくりさせてしまった。「どうしてクリーニングに出すの？　まだ袋を外してもいないじゃない。お金の無駄よ」ちょっと話が逸れてしまってるけど、続きを言わせてもらうなら、おれは彼女が口を噤《つぐ》まざるを得ないほどの勢いで、そのビニール袋からジャケットを出し、ドライクリーニングのカウンターに置いた。「ご心配いただきありがとう《メルシ・ボル・ヴ・コンシデラシオン》、マダム」とおれは言い、彼女はもう何も言わずに受け取った。つまりその朝、ベニー・サラザーを訪ねるためにおれが身にまとったジャケットは、清潔なジャケットだったと言うに足りるのである。

　ベニーのいるビルは、必要とあらば厳重なセキュリティ・チェックを実施しそうな建物だった。だが今日は、必要とは判断されないだろう。ベニーのさらなる運のよさが、蜂蜜みたいにこっちへ流れてきていた。おれの運が押しなべて悪いってわけじゃない——おれの運は普通くらいで、ときどき悪くなるくらいだ。たとえばおれはサミーに較べて少ししか魚が捕れない。おれのほうが頻繁に釣るし、よい竿を持っているのに、だ。だがその日ツイていたのがベニーの幸運のおかげなら、おれの幸運はベニーの幸運と言えるんじゃないだろうか？予期せぬおれの訪問は、ベニーにとって幸運なことじゃないか？　あるいはもしかするとおれは何らかのかたちで、彼の運をひっくり返し、束の間それを吸い取ってしまって、今日はもうベニーには運が残ってないとか？　この最後のがほんとうなら、おれはどうやってそれをやり遂げたんだろう、そして（ここが肝心なとこだが）この先永遠に吸い取り続けるには、どうやったらいいんだろう？

居住者案内板を見ると、ソウズ・イヤー・レコードは四十五階にあった。エレベーターでそこまで昇り、ベージュ色の両開きのガラス扉をさっと抜けると待合室に入った。ひどく気取った部屋だった。独身貴族の部屋を思わせる七〇年代風の内装だ。黒い革張りの長椅子に、毛足の長い分厚い絨毯。ガラスとクロムメッキの重たいテーブルには《ヴァイブ》や《ローリング・ストーン》といった雑誌が所狭しと載っていた。照明はあくまで暗く。この最後の点が大事だとおれにはわかった。暗ければミュージシャンたちは、目の充血や注射針の跡を人に見られることなく待っていられる。

おれは大理石の受付デスクに魚を放り出した。**ピシャッ**と高い、いい音がした。神かけて言うが、魚以外じゃありえない、っていう音だ。彼女（赤い髪に緑の目、花弁のような唇の娘で、おれはその顔に顔を近づけて、「こんな仕事に就くなんて、きっとずいぶん賢いんだろうなあ」と、甘い声で言ってやりたくなった）は、目を上げ、「こんにちは」と言った。

「ベニーに会いに来たんだ」とおれは言った。「ベニー・サラザーにな」

「あなたが来るのを、彼は知ってる？」

「まだ知らない」

「お名前は？」

「スコッティだ」

彼女は口許へと延びている小さな機械に何か喋り、ヘッドセットをつけていたのだとおれは気づいた。それは電話だったのだ。おれの名前を告げたあと、その唇が笑いを隠すみたいにそっとすぼまるのが見えた。「会議に出てるわ」と彼女は言った。「よければ伝言を……」

「待つよ」

ガラス製のコーヒーテーブルの、雑誌のわきに魚を降ろすと、おれは黒い革の長椅子に座った。クッションから空気が抜けて、上質な革の匂いがした。身に染みるような深い快感。おれは眠気を覚えた。永遠にここにいたいと思った。東六丁目のアパートを捨てて、残りの人生をベニーの待合室で暮らしたいと思った。

事実、前回おれが公の場で時間をすごしてから、もうだいぶ経っていた。だがこの〝情報の時代〟に、そんなことが問題になるだろうか。ゴミの山から拾ってきて東六丁目のアパートの中心に据えた、緑色のびろうどの寝椅子を一歩も離れずに、地球と宇宙の隅々までを探しまわることができる時代に？　おれは毎晩、中華屋から湖南風の長豆料理を注文し、イエーガーマイスターで流し込む。こんなにたくさんの湖南長豆が胃に入ると思うと驚いてしまう。四皿、五皿、ときにはもっと。フォン・ユーが宅配に付けてくれる醬油の小袋と割り箸の数からすると、八、九人ほどの菜食主義者に振る舞っていると思われているらしい。イエーガーマイスターの化学成分が湖南長豆を切望させるのだろうか？　湖南長豆の特性か何かが、イエーガーマイスターとともに摂取されるというこの珍しい機会に際して依存症を引き起こすのか？　長豆を掬《すく》いながら、おれはそんなことを自問する。フォークに山と掬って口へ運び、テレビを見て――ケーブルテレビでは奇妙なショーをいろいろやってる。そのほとんどをおれは区別していないし、ろくに見てもいない。こういうたくさんのショーを使って、おれは頭のなかでショーのショーを作っている。それはもとのショーより面白いかもしれない。いや、面白いに決まってる。

　よってこのような結論に達する。もし我々人間が、○と×で書かれた情報を、人々が声を荒らげて〝経験〟だと叫びたてる何かに変換するだけの**情報処理機械**ならば、そしてもしおれがケーブルテレビとか、ハドソン・ニューズで四、五時間ぶっ続けで立ち読みする雑誌（最長記録は八時間で、そこには若い従業員が昼休みで抜けているあいだ代わりにレジ打ちをしてやった半時間も含まれる。彼はおれがそこで働いていると思ったのだ）とかを通して、その同じ情報にアクセスすることができたなら――そしてもしおれに情報へのアクセスだけでなく、頭のなかのコンピューターを使って（実物のコンピューターがおれは怖い。そこではもし**彼ら**を見つければ、**彼ら**もまたこっちを見つけてくる。おれは見つかりたくないんだ）その情報を形にする芸術的才能があれば、そのとき、おれは厳密な意味で、はかの連中がしているのとまったく同じ経験を、していることになるんじゃないか？

　五番街四十二丁目にあるニューヨーク市立図書館の外に立ち、おれは自分の理論を検証してみた。図書館では心疾患者支援のための催し物をやっていた。この機会は無作為に選んだ。その日たまたま図書館にいたおれは、閉館時間になったので雑誌閲覧室を出ていこうとした。すると着飾った人々が、テーブルに白い布を掛けたり、正面玄関ホールに蘭の大きな花束を運び込んだりしているのが目に入った。おれは手帳を持ったブロンドの女の子に、何かあるのかと尋ねた。彼女は心疾患者支援のための催し物をするのだと答えた。おれは家に帰って長豆を食べたが、その晩はテレビはつけず、地下鉄で図書館へと引き返した。心疾患者支援の慈善パーティーはたけなわを迎えていた。なかではジャズの『サテン・ドール』が演奏されていて、くすくす笑いや甲高くはしゃぐ声、わっと湧き上がる笑い声などが聞こえた。黒塗りの長いリムジンと、それよりは短い黒の乗用車が縁石に沿って百台ほど停まっているのが見えた。そうしておれは、図書館のなかの人々と自分とを隔てる越えられない壁みたいなものは、原子と分子のちょっとした配列の違いによってできたにすぎないのだと考えた。人々は管弦楽団の演奏に合わせて踊っていたけれど、その楽団のテナー・サックスは恐ろしく貧弱だった。だがそこで奇妙なことが起きた。おれは痛みを感じたのだ。頭に、ではない。腕にでもない。脚でもない。いたるところ一度にだ。おれは自分に言い聞かせた。〝内側〟と〝外側〟には何の違いもない、すべては○と×に帰するのだし、それは数々のべつのやり方で獲得しうるのだと。だが痛みはどんどん増していった。倒れそうになるほどに。おれは足を引き摺ってその場を去った。

失敗に終わる実験がすべてそうであるように、この実験もまた予期しなかったことを教えた。経験と呼ばれるものの鍵を握るひとつの要素とは、それが唯一かつ特別なものであり、そこに加わっていた者は特権を得、そこから排除された者は損をしたことになるという妄想的確信である。そしておれは、実験室で沸騰させていたビーカーから発生した毒を思いがけず吸ってしまった科学者のように、極度の身体的隣接性のために、図書館内の彼らと同じ妄想に感染してしまい、朦朧とした状態のなかで自分は**排除された**のだと信じるようになった。五番街四十二丁目の立派な図書館の外で、晴れやかな内部の様子を想像しながら、永遠に震えて立っているよう宣告されたのだと。

おれはあずき色の髪をした受付嬢のデスクへ近寄り、両手で魚を支えて見せた。魚から出る汁が新聞紙に染みてきていた。「魚だ」とおれは言った。

彼女は首を傾げた。まるでいま急におれの存在に気づいたみたいな顔をしてる。「ああ」と彼女は言った。

「急がないとこれが腐っちまうと、ベニーに伝えてくれ」

おれはまた座った。この待合室におけるおれの〝隣人〟は男がひとりと女がひとりで、どちらも会社勤めのタイプだ。二人がおれから距離を取っているのに気づいた。「ミュージシャンなんだ」とおれは。自己紹介するように言った。「スライド・ギターを弾く」

返事はなかった。

やっとベニーが出てきた。さっぱりと、きちんとして見えた。黒いズボンに白いシャツを着て、首許までボタンを留めネクタイはなし。そのシャツを見たとき、おれはこれまで気づかなかったあることを理解した。高価なシャツは安いシャツより見栄えがいいのだ。その布地はテカテカしていない——テカテカしてるのは安物だ。でもそれは輝いていた。内側から光を発してるみたいに。つまりそれは、とてつもなく美しいシャツだった。

「スコッティ、おい、元気でやってるか？」ベニーが握手しながら言って、おれの背中を親しげに叩いた。「待たせてすまなかった。サーシャがちゃんと相手してたんならいいんだが」ベニーは言って、さっきまでおれと喋ってた娘を示した。彼女は気楽そうに笑っていて、その笑顔はこんなふうに翻訳できた——その人はもう、公式にはわたしの手を離れたわ。おれは彼女にウィンクをしたが、その仕草は正確にこう翻訳される——ほんとにそうかな、ダーリン？

「来いよ。おれのオフィスに戻って話そう」とベニー。彼はおれの肩に腕をまわし、廊下へと身体を向けさせた。

「おい、待ってくれ。忘れものだ！」おれは叫び、走って魚を取りに戻った。コーヒーテーブルから袋をさっと両手に取り上げたそのときに、袋の一角から魚の汁が飛び、会社員っぽい二人が飛び上がった。まるで放射性物質が漏れ出したみたいな騒ぎだ。おれは〝サーシャ〟を見た。きっと身をすくめてると思ったのに、彼女はただ一部始終を見ていた。楽しんでいたと言ってもいい。

ベニーは廊下で待っていた。おれは彼の肌が高校時代よりさらに茶色くなっているのに気づき、満足を覚えた。本で読んだことがある。何年も日光を浴びるうちに、人の肌はだんだん色が濃くなると。ベニーの肌は、白色人種《コーカソイド》と呼ぶのは無理があるくらい濃くなっていた。

「買い物してたのか？」包みを目にして彼は言った。

「釣りだよ」とおれは答えた。

ベニーのオフィスは荘厳《オウサム》だった。十代のスケボー少年が使うみたいな意味のオウサムってことじゃない。昔ながらの文学的な、字義通りのそれだ。楕円形の巨大な机は漆黒で、最高級のピアノみたいに、表面に濡れたような艶があった。まるで黒いスケートリンクのようだと思った。机の向こうは空っぽで、ただ景色だけが広がっていた。おれたちの眼下に街全体が、まるで路上の物売りがぴかぴかした安物の時計やベルトなんかを包んだタオルをほどいたみたいに広がっていた。それがニューヨークの姿だった。きらびやかで、簡単に手に入れられるもの。おれみたいな人間にさえも。扉を入ったところで、おれは魚を抱えたまま立っていた。ベニーは楕円形の濡れたように黒い机をまわりこみ、反対側に立った。摩擦がないみたいな机だった。表面に硬貨を滑らせたら、反対側まで滑ってゆき、そのまま床に落ちそうだった。「座れよ、スコッティ」とベニーが言った。

「その前に」とおれは言った。「土産だ」そして前に出ると、魚をそっと机に載せた。日本のもっとも高い山にある神社に捧げものをするみたいな気持ちがした。窓の景色に陶然となっていたのだ。

「おれにくれようっていうのか？」とベニー。「その魚を？」

「シマスズキだ。今朝イースト河で釣り上げた」

ベニーはおれを見た。どこが笑うべきポイントなのか、指示を待ってるみたいな顔だ。

「みんなが思ってるほどは汚染されてない」言いながら、おれはベニーの机に向かって並んだ黒い小さな椅子の、二つのうち片方に腰かけた。

彼は立ち上がり、魚を手に取ると、机をまわりこんでやってきて、おれに返した。「ありがとう、スコッティ」とベニーは言った。「お前の気持ちには感謝する。ほんとうに嬉しい。だがこのオフィスじゃ、魚は捨てるしかない」

「家に持ち帰って食えよ！」とおれは言った。

ベニーは穏やかな笑みを浮かべていたが、魚を受け取る気配はなかった。いいだろう、とおれは思った。おれが自分で食べるよ。

この黒い椅子に腰を降ろすとき、座り心地が悪そうだとおれは思った。座ってると尻が痛くなり、やがて痺れてくるあの地獄のような椅子に違いないと。だがその椅子は疑いなく、おれがこれまで座ったなかでもっとも快適な椅子だった。待合室の長椅子よりもだ。あの長椅子は眠気を誘った――だがこの椅子はおれを持ち上げ、浮揚させる。

「いいから話せよ、スコッティ」とベニー。「おれに聴かせるために、デモ・テープを持ってきたんじゃないのか？　それともアルバムかバンドを作った？　プロデュースして欲しい曲がある？　どうだ、何を考えてる？」

ベニーは黒いドロップのような机に寄りかかり、両の足首を交差させた。くつろいで見えるけれど、そのじつひどく緊張している姿勢だ。座って彼を見上げるうちに、おれは幾つかの認識を立て続けに、流れ落ちる滝のように体験した。（1）ベニーとおれはもはや友達ではないし、今後も友達になることはない。（2）彼はおれをこの場から、なるべく速やかになるべく悶着を起こさずに追い出そうと目論んでいる。（3）おれはこうなることを知っていた。ここに来る前にすでに知っていた。（4）だからこそ、彼に会いに来た。

「スコッティ？　聞いてるか？」

「つまり」とおれは言った。「お前はいまや大物で、誰も彼もがお前から何かを聞いたがってる」

　ベニーは机をまわりこんで戻り、おれに向かい合うようにして自分の椅子に座ると、両腕を組んだ。さっきより緊張して見えるけれど、そのじつ、よりくつろいでいる姿勢だ。「おいおい、スコッティ」と彼は言った。「突然手紙を寄越したかと思えば、今度は事務所へ現れた。まさか、ただ魚をくれるためだけに、ここへ来たわけじゃないだろう？」

「いや、魚は土産だ」おれは言った。「ここに来た理由は、AとBとのあいだで何が起きたか知りたかったからだ」

　ベニーは黙って続きを待った。

「Aは、おれたちが二人ともバンドをやってて、ひとりの女の子を追っかけてたとき。そしてBが現在」

　アリスのことを持ち出したのは、よい一手だったとすぐに悟った。おれは字義通りのことを言ったわけだが、言外の意味もある――かつておれたちは一人ともクソ野郎だったが、いまはおれだけがクソ野郎なのはなぜか？　さらに言外には――かつてクソ野郎だった人間は、その先もずっとクソ野郎だ。そしてそのさらに深い言外の意味は、こう――追っかけたのはお前のほう、だが彼女はおれを選んだ。

「おれはがむしゃらにやってきた」とベニー。「それだけだ」

「おれもだ」

黒い机を挟み、おれたちは互いを見ていた。ベニーの力の存する席で。長く、奇妙な間があった。そしてその間のなかで、おれは自分がベニーを——それともベニーがおれを、なのか——過去へと、サンフランシスコへと引き戻すのを感じた。おれたちがフレーミング・ディルドズの四人のうち二人で、ベニーはときどき耳にするようなタイプの、面白みに欠けるベーシストのひとりで、茶色っぽい肌をした、手の甲に毛の生えた少年でもあって、そうしておれの一番の親友だった時代へと。おれは目眩がするほどの、激しい怒りに駆られた。目を閉じて思い浮かべた。この机をまわりこんでいき、あの美しい白いシャツから、ベニーの首をおれは捥《も》ぎ取る。長く絡まった根っこのある、節くれだった草を抜くように。そしてもじゃもじゃの髪を引っ掴み、あの気取った待合室へ運んでいって、サーシャのデスクに置くところを想像した。

おれは椅子から立ち上がったが、そのまさに同じ瞬間にベニーも立ち上がった。顔を上げたらもうそこにいたので、弾かれたみたいに立ったんだろう。

「その窓から外を見てもいいか？」とおれは訊いた。

「もちろんだ」声は平静だったけど、不安に思っているのが匂いでわかった。酢の匂い。不安は酸っぱい匂いがするんだ。

おれは窓に近づいた。景色を見ているふりをしたが、目は閉じていた。

少しして、ベニーが隣に来るのがわかった。「音楽は、まだやっているのかい？」やんわりと彼は尋ねた。

「やってはみてる」おれは答えた。「たいていはひとりで、気分転換に」目を開けることはできたが、ベニーを見ることはできなかった。

「お前のギターはほんとうにすごかった」言ってから、こう訊いた。「結婚はしてるのか？」

「離婚した。アリスと」

「それは知ってる」とベニー。「再婚はしたか、って訊いたんだ」

「四年続いたな」

「気の毒に、親友」

「まあ、そんなもんだ」おれは言って、ベニーを振り返った。彼は窓に背を向けていた。いったい、窓の景色を見ることがあるのだろうかとおれは思った。こんなに美しいものがそばにあるけど、それは彼にとって意味があるのだろうか？　おれは訊いた。「そっちはどうなんだ？」

「結婚してる。三カ月の息子がいる」ベニーは笑ったが、それはやがて曖昧な、困惑したような笑みに変わった。赤ん坊の息子を思い出し、自分にそんな値打ちはないと考えたかのような。ベニーの笑顔の後ろには、まだあの不安があった。おれが彼のあとをつけ、人生が山盛りにしていったさまざまな贈り物をひったくり、ものの数秒で何もかも持ち去ってしまうのではないかという不安。おれは声を上げて笑いたくなった――**よう、〝親友〟、まだわか**

んねえのかよ？　お前の持っているもので、おれにないものなんか何ひとつないんだ！　すべては○と×でしかなく、そこに到達するまでには百万通りものやり方がある。だがベニーの不安を嗅ぎ取るおれの気持ちを、二つの考えが掻き乱した。（1）ベニーの持っているものを、おれは持っていない。（2）ベニーは正しい。

　そこでおれはアリスのことを考えた。ただアリスについて考えるということ——それはおれがずっと自分に禁じてきたことだ。その逆の、アリスについて考えないことについて考えること、は、ほとんどずっとしていることだが。アリスについての考えは、おれの内側で壊れたように弾け、おれはそれが流れ出ていくに任せた。やがて太陽の光のなかの彼女の髪が見えてきた——金色、そう、金色の髪だった。次に彼女がスポイトで手首に落とし、塗っていた精油の匂いを嗅いだ。パチョリ？　それとも麝香《じゃこう》というのだったか、その呼び名までは思い出せない。そして愛だけで満たされた彼女の顔。怒りも、恐怖も、いまだない。おれが彼女に与えることになる、惨めな感情はそこにはない。**入って**、と彼女の顔が言い、おれは入った。少しの間、入ったままでいた。

　おれは街を見下ろした。その眺めの豪華さは浪費めいていた。ぶちまけられた油とか、またはベニーの蓄えてきたものが蕩尽《とうじん》されているような印象。ほかの誰の手にも渡らないよう、使い尽くしてしまおうとするみたいな。おれは思った——もしこんな景色を毎日見下ろすことができたら、この世界を打ち負かすだけの力と霊感を得られるだろう。だが問題は、そんな眺めが一番必要なときに、誰もそれを与えてはくれないことだ。

おれはゆっくりと息を吸い、ベニーを向いた。「元気で、幸せにな。兄弟」そう言って、今日ここに来て初めての笑顔を作った。唇を開いてぐっと横に引くその表情を、おれは滅多に作らない。前歯付近以外の、口の両端の歯がほとんどないからだ。残っている歯は白く大きく、だから何もない真っ暗な部分はほんとうに人を驚かせる。ベニーの顔には衝撃が見て取れた。おれはたちまち自分の強さを感じた。さっきまでのバランスが崩れ、この部屋とベニーの力のすべて——机、景色、浮揚させる椅子などが、唐突に自分のものになるのを感じた。ベニーもそれを感じた。力とはそういうもの、突然に感じるものだ。

　おれは笑ったまま向きを変え、ドアのほうへと歩いた。身体が輝いてる気がした。自分がベニーの白いシャツを着ていて、その内側から光が発しているかのように。

「おい、スコッティ。待ってくれ」ベニーの声は震えていた。そして自分の机へ向きなおったが、おれは構わず歩き続けた。笑ったまま廊下を歩いていき、サーシャの座っている受付に戻った。絨毯に擦《こす》れるおれの靴は、ゆっくりと威厳に満ちた一歩一歩に、囁くような音を立てた。ベニーが追いついてきて、おれに名刺を渡した。高級な紙に文字が浮き出るように印刷されている。すごく貴重な感じがした。おれは注意深く受け取った。「社長」とその肩書を読み上げた。

「また連絡くれよな、スコッティ」とベニーは言った。動揺しているみたいだった。おれがここへ来た経緯を忘れてしまったかのように、まるで彼のほうがおれを招き、おれが早々に帰ってしまおうとでもしているかのように。「聴かせたい曲ができたら、送ってくれ」

おれは最後にもう一度サーシャを見た。真面目な、ほとんど悲しそうな目をしていたが、あの愛らしい笑顔は消えていなかった。「元気でね、スコッティ」と彼女は言った。

建物の外に出るとまっすぐに、数日前ベニーに手紙を投函した郵便ポストのところへ行った。そして首を曲げ、緑のガラス張りのビルを見上げて、四十五階までを数えようとした。両手が空っぽなのに気づいたのはそのときだ——魚をベニーのオフィスに忘れてきた！　ものすごく愉快になって、おれは声をあげて笑った。あの会社員的な二人の訪問者がベニーの机の浮揚する椅子に座り、うちひとりが床の、濡れた重い袋に気づいて持ち上げる。**うわあ、これはあいつの魚だ！**　と、嫌悪もあらわに手を放す。ベニーはどうするだろうか？　地下鉄へとゆっくり歩きながら、おれは考えた。その場で魚を捨ててしまうだろうか？　それともオフィスの冷蔵庫に入れておき、夜、妻や幼い息子に持ち帰って、今日のおれの来訪を話して聞かせるだろうか？　そしてそのときには、袋を開いてなかを覗いてみるだろうか？

そうだったらいいと思う。きっとびっくりするだろうから。それは艶々と輝く、美しい魚なんだ。

その日の残りは調子が悪かった。子どものとき目を傷めた後遺症で、ときどきひどい頭痛に見舞われる。その日の頭痛はとりわけ強烈で、鮮明で拷問のような幻視を伴った。午後をおれはベッドに横になり、目を閉じてすごした。闇のなかに燃える心臓が浮かび、あらゆる方向に光を放っていた。それは夢とは言えなかった。何も起こらなかったから。心臓はただそこに浮かんでいた。

早くから床に就いたので、翌朝は起きてアパートを出ると、ウィリアムズバーグ橋の下のイースト河に、陽の昇る前から釣り糸を垂れた。サミーとデイヴも間もなくやってきた。デイヴにとって釣れるかどうかはあまり重要ではない――彼がここに来るのは、イースト・ヴィレッジの女たちが早朝にジョギングするのを見るためなんだ。ニューヨーク大学に通ったり、ブティックに働きに出たりする前に、彼女たちはジョギングをする。デイヴはジョギング用のブラジャーに不満があるらしかった。あのブラをしていると、彼の満足のいくようには胸が揺れないのだ。サミーとおれはいつも聞き流していた。

　その朝デイヴが文句を言い出すと、おれはちょっと話したい気分になった。「なあ、デイヴ」とおれは言った。「そこのところが大事なんだ」

「何がだって？」

「胸が揺れないってところがさ」おれは続けた。「揺れると痛いんだよ。だからジョギング用ブラでそれを防ぐんだ」

　彼は疑わしそうにおれを見た。「お前いつからそんなに詳しくなったんだ？」

「女房がジョギングをしてたんだ」

「してた？　もうやめたのか？」

「おれの女房をやめたのさ。ジョギングはまだしてるだろう」

　静かな朝だった。ウィリアムズバーグ橋の向こうのテニスコートから、ゆっくりとしたリズムでポーン、ポーンと、ボールを打ち返す音が聞こえていた。ジョギングやテニスをする人々とは別に、早朝の河べりにはたいてい、ジャンキーどもが何人かいた。おれはいつも、ある男女の一組がいるかどうか目で探した。膝上まである革のジャケットを着て、痩せた脚で正体のない顔をしている。ミュージシャンに違いない。おれ自身はもうずっと以前にその勝負から降りていたが、ミュージシャンはどこにいても見分けがつくのだ。

太陽が昇った。まるく大きく輝いていて、顔を上げた天使のようだった。こんなに明るい太陽は見たことがない。水のおもてに銀色が降りそそぐ。飛び込んで泳ぎたくなった。汚染だと？　とおれは思う。汚染上等、もっと欲しいくらいだ。そしてとある女の子に気がついた。その子がいると、視界の端でもすぐにわかる。小柄で、ほかのみんなとは違う、跳ねるような走り方をする。髪は明るい茶色で、それは太陽が当たると見逃しようのない変化をする。お伽話のこびとみたいだとおれは思う。デイヴは口を開けて彼女に見とれ、サミーですら振り返って見た。だがおれは河から目を離さず、釣竿に引きが来るのを待っていた。見なくても、おれの目には彼女の姿が映る。

「おい、スコッティ」とデイヴが言った。「いま通ったの、お前の女房なんじゃねえ？」

「おれは離婚したんだよ」

「じゃあ、元女房」

「違う」とおれは答えた。「彼女はサンフランシスコに住んでるんだ」

「もしかして、次の女房になる女かもな」サミーがそんなことを言い出す。

「おれの次の女房だよ」とデイヴ。「女房になったら最初に、何を言ってやるかわかるか？　そんなに胸を締めつけるな、揺らしとけ、って言ってやるぜ」

　陽射しのなかで釣り糸がさっと動くのが見えた。おれの運は逃げてしまった。何も釣れないだろう。もうすぐ仕事に行かねばならない。おれは釣り糸を巻き上げて、河沿いに北へと歩きはじめた。さっきの女の子はずっと先に行ってしまい、走るたびに髪が揺れていた。おれは彼女を追っていったが、こんなに距離があっては追いかけていることにはならない。ただ同じ方向に歩いているだけだ。おれの目は彼女だけを見ていたので、途中あのジャンキーのカップルがいることに、追い越しそうになるまで気づかなかった。二人はくっつきあい、いちゃついていた。やつれていたが、同時にセクシーだった。若いうちはそれが可能なんだ。間もなくセクシーさは消えて、ただやつれてるだけになっちまうが。「なあ」おれは二人に近づきながら、声を掛けた。

　この河べりでもう二十回は会っているはずなのに、男のほうはサングラスをした目を、一度も見たことのない人間にするようにおれに向けた。女の子はおれを見もしなかった。「きみたちはミュージシャンだろう？」とおれは訊いた。

　男は振り切るように背を向けた。だが女の子が顔を上げた。赤い、何かが剝げ落ちたような目をしていた。太陽で傷めたのだろうかとおれは思った。そしてこの、恋人だか夫だか知らないが、彼はなぜサングラスを貸してやらないのだろうと。「彼はすごい《オウサム》のよ」と彼女は言った。十代のスケボー少年が使うような意味でだ。あるいは、そうじゃないかもしれない。

字義通りの意味で言っていたのかもしれない。

「そうだと思う」とおれは言った。「彼はオウサムなミュージシャンに間違いないだろう」

おれはシャツのポケットに手を入れてベニーの名刺を取り出した。昨日着ていたジャケットから、ティッシュペーパーで注意深く摘み、今日のシャツのポケットに入れていた。折れ曲がったり汚れたりしないように。エンボス加工されたその文字は、ローマ時代の硬貨を思わせた。「この男に連絡を取りなよ」おれは言った。「レコード会社を経営してるんだ。スコッティの紹介だと言うといい」

斜めに降りそそぐ陽光の下で、二人は目を細めて名刺を見た。

「電話したらいい。彼はおれの親友なんだ」

「するとも」と男は言ったが、確信はなさそうだった。

「電話して欲しいんだ。ほんとうに」言いながら、どうしようもない気分になった。これはたった一度しかできないことだ。この名刺は二度と手に入らないのだから。

男がしげしげと名刺を見ているあいだ、女の子はおれを見た。「彼、電話するわ」そう言って微笑んだ。歯列矯正でしか得られないような、きちんと並んだ小さな歯だった。「わたしが電話させる」

おれは頷き、背を向けると、ジャンキーたちから離れていった。北へと歩きつつ、目の届く限り遠くを見た。だがジョギング中の彼女はもういなくなっていた。

「ちょっと」背後から交互におれを呼ぶ声が聞こえた。振り返ると二人は声を揃えて、「ありがとう」と叫んだ。

誰かに何かを感謝されたことは、もう長いことなかった。「ありがとう」とおれは自分に言った。何度も繰り返して言った。二人のその声が正確に、おれの記憶に残るようにと願って。この胸に起こった驚きを、また繰り返し味わえるように。

春の陽気には、鳥たちを盛んに囀らせる何かがあるのだろうか？　フランクリン・D・ルーズベルト高速を越える歩道橋を渡り、東六丁目へと歩きながら、おれはそんなことを自問した。木々には花が咲きはじめていた。花粉の匂いを嗅ぎながら、おれはその下を駆け足で抜け、アパートの部屋へと急いだ。仕事へ向かう道すがら、クリーニング屋にジャケットを預けたかった――昨日からずっと、それが楽しみだった。おれはジャケットをくしゃくしゃのまま、ベッドのわきへ脱ぎ捨てておいた。すっかり着尽くして見えるように、そのまま持っていくつもりなんだ。そしてひどくぞんざいに、店番娘を挑発するように、カウンターに置くだろう。だが今度こそ彼女も文句は言えまい。

ちょっとしたところへ行く用事があって、ジャケットを着た。だからクリーニングしなくちゃならない。おれはそんなふうに言うだろう。ほかのみんなと同じように。そして彼女はふたたびジャケットを洗いたてにしてくれるんだ。

B

7　AからBへ

1

パーティーに呼ばれたとき、ステファニーとベニーはクランデールに住んで一年になっていた。よそ者にとって優しい街ではなかった。二人はそれを知っていて引っ越してきたし、彼らには彼らの友人がいたから、あまり気にしていなかった。だがステファニーにとっては、予想以上に疲れることもあった。たとえばクリスを幼稚園に連れていき、SUVやハマーといった車からブロンドの髪の子どもを降ろす、ブロンドの髪の母親たちに微笑みかけて手を振って、その返事として困惑したような笑みを一瞬だけ返されるようなとき。彼女たちの笑みはこう言っている——**いったいどなただったかしら？**　何カ月も毎日顔を合わせているのに、どうして知らないなんてことがあるのだ？　お高く留まっているか馬鹿なのか、あるいはその両方なのか。ステファニーは心中で毒づく。それでも彼女たちの冷たさには、自分でも不可解なほど打ちひしがれてしまうのだ。

街に来て最初の冬、ベニーのプロデュースするアーティストの姉が、二人をクランデール・カントリー・クラブに推薦した。市民権取得よりもう少しばかり骨の折れる手続きのあとで、六月下旬になってやっと入会を認められた。初めてクラブを訪れた日、二人は水着とタオルを持参した。プールサイドの美観を損なわないよう、ＣＣＣ（というのがクラブの通称だった）が単色で統一した自前のタオルを提供していることを知らなかったのだ。女子更衣室でステファニーは、クリスと同じ学校へ子どもを通わせているブロンドの母親と顔を合わせた。このとき初めて、まともに、「こんにちは」を言ってもらえた。異なる二つの場所に姿を見せたことで、人間であることの証明としてキャシーが求める三角測量点を満たすことができたようだった。キャシー――それが彼女の名乗った名前だ。ステファニーは以前から知っていたけれど。

キャシーはテニスのラケットを持っていた。白く丈の短いテニス用ワンピースの下に、白いテニス用ショーツが覗いていたが、それは下着同然だった。出産という偉業の跡は、細い腰にもよく日に焼けた二の腕にも見当たらなかった。輝く髪はきつくポニーテールにまとめられ、後れ毛は金色のヘアピンで留められていた。

ステファニーは水着に着替えると、軽食堂のそばでベニー、クリスと合流した。色鮮やかなタオルを手にして所在なくそこにたたずみながら、ステファニーは遠くでテニスボールの当たる、コーン、コーンという音に気がついた。その音は郷愁を誘い、遠い気持ちにさせた。

ベニー同様、彼女もまたどこでもない場所の出身だったが、ベニーとは別の種類のどこでもなさだった。ベニーのそれはカリフォルニアのデイリー・シティという都会のどこでもなさだ。両親は共働きで、ほぼ完全に不在だったため、老いた祖母がその間ベニーと四人の姉妹とを育てたのだ。だがステファニーは中西部のどこでもない郊外の出身であり、そこにもまたクラブがあった。軽食堂では薄く脂っこいハンバーガーしか出しておらず、ここで食べられるような、新鮮な炙《あぶ》った鮪《まぐろ》入りのニース風サラダなどはなかったけれど、乾いて罅《ひび》割れたコートではテニスが行われていて、ステファニーは十三歳のときには相当な腕前になっていた。だがそれ以来、テニスはやっていない。

　その最初の日の終わり、陽射しのせいでぼうっとなりながら、夫婦と息子はシャワーを浴び、もとの服に着替えて、石畳のテラスに座った。艶めくアップライトのピアノが当たり障りのないメロディーを奏でている。太陽は沈みつつあった。クリスは傍らの芝生の上で、幼児学級の同じクラスの女の子二人と転げまわっていた。ベニーとステファニーはジントニックを啜り、蛍を眺めた。「つまり、こういうのがそれなんだ」とベニーは言った。

　返すべき答えの選択肢が、ステファニーのなかに幾つか浮かんだ——二人がまだ誰とも知り合いになっていないことに言及する。あるいは知り合いになる価値のある人間などここにはいないのではという疑念を述べる。だがステファニーはそれらをやりすごした。クランデールを選んだのはベニーだったし、その理由はステファニーにもある意味深く理解できる。二人はロック・スターたちの自家用ジェット機に乗せてもらい、その所有する島に飛んだこともあるが、このカントリー・クラブはデイリー・シティの、彼の黒い目の祖母のもとから、ベニーが来ることのできたもっとも遠い場所だった。彼は去年、レコード会社を売却した。それまで自分の属さなかった場所へと移ること。成功を証拠として残すのに、これ以上のやり方があるだろうか？

ステファニーはベニーの手を取ると、その甲にキスをした。「わたしもテニスラケットを買おうかしら」

パーティーの招待状が来たのはその三週間後だった。ヘッジファンドを経営するダックという男が主催者だった。彼は自分の好きなザ・コンデッツを発掘したのがベニーであり、そのアルバムも出していると聞いて招待したのだ。初めてテニス教室に参加した日、戻ってきたステファニーは、ダックとベニーがプールサイドで話し込んでいるところへ来あわせた。

「ザ・コンデッツが再結成してくれればいいのにと思うよ」ダックが感慨深げに言った。「あの痙攣的な演奏をしたギタリストは、どうしてるんだい？」

「ボスコなら、いまレコーディング中だ」ベニーは巧みにそう答えた。「二、三カ月以内に新しいアルバム『AからBへ』が出る。ソロ作品はより内省的だよ」ボスコについてのそのほかのこと、肥満やアルコール中毒、癌などのことは黙っていた。ボスコは夫婦にとって、昔からの友人なのだ。

ステファニーはベニーのデッキチェアの端に腰かけた。たくさん打ったあとで紅潮していた。トップスピンの腕は鈍っていなかったし、サーブの切れも恐ろしくよかった。ブロンド頭が一人、二人と、コートわきで足を止めては眺めるのに気づき、ああいう女たちから自分がどれほど際立って見えるかを思い、ステファニーは誇らしくなった――短く刈り込んだ黒髪、片方の脹脛《ふくらはぎ》に巻きつくように彫ったクレタ島の蛸《たこ》の刺青、そして幾つものごつい指輪。しかしながら、この教室のためにテニス用ワンピースを買ったのもまた事実だ。薄手の白いワンピースと、その下に穿く白く小さなショーツ。大人になって以来初めて所有する白い衣服だった。

カクテル・パーティーの席で、広いテラスにいっぱいの人混みのなかからステファニーはキャシーを見つけ出した（ほかに誰を探せばよいというのか）。本物の挨拶という恩恵をふたたび受けられるか、それとも意地悪な〝どなただったかしら？〟的笑顔に格下げされてしまうだろうか。ステファニーが考えていると、キャシーがその視線に気づき、こちらへ向かって歩いてきた。紹介がなされた。キャシーの夫クレーは、シアサッカー地の半ズボンにピンクのオックスフォード・シャツという、べつの種類の人間が着たら冗談かと思われかねない出で立ちだ。キャシーはクラシックな紺色のドレスで、それは彼女の明るく青い目とよく調和していた。ベニーの視線がキャシーに注がれているのに気づき、ステファニーは身体が強張るのを感じた。しかしその発作的不安も、ベニーの注意がすぐに逸れたので同じようにすぐ消えた（ベニーはクレーと話しはじめた）。ブロンドのキャシーの髪は、今日はほどかれていたが、両側はやはりヘアピンで留めてあった。ステファニーはぼんやりと、この女性が一週間で使うヘアピンの数について考えた。

「テニスコートであなたを見たわ」とキャシーが言った。

「もう何年もやってなかったの」ステファニーは答えた。「いまようやく復帰したとこよ」

「そのうち一緒にラリーをやりましょう」とキャシー。

「いいわね」何気ないふうに答えたが、ステファニーは頬の血管が歓喜に脈打つのを感じた。

クレーとキャシーが去ってしまうと、自分の浅はかさに恥ずかしくなり、目眩がした。それはこれまで生きてきたなかでもっとも馬鹿げた勝利だった。

2

数カ月のうちには誰もが、ステファニーとキャシーは友達同士だと言うようになった。週に二度は、朝一緒にテニスをするのが習慣になった。彼女たちのダブルスは、近隣の街からテニス用の短いワンピース姿でやってくるブロンド女たち相手に、クラブ対抗のリーグ戦で成功をおさめた。二人の人生の対称性は、その名前にも容易に見て取れた——キャスとステフ、ステフとキャス。それから同じ一年生学級の、彼女たちの二人の息子にも——クリスとコリン、コリンとクリス。妊娠中にステファニーとベニーが考えた数々の名前——桃源郷《ザナドゥ》、いないいないばあ《ピーカブー》、レナルド、クリケット——から、最終的にクランデール的当たり障りのなさと完璧に調和する名前を選んだのは、何かのめぐりあわせだったのか？

地域のブロンド女たちの序列においてキャシーの地位が高かったため、ステファニーは輪のなかに入ることができ、中立的で居心地よい立ち位置を手に入れることができた。守られたその立場のおかげで、彼女の短い黒髪や刺青といったものまでも中和されたのだ。ステファニーは変わってるけどオッケーということになり、一部の人間に対しては続いた野蛮ないじめを免除された。ステファニーはキャシーを好きだとは決して言えなかった。キャシーは共和党員であり、〝そういう運命なの〟という容認しがたい表現を――自分の豊富な財産や、他人を襲う災難について語るときなどに――よく使う連中のひとりだった。キャシーはステファニーの人生をろくに知らない。知ったら衝撃のあまり、口が利けなくなるに違いない。たとえば何年か前に、雑誌《ディテールズ》の取材中に若手映画スターのキティ・ジャクソンに暴行を働きニュースになった芸能記者は、彼女の兄、ジュールズ・ジョーンズだった。ステファニーはときどきこの女友達が、ステファニーが思っているよりも理解できるということはあるだろうかと考える――**あなたがわたしたちを嫌ってるのは知ってる。**キャシーがそう思うところをステファニーは想像する。**わたしたちもあなたを嫌い。さあ、ここに解決策があるわ。スカーズデールの女《ビッチ》どもを一緒に皆殺しにすることよ。**攻撃性を剝き出しにしたテニスは、はらはらするけど好きだった。ラインコールやバックハンドを夢のなかでもやっていた。いまはまだキャシーのほうが上手だったが、差は縮まりつつあって、その事実に両者ともが刺激を受け、わくわくしていた。パートナーとして敵として、母親として隣人として、ステフとキャスは途切れ目なく調和していた。唯一の問題はベニーだった。

ステファニーは最初、ベニーの話を信じなかった。イラク侵攻の直後の夏——つまり二人がクランデールに住んで二度目の夏のこと、プールサイドにいるときみんなの視線が奇妙なのだとベニーが言った。ステファニーは大方、水泳パンツ姿のベニーの、筋肉の発達した茶色い胴体やくっきりした黒い目を、女たちが称賛しているという話だろうと思い、切って捨てた。「いつから見られて困るようになったの？」

だがベニーの言うのはそんなことではなかった。間もなくステファニーにもそれがわかった。彼女の夫をめぐって、躊躇いと疑惑の空気が流れている。しかしベニーはそのことでくよくよ悩んではいないようだった。生まれてこのかた何回も、「サラザーって、どこの名前？」と訊かれてきたおかげで、自身のルーツや人種へ向けられる懐疑主義には免疫ができていた。また魅力という武器の蓄えも豊富で、とくに女性が相手だと、そうした懐疑を無化することもできた。

その二度目の夏の半ばごろ、例のヘッジファンドが開いたカクテル・パーティーで、ベニーとステファニーは、キャシーとクレー（別名・厚紙《カードボード》。二人が密《ひそ》かにつけた仇名だ）、それにほか何人かとともに、地元選出下院議員のビル・ダフと話していた。ビルは外交問題評議会の会合に出席してきたところだった。会合の主な話題は、ニューヨーク周辺におけるアル・カイダの存在だった。諜報員は確かにいるとビルは打ち明けた。とりわけマンハッタン以外の自治区にいて、互いに連絡を取っている可能性がある（色素の薄いクレーの眉がそのとき急に上がり、頭が一度奇妙な具合に、まるで耳に水でも入ったみたいに、くいっと動くのをステファニーは見た）。だが問題は、彼らがどれくらい密接に母艦――ビルはここで笑った――と繋がっているかだ、というのも恨みを抱いている狂人なら誰でも自分をアル・カイダだと称し得るけど、資金もなく訓練も援助も受けていない連中を（クレーはまたもや頭をすばやく動かし、右手に座ったベニーをちらりと見た）、わざわざ資力を投入して取り締まるまでもなく……。

ビルはまごついたように言葉を切った。夫婦が一組、新しく輪に加わり、ベニーはステファニーの腕を摑んでその場を離れた。彼の目は穏やかで眠そうに見えるほどだったが、手首を摑む力は強く、痛いくらいだった。

二人はその後間もなくパーティーを抜け、帰宅した。ベニーはスクーターという愛称の、十六歳のベビーシッターに賃金を払い、彼女を車で家へ送り届けた。ステファニーが時計を見、スクーターの性的魅力について思いを致すか致さないかのうちに、もうベニーは戻ってきた。彼が侵入者対策の警報を設定する音が聞こえた。そして雷のような足音で二階へ上がってきたので、猫のシルフは怖がってベッドの下に隠れてしまった。ステファニーが寝室から飛び出すと、階段のてっぺんにベニーがいた。「チクショウ、おれはここで何をしてるんだ？」と彼は叫んだ。

「しーっ。クリスが起きちゃうわ」

「まるでホラー・ショーだぜ」

「不快だったわね」彼女も言った。「といっても、クレーは極端な……」

「きみは連中を擁護するのか？」

「違うわよ、もちろん。ただ彼はひとりの人間にすぎないっていうか」

「あの輪にいた連中で、何が起きてるのか気づかなかったやつがいると思うか？」

ステファニーは、それが事実かもしれないと怖くなった――みんな、ひとり残らず気づいてたんだろうか？　ベニーにそう思って欲しくはなかった。「気にしすぎよ。キャシーでさえ言ってる……」

「まただ！　またそれだ！」

彼は階段の最上段で拳を握りしめていた。ステファニーはそばに寄り、両腕に抱きしめた。ベニーが寄りかかってきたので倒れそうになった。彼の呼吸がゆっくりになるまで、二人は抱き合っていた。ステファニーがそっと言った。「引っ越しましょう」

ベニーは後じさった。ひどく驚いていた。

「わたしは本気で言ってるの」と彼女は続けた。「あんな連中、くだらない、どうでもいいわ。これは一種の実験だったと思わない？　こういう街に住んでみたってことが」

ベニーは答えなかった。彼はあたりを見まわした。床の薔薇模様の寄木細工は、彼自らが膝をつき、ひとつひとつ手で磨いた。こんな手の込んだ仕事を頼めるような、信頼できる業者はいなかったのだ。寝室の扉の窓も、幾層もの塗料をカミソリで何週間もかけて削り、彫り出したのだ。階段の吹き抜けの窪みには、長いこと思案した挙句、ひとつにひとつずつオブジェを置いて、照明が当たるよう調節した。彼の父親は電気技師だったので、ベニーは何でも照らすことができた。

「連中を引っ越させろ」と彼は言った。「これはおれの家なんだ、チクショウ」

「結構よ。ただわたしの言いたいのは、いざとなったら引っ越せばいいんだってこと。明日にでも。一ヵ月後でも、一年後でも、好きなときにね」

「おれはこの家で死にたい」とベニー。

「参ったわね」とステファニーは言い、その瞬間二人ともが発作的な笑いに襲われた。そのまま止まらなくなって、床の寄木の上でヒステリックに身体を捩《よじ》りながら、互いにシーッと言いあった。

かくて夫婦は住み続けた。その後、ステファニーが朝、テニス用の白い揃いを身に着けているのに気づくと、ベニーは「ファシストと遊びに行くのか？」と言うようになった。厚紙野郎の偏見と愚昧《ぐまい》に抵抗の意を示すため、キャシーとの関係を断つようベニーが望んでいるのは知っていたが、ステファニーにはその気はなかった。社交活動の中心がカントリー・クラブである街に住み続けるなら、クラブへ溶け込ませてくれる女性とは友達でい続けねばならないと、わかりすぎるほどわかっていた。ノリーンのような落伍者になる気はなかった。ノリーンは夫婦の右隣に住んでいて、金属のぶつかるような騒音を立てる習性があり、大きすぎるサングラスをかけて、両手はがくがくと震えていた――きっと向精神薬のせいだとステファニーは思っていた。ノリーンには三人の、愛らしく神経質な子どもがいたが、ほかの母親たちは誰ひとり彼女に話しかけないのだ。ノリーンは幽霊だった。ああなるのはごめんだと、ステファニーは強く思う。

秋になり、涼しくなってくると、テニスの時間を午後にまわすようになった。その時間ならベニーは家におらず、着替えるところを見られずにすむ。ステファニーはフリーランスとして、ラ・ドールの広告会社で働いており、マンハッタンでの打ち合わせは好きな時間に設定できたので、そうした変更もしやすかった。もちろん、少しばかり嘘をつかねばならないが、それも言い落としによる嘘だ。ベニーを傷つける事実から、彼を守るためには仕方ない。テニスをしているかと訊かれたら、否定はしないつもりだった。だいたい彼自身、何年にもわたり彼女を欺いてきたのではなかったか？　少しくらいその借りを返しても、罰は当たらないのではないか？

3

次の年の春、ステファニーの兄ジュールズが、アッティカ刑務所から仮釈放され、夫婦のもとに住むことになった。最初に入れられたライカーズ島刑務所を含めると、彼はもう五年も収監されていた。ライカーズではキティ・ジャクソン強姦未遂の未決囚として審理を待っていたのだが、（キティ・ジャクソン本人の希望により）訴えが取り下げられたあとも、誘拐と加重暴行の罪で、さらに四年アッティカに入っていなければならなかったのだ。ジュールズと一緒にセントラル・パークへ入ったのは若手スター本人の意思だったし、彼女が無傷だったことを考えると、これは法外な刑だった。実際キティは最後には、弁護側として証言したのだ。しかし検事は、彼女がジュールズの肩を持つのはストックホルム症候群の一形態であるとして、陪審員たちを説き伏せた。「キティ・ジャクソンがこの男を擁護する主張をしている事実は、彼女がいかに深く傷つけられたかを証しだてるさらなる根拠であり……」抑揚をつけてそう述べた声を、ステファニーは思い出す。兄の裁判を聞いていた十日間、彼女は努めて明るく振る舞っていたが、内心は苦痛でいっぱいだった。

暴行に及ぶ前の数カ月間には目に見えて失くしていた落ち着きを、ジュールズは刑務所内で取り戻したようだった。躁鬱病の薬物治療を受け、婚約が破棄されたときも平和的に対処した。刑務所新聞を毎週発行し、9・11の衝撃が受刑者たちの人生に与えた影響を書いた記事で、PENの刑務所内創作プログラムの特別賞を受けた。ジュールズは授賞式に出席するため、ニューヨークへ来ることを許可された。彼のたどたどしい受賞挨拶を聞きながら、ベニーとステファニーとその両親はみな涙したのだった。ジュールズはバスケットボールを始め、それにも励み、持病の湿疹を奇跡的に克服した。彼はついに、二十年以上前にニューヨークへ来て以来の目的である、ジャーナリズムのまっとうなキャリアを再開する準備ができたようだった。仮釈放委員会はジュールズの早期出所を認め、ステファニーとベニーは喜んで、彼が社会復帰するまでの期間、家に滞在させることを申し出たのだった。

だがジュールズが来てから二カ月経った現在、一種不穏な静止状態が続いていた。彼は幾つか取材を行い、恐怖のため冷や汗をかきながら臨んだのに、どれも結果に結びつかなかった。ジュールズはクリスを猫可愛がりし、子どもが学校に行っているあいだ何時間もかけて、微細なレゴ・ブロックを組みたて広大な街を作り、帰宅したクリスを驚かせた。だがステファニーに対しては、この兄は冷笑的な距離を置いていた。彼女が慌ただしく何かをするのを無益なことと思い（今朝も三人は、それぞれ仕事や学校へと家を飛び出そうとしていた）、理解できずに顔を顰《しか》めていた。ジュールズの髪はぼさぼさで、表情は覇気がなくぼんやりしていた。ステファニーは心が痛んだ。

「車で市内へ行くのか？」流しで朝食の皿をせっせと片付ける彼女に、ベニーが訊いた。

だがいますぐには行かない。暑くなってきたので、キャシーとのテニスはふたたび午前中にするようになった。とはいえベニーの目を逃れるために、賢いやり方を見つけていた。白いテニス着はクラブに置いておき、朝は仕事に行く服装をして、ベニーに〝行ってらっしゃい〟のキスをしてから、早めにクラブに到着してそこで着替えるのだ。ステファニーはただ時系列だけを誤魔化し、嘘は最小限にとどめた。ベニーにどこへ行くのかと訊かれたら、その日の遅い時間にほんとうに入っている打ち合わせの予定を告げた。なので夜、打ち合わせの首尾はどうだったと訊かれたら、正直に答えることもできた。

「十時にボスコと打ち合わせよ」と彼女は言った。ボスコは、ステファニーがいまも広報を手掛けている最後のロック・ミュージシャンだ。実際の打ち合わせは三時だった。

「午前中にボスコと会うのか？」ベニーが訊いた。「それ、あいつの思いつきなのか？」

しまった、と思った。ボスコは一晩じゅう酒を飲み、酩酊の霧のなかですごす。午前十時に意識があることは皆無に等しい。「そうよ」とステファニーは言った。夫の顔を見据えながら嘘をつくという行為に、目眩がしそうだった。「ほんとうに、どうした風の吹きまわしかしら」

「考えるだに恐ろしいな」とベニーは言った。そしてステファニーに〝行ってきます〟のキスをして、クリスとともに玄関へ向かった。「打ち合わせが終わったら、電話をくれるかい？」

ステファニーは即座に、テニスをキャンセルすることに決めた――キャシーとの約束を破るのだ。そしてマンハッタンへ行き、十時にボスコを訪ねる。ほかに道はない。

夫と息子が出掛けてしまうと、ジュールズと二人きりのときつねに感じる、あの緊張がやってきた。ジュールズの今日の予定を尋ねる、ステファニーの無言の問いが、彼女たち一家に対する兄の防御回路と静かにぶつかりあう。ステファニーはこれまでに二度、帰宅して寝室のテレビがポルノ番組チャンネルに合わされているのを発見したことがあった。動揺のあまり彼女は、客間にもテレビを置いてくれるようベニーに頼んだ。ジュールズは客間に寝泊まりしていた。

ステファニーは二階へ上がり、キャシーの携帯電話に、テニスには行けなくなったと留守電を残した。台所へ戻ってみると、ジュールズが朝食用スペースの窓から外を覗いていた。

「お前の隣人は、ありゃあ何だ？」

「ノリーンのこと?」とステファニー。「ちょっと頭が変なのよ」

「この家の柵のとこで何かしてるぜ」

ステファニーも窓に近寄った。ジュールズの言う通りだった。脱色しすぎたポニーテール(ほかのブロンド女たちの、控えめで自然なハイライトの髪のパロディーのようだ)の頭が、柵のそばを行ったり来たりしているのが見えた。黒い巨大なサングラスのせいで、漫画に出てくる蠅か異星人みたいだ。ステファニーは肩をすくめた。ノリーンなんかを観察するほどジュールズは暇なのだと、苛々した。「もう出掛けないと」

「市内まで乗せてってもらっていいか?」

ステファニーは脈が速くなるのを感じた。「もちろんよ」と彼女は答えた。「誰かに会う予定なの?」

「そういうわけじゃないが。ただ出掛けたいんだよ」

車に向かって歩きながら、ジュールズはちらりと後ろを見て、言った。「あの女、うちを覗いてると思うぜ。ノリーンってやつ。柵越しに」

「そうだとしても驚かないわ」

「好きなようにさせておくってのか?」

「どうすることもできないでしょ? 危害を加えられてるわけでもないし。こっちの敷地にさえ入ってないのよ」

「でも危険人物だ」

「あなたに言われたくはないでしょうね」

「ひどいな」とジュールズは言った。

ボルボに乗ると、ステファニーはボスコの新しいアルバム『AからBへ』の見本CDをかけた。そうすることで、自分のアリバイを強化できるような気がしたのだ。ボスコの新作はウクレレ伴奏による数曲の歌から成っていて、ボーカルは唸り声みたいだった。ベニーは友情から仕方なしにこのアルバムを出してやるのだ。

「その音楽、止めてもいいか？」二曲目が終わったところでジュールズは言い、ステファニーの返事を待たずに自分で止めた。「これがおれたちの会いに行く相手か？」

「おれたち？　車で送って欲しいだけじゃなかったの？」

「一緒に行きたいんだ」とジュールズ。「駄目か？」

その声は控えめで哀しげだった。この男には行く場所も、することもないのだ。ステファニーは叫びだしたくなった。ベニーに嘘をついた罰が当たったのだろうか？　この三十分のあいだに、したくて堪らなかったテニスをキャンセルしてキャシーの気分を害さねばならず、間違いなく寝ている相手を訪ねるという用事をでっち上げて着手し、そして今度は制御不能の辛口批評家である兄を、彼女のアリバイが崩壊するのを目撃させるために連れていくのだ。

「楽しいかどうか、知らないわよ」とステファニーは言った。

「いいよ」とジュールズは答えた。「楽しくないのには馴れてる」

ハッチンソン・リバー・パークウェイからクロス・ブロンクス高速へとハンドルを切るス

テファニーを、ジュールズは不安そうに見ていた。車に乗っていると、神経が高ぶるらしい。交通渋滞の列に入り込んでしまうと、彼は訊いた。「浮気してる？」

　ステファニーは目を剝いた。「気でも違ったの？」

「道路を見ろ！」とジュールズ。

「それ、わたしに訊いてるわけ？」

「だってびくびくしてるからさ。お前もベニーも、二人とも。おれが知ってるお前らはこんなじゃなかった」

　ステファニーは衝撃を受けた。「ベニーがびくびくしてるって？」かつての恐怖が急速によみがえり、その手に首を絞められる気がした。二年前、四十歳になったとき、ベニーは約束したはずだし、それを疑うような理由は何ひとつなかったのに。

「そう見えるってだけだよ。わからない。他人行儀っていうか」

「刑務所の人たちに較べて？」

　ジュールズは微笑し、「いいだろう」と言った。「たんに場所のせいかもしれない。ニューヨークの、クランデエエールっていう場所」引き伸ばすようにその語を発音した。「共和党員どもがうじゃうじゃいるんだろうな」

「半分くらいはそうね」

　ジュールズは信じられないという顔でステファニーを見た。「お前、共和党員どもと交際してるのか？」

「そういうこともあるわよ、ジュールズ」

「お前もベニーも？　共和党員とつるんでるのか？」

「あなた、自分が叫んでるって気づいてる？」

「道路を見ろ！」ジュールズが喚《わめ》いた。

ステファニーはその通りにしたが、ハンドルを持つ手は震えた。引き返してこの兄を家に置いてきたくなったが、そんなことをしていたら、存在しない打ち合わせの予定に遅れてしまう。

「おれが引っ込んでた数年のあいだに、チクショウ、全世界がひっくり返っちまった」怒りを込めてジュールズは言った。「ツインタワーは消えちまったし、どっかのオフィスに入ろうとすれば身ぐるみ検査される。喋ればいいことをみんなEメールで伝えるから、誰の声もよく聞こえない。トム・クルーズとニコール・キッドマンはそれぞれべつの相手と付き合ってるし……。そして今度はおれのロックンロールな妹と旦那が、共和党員とつるんでると来た。なんてこった《ホワット・ザ・ファック》！」

ステファニーは心を落ち着かせようと、長い息を吐いた。「これからどうするつもり、ジュールズ？」

「言っただろ。お前と一緒に行って、その何とかってやつに会って……」

「これから先、って意味よ」

長い間があって、やっとのことでジュールズは言った。「わからない」

ステファニーはジュールズを盗み見た。車はヘンリー・ハドソン・パークウェイへと曲がり、ジュールズは河を眺めていた。その横顔には気力も希望も見当たらなかった。ステファニーは心臓が恐怖にすくむのを感じた。「初めてニューヨークに来たとき」と彼女は言った。「もう何年も前の話だけど、あなたはたくさんのことを考えていた」

ジュールズは鼻を鳴らした。「二十四歳の若者なら、誰でもそうだろ？」

「つまり、方向性があったっていうか」

彼はその二年前にミシガン大学を卒業していた。ステファニーはニューヨーク大学にいたのだが、寮の隣人の新入生が拒食症治療のため休学することになった。ジュールズはその女の子の部屋を三カ月占領し、メモ帳を片手に街を徘徊して、《パリス・レヴュー》誌のパーティーへ押しかけた。拒食症の子が帰ってくるまでには、《ハーパース・バザー》誌に職を得て、三人のルームメイトとともに、ヨーク街八十一丁目にアパートを借りていた。その三人のうち二人は現在雑誌の編集をしており、残りのひとりはピュリッツァー賞を獲っていた。

「わたしにはわからないの。ジュールズ」ステファニーは言った。「あなたがどうしてこうなったのか」

ジュールズはロウワー・マンハッタンの建物群の、輝く輪郭をぼんやりと見つめていた。

「おれと、アメリカとは似てるんだ」と言った。

ステファニーはぎょっとして身体を捩り、ジュールズを見た。「何わけのわからないこと言ってるの？　薬でも切れた？」

「おれたちの手は汚れてる」と彼は言った。

4

ステファニーは六番街の駐車場に車を停め、クレイト・アンド・バレル（家具や日用品を扱うチェーン店）の部屋ひとつ分ほども大きさのある袋を提げた買い物客のあいだを縫って、ジュールズと一緒にソーホーへ歩いた。「で、ボスコってやつはいったい誰なんだ？」ジュールズが訊いた。

「コンデッツを憶えてる？　そのギタリストだった人よ」

ジュールズは足を止めた。「それがおれたちの会おうとしてる相手か？　あのコンデッツのボスコ？　赤い頭の痩せたやつ？」

「そうよ。まあ、彼はちょっと変わってしまったんだけど」

二人はウースター通りをカナル通りへ南に曲がった。陽光が敷石の上に点々と落ちていて、ステファニーの心のなかに淡い記憶の球体が次々と膨らんでいった。コンデッツの初アルバムのジャケット写真は、この場所で撮影したのだ。みなが笑い、神経を高ぶらせていた。カメラマンが撮影するあいだ、ボスコはそばかすを白粉《おしろい》で隠していた。ボスコのアパートの呼び鈴を鳴らすときも、記憶は彼女に去来した。ステファニーは待ち、そして祈った――**どうか家にいませんように、どうか出ませんように。**そうすれば、この日の茶番はこれで終わってくれるのだ。

インターホンに答える声はなく、オートロックの解除される音だけがした。ドアを押し開けながらステファニーは、ほんとうにボスコと十時に約束したかのような錯覚に捕らわれた。さもなければ、間違った部屋の呼び鈴を鳴らしてしまったとか？

二人は建物に入り、エレベーターのボタンを押した。降りてくるまでにひどく時間がかかり、昇降路内で擦れる音が聞こえていた。「壊れてんじゃないのか？」とジュールズが言った。

「ここで待っててくれていいのよ」

「おれを追い払おうとするのはやめろ」

かつてボスコは痩せていて、細身のパンツを穿き、パンクとスカ（レゲエの先駆となった音楽）との中間的な、八〇年代後半の音楽の実践者だった。蜂の巣みたいな真っ赤な髪で、ステージ上ではイギー・ポップも顔負けの狂いっぷりを見せた。コンデッツのライブ中、ボスコが発作を起こしたと思ったクラブの支配人が、救急車を呼んでしまったことも一度ならずあった。

現在の彼は恐ろしく太っていた。抗癌剤と抗鬱剤の投薬治療のせいだと本人は主張するが、彼の家のゴミ箱にはほぼいつも、ドレイヤーズ・ロッキー・ロード・アイスクリームの一ガロン（約三・八リットル）容器が捨ててあるのが見いだされた。赤かった髪も貧相な灰色のポニーテールに成り果てていた。人工股関節置換手術が失敗したせいで、よろめきつつ腹を持ち上げつつの、台車に冷蔵庫を載せて運ぶような歩き方しかできなくなっていた。それでもなお、ボスコは起きて着替えていた。なんと髭まで剃っていた。ロフトのブラインド・カーテンは上げられていたし、シャワーを浴びた直後らしき湿った空気が漂い、沸かしたてのコーヒーの匂いが心地よく立ち昇っていた。

「三時に来るんだと思ってたよ」と彼は言った。

「十時の約束だったと思うけど」ステファニーはハンドバッグを覗き込み、ボスコと目を合わせるのを避けた。「時間を間違えたかしら？」

ボスコは馬鹿ではなかった。ステファニーは嘘をついているとわかった。だが彼は好奇心をそそられたし、その好奇心は自然とジュールズのほうへ向いた。ステファニーは兄を紹介した。

「お目に掛かれて光栄です」と、ジュールズは厳かに言った。

握手する前にボスコは、皮肉ではないかと疑うように注意深くジュールズを見た。

ステファニーは折りたたみ椅子に尻を載せていた。隣にはボスコが一日の大半を座ってすごす、革張りの黒いリクライニング・チェアがあった。埃っぽい窓際にそれは置かれ、窓からはハドソン河と、向こう岸のホーボーケン地区までもが見えた。ボスコはステファニーにコーヒーを運んでくると、リクライニング・チェアを震わせながら深々と沈み込んだ。椅子は柔らかく、かつしっかりと、ボスコの身体を包んだ。『AからBへ』をどう売り出すか、話し合うための打ち合わせだった。ベニーはいまや複数の上司がおり、彼らの意見を聞かなければならないため、アルバムを作って出荷する以外の費用は一銭も出せないのであった。

そのようなわけでボスコは、ステファニーに時給を払い、広報係兼出演契約交渉担当者として雇っていた。だがその肩書はほとんど象徴にすぎなかった。ボスコは体調が悪かったせいで、前二作のアルバムではほとんど何の宣伝もできず、そして世間の反応の冷たさもまた、彼の無気力とほぼ呼応していた。

「だが今回はまったく違うんだ」ボスコはそう切り出した。「あんたには働いてもらうぜ、ステフちゃん。今度のアルバムでおれは復活する」

ステファニーはボスコがふざけているのだと思った。だが黒い革張りの椅子から彼女を見るボスコの目はまったく冷静だった。

「復活ですって？」とステファニーは言った。

ジュールズはロフトをうろついていた。壁に飾られたコンデッツのゴールドやプラチナのアルバム、売り払わずに残された何本かのギター、そしてコロンブス以前のアメリカ先住民遺物のコレクション――ボスコはそれを磨き上げたガラスケースに仕舞い、請われても売らなかった――といったものを眺めていた。だが〝復活〟という言葉を聞いて、兄が急速に興味を引かれたのをステファニーは感じ取った。

「いいか？　アルバムのタイトルは『AからBへ』だ」とボスコは言った。「そしてそれこそが、おれが真っ向から投げかけたい疑問なんだ。つまりおれはいかにして、ロック・スターから見向きもされないブタ野郎へと変化したか？　そんなことないなんて取り繕うのはもうよそうぜ」

ステファニーは驚きのあまり、すぐには反応できなかった。

「おれは片っ端からインタビューを受けたい。特集記事だ」とボスコは続けた。「人生を満たしているろくでもないもの、クソッタレな屈辱をすべて記録に残す。それがリアリティってもんだろ？　二十年も経ったら、人間見栄えだって悪くなる。胃腸を半分も切り取られたんじゃあ尚更だ。時間ってやつは、ならずものだ。この言いまわしは当たってるだろ？」

ジュールズが部屋を横切ってやってきた。「そんな諺《ことわざ》、聞いたことないぞ。時間がならずものだって？」

「違うっていうのか？」やや挑むようにボスコが言った。

ジュールズはしばらく考えてから、「違わない」と答えた。

「ねえ」とステファニー。「あなたの正直さは好きよ、ボスコ……」

「〝あなたの正直さは好きよ、ボスコ〟なんて口を利くんじゃねえ。どっかの広告みたいな喋り方は、おれにはするな」

「広報なんだから仕方ないわ」とステファニー。

「そうだ、だが自分でその広告を信じちゃお終《しま》いだ」とボスコ。「あんたはもう年なんだ」

「戦略的にやろうとしてるだけよ」ステファニーは言った。「結論から言えば、あなたの人生が駄目になったことなんて、誰の興味も引かないわよ、ボスコ。そんなのが受けるだろうなんて、何の冗談かと思うわ。ロック・スターなら話はべつだけど、あなたはもうロック・スターじゃないわ。あなたは、過去の遺物よ」

「きっついなあ」とジュールズ。

ボスコは笑い声を上げた。「年寄りって言われて怒ってるんだ」

「そうよ」とステファニーが認めた。

ジュールズは落ち着かなげに、二人の顔を交互に見ていた。衝突という衝突はすべて、彼の気持ちを掻き乱すらしい。

「よく聞いてね」とステファニー。「わたしはあなたに、すごいわね、素敵なアイデアねと言っておいて、放置して見殺しにすることもできる。一方で率直に、そんなアイデアは馬鹿げてると、誰も見向きもしないと言うこともできる」

「あんたはまだおれのアイデアを聞いていない」ボスコは言った。

ジュールズが折りたたみ椅子を持ってきて座った。「おれはツアーをやりたい」とボスコ。「かつてよくやったみたいに、同じようなステージを準備して。かつてと同じように移動する。いや、かつて以上にたくさんの場所をだ」

ステファニーはコーヒーカップを降ろした。ベニーがここにいてくれたら、と願った。いま彼女が目撃しているこの自己欺瞞を、その深刻さをわかってくれるのはベニーだけだ。

「ひとつはっきりさせたいんだけど」と彼女は口を挟んだ。「あなたはたくさんインタビューを受けたいと言う。自分が病気で、かつての自分の老いぼれた影でしかないことについて、記事を書いて欲しいと。その一方でツアーをして……」

「全米ツアーだ」

「全米ツアーをして、まるで過去の自分と同じであるかのように演奏する、と言う」

「その通り！」

ステファニーは深いため息をついた。「幾つか問題があると思うわ、ボスコ」

「そう来ると思ったぜ」ジュールズにウィンクを送りつつ、ボスコが言う。「ご指摘あれ」

「ええと、まずひとつ目。この件に記者たちの興味を引くのは、至難の業だわ」

「おれは興味を引かれた」とジュールズ。「そしておれは記者だ」

勘弁してちょうだい！　声に出して言いそうになるのを、ステファニーは必死で堪えた。

兄が自分を記者と名乗るのを聞くのは、もう何年振りだろう。

「いいでしょう。あなたはひとりの記者の興味を引いていて……」

「彼は何もかも知ることができる」とボスコ。そしてジュールズに向きなおり、「あんたは何もかも知ることができるぞ。完全出入り自由。お望みならば、クソするところも見せてやる」

ジュールズは唾を飲んだ。「それは考えさせてもらうよ」

「たとえばの話さ。制限ってもんはないと言ってるんだ」

「いいでしょう」ステファニーは続けようとした。「あなたはこれで……」

「ビデオを撮ったっていいんだぜ」ボスコがジュールズに言う。「ドキュメンタリー映像を作ってくれても構わない」

ジュールズは不安になってきたようだ。

「ちょっと、最後まで言わせてくれる？」とステファニー。「あなたはこれで記者をひとり確保した。そうして誰ひとり見向きもしないような記事を書いてもらう……」

「おい、これでおれの広報だとよ。信じられるか？」とボスコがジュールズに。「この女、クビにするべきかな？」

「無事に代わりが見つかるといいわね」とステファニー。「今度はツアーについてだけど」

ボスコはにやにやと笑っていた。糊のように吸いつく椅子にぴったりと収まって。ほかの人間からしてみれば、寝椅子としか思えない椅子だ。ステファニーは俄かに、この男が可哀そうになった。「会場の確保《ブッキング》は、簡単にはいかないでしょう」控えめにそう言った。「つまり、あなたはもうずいぶんツアーをしていないし……あなたは以前みたいなパフォーマンスをしたいと言うけど、でも……」ボスコは嘲るような笑みを浮かべていたが、彼女は辛抱強く続けた。「体力的に、あなたはもう……つまり健康状態が……」ステファニーは慎重に言葉を選んだ。かつてのようなパフォーマンスは、現在のボスコには僅かなりとも不可能なのだ。そんなことをしようものなら死んでしまう――来るべき死を急速に早める。

「わからないかい、ステフ？」ついにはボスコが口を切った。「それが一番重要なとこなんだよ。そういう結果になるのはわかってる、だがいつ、どの会場でかまではわからない。その最期がやってくるとき、誰がそこに居合わせるかも。これは、**自殺ツアー**なんだ」

ステファニーは笑ってしまった。そのアイデアは彼女にとって、説明しがたい笑いのツボにはまったのだ。だがボスコは打って変わって真剣だった。「おれはもう終わってる。年寄りで、惨めだ。ましな口でもそんな気持ちになる。このクソみたいな有様に終止符を打ちたいんだよ。だが、ただ忘れ去られて消えるのはごめんだ。燃え上がって消えたいんだ。おれの死をアトラクションに、壮絶で謎めいた見世物にしたい。つまり芸術作品に。だからな、広報さんよ」言いながらボスコは、垂れ下がった贅肉を寄せ集め、ぐっとステファニーに近づいた。衰えきった顔のなかで、目だけが光っていた。「あんたは誰も興味を示さないと言うけどな、リアリティ番組なんか目じゃないぜ。これ以上にリアルなことがあるか？　自殺ってのは最終兵器だ。誰だってそれをわかってる。だが芸術作品にするとなると？」

彼は熱心にステファニーを見つめている。肥満した、病気療養中のこの男は、たったひとつ残された無謀なアイデアを彼女が気に入ってくれるよう祈りつつ、気持ちを高ぶらせている。長い間があった。ステファニーは懸命に、考えをまとめようとした。

沈黙を破ったのはジュールズだった。「天才だ」

ボスコはジュールズに、好意に満ちた視線を送った。自分の演説に自分で感動し、またジュールズも感動させたという事実に感動したのだった。

「ねえ。いいかしら」ステファニーが言った。相矛盾するさまざまな考えが、彼女のなかでせわしなく明滅していた。このアイデアに、もし何らかのかたちで実現性があるならば――ほぼ間違いなく実現性などないけど――狂ってるし、たぶん違法だし、グロテスクなまでに不快だし――でも万が一そうならば、ステファニーはそれを、本物の記者に書いて欲しいと思った。

「チッ、チッ、チッ。駄目だ駄目だ」ボスコが人差し指を振った。まるで彼女の内的独白が聞こえたかのようだった。彼は息を荒らげて呻きながら、二人の手助けを拒みつつ、ひどく苦労して椅子から立ち上がった。クッションが鳴き声みたいな音を立てた。ボスコは部屋を横切って、乱雑な机へと近づいていった。はたにも聞こえるほど息を喘がせて、机の上に屈みこむと、あちこち掻きまわして紙とペンを見つけた。

「あんた、名前はなんだった？」ボスコが声を張り上げた。

「ジュールズだ。ジュールズ・ジョーンズ」

ボスコは数分のあいだ、何か書いていた。

「これでよし」と彼は言って、またもや恐ろしく苦労しながらこちらへ戻ってくると、その紙をジュールズに手渡した。ジュールズは声に出して読み上げた。「私ボスコは、心身ともに健康な状態において、貴殿ジュールズ・ジョーンズに対し、唯一かつ特権的なメディア権限を認め、我が凋落の物語と自殺ツアーを記事にする権利をここに保証する」

ボスコはこの大仕事に疲れ果てたようだった。ふらふらと椅子に寄りかかり、息を切らして、目を閉じた。かつて気狂い案山子《かかし》と称されたボスコの、パフォーマンスをしていた姿が、ステファニーの心にふと、分光器を通したようにさまざまに、戯れる影となって映った。目の前にいる気難しい巨漢とは無縁なものとして。悲しみが、波のように押し寄せてきた。

ボスコが目を開けて、ジュールズを見た。「さあ」と彼は言った。「それをあんたにやろう」

近代美術館《MOMA》の彫刻の庭で昼食を取っているとき、ジュールズは生まれ変わったようだった。活力に満ち溢れ、改装された美術館についても気の利いた意見を述べた。彼はここへ来るとまっすぐに売店へ入っていき、手帳とペンを購入した（そのどちらにも、マグリットの雲の絵がプリントされていた）。そして明日朝十時の、ボスコとの約束を書き入れた。

　七面鳥のラップ・サンドイッチを食べながら、ステファニーはピカソの彫刻『雌ヤギ』を眺め、兄の高揚を僅かでも共有できたらいいのにと思っていた。だが、できそうになかった。ジュールズは彼女のなかにあった活力を吸い取っているようだった。彼が元気になればなるほど、同じだけ空っぽになっていく。ステファニーは自分が、テニスに行かなかったことを悔いているのに気づいた。

「どうしたんだい？」とうとうジュールズが、三杯目のクランベリー・ソーダを飲み干しつつ訊いた。「元気がないみたいだけど」

「わからないわ」とステファニーは答えた。

　彼は上体をステファニーに近寄せた。彼女は不意にこの兄が、子どものころどんなふうだったか思い出した。ジュールズはほとんど文字通り、妹の保護者であり、番犬だった。テニスの試合についてきては、こむら返りを起こした脹脛をマッサージしてくれもした。そうした思い出は、ジュールズの長く混乱に満ちた期間、抑圧されていたものだった。それがいま急によみがえってきた。あたたかく、生き生きと。ステファニーの目に涙が溢れた。

兄は仰天したようだった。「ステフ」と彼女の手を取った。「いったいどうした？」

「何もかもが終わっていく気がする」ステファニーは答えた。

ベニーと彼女が〝懐かしい日々〟と呼んでいる日々のことを、ステファニーは思い出していた。クランデール以前だけではない、結婚以前、親になる以前、金ができる以前、つらかった薬断ち以前、あらゆる責任の以前。そのころベニーとステファニーは、ロウワー・イースト・サイドをボスコとつるんでうろついたり、陽が昇ったあとで眠りに就いたり、他人のアパートに押しかけたり、半ば公衆の面前でセックスしたり、さまざまな無茶をやっていた。ヘロインを打ったこともあった。どれひとつとして真剣じゃなかったから、何もかも大丈夫だった。二人は若くて恵まれていて、強かった。何を恐れることがある？　結果が気に入らなければ、一からやり直せばいいだけだ。だがいまやボスコは病気で、ほとんど動くことさえできず、自分の死の計画を熱心に練っている。これは自然法則から逸脱してすごした日々の結果なのか、それともよくあること――つまり、おとなしく受け入れるべきことなのか？彼ら自身が何らかのかたちで、招いたことなのか？

ジュールズは彼女を腕に抱えて言った。「今朝同じことを訊かれたら、もう終わってる、と答えただろう。おれたち全員、この国全部……クソッタレなこの世界自体がもう終わってると。だがいまは、べつのことを感じてる」

ステファニーにもそれはわかった。兄の身体を流れる希望の音が、耳に聞こえるようだった。「じゃあ、いまならなんて答えるの？」

「確かに、すべては終わりつつある。だけど、まだ終わりきっちゃいない」

5

ステファニーは次の打ち合わせを終えた。エナメル革の小さなハンドバッグを作るデザイナーが相手だった。その後、やめたほうがいいという予感がしながらも、事務所に立ち寄った。上司であるラ・ドールは、いつものように電話に出ていたが、ステファニーの姿を見ると受話器に手を当て、「何かあったの？」と訊いた。

「いいえ」ステファニーはびっくりした。彼女はまだ廊下にいたのだ。

「デザイナーとはどうだった？」ラ・ドールは部下たちのスケジュールを逐一把握していた。ステファニーのようなノリーランスの者も含めてだ。

「うまくいったわ」

ラ・ドールは電話を終えると、机に置いたクルプス社のコーヒーメーカーでエスプレッソを作った。指ぬきほどの大きさしかないのに幾らでも入るカップへと注ぎながら、「来なさい、ステフ」と言った。

ステファニーは上司の、見晴らしのよい角部屋のオフィスへ入った。ラ・ドールはデジタル処理されたような印象の外見をしていた。よく知っている相手にもそう思わせる、そんな種類の人間だった。ボブカットに切り揃えた明るい金髪、肉食っぽい口紅の色、そして視点の定まらない、アルゴリズム的な瞳。そのまなざしでステファニーを摘みあげるようにしながら、彼女は言った。「次の打ち合わせはキャンセルしなさい」

「なんですって?」

「あなたの憂鬱が、廊下《ろう》からでもわかったわ」とラ・ドール。「インフルエンザみたいなものだから。顧客に伝染《うつ》さないように」

ステファニーは笑い声を上げた。上司のことは昔から知っている。彼女が真剣にそう言っているのが、長い付き合いからわかった。「ったく、嫌な女」

ラ・ドールは含み笑いをした。すでにべつの電話を掛けようとしている。「仕事だからね」と彼女は言った。

ステファニーは車でクランデールへ戻り（ジュールズは電車で帰っていた）、サッカーの練習中のクリスを迎えに行った。もう七歳になるというのに、一日離れていたあとで息子は、ステファニーに抱きつきたがった。彼女はクリスを抱っこしてやり、小麦のような髪の匂いを嗅いだ。「ジュールズおじさんは家にいる?」とクリス。「レゴで何か作ってるかな?」

「じつはね、ジュールズおじさんは今日、仕事だったの」そんなふうに言えることが、ステファニーはちょっぴり誇らしかった。「市内で仕事があったのよ」

苦難に満ちた一日の終わりに彼女は、今日の出来事をベニーに話し、一緒にくつろぎたい気持ちになっていた。彼の助手であるサーシャとは、すでに話していた。ステファニーは長いことサーシャを、ベニーの浮気を取り持っているのではないかと疑っていたのだが、彼が改心してからの数年で好きになっていた。ベニーは帰り道から電話をしてきて、渋滞に巻き込まれたから遅くなると言った。ステファニーは電話でなく直接話したかったので、待つことにした。ボスコの話をベニーは笑い飛ばし、ステファニーの感じている奇妙な惨めさも取り払ってくれるだろう。それからもうひとつ。テニスについて、今日はこれ以上嘘をつかなくていいのだ。

クリスを連れて帰宅したときも、まだベニーは帰っていなかった。ジュールズがバスケットボールを手にやってきて、クリスにホース遊びをしようと持ちかけた。二人は私道へ出ていって、ガレージのドアがボールの振動で軋む音が間もなく聞こえてきた。太陽は沈みつつあった。

やっとベニーが帰ってきたが、そのまま階段を昇って、シャワーを浴びに行ってしまった。ステファニーは冷凍の鶏もも肉をぬるま湯につけてから、ベニーを追って二階へ行った。浴室の開いた扉から漂う湯気が、夕焼けの光のなか、くるくると寝室に渦を巻いていた。ステファニーもシャワーを浴びたくなった。浴室にはシャワーが二つあり、二つともハンドメイドの金具を使っていた。その工費はひどく高くついたので、二人は何度も議論したが、ベニーは決して譲らなかったのだ。

ステファニーは靴を脱ぎ捨て、ブラウスのボタンを外すと、ベニーの服の置かれたベッドに一緒に放り投げた。ベニーのポケットの中身は、いつものように骨董の小さなテーブルの上に散らばっていた。ステファニーはそれらに目をやった。疑惑とともに暮らしていたころ染みついた習慣だ。硬貨、ガムの包み紙、駐車場のチケット。テーブルを離れようとしたとき、裸足の裏に何か刺さった。引き抜いてみるとヘアピンだったので、そのままゴミ箱へ向かった。捨てる前にもう一度そのピンを見た。ありふれた金色のピン、クランデールのどの家の隅にも落ちていそうなヘアピンだ。彼女の家以外の、どの金髪の家にも。

ステファニーはピンを手にしたまま止まった。考えうる無数の理由があった――この家でパーティーをしたときに、友人のひとりが二階の洗面所を使ったとか。または掃除のおばさんかもしれない。だけどステファニーにはピンの持ち主がわかった。いま知ったというよりも、ずっと知っていたのに忘れていたことを思い出したかのような感覚だった。スカートとブラジャー姿のまま、彼女はベッドに座りこんだ。身体が熱く、震えていた。動揺して目をしばたたいていた。もちろん、そうに決まっている。想像してみるまでもなく、すべての要素がただひとつのことに収斂《しゅうれん》していくのがわかった――痛み、復讐、権力、そして欲望。彼はキャシーと寝たのだ。もちろん、そうに決まっていた。

ステファニーはふたたびブラウスを着ると、ヘアピンを持ったまま、注意深くボタンを留めていった。浴室へ行き、湯気と湯しぶきのなかに、ベニーの痩せた身体の茶色い影を探した。彼は彼女を見ていなかった。ステファニーは足を止めた。あのよく知った嫌な感じ、これから二人が言うであろう台詞はもうわかっているという感覚が、彼女を押しとどめたのだ。ベニーは否認に始まって、長く無様な曲折のあとで自虐的な謝罪をするだろう。ステファニーは最初は怒り狂い、やがて深く傷つきながらベニーの謝罪を受け入れる。そんなやり取りの長い道のりを、辿ることはもうないと思っていた。絶対にないと信じていたのに。

ステファニーは浴室を出て、ヘアピンをゴミ箱へ投げ捨てた。裸足のまま表階段を音もなく滑り降りていった。ジュールズとクリスは台所にいて、ブリタ社の浄水器からごくごくと水を飲んでいた。ステファニーは外に出ることだけを考えていた。まるで安全装置を解除した手榴弾を手にしていて、家の外へと持ち出さねばならないかのようだった。外でなら、爆発しても傷つくのは自分ひとりですむ。

木々の上に見える空は、冷たい青色をしている。けれども庭はもう暗かった。ステファニーは芝生の端まで行き、座って額を膝に押しつけた。草も土も、昼の余熱でまだあたたかだった。泣きたかったけど、泣けなかった。その感情はあまりに深かった。

脇腹を草に押しつけるようにして、その場に横になった。傷ついた部位を庇うような、痛みがその傷口より外へ広がらないよう防ぐような、そんな姿勢だった。思考が曲がり角に来るごとに、ぞっとするような感覚が募っていった――回復することはもうできない、当てにできる貯えはもう残っていない。前回のときよりも、ずっとひどいのはなぜだろう？　わからない。

台所からベニーの声がした。「ステフ？」

彼女は立ち上がったが、よろけて花壇に入ってしまった。ベニーと二人で植えた花たち――グラジオラス、擬宝珠《ぎぼうし》、アラゲハンゴンソウ。足の下で茎が折れる音がする。だが彼女は見もしなかった。そのまま柵のそばまで行き、土のなかに跪《ひざまず》いた。

「ママ?」今度はクリスの声。二階から呼んでいる。ステファニーは耳を覆った。

それからまたべつの声がした。耳のすぐそばだったから、覆った手の上からでも聞こえた。囁くような声だった。「こんにちは」

すぐそばの、この新しい声を、家のなかの声たちと区別するのにしばらくかかった。怖いとは思わなかった。一種の麻痺したような好奇心があった。「誰?」

「わたしよ」

ステファニーは自分が目を閉じていたことに気づいた。目を開けて、柵の隙間を覗いた。物陰のあいだに、向こう側からこちらを見ているノリーンの白い顔があった。彼女はサングラスを外していた。内気そうな二つの目を、ステファニーは見分けることができた。「こんにちは、ノリーン」

「わたし、ここに座ってるのが好きなの」とノリーン。

「知ってるわ」

ステファニーはそこから動きたかったが、到底できそうになかった。彼女はもう一度目を閉じた。ノリーンはもう何も言わなかった。彼女の存在は次第に、何かを探しまわるような風の音や、虫たちのすだく声に溶けていくかのようだった。夜は、それじたいが生きていた。ステファニーは背を丸め、土のなかに長いこと蹲っていた。それとも長く感じただけで、ほんの一分くらいのことだったのか。ふたたび呼ぶ声が聞こえてきた。今度はジュールズも混じっている。兄の声の動揺が、暗闇を通って伝わってきた。彼女はよろめきつつ、やっと立ち上がった。折りたたんでいた身体が伸びるときに、痛みを伴う何かがそこに宿ったのを感じた。この厄介な、新しい重荷のために、彼女の膝は震えた。

「おやすみなさい、ノリーン」そう言ってステファニーは、花々と茂みのあいだを抜け、家へ向かってゆっくりと歩いた。

「おやすみなさい」と返す声が、その耳にかすかに聞こえていた。

8　将軍を売り込む

　ドリーが最初に思いついたのは、その帽子を被せることだった。緑がかった青色の、両側に耳当ての垂れた綿毛の帽子。将軍の巨大な、乾燥アプリコットを思わせる耳を、耳当てが覆い隠してくれるだろう。あの耳は見苦しい、とドリーは思った。隠してしまうのが一番だ。
　数日後《タイムズ》紙に載った将軍の写真を見て、ドリーは食べていたポーチド・エッグを危うく喉に詰まらせそうになった。将軍は赤ちゃんみたいに写っていた。たっぷりとした口髭を生やした、二重あごの病気の赤ちゃん。見出しもこれ以上なくひどかった。

B将軍の奇妙な被り物。もしや癌？　――国民に不安の声

　ドリーは椅子から飛び上がり、バスローブに紅茶を零《こぼ》して、煤《すす》けた台所を気ぜわしく歩きまわった。そうして将軍の写真を、遠くからもう一度眺めた。するとわかったのだ。悪いのは紐である。帽子の下方へ伸びている紐を切るよう指示したのに、彼らは従わなかったばかりか、悲惨なことに将軍の二重あごの下で大きく蝶結びにしてしまったのだ。ドリーはオフィス兼寝室に裸足のまま駆け込むと、ファックスの束を一枚一枚見ていった。将軍の人間関係担当大尉であるアークに連絡を取るため、その最新の電話番号を探し出すためだった。将軍は暗殺者を避けて頻繁に移動しているが、アークはその都度几帳面にも連絡先を更新してくれていた。アークからのファックスはいつも午前三時ごろ届き、ドリーと時には娘のルルまで叩き起こされてしまう。だがその迷惑について、ドリーは文句を言ったことがない。将軍とその一隊は、ドリーがニューヨークで最高の広報《パブリシスト》であり、街を一望できるビルの角部屋にオフィスを持っていて（じっさい、過去の数年間はそうだった）、ファックスも当然そこにあると思っているのだろう。寝台代わりの折りたたみソファから二十センチのところに置かれているとは、よもや思っていまい。そんなふうに誤解されている理由は、《ヴァニティ・フェア》とか《インスタイル》とか《ピープル》とかのファッション誌が、だいぶ遅れてかの国に届くからという以外考えられなかった。数年前のそうした雑誌でドリーは、ラ・ドールという通称のもとにさまざまな記事を書いていた。

　将軍のキャンプから初めて電話が掛かってきたとき、それはまさしく時宜を得たものだった。ドリーは最後に残った宝石を質に入れたところだった。午前二時まで語学教材の編集をし、その後朝五時まで眠って起きて、東京に住む向上心溢れる英語学習者たちに電話の雑談サービスを行い、その後ルルを起こして朝ご飯を作ってやるという生活をしていた。だがそれだけ働いていてもなお、ルルを私立ミス・ルトガー女子学校へ通わせるには充分でなかった。睡眠に割り当てた僅か三時間のうちにも、ドリーはしばしば痙攣的に目を覚まし、多額の教育費を次回払えるだろうかという恐怖に慄《おのの》くのだった。

アークが電話してきたのはそんな折だ。——将軍が専属のコンサルタントを雇いたがっている。彼は復帰したいのだ。アメリカの共感を獲得し、CIAが送り続ける暗殺者を止めたがっている。カダフィ大佐だってやってることだ、B将軍がやってもいいじゃないか？　話を聞きながらドリーは、過労と睡眠不足のせいで幻覚を体験しているのだろうかと本気で疑ったが、それでもなお自分の値段を告げた。アークは彼女の銀行口座をメモした。「将軍はもっと高くつくだろうと推測されていた」と彼は言った。もし口を利くことができたなら、ドリーはこう言いたかった——**ちょっと、それは一カ月じゃなくて一週間の報酬だからね。**あるいは、**まだ実際の支払い金額を割り出すための計算式は伝えてないわよ。**または、**それは二週間の試験期間のあいだの値段で、その後この仕事を続けるかどうかは、そのとき決めさせてもらうわ。**でも言うことができなかった。涙が止まらなかったのだ。

銀行口座に最初の報酬が振り込まれていたとき、あまりに深い安堵の念に、彼女の内側の不安げな囁き声も、ほとんど消し飛んでしまった。その声はこう言っていた——**お前の顧客は大量虐殺《ジェノサイド》をやった独裁者だ。**以前だってドリーは、頭の空っぽなクソッタレ連中とさんざん仕事をしていた。今回、彼女が断れば、ほかの誰かに持っていかれるだけだ、パブリシストであることは、顧客についての判断を保留するということである云々、というような言い訳が、隊列を成してやってきてたちまち戦闘配置についた。異議を唱えるあの囁き声が、勇気を出して声量を増した場合に備えてである。だがこのごろでは内側のあの声を、ドリーは聞くことすらできなくなっていた。

そしていま、将軍の新しい電話番号を探して、擦り切れたペルシャ絨毯を右往左往していると、電話が鳴った。朝の六時である。ルルの眠りが邪魔されていないことを祈りつつ、彼女は電話に突進した。

「もしもし？」言いながら、相手が誰かはわかっていた。

「我々は不満である」とアークの声。

「わたしもよ」とドリーは言った。「あの紐は切ってと言ったのに……」

「将軍はご不満である」

「アーク、聞いて。あの紐はぜひとも切らなくちゃ……」

「将軍はご不満である。ミス・ピール」

「聞いてちょうだい、アーク」

「ご不満である」

「それはあの紐が……ねえほら、鋏を用意して……」

「ご不満である。ミス・ピール」

ドリーは口を噤んだ。アークの滑らかで一本調子な声を聞いていると、将軍から言うよう命じられたのであろう言葉の端々に、何か諷刺的な響きを感じることがあった。まるで彼が暗号で話しているかのような。長い間があった。ドリーは努めて穏やかに言った。「アーク、鋏を用意して、あの帽子の下についている紐を切ってちょうだい。将軍のあごの下に、あんな蝶結びをしてはならないの」

「将軍はあの帽子はもう被られない」

「あの帽子は被らなくちゃ駄目」

「もう被られない。将軍は拒絶なさっている」

「紐を切るのよ。アーク」

「噂はこちらへも届いているぞ。ミス・ピール」

ドリーは胃が飛び出しそうになった。「噂ですって？」

「貴殿はもはやかつてのように〝最高〟ではないという噂だ。そして帽子は失敗に終わった」

ドリーは自分を捕まえようとする負の力を間近に感じた。窓の下を通る八番街の車の騒音を聞き、染めることをやめ灰色に伸びるがままになっているぼさぼさの髪に指を通しながら、俄かに強い切迫感に駆られた。

「わたしにも敵がいるのよ、アーク」とドリーは言った。「将軍と同じようにね」

彼は黙っていた。

「あなたが敵の言うことに耳を貸せば、わたしは仕事ができなくなる。だからほら、あの立派なペンを取るのよ。新聞に写真が載るとき、決まってあなたのポケットに差してあるあのペンを。そしてこう書くの——**帽子の紐を切り取ること。蝶結びはほどく。帽子を将軍の頭の後方へずらし、前髪がいくらか覗くようにすること。**さあ、その通りにやりなさい。そして結果を見るの」

ルルが部屋に入ってきた。ピンクのパジャマ姿で目を擦っている。ドリーは腕時計を見て、娘の睡眠時間が三十分損なわれたことを知った。ルルが学校で眠くなったらと思うと、ちょっとした内面の崩壊を覚えた。ドリーは娘の肩を抱いた。ルルはその抱擁を、彼女のトレードマークである一種堂々とした身振りで受けた。

ドリーはアークのことを忘れていたけれど、肩に載せた受話器のなかで、こんなふうに言うのが聞こえた。「では言う通りにしよう。ミス・ピール」

数週間後、将軍の写真がふたたび新聞に現れた。今度は帽子は後ろにずらされ、紐も切られていた。見出しはこのように書かれていた。

B将軍の戦争犯罪に誇張の可能性　新たな証拠が示す

帽子のおかげだった。あの帽子をこんなふうに被った将軍は、とても思いやりに満ちて見えた。青い綿毛の帽子を被る人間が、道を舗装するのに人骨を使うなんてことがあるだろうか？

ラ・ドールは二年前、熱烈に期待されていたとある大晦日のパーティーで、破滅の憂き目を見たのだった。それは文化史に詳しい識者たちによれば――ドリーは彼らを招待する価値があると考えた――トルーマン・カポーティの〝白と黒の舞踏会〟に匹敵するものになるだろうと予測されていた。〝ザ・パーティー〟とそれは呼ばれた。あるいは〝ザ・リスト〟と――**あのひとは招待者リストに入ってる？**　なんて言う場合のリストのように。そもそも何を祝うパーティーだったのか？　思い返すとドリーにもよくわからない。世界が混乱に陥っているのに、アメリカ人がこれまでになく裕福になっていることをか？　パーティーには著名な主催者がたくさんいたけれど、それらはすべて名目であり、実質的な主催者はラ・ドールなのだとみなが知っていた。その場に集まった全員を足したより、はるかに多くの人脈と手段、また魔力を持っていた。そしてラ・ドールはきわめて人間的な間違いを犯した――あるいは、それは人間的な間違いだったのだと自分で自分を慰めた。転落の記憶が火掻き棒のように身体を通り抜け、ソファベッドの上で悶絶し、ブランデーを瓶から呷《あお》らねばすまなくなるような晩に。あのとき彼女はこう思いついた。自分はあることを、とてもとても上手くできるのだから（つまりもっとも重要な人々を一堂に会させることができるのだから）、べつのことだって上手くやれるはずだと。たとえばデザインなんかも。そしてラ・ドールには構想があった。広々とした透明な受け皿に水と油を入れ、明るく輝く小さなスポットライトの下に設置する。その熱のために受け皿の液体は、よじれて泡立ち、渦を巻く。人々が首を仰向けて見上げ、刻々とかたちを変える液体に魅入られるところを彼女は想像した。事実そうなったのである。光を浴びた受け皿に、人々は驚嘆した。ラ・ドールはそのさまを上から見ていた。会場の片隅、天井近くに小さなブースを構え、自身の成功を見渡していたのだ。そしてその場所にいたために彼女が真っ先に気づいたのだが、真夜中近くなってきたころ、水と油を入れた受け皿に異変が生じた――なんだか、少し撓《たわ》んできている？　支えている鎖から、ぶら下がって袋のように見えるというか、言い換えれば、**溶けてきている**。間もなく受け皿は崩壊し、ひっくり返って変形して落ちた。沸騰した油が、国内外から集まった華々しいゲストたちの頭上すべてに降りかかった。彼らは火傷し、重傷を負った。映画スターの額に涙のかたちをした傷跡を残し、美術商やモデルの頭に十円ハゲを作り、その場にいた著名な人々がなべて危険に曝された。ラ・ドールは燃えさかる油からひとり免れて立っていたが、心の何かが停止してしまっていた。彼女は救急車を呼ばなかった。息を飲み、凍りついていた。自分のゲストたちが金切り声を上げ、よろめき、頭を覆い隠し、油の染み込んだ熱い衣服を裂いて身体から引き離し、床を這いまわるさまを信じられない思いで見ていた。中世の宗教画のようだった。すなわち現世的な奢侈《しゃし》を貪った者が、その罪において地獄に落ちる。

のちに囁かれた非難――ラ・ドールはそれをわざとやったのだ、人々が苦悶するさまを見て喜んでいたサディストだという非難は、五百人のゲストの頭へ無情に降りかかる油を見ていた経験よりも、さらに恐ろしいものだった。あの瞬間には彼女は、ショックへの防衛反応で繭に入ったようになっていた。だがそれに続く出来事に関しては、いわば裸で矢面に立たされた。人々は彼女を憎悪した。何としても彼女を排除しようとした。まるで彼女が人間ではなく、鼠か虫けらであるかのように。そうして人々は成功した。彼女は刑事過失の罪で六カ月間服役し、クラスアクション（アメリカの集団訴訟手続き）の結果、純資産のすべて（それは予想されたほど多くはなかった）を被害者全員に小分けにして分配しなければならなくなったのだが、その判決が出る以前から、ラ・ドールはいなくなっていた。きれいさっぱり消されていたのだ。刑務所から出てきたとき、彼女は十四キロ体重を増やし、ぼさぼさの灰色の髪で、五十歳ばかり老け込んだようだった。誰にも彼女と見分けられなかった。そして彼女がかつて成功を収めた世界の側も、この短期間に霧と消えつつあった――金持ち連中でさえも、自分を貧しいと思う時代になっていた。新たな、衰え果てた彼女の姿を、大はしゃぎで書いた記事と写真が幾つか出たが、その後世間は彼女を忘れてしまった。

ひとりぼっちになったドリーは、自分の計算違いについてとっくりと考えた――プラスチックが溶ける温度や、おのおのの鎖にかかる重さの分散といった、明らかな誤算だけではない。ずっと深刻な計算違いを、それ以前から犯していたのだ。時代は劇的に変化していたのに、それを見逃していた。彼女が企画したイベントは、すでに過ぎ去った時代を輝かしく結晶化するものにすぎなかったのだ。パブリシストにとって、これ以上致命的な誤りはない。忘れ去られるのも無理はなかった。彼女はときどき、考える。いま自分のいるこの新しい世界を特徴づけるためには、どんなイベントや集まりが相応《ふさわ》しいのだろうと。カポーティのパーティーが時代を特徴づけたように、あるいはウッドストックが、マルコム・フォーブスの七十歳の誕生日パーティーが、雑誌《トーク》のパーティーがそうしてきたように。ドリーには見当もつかなかった。もはや判断する力を失っていた。娘のルルとその世代が決める世のなかになりつつあったのだ。

B将軍に関する記事が目に見えて好意的になり、将軍に不利な証言をする者が一部、反対派から賄賂を受けていたという事実が公表されたころ、またもやアークから電話が掛かってきた。「将軍は貴殿に、月々決まった報酬をお払いになる。だがそれには、たったひとつのアイデアでは足りない」

「帽子はよいアイデアだったわよ、アーク。あなたも認めなくちゃならないわ」

「将軍はせっかちなのだ、ミス・ピール」聞きながらドリーは、アークの顔は笑っているだろうと思った。「帽子にはもう飽きておられる」

その晩、ドリーの夢に将軍が現れた。あの帽子は被っておらず、回転ドアから現れた美しいブロンドの娘と連れ立っていた。ブロンド娘は将軍の腕を取り、二人で回転ドアを押しながら、くるりと内側へ戻っていった。ドリー自身夢のなかにいて、椅子に座り、将軍とその恋人を眺めながら、二人がこの役を演じているのはなんて見事なのかと思った。その瞬間、誰かに揺さぶられたかのように飛び起きた。いましがたの夢はもう去りかけていたが、ドリーは懸命に捕まえて、ぎゅっと胸のうちに仕舞った。彼女は理解した。将軍は、映画女優と関連付けるべきである。

ドリーはソファベッドから這い出した。破れたブラインドから差し込む街の灯りが、彼女の脚を青白く照らした。映画女優。みんなが知ってる魅力的な女性――非人間的人物を人間らしく見せるのに、これ以上の良策があるだろうか？　**将軍はもしかしたら、彼女に釣り合うような人なのかも……**と思わせるのが狙いのひとつ。あるいはまた、**将軍とぼくは、女性の趣味が同じなんだ、つまりあの女優みたいな女性。**また、**彼女は将軍の三角頭をセクシーだと思ってるに違いない。**あるいはまた、**将軍はどんなふうに踊るんだろう？**　こうした思いを人々に抱かせることができれば、将軍のイメージの問題は解決するとドリーは考えた。これまで何千人殺していようと関係ない。大衆の抱く彼のイメージにダンスフロアが入っていれば、過去の印象は何もかも、後景に退いてしまうだろう。

落ち目だが使えそうな女優が二十人ばかりいたけれど、ドリーの頭には特定のひとりが浮かんでいた。キティ・ジャクソン。十年前、映画『オー、ベイビー、オー』で、悪者をやっつける肝の据わった活発な女の子役でデビューしていた。キティがほんとうに有名になったのはその映画の一年後で、ドリーが雇っていた女性の兄、ジュールズ・ジョーンズが、雑誌《ディテールズ》のインタビュー中に、彼女に暴行を働いたのだ。事件とそれに続く裁判は、犠牲者という光を放つ霧のなかへキティを祭り上げた。そしてその霧が晴れたとき、女優があまりに変わり果てていたので、人々はさらに驚いた。清純であどけない少女はどこかへ消えてしまい、代わりにいたのは〝建前なんかじゃ生きてらんない〟娘であった。その後のキティの不品行と優美さからの転落は、複数のタブロイド紙に容赦なく書きたてられた。たとえば、とある西部劇の撮影現場で、彼女は大御所俳優の頭に馬糞の袋をぶちまけた。またディズニー映画の撮影に際して、数千匹ものキツネザルを檻から解放してしまった。超強力な権限を持つプロデューサーからベッドに誘われたときには、その男の妻に電話した。もはやキティを雇う者は誰ひとりいなかったが、世間は彼女を憶えていた——そして憶えているということこそが、ドリーにとって重要だった。それに彼女はまだ二十八歳なのだ。

キティを見つけるのは簡単だった。彼女を隠そうと労力を割く人間はいなかった。昼前には連絡が取れた。電話に出た声は眠そうで、煙草を吸っているのが音でわかった。ドリーが最後まで話してしまうと、キティは先に述べた気前のいい出演料を、もう一度言ってくれるよう頼んだ。ドリーが繰り返すと、間があった。自暴自棄と気難しさが綯《な》い交《ま》ぜになった、よく知った沈黙だ。ドリーはこの女優のことが、俄かに哀れでたまらなくなった。彼女の選択はいまや、こんなところまで窮迫している。やがて、キティは承諾した。

鼻歌を歌い、かつてよく使ったクルプスのコーヒーメーカーで淹れたエスプレッソに励まされながら、ドリーはアークに電話をし、この計画を話して聞かせた。

「将軍はアメリカ映画をご覧にならない」それがアークの返事だった。

「そんなこと誰も気にしないわ。アメリカ人は彼女を知ってるんだもの」

「将軍の好みは難しいのだ」とアーク。「誰でもよいというわけにはいかない」

「女優に触れる必要はないのよ、アーク。話しかける必要さえないわ。ただ彼女のそばに立って、写真に撮られるだけでいいの。あと笑顔を作ってくれればね」

「……笑顔？」

「幸せそうに見えなくちゃならないの」

「将軍は滅多にお笑いにならない。ミス・ピール」

「でもあの帽子は被ってくれたわよね？」

長い間があった。そしてとうとうアークは言った。「貴殿はその女優を連れてこなければならない。その上で判断する」

「連れて行くって、どこへ？」

「ここ、我々のもとへだ」

「ええっ」

「それが必須条件である」


ルルの寝室に入るときドリーは、オズの国で目を覚ますドロシーのような気分になる。色の溢れた世界に来たような。天井の灯りにはピンクの笠。そしてピンクの紗の布が吊り下がっている。ピンクの翼を持つ姫たちが壁にステンシルで描かれている。ドリーは刑務所の美術教室でステンシルのやり方を学び、ルルが学校に行って留守のあいだ、何日もかけてそれを施したのだ。ピンクのビーズを通した長い紐が、天井から何本も下がっている。家にいるときルルは食事のとき以外、この部屋から出てこない。

ルルはミス・ルトガー女子学校に織り込まれた少女たちの一部だった。彼女たちはまさしく一枚の布で、その織り目はひどく密だったから、母親の破滅と服役さえも（その間ルルの面倒は、ミネソタから出てきた祖母が見ていた）、それをほどくことはできなかった。少女たちを結びつけているのは糸ではない。鋼鉄の針金だ。ルルはその針金を身体じゅうに巻きつけた鉄の棒なのだ。彼女が友達と電話で話す声を耳にするようなとき、ドリーは畏怖の念に駆られる。娘には威厳がある。そうするのが必要なとき、ルルは厳めしい態度を取る。だが穏やかにも優しくもなれる。まだ九歳だというのに。

ルルはピンクのビーズクッションに座り、ノートパソコンで宿題をしつつ、友達にインスタントメッセージを送っていた（将軍の仕事を始めて以来、ドリーは料金を払って無線アクセスを引いていた）。「あら、ドリー」とルルは言った。ドリーが刑務所を出て以来、〝ママ〟とは呼ばなくなっていた。その姿がうまく見分けられないみたいに、母親に目を細めている。事実ドリーは、色の溢れる小部屋へ入り込んだ白と黒の侵入者の気持ちだった。ここは周囲の薄汚さから逃れるための小さな避難所なのだ。

「出張に行かなきゃならないの」とドリーはルルに言った。「顧客に会いに行くのよ。その間あなたは友達の家に泊まりたいんじゃないかと思って。そうすれば学校を休まなくてすむわ」

学校はルルの人生が展開する場所だった。かつてのドリーはミス・ルトガー校をしょっちゅう訪れたものだけど、いまは断固として入れてもらえない。母親のなした恥辱のせいで、学校での地位を脅かされたくないのだ。このごろは、ドリーはルルを学校から少し離れた角まで送り、アッパー・イースト・サイドの濡れた敷石を、玄関まで無事に歩いていくのを見届ける。迎えの時間にも、同じ場所で待つ。そのあいだルルは友達と学校の周りをうろつき、手入れの行き届いた低木や（春には）チューリップの花壇を蹴って歩くなど、自己の力を誇示し、維持するために必要なあらゆる活動を行っている。友達の家で遊ぶ約束があるときも、ドリーは迎えに行くものの、マンションのロビーより先へは入らない。時間になるとルルはエレベーターから、頬を紅潮させ、香水や焼き立てのブラウニーの匂いを漂わせて出てくる。そして母親の手を取って、守衛の前を通り、夜の戸外へ出る。手を繋ぐのは申し訳なさのためではない――ルルには謝ることなどひとつもない。それは同情のためである。互いに困難な人生を送っているという、同情の念のためなのだ。

ルルは首を傾げ、興味を示した。「出張ね。いいことじゃない？」

「いいことよ、もちろん」言いながら、ドリーは少し不安になった。将軍のことは、ルルには秘密にしているのだ。

「どれくらい行ってるの？」

「二、三日。長くて四日かな」

長い間があったあとで、ルルはこんなふうに言った。「わたしも行っていい？」

「一緒に？」ドリーは仰天した。「でも、学校を休むことになるわよ」

ふたたび間がある。娘はその頭のなかで、何か計算しているらしい。学校を休むことと、誰かの家に泊まることのそれぞれが級友に与える印象を、秤にかけているのかもしれない。あるいは予定が延びた場合、泊まっている友達の家の親が、自分の母親と連絡を取らずにすませられるかという問いに、答えを出そうとしているのかもしれない。娘が何を考えているのかは、ドリーにはわからないことだった。ルル自身、わかっていないのかもしれない。

「出張先はどこ？」

ドリーは狼狽《うろた》えた。彼女はルルの提案を、上手に断れたためしがない。しかし我が娘と将軍とが同じ場所にいるところを想像すると、首を絞められるような思いがした。「そ……それは、言えないわ」

ルルは異議を述べなかった。「でもね、ドリー」

「なあに？」

「その髪、また金色にしてくれる？」

ケネディ国際空港の、個人用滑走路のそばの待合室で、二人はキティ・ジャクソンを待った。ジーンズに色褪せた黄色いトレーナー姿でやっと女優が現れたとき、ドリーは後悔に打ちのめされた——あらかじめキティに会っておくんだった！　彼女はくたびれ、変わり果てていた。視聴者が見てもわからないかもしれない！　髪はいまでもブロンドだし（大胆にも梳《と》かしていないばかりか、洗っていないようにさえ見えるが）、目だって変わらず大きく青い。だがどこか冷笑的な表情が、その顔のなかに居座っていた。まっすぐに人を見るときでも、眼球が天を仰いで転がるかのような印象がある。目許と口許にうっすら現れつつある、蜘蛛の巣のような小皺よりも、その表情のせいで彼女は、もはや若くは見えなかった。すなわち彼女は、もうキティ・ジャクソンではなくなっていたのだ。

ルルがトイレに行っているあいだに、ドリーはすばやく女優に指示を与えた。できる限りゴージャスに、魅力的に見せること（キティの小さすぎるスーツケースに、ドリーは不安の目を向けた）。ドリーが隠しカメラで写真を撮るあいだ、将軍といい感じになり、ほんとうの恋人同士のようにイチャつくこと。ドリーは本式のカメラも持ってきているが、そちらは小道具にすぎない。キティは頷いた。せせら笑いに似た表情が、その口角を引き上げた。

「娘を連れてきたの？」キティが答えて言ったのは、それだけだった。「将軍に会わせに？」

「あの子は将軍には会わないわ」ドリーは声をひそめ、ルルがまだトイレから出てこないことを確かめた。「娘は将軍のことは、何ひとつ知らないの！　どうか娘の前では、将軍の名前は言わないで」

キティは疑わしそうにドリーを見て、「運のいい子ね」と言った。

将軍の飛行機に乗り込むころには夕方になっていた。離陸後キティは女性乗務員にマティーニを注文し、ひと口で飲んでしまって、シートを最大限に倒し、アイマスクを掛けると（彼女の身に着けているもののうち唯一の新品らしかった）、鼾をかきはじめた。ルルは女優に近寄って、その顔をしげしげと観察した。眠っているときの彼女は、若く、また無垢に見えた。

「この人、具合が悪いの？」

「いいえ」ドリーはため息をついた。「でもそうなのかも。知らないわ」

「きっとお休みが必要なのよ」とルルは言った。


二十もの検問所が、将軍の居住区に近づいていることを予感させた。どの検問所にも短機関銃を持った兵士が二人いて、ドリーとルルとキティがその後部座席に座る黒いメルセデスを覗き込んだ。うち四回、車から出るよう命令され、三人は降り注ぐ太陽の下、銃口を向けられつつボディチェックを受けた。そのたびにドリーは、娘のどこかわざとらしい落ち着きに、心的外傷を負いつつあることの徴候がないかとじっくり眺めた。車のなかではルルは背筋をまっすぐに伸ばして座り、ケイト・スペードのピンク色の布鞄をきちんと膝に載せていた。彼女は機関銃を持つ男たちの目を、平坦なまなざしで見返した。学校で何年にもわたり彼女を振るい落とそうとしてきた少女たちを、睨み返してきたのであろう、その同じまなざしで。

高く白い壁が道を囲んでいた。よく肥えて艶のある、草刈鎌のように曲がった紫の嘴の、黒い羽根の鳥たちが、その壁の上にずらりと並んでいた。ドリーが見たこともないような鳥だった。外見からして、鋭い声を上げて鳴きそうだった。けれど銃を持ち目を細めて睨む兵士に応えて、ガラス窓を降ろすときには、何の声も聞こえない。周囲は不気味に静まり返っていた。

やがて壁の一角が開き、車は方向を変えて道から逸れると、巨大な邸宅の正面へ来て停まった。瑞々しい緑の庭、噴水のしぶき、そして目の届く限りどこまでも続く真っ白な豪邸。その屋根に沿って鳥が留まり、こちらを見下ろしていた。

運転手が車のドアを開け、ドリーとルルとキティは太陽のもとへ出た。髪を切って剝き出しになった首筋に、ドリーはその陽射しを感じた。以前の廉価版のようなものだが、彼女のトレードマークである、あごで切りそろえたブロンドの髪型だ。キティは暑さのためトレーナーを脱いだ。その下に着ていたのは、ありがたいことに清潔な白いシャツだ。腕は魅力的に日焼けしていた。ただ片方の手首の上に、皮の剝《む》けたような桃色の跡が点々と散っていた。傷跡。ドリーはじっと見た。「キティ、それ……」彼女は口ごもった。「あなたの腕の傷、それは……？」

「火傷の跡よ」とキティは言った。そうして向けられた視線に、ドリーは胃の捻じれる思いがした。その目に見つめられるうち、まるで霧のなかでの出来事か、幼いときのことのように、ひどくぼんやりと思い出した。誰かが彼女に訊いていた——というより、頼み込んでいた——キティ・ジャクソンをリストに入れてくれないかと。彼女は駄目だと答えた。駄目に決まってる、論外だ——キティはもう、人気がないから駄目だ。

「わたし、自分でつけたの」とキティ。

ドリーは彼女を見ていた。意味がわからなかった。キティはにやりと笑った。束の間彼女は『オー、ベイビー、オー』のときのスターのように、愛らしく、いたずらっぽく見えた。

「たくさんの人が自分でつけてるわ」と彼女は言った。「知らないの？」

担がれてるんだろうか、とドリーは考えた。ルルの見ている前で引っ掛かるのは嫌だった。

「あのパーティーに出てなかった人なんて、もう見つけられないわよ」とキティ。「みんなにその証拠がついてる。わたしたちみんなに証拠がある……わたしたちが嘘をついてるなんて、いったい誰に言えるかしら？」

「どの人があの場にいたか、わたしにはわかってる」とドリーは言った。「わたし、まだリストが頭に入ってるもの」

「でも、……あなたもう、何者でもないわよね？」キティは笑った顔のまま言った。

ドリーは黙ってしまった。ルルの灰色の目が自分を見ているのを感じた。

次にキティは意外なことをした。陽射しのなかを近づいてきて、ドリーの手を取った。あたたかく、しっかりと握った。ドリーは目の奥がじんとした。

「世間のやつらなんて、クソ喰らえよ。ね？」キティは優しくそう言った。

小柄な男が邸宅から出てきて、三人を出迎えた。仕立てのよいスーツにきちんと身を包んでいる。アークだ。

「ミス・ピール。ようやくお目に掛かれましたな」そう言って笑顔を作った。「そしてミス・ジャクソン」とキティに向きなおった。「お会いできて光栄かつ、たいへん嬉しい」そして思わせぶりに見つめながら――とドリーは思った――キティの手の甲にキスをした。「貴殿の映画を拝見した。将軍と一緒に」

キティが何と答えるだろうかと、ドリーは緊張で硬くなったが、聞こえてきたのは弾んだ、ちょっと色っぽくはあるものの、まるで子どものような声だった。「まあ、あんな映画を見てくれたの？」

「将軍は感銘を受けられた」

「ああ、光栄だわ。観る価値のある映画だと、将軍が思ってくださったなんて。とても光栄」

ドリーは恐る恐る女優を見た。彼女の習い性となっている嘲りが、その表情にあまり顕著に出ていないことを祈りつつ。だが驚いたことに、そんなものはかけらもなかった。キティは謙虚で完璧に誠実そうに見えた。この十年はどこかへ吹き飛び、彼女はふたたび熱意溢れる、素晴らしい若手女優に戻っていた。

「ところで、残念なお知らせがある」アークが言った。「将軍は急遽出掛けられてしまった」一同はその言葉に目を見張った。「たいへん遺憾なことである。将軍は心から謝罪されていた」

「でも……、そこに行くことはできないの？」とドリー。

「可能ではある」とアーク。「さらに移動していただくことになるが、どうかな？」

「そうね」ドリーはルルに目をやった。「そこまではどれくらい……」

「もちろん構わないわよ」とキティが遮った。「将軍の行くところ、どこでも行くわ。必要なことは何でもする。そうでしょう、嬢《キ》ちゃ《ド》ん《ー》？」

〝キドー〟という呼びかけと自分とを結びつけるのに、ルルは少し手間取ったようだった。キティがルルに話しかけたのは、これが初めてのことだった。ルルは女優をちょっと見て、そして微笑んだ。「ええ」と彼女は言った。

新しい目的地へは翌朝出発することになった。夕方アークは、市街地を車で案内しようと申し出たが、キティは断った。「市街観光はやめておくわ」寝室の二つあるスイート・ルームに落ち着きながら、彼女は言った。その部屋には個別のプールまでついていた。「むしろこの部屋を味わいたいの。昔はよく、こんなふうなホテルに泊まらせてもらったわ」そして皮肉混じりに笑った。

「ほどほどにしておきなさいよ」ホームバーに向かうキティに気づいて、ドリーが言った。

彼女は振り返り、目を細めた。「ちょっと。さっきのやり取り見てたでしょう？　あれで文句あるわけ？」

「あなたは完璧だったわ」とドリーは言い、それからルルに聞こえないよう、声をひそめて付け加えた。「ただ、わたしたちの仕事相手がどんな人間か忘れないで」

「でもわたしは忘れたいの」キティはジントニックを注いでいた。「大いに忘れようとしてるのよ。わたし、ルルみたいになりたい……無邪気になりたいの」そしてドリーにグラスを掲げると、ひと口飲んだ。

ドリーとルルの二人は、アークのチャコール・グレーのジャガーに乗り込んだ。運転手は勢いよく丘を走らせて降りていった。狭い道にいた通行人たちは、轢かれないようさっと壁に寄ったり、建物に駆け込んだりした。丘のふもとにはきらめく街があった。傾いた白い建物が霧のなかに何万と浮かんでいた。ドリーたち一行も霧に包まれた。街の景色の基調となっているのは、すべてのバルコニーにはためいている洗濯物の色だった。

運転手は野外市場のわきに車を停めた。湿った果物や匂いの強い木の実、合皮のハンドバッグなどが山積みになっている。ドリーは農産物をじろじろと眺めた。ルルはアークについて露店のあいだを歩いている。オレンジとバナナは見たこともないほど巨大だ。でも肉は食べると危険だろう。売り子も客もこぞって、わざとらしい無関心ぶりを見せている。みんなアークを知っているのだ、とドリーは思った。

「何か欲しいものはあるかい？」アークがルルに訊いた。

「うん。あれが欲しい」とルル。「ひとつちょうだい」スターフルーツだった。ディーン・アンド・デルーカに売っているのを、ドリーも見たことがある。それがここでは崩れかけた山形に積まれ、あちこち蠅がたかっていた。アークはそこからひとつ取ると、売り子へぞんざいに頷いて見せた。売り子は骸骨のように痩せた胸の、気の弱そうな老人だった。彼は笑顔を作り、ドリーとルルに何度も頷いたが、目は怯えているようだった。

ルルはその汚れた、洗っていない果物を受け取り、着ていた半袖のポロシャツの裾で念入りに拭いた。そして明るい緑色の果皮に歯を喰いこませた。果汁が襟元へほとばしった。ルルは声を上げて笑い、口と手を拭った。「ママも食べてみて」と彼女は言い、ドリーも一口齧った。アークの見張るような視線のなかで、二人はスターフルーツを分けあって食べ、指を舐《ねぶ》った。ドリーは不思議な高揚を感じていた。やがてその理由がわかった──**ママ**。ルルがその言葉を口にしたのは、ほとんど一年ぶりのことだった。

アークは混雑した喫茶店へと二人を導いた。隅のテーブルに座っていた男たちが立ち上がり、ドリーたちに席を譲った。そうしてばらばらのところへ落ち着くと、さっきまでの愉快な騒ぎに似せようとはしているものの、明らかに作りものじみた喧騒が始まった。給仕がやってきて、カップに甘いミント茶を注いだが、彼の手は震えていた。安心させるための視線をドリーは送ろうとしたけれど、給仕は目を合わせようとしなかった。

「こういうのは、よくやるの？」ドリーはアークに訊いた。「こういう街歩き」

「将軍は、人民のあいだを歩くことを習慣とされている」アークが答えた。「ご自身の人間らしさを人々が感じ、目にすることを望んでおられる。もちろん、たいへんな用心を必要とするが」

「敵がいるからね？」

アークは頷いた。「遺憾なことだが、将軍にはたくさんの敵がいる。たとえば今日も、将軍の自宅に脅威が察知された。よって移動される必要があったのだ。このようなことはよく起こる」

ドリーは頷いた。**自宅に脅威、ですって？**

アークが微笑んだ。「敵は将軍がここにいると思っている。だが本当ははるか遠くなのだ」

ドリーはルルに目をやった。スターフルーツの果汁が、口のまわりにきらきらと残っている。「でも、……わたしたちはここにいるわ」と彼女は言った。

「その通り」とアーク。「我々だけだ」

その晩はほとんど眠れなかった。クークーという鳥の声や、葉擦れの音、動物の喚《わめ》く声などが、地面を徘徊する暗殺者の音に聞こえて仕方なかった。暗殺者は将軍とその仲間を探している――仲間、すなわちドリーである。彼女はB将軍の協力者となり、ともに狙われる身となったのだ。すなわち、彼の支配する人民に恐怖と不安を掻きたてる者に。

どうしてこんなことになったのか？　ドリーの心はいつも、あのプラスチックの受け皿が崩れはじめた瞬間、長年にわたり彼女の享受してきた人生が零れ落ちた瞬間へと、回帰していくのであった。だが追憶のダストシュートを滑り落ちた数々の晩とは違い、今夜は、ドリーの横たわるキングサイズのベッドの隣に、ルルが眠っていた。フリルのついたネグリジェ姿で、子鹿のような膝を折りたたんでいる。娘の身体のぬくもりが伝わる。中年にさしかかってから、とある映画俳優との情事の結果、思いがけず妊娠した子どもだった。ルルは父親は死んだと思っている。ドリーは父親の写真の代わりに、昔の恋人のうちひとりの写真を見せておいた。

ドリーはベッドの上を滑っていくと、ルルのあたたかな頬にキスをした。あのときは産むなんて、まったくナンセンスなことだった――ドリーは中絶賛成派だったし、仕事に没頭してもいた。結論は最初から出ていた。それなのに彼女は、手術の予約を躊躇した。躊躇したままで、つわりを、ホルモンバランスからくる気分変動を、疲労感をやりすごした。そうして躊躇し続けた挙句、衝撃と安堵、喜びと茫然自失のうちに、もう堕ろすには手遅れだと知ることになったのだ。

ルルは寝返りを打った。ドリーはさらに近寄って、娘を腕に抱きしめた。目覚めているときとは違い、ルルはその抱擁を柔らかく受けた。ドリーはおかしな感謝の気持ちが膨らむのを感じた。このベッドひとつだけを提供した将軍への感謝の気持ちだ。こうして娘を腕に抱き、小さな心臓の音を聞くのは、じつに稀な贅沢だった。

「いつだってあなたを守るわ。かわいい子」ドリーはルルの耳に囁いた。「悪いことなんてひとつも起こらない……ね、そうでしょう?」

ルルは眠り続けていた。


翌日彼らは黒い装甲車に、二台に分かれて乗り込んだ。ジープに似た車だが、ずっとどっしりしている。アークと兵士たちが一台目に乗り、ドリーとルルとキティが二台目に乗った。後部座席に揺られていると、ドリーは車の重さによって地面がえぐられていくのがわかると思った。睡眠不足でぐったりしていたし、恐怖でいっぱいだったのだ。

キティは驚くべき変身を遂げていた。髪を洗い、化粧を施し、皺加工されたびろうどの深緑色のドレスを着ていた。そのドレスは彼女の青い瞳の虹彩にある緑の斑点をひきたて、ターコイズ・ブルーに見せていた。引き締まった肩は金色で、ピンクの唇は濡れたように輝き、鼻にはうっすらそばかすがある。ドリーの期待をはるかに超えていた。あまりの素晴らしさに、見ているのがつらいほどだったので、ドリーはなるべく日を逸らした。

幾つかの検問所を通り抜けると、青白い街を上から取り囲む幹線道路に出た。道端に物売りたちのいるのが見えた。多くは子どもで、両手に果物や厚紙の看板を掲げていた。装甲車が通り過ぎるとき、子どもたちは土手へとひっくり返る。きっとスピードが速すぎるのだ。最初にそのさまを見たとき、ドリーは思わず叫んでしまい、運転手に身を乗り出して何か言おうとした。だが、何と言えばいいのか？　彼女は迷ったが、結局座り直し、あとは外を見ないようにした。ルルは子どもたちをじっと見ていた。その膝には算数の教科書が広げられていた。

車が街から離れてしまうとほっとした。砂漠のような何もない土地を、装甲車は走っていった。乏しい草を羚羊《れいよう》や牛が食《は》んでいた。キティが断りもなしに煙草を吸いはじめた。僅かに開けた車窓から煙を吐いている。ドリーは叱りつけたくなる衝動と闘った。ルルの肺が副流煙の危険に曝されている。

「で」とキティがルルのほうを向いた。「あなた、この先どんな計画を持ってるわけ？」

ルルはその問いを吟味するようだった。「つまり、……将来の計画ってこと？」

「もちよ」

「決めてないわ」ルルは慎重に言った。「まだ九歳だもの」

「ふうん。お利口ね」

「ルルはとても利口なのよ」とドリーが言った。

「わたしの言ってるのは、夢って意味よ」キティはマニキュアをした指を落ち着かなげに動かしていた。煙草をもう一本吸いたいのを我慢しているようだ。「それとも、近ごろの子は夢を見ないのかな？」

ルルは賢かったので、キティはただ話したいだけなのだと推測したようだった。「あなたはどんな夢を持っていたの？」とルルは訊いた。「九歳のとき」

キティはそれについて考えた。そして急に生き生きとして笑った。「わたしは騎手になりたかったわ。それか映画女優に」

「夢のひとつを叶えたのね」

「そうね」とキティは言って、窓から煙を吐き出しつつ、目を閉じた。「わたしは、夢を叶えたわ」

ルルは厳かにキティを見た。「想像していたほど、楽しくはない？」

キティは目を開けた。「女優の仕事が？」と彼女は言った。「いいえ、演じるのは好きだったわ。いまでも……また演じたいと思ってる。でもね、視聴者ってのは怪物なの」

「どういう意味？」

「嘘つきなのよ」とキティ。「彼らは最初は、好意的に見えるわ。でもね、それはすべて演技なの。あからさまにいやな人たち、こっちをほんとに殺したがってるタイプはまだマシ……少なくとも正直だから」

ルルは深く頷いた。彼女自身同じ問題に直面したことがあるかのように。「あなたも嘘をつき返そうとした？」

「ええ、したわ。ずいぶん頑張った。でもね、わたしは嘘をつきながら、それが嘘だって意識せずにはいられなかったの。そして真実を言うと罰せられた。サンタクロースがいないことに気づいてしまうようなものね。……幼かったころに戻って、無邪気に信じたいと思う。でももう手遅れなのよ」

キティは何かに打たれたかのように、ぱっとルルに向きなおった。「つまり……、わたしはね……」

ルルは笑い出した。「わたし、サンタクロースなんて信じたことないわ」

車はどこまでも走っていった。ルルは算数をやった。次に社会を。梟《ふくろう》についての作文も書いた。砂漠は何百マイルも続くようだった。ときどき兵士の警護する前哨部隊基地で停まり、トイレ休憩を取りながら、車は丘を登っていった。木々の葉叢《はむら》が濃くなって、陽射しを遮るようになった。

何の前触れもなしに、車が道を逸れ、停まった。迷彩服を着た兵士たちが、木々のあいだからいきなり現れた。ドリーとルル、キティは車から降り、狂ったように鳥が鳴き交わすジャングルへと足を踏み入れた。

アークが上等な革靴を履いた足でこちらへ近づいてきた。「将軍がお待ちである。貴殿らに挨拶されたいとお望みだ」

全員が塊になってジャングルを移動した。足許の土は鮮やかに赤く、柔らかだった。猿たちが木の枝を跳ねまわっていた。とうとう一行は、剝き出しのコンクリートの階段が斜面に据えられているところまで来た。さらに多くの兵士が現れた。彼らが階段を昇るたび、ブーツの重く軋む音がした。ドリーは手をルルの肩に載せていた。背後でキティの鼻歌が聞こえていた。メロディというほどのものはなく、ただ二つの音符を交互に繰り返し歌っていた。

ドリーのハンドバッグには隠しカメラが仕込まれていた。階段を昇りながら、彼女は遠隔操作器を取り出し、掌のなかに握った。

階段のてっぺんのところでジャングルは途切れており、そこから平たくコンクリートが広がっていた。ヘリコプターの発着場として使われているのかもしれない。ジャングルの湿った空気越しに陽射しが降り、一同の足許に光の筋を作った。広場の真ん中に将軍が立ち、両脇を兵士が固めていた。実際に見ると小さく感じたが、それはしばしば有名人に当てはまることである。将軍はあの青い帽子は被っていなかった。どんな帽子も被ってはいなかった。ごわごわとした髪の毛が、三角形の残忍な頭から妙な具合に生えていた。いつもの軍服姿だったが、全体にどこか歪んでいるような、または洗濯の必要があるような、そんな印象だった。将軍は疲れていた——目の下には深い隈ができ、不機嫌そうだった。ついさっき寝床から起こされて、「彼らが到着しました」と報告を受け、いったい誰がやってきたのか、ようやく思い出したところのように見えた。

しばしの間があった。これからどうしたらいいのか、誰にもわからないようだった。

そのときキティが階段の最上段へと踏み出した。ドリーは背後にその鼻歌を聞いたが、振り返ることはしなかった。ドリーは将軍を見ていた。将軍はキティに気がつき、気がついたことによる表情の変化が、一種の欲求と不可解さのかたちでその顔に現れた。キティはゆっくりと将軍へ近づいた——滑っていった、と言うのが相応しい。歩くなんてぎこちなく無様な動作には無縁に思えるほどなめらかに、深緑色のドレスで流れるように近づいた。そうしてそばへ来ると、握手をしようとするように将軍の手を取って、微笑みつつ、まわりを半周した。戸惑いのあまり笑い出しそうだ。お互いこんなによく知っているのに、いまさら握手なんて可笑しい、というような。ドリーは最初、意表を突かれてしまい、写真を撮ることをすっかり忘れていた。キティがその細い緑の身体を、将軍の軍服の胸にぴったりと押しつけて、しばらく目を閉じていたときやっと——パシャッ——ドリーはシャッターを押した。将軍はどうしたらいいかわからずに、そわそわしているようだったが、それでも一種の礼儀からキティの背中を軽く叩き——パシャッ——するとキティは将軍の両手を（重たく武骨な、大きな男の手だ）自分のすらりとした両手に取って、身体を後ろへ反らせながら将軍を見つめて微笑んだ——パシャッ。そうして姿勢を戻しながら、親密な二人がこんなふうに振る舞っているなんて、自意識過剰でおかしなことだとというように、僅かに声を上げて笑い、はにかんで見せた。将軍が微笑んだのはそのときだ。前触れもなしにそれは起こった。将軍の唇が横へ広がり、小さく黄色い上下の歯が覗いた――パシャッ――将軍は傷つきやすく、気に入られようと努力しているかのように見えた。パシャッ、パシャッ、パシャッ――ドリーは可能な限り速く、手を動かさずにシャッターを連打した。なぜなら、あの笑顔こそが**それ**だからだ。かつて誰ひとり見たことのない、B将軍の隠れた人間的な一面。全世界を驚かせ、唖然とさせるに違いないもの。

すべてはたった一分ほどのあいだに起こった。言葉は一言も発せられなかった。キティと将軍は手を取り合って、頬を僅かに紅潮させて立っていた。ドリーは歓声を上げないよう堪えるので精いっぱいだった。彼らは成し遂げたのだ！　彼女は求められたことをすべてやった、ただの一言すら喋らずに。畏怖と愛情の入り混じった念が、ドリーのうちに湧き起こった――キティ、この奇跡の天才女優は、将軍と並んでポーズさえ取ることなく、彼を手なずけてしまったのだ。ドリーはこんなふうに感じた――将軍とキティの世界のあいだには一方通行のドアがあり、キティは将軍の気持ちを和らげて、彼自身気づかないうちに、ドアを潜ってこさせてしまったのだ。将軍はもう後戻りできない！　そしてこれを仕組んだのはドリーなのだ。これまで生きてきて初めて、ドリーは世のためになることをした。そうしてルルがそれを見ていた。

将軍のために作った愛らしい笑みを、キティはまだその顔に浮かべていた。ドリーは女優が聴衆を観察するさまを見た。自動小銃を手にした何十もの兵士たち。アーク。ルル。恍惚と顔を輝かせ、涙が溢れんばかりのドリー。キティは自分がうまくやったことを、世間の忘却から自身を救い出したことを、愛してやまない女優の仕事へと、復帰の道が整ったことを理解したに違いない。すべて自分の左隣にいる、独裁者のちょっとした手助けを借りて。

「ところで」と彼女は言った。「あなたが死体を埋める場所はここ？」

将軍は彼女を見た。英語が理解できないのだ。アークがすばやく前へ出た。ドリーも。ルルさえも前へ出た。

「穴を掘って埋めるの？」とキティは、友達のような気やすい口調で将軍に話しかけていた。「それとも埋める前に焼くのかな？」

「ミス・ジャクソン」とアークが言った。緊張した、意味深長な視線を投げかけている。「将軍は英語を理解されない」

将軍はもう笑ってはいなかった。理解できないことが周囲で起きるのを、我慢できないたちの人間なのだ。彼はキティの手を放し、厳しい声でアークに何か言った。

ルルがドリーの手を引っ張った。「ママ」と声を低めながら。「あの人を止めなくちゃ！」

ドリーは一瞬麻痺したようになっていたが、娘の声で我に返った。「やめなさい、キティ」と彼女は言った。

「死体は食べる？」キティが将軍に訊く。「それとも外に放置して、禿鷹に食べさせるの？」

「黙るのよ、キティ」ドリーは幾分声を大きくした。「ふざけるのはお終いにして」

将軍が無情に何かを言い、アークがドリーへ向きなおった。なめらかなその額が、目に見えて汗ばんでいる。「将軍はお怒りになっている、ミス・ピール」と彼は言った。その言葉に仕込まれた暗号を、ドリーは明確に読み取った。彼女はキティに近づくと、日に焼けた腕を握りしめ、顔に顔を近づけた。

「このまま続けたら」ドリーは静かに言った。「わたしたち皆殺しよ」

だがキティの顔は熱に浮かされ、瞳は自己破壊願望に取り憑かれていた。一見してドリーは、絶望的だと悟った。キティを止めることはできない。「あらら！」と彼女は、おどけた声を上げた。「大量虐殺《ジェノサイド》の話はしちゃ駄目だったの？」

この言葉は将軍も知っていた。まるで火のついたものから離れるように、彼はすばやくキティを突き放すと、低い声で兵士たちに命令した。兵士たちに押しのけられて、ドリーは地面に倒れた。振り返ってキティを見ると、もう兵士に取り囲まれ、視界から姿を消していた。

ルルは叫び、母親を引っ張って立ち上がらせようとした。「ママ、何とかして！　何とかして！　あの人たちをやめさせて！」

「アーク」とドリーは呼んだが、アークはもはや彼女の側にはいなかった。憤怒に絶叫する将軍の隣で、定位置についていた。兵士たちがキティを連行していた。ドリーは兵士の輪の真ん中に、足をばたつかせる影を見た。キティの甲高い声が、彼女の耳にまだ届いていた。

「ねえ、その血は飲むの？　それとも血で床を掃除する？　死体から取った歯で、首飾りなんかも作る？」

殴りつけるような音がした。そして悲鳴。ドリーは飛び起きた。だがキティは消えてしまった。兵士たちが彼女を発着場のそばの、木々に隠された建物へと運び込んだのだ。続いて将軍とアークも入り、戸を閉めた。ジャングルは不気味に静まり返っていた。鸚鵡《おうむ》の鳴き声と、ルルの啜り泣きだけが聞こえていた。

将軍が怒り狂っているあいだに、アークは二人の兵士に命令を出していた。将軍が視界から消えるとすぐに、彼らはドリーとルルを、ジャングルを通って丘の下まで連れて行き、てきぱきと車に乗せた。運転手は煙草を吸いながらそこで待っていたのだ。乗っているあいだルルは、ドリーの膝に頭を置いて泣いていた。車はジャングルを抜け、やがて砂漠を抜けていった。娘の柔らかな髪を撫でながらドリーは、これから投獄されるのだろうかとぼんやり考えた。しかし太陽が地平線に沈むころ、二人が送り届けられた場所は空港だった。将軍の飛行機がそこで待っていた。そのころにはルルはもう起き上がって、座席の向こう側に移動していた。

飛行機が飛んでいるあいだ、ルルはぐっすりと眠っていた。ケイト・スペードの布鞄をしっかりと抱きしめていた。ドリーは眠れなかった。キティの空っぽの座席をじっと見つめていた。

翌朝まだ暗いうちに、二人はケネディ国際空港からヘルズ・キッチンの我が家へ、タクシーで帰った。両者とも黙っていた。アパートの建物が無事で、階段を昇りきったところの住まいにも変わりがなかったことに、ドリーは驚いた。鍵もハンドバッグに入っていた。

ルルはまっすぐ自分の部屋へ行き、扉を閉めた。ドリーは自分のオフィスに座り、寝不足のため混乱した頭で考えをまとめようとした。まず大使館だろうか？　それとも連邦議会？　助けになってくれる人に繋がるまで、どれだけの電話を掛けねばならないだろう？　そしてドリーは何と言って説明したらいいのか？

部屋から出てきたルルは、制服姿で髪も梳かしていた。外がもう明るいことにさえドリーは気づいていなかった。まだ昨日の服のままの母親を、ルルはうさんくさそうに見て言った。

「出掛ける時間よ」

「学校へ行くつもり？」

「もちろん、学校へ行くのよ。ほかにどうしろっていうの？」

二人は地下鉄に乗った。破ることのできない沈黙が二人のあいだに横たわっていた。この先ずっとそれが続くのではないかと、ドリーは怖くなった。ルルの青褪めた、苦しそうな表情を見るにつけ、まるで冷たい波のようにその確信が迫ってきた。キティ・ジャクソンが死ぬようなことがあれば、娘は永遠に、ドリーから失われてしまうだろう。

学校のそばの曲がり角で、ルルは〝行ってきます〟さえ言わずに背を向けた。

レキシントン街に並ぶ店が次々とシャッターを上げていた。ドリーはコーヒーを買って飲んだ。ルルのそばにいたかった。娘の学校が終わるまで、この角で待とうと決めた。五時間半、あるいはもっとだ。そのあいだに、携帯電話で幾つか電話を掛けられるだろう。だがキティのことを思うと気持ちが掻き乱された。緑のドレスに身を包み、腕に火傷のあるキティ。そして自分の感じたいやらしい誇らしさも。将軍を手なずけ、この世界をよいものにしたと思ったなんて。

ドリーは電話を手のなかでもてあそんでいた。誰にどんなふうに電話をしたらいいのか、見当もつかなかった。

すぐ背後のシャッターが上がったとき、ドリーはそれが写真店だったことに気がついた。隠しカメラがハンドバッグに入ったままだ。ここにすることがあったと思った。彼女は店に入っていき、カメラを手渡してプリントを頼み、またダウンロードできるすべてのデータをCDに焼いてくれるよう言った。

一時間後、店員が写真を持って出てきたときもまだ、ドリーは店の外に立ったままだった。キティの件で何本か電話を掛けてはみたものの、誰ひとりとしてそんな話を真に受ける者はいなかった。でもどうして責められよう？　無理もないではないか。

「この写真、……フォトショップか何かで合成したの？」店員が訊いてきた。「ものすごく本物っぽいけど」

「だって本物だもの」ドリーは答えた。「わたしが自分で撮ったのよ」

店員は笑って、「冗談きついね」と言った。そのときドリーは頭のなかが激しく震えるのを感じた。ルルだって今朝言った。**ほかにどうしろっていうの？**

彼女は急ぎ家へ取って返すと、《ナショナル・エンクワイアラー》や《スター》といったタブロイド紙の、かつての担当者に電話を掛けた。何人かはまだ残っていた。ニュースを下からじわじわと浸透させるのだ。以前ドリーがよく使った手だ。

数分後、彼女は画像をメールで送信した。二、三時間のうちには、キティ・ジャクソンに鼻を擦りつけているB将軍の写真がポストされ、ウェブ上を賑わした。夕方には世界じゅうの大手新聞社から電話が掛かってきはじめた。彼らは将軍のほうへも電話を掛けていたが、人間関係担当大尉は全力で噂を否定した。

その晩、ルルが自室で宿題をするあいだ、ドリーは胡麻だれの冷やし中華を食べ、アークに電話を掛けることにした。十四回目で、やっと繋がった。

「我々はもう話すことができない、ミス・ピール」と彼は言った。

「アーク」

「話すことができない。将軍はお怒りである」

「聞いてちょうだい」

「お怒りであるのだ、ミス・ピール」

「キティは生きてるの、アーク？　それだけは知りたいの」

「生きている」

「ありがとう」ドリーの目に涙が溢れてきた。「彼女は……兵士たちは彼女を……ちゃんと扱ってる？」

「彼女は無傷である、ミス・ピール」とアーク。「我々が話すことはもうないだろう」
二人とも口を噤んだ。国際通話のブーンという雑音だけが聞こえていた。「悲しいことである」とアークが言い、電話を切った。

だがドリーとアークとは、ふたたび話すことになった。何カ月も経ってから——ほとんど一年が経過してから、将軍がニューヨークを訪問し、彼の国が民主主義へと移行したことについて、国連で演説を行ったのだ。ドリーとルルは、そのころには市内から引っ越していたが、その晩はアークと食事するために、車でマンハッタンへ出た。アークは黒いスーツにワイン色のネクタイを締めていて、その色は彼が自分とドリーへ注いだ上質のカベルネととてもよく合っていた。事の顚末を話して聞かせるアークは、ずいぶん楽しそうだった。まるでひとつひとつの細部を、彼女に聞かせるためにとくべつに、記憶に残しておいたかのようだった。——ドリーとルルが去ってから三、四日後、将軍の要塞周辺に写真記者たちが現れた。最初の一人二人くらいは、兵士がジャングルの外へ摘み出し、牢獄へぶち込んだのだけれど、その後だんだん数が増えて、捕まえることも、数えることすらできないくらいになった。写真記者たちは見事に身を隠した。木の上に猿のように蹲り、浅く掘った穴に埋まり、葉の茂った枝で目を眩ました。暗殺者たちには将軍の正確な居場所を探り当てることができなかったのに、写真記者たちはいとも易々とやってのけたのだ。ビザも持たずに国境を越えてくる者も大勢いた。籠やワイン樽に隠れたり、巻いた絨毯に潜んだりしながら、未舗装の道をトラックの荷台に揺られてやってきて、将軍の居留地を取り囲んでしまうのだ。将軍は恐ろしくてそこから移動できずにいた。

質問者たちに面と向かう以外なすすべはないと、将軍は十日で観念した。勲章と肩章のたくさんついた軍用外套をまとい、青い帽子を頭に載せた将軍は、キティの腕を取りながら、密集して待ち受けるカメラの前へと歩み出た。ドリーはよく憶えている。数々の写真のなかで将軍がいかにまごついていたか。青く柔らかい帽子を被り、生まれ変わったばかりで、どこからどう始めればいいのかわからないという表情だ。彼の隣で微笑むキティは、身体の線の出る黒いドレスを着ていた。アークが出掛けて調達してきたのであろうそのドレスは、その場にとても似合っていた。カジュアルでありながら色っぽく、シンプルだけど肌がよく見える。女性がプライベートで、恋人とすごすときに着るようなドレスだ。彼女の目に感情を読み取るのは難しかったけれど、その写真を見るたびに、新聞紙に視線を擦りつけるようにして見つめるたびに、キティのあの笑い声が耳に聞こえる気がするのだ。

「ミス・ジャクソンの新しい映画をご覧になったかな?」アークが訊いた。「あれは彼女の最もよい作品だとわたしは思う」

ドリーもその映画を観ていた。恋愛もののコメディで、キティは騎手の役を演じ、軽々と馬の背に乗っていた。州北部の小さな町の映画館で、ルルと一緒にそれを観たのだ。将軍たちが電話を掛けてくるようになってから間もなく、二人はその町へ引っ越していた。最初はG将軍、次にA将軍、L将軍、P将軍、そしてY将軍までもが掛けてきた。噂は広まっていて、ドリーのもとに、「再出発を図る大量虐殺者たちから依頼が殺到したのだった。「わたしはもう勝負を降りたのよ」彼女はそう言って、かつての競争相手たちに仕事をまわしてやった。

ルルは当初引っ越しに反対だったが、ドリーの決意は固かった。そしてルルもまた、地方の公立小学校にすぐに馴染んだ。彼女はそこでサッカーを始め、新しい友達を見つけた。友人たちはどこへ行くにもルルのあとをついてきた。その町では誰ひとりとしてラ・ドールを知らなかったから、ルルも何ひとつ隠さなくてすんだのだ。

ドリーは相当な額の報酬を将軍から一括して支払われた。あの記者会見から間もなくのことだ。「貴殿の掛け替えのない助言に対する、我々の感謝は計り知れない。これは謝礼である。ミス・ピール」アークは電話口でそう言ったが、彼が笑っているのがわかったし、これは口止め料だとも理解した。ドリーはそれを資金に使って、小さな町の目抜き通りに小さな食料品店を開いた。選び抜かれた農産物や珍しいチーズなどを扱い、彼女が自分で考案した小型のスポットライト装置で美しく飾り立てた。「パリみたいでとても素敵」田舎の別荘で週末をすごしにきたニューヨーカーたちは、しばしばそんな感想を残した。

折に触れて、ドリーのもとにスターフルーツが船便で届いた。店で売る以外に必ず少し、ルルと食べる分を残しておいた。そして静かな通りの外れの、小さな家に持ち帰った。夕食のあと、ラジオをつけて、窓を開けて夜風を入れる。そうしてドリーとルルは、甘く不思議なその果肉を存分に味わうのだった。

9　四十分の昼食　キティ・ジャクソン、おおいに語る

――愛、名声、そしてニクソン！

文責　ジュールズ・ジョーンズ

映画スターは往々にして、実物を目にすると小さく見える。キティ・ジャクソンもまた例外ではない。そのほかの点においては、さまざまに例外的であるが。

小さいという表現は、しかし適切とは言えない。彼女はミーチュア――人間盆栽とでも言うべきものだ。袖なしの白いワンピースを着て、マディソン街のレストランで、奥のテーブルに座り携帯電話で電話を掛けていた。私が席に着くと、彼女は電話を目で示してにっこりと微笑んだ。彼女の髪はよく見かけるような、色の混じったブロンドで、私の元婚約者ジャネット・グリーンの表現によれば、〝ハイライトの入った〟髪だった。しかしキティ・ジャクソンにあっては、このブロンドと茶色の混合は、ジャネット・グリーンにおけるよりもずっと自然かつずっと豪華だった。彼女の（キティの）顔は、高校の教室で見られたような、ほかの子と較べてただちょっと可愛いというような顔でしかない。上を向いた鼻、ふっくらとした唇、大きな青い目。だがキティ・ジャクソンにあっては、はっきりと指摘できない何

らかの理由により――おそらくハイライトの入った彼女の髪が、ほかのよくある似たような髪（たとえばジャネット・グリーンの髪）と一線を画すのと同じ理由で――その非例外的な顔が例外的な印象を残すのである。

彼女はまだ電話をしている。すでに五分が経過している。

ようやっと話し終えると、携帯電話を二つに折りたたんだ。たたまれた電話は、食後に食べるミントチョコレートの薄い一片と同じくらいの大きさになった。彼女はそれを白いエナメル革のハンドバッグに仕舞い込んだ。それから謝罪を始めた。するとたちまち明らかになったのだが、彼女は気難しいスター（たとえばレイフ・ファインズ）の部類ではなく、感じのよいスター（たとえばマット・デイモン）の部類に属している。感じのよい部類のスターは、自分が人々（たとえば私）と同じような人間であるかのように振る舞う。すると人々はそのスターを好きになり、好意的な記事を書くという寸法で、あまねく成功している戦略だ。ブラッド・ピットはもう落ち目だとすべての記者が思っているにもかかわらず、彼が《ヴァニティ・フェア》誌の表紙を飾ることができるのは、進んで自分の邸宅を案内して見せるからである。キティと四十分の昼食をともにするという特権にあずかるために、私は十二の火の輪を潜り抜け、数マイルにわたる焼けた石炭の道を歩いてこなければならなかったわけだが、そのことについて彼女は謝罪した。それなのに最初の六分間を別の誰かさんと電話して費やしてしまったことについても。あまりにも謝るものだから、私はなぜ自分が気難しいスターのほうを好むのかわかったほどである。気難しいスターたちは、スターとしての自分の座のまわりにバリケードを築いて立て籠もり、その壁の隙間から唾を吐く。感じよくなれないスターには制御できない部分があり、取材対象のそうした自制心の低さは、芸能記事にとって欠かせない《シネ・クア・ノン》ものなのだ。

給仕が注文を取りに来た。続いて私がキティと交わした十分間のふざけたやり取りは、単純に書くに値しないことである。よって代わりに以下のようなことに言及したい（それも注釈つきで。古めかしい単装の書物のような注は、ポップ・カルチャー観察に新風を吹き込むだろう）。最近の映画に出演していて、一目で誰かわかるブロンド女優（その映画の莫大な興行収入は、アメリカ人全員が少なくとも二回観ていると考えねば説明がつかない）と、猫背で頭の禿げかけた、湿疹持ちの中年男とでは、周囲の人々の対応も、幾ばくか、というかまるっきり、違うということだ。表面的には同じである（「ご注文はお決まりですか」云々）。しかしその表面下で給仕は、有名人がここで取材を受けていると知って恐ろしく興奮している。そして量子力学の原理、とりわけ〝絡みあった素粒子〟と呼ばれる性質を持ち出さねば説明のつかない、一種の同時性によって、同一の認識の波動が一瞬にしてレストラン全体に、我々のテーブルを目にするには明らかに遠すぎるところにまで、広がったのであった。[*1]いたるところで人々が、くるりと振り向き、首をまわし、感覚を研ぎ澄ませ、背中を捻じ曲げ、椅子から腰を浮かせた。そしてキティ・ジャクソンへ殺到し、髪や服の一片を毟り取りたいという衝動を懸命に抑えていた。

私はキティに、いつも注目の的であるというのはどんな気持ちか尋ねた。

「変な感じね」と彼女は答えた。「ほんとうにいきなりこうなったから。わたしには注目される価値なんてないのに、って思っちゃう」

ご覧あれ。この感じのよさ。

「またまた、そんな」と私は言い、映画『オー、ベイビー、オー』のなかで彼女が演じた、元は家なしの麻《ジャ》薬常習少女《ンキー》だった軽業で早撃ちのFBI捜査官という役を褒めちぎった——あまりにあられもないお世辞だったので、言いながら、自分は芸能記者をやめて安楽死の注射でも打ってもらうべきではと思ったほどだ。

あなたはあの演技に不満なのか、と私は尋ねた。

「満足してるわ」と彼女は言った。「でもある意味、自分が何をしてるのかわからないまま演じていたの。次に公開される新作では、わたしはもっと……」

「待った！」と私は叫んだ。給仕はまだ我々のテーブルまで来ていなかったし、高く掲げたその皿も、たぶん我々のものではなかったのだが。私はキティの新作映画について聞きたくはなかったのだ。聞けば気にせ

＊1　ここで私は〝絡みあった素粒子〟論によって何もかも説明できると示唆するが、当面のところこの理論自体満足に説明されていないため、些かの詭弁を弄することになる。〝絡みあった素粒子〟は、原子を構成する一対である。一個の光子を水晶発振により二分割することで得られる二つの光子は、あいだに数マイルの距離がある場合でも、その片方のみに与えられる刺激に対してもう片方もまた反応する。
　物理学者は困惑し、問いかける。素粒子はいかにして、その片割れの素粒子に起きることを〝知る〟ことができるのか？　キティ・ジャクソンの隣のテーブルの客が不可避的に彼女を認識するとき、キティ・ジャクソンが視界に入らない距離にいるためにキティ・ジャクソンを見るという経験を理論上は持ちえない客もまた、同時に彼女を認識するというのはどういうことなのか？

ずにいられないし、読者の方々も同じだろう。新しい役に挑戦したこと、監督との信頼に満ちた関係、またトム・クルーズのようなベテラン俳優の相手役を演じることの光栄に関するキティの無駄話は、彼女とすごす時間の代償として、我々が呑まねばならない言わば苦い丸薬である。だがそんなものは、可能な限りわきに置くとしよう！

幸運なことに、その給仕の持っていたのは私たちの皿だった（有名人と食事していると、料理は早く出てくるものだ）。キティはコブ・サラダ、私はチーズ・バーガーとフライド・ポテト、シーザー・サラダである。

昼食を始めるに際して、多少の法則が見いだされた。キティに対する給仕の態度は、まさに一種のサンドイッチである。底に敷いたパンにあたるのは、退屈で僅かに気の抜けたような、彼がふだん客に対するときの態度。中身にあたるのは、十九歳の有名女優のそばにいるという異様な熱狂。上に載せたパンにあたるのは、異物である中身の層を包み隠そうとする、退屈で気の

以下のような論理的仮説が立てられる。

（1）素粒子は互いに交信している。そのためには光速以上の速さで交信せねばならず、よって相対性理論に反するため、これは不可能である。言い換えれば、キティ・ジャクソンがいることへの気づきがレストランに同時に広がるためには、彼女にもっとも近い客が、言葉あるいは身振りを通して、彼女がいるという事実を、彼女を見ることのできない遠くの客にまで、光速以上の速さで伝えねばならないということである。そして、これは不可能である。

（2）二つの光子は、かつて一個の光子であった状態に起因する〝局所的な〟要素に反応している（これはアインシュタインが〝絡みあった素粒子〟現象に与えた説明で、彼はそれを〝遠隔怪作用〟と名づけている）。

否である。なぜならすでに見たように、彼らは互いに反応してはいないからだ。

抜けたいつもの自分という、基底層と似通った態度。同様に、キティ・ジャクソンにもまた一種の底に敷いたパンがあった。それはおそらく〝彼女自身〟、言い換えれば、生まれ育ったアイオワ州デモイン市の、自転車に乗ったり、プロムに参加したり、そこそこの成績をもらったり、とりわけ馬に乗って駆けまわったりしていた彼女自身、数々のリボン徽章《きしょう》とトロフィーを獲得し、一時は騎手になろうかと楽しく夢想さえした彼女自身だ。そのパンの上に載っているのは、新しく得た自分の名声に対する、異常な、ややサイコ的ですらある反応——これがサンドイッチの中身だ。そしててっぺんに載っているパンが、第一の層に似せようとして、ふだんの、過去の自分を模倣しようとする努力だ。

　十六分が経過した。

「もっぱらの噂だね」と私は言った。咀嚼途中のハンバーガーをいっぱいに頬張った口を開けて。取材対象に嫌悪感を抱かせようと、効果を計算してのことだ。

彼らはキティ・ジャクソンに、彼らのうち一部の人間しか実際には見ることのできない彼女に、同時に全員が反応しているのだ！

（3）それは量子力学の謎のひとつである。

　明らかにそうだ。ひとつ確実に言えることは、キティ・ジャクソンのいる場では、我々残りすべての人間が、自分たちは非キティ・ジャクソンであるという無情なる自覚によって、ひとつに絡みあってしまうということだ。非キティ・ジャクソンであるという事実は我々をいっしょくたにまとめてしまうので、我々のあいだのさまざまな差異——パレードの最中にわけもなく泣きたくなることとか、フランス語を勉強しなかったことだとか、女性には何としても隠しておきたい昆虫が怖いという秘密があることとか、子ども時分画用紙を食べるのが好きだったことだとか、そのような差異がキティ・ジ感じよさというその防御壁に穴を開け、彼女の自制心を磨滅させるという骨の折れる作業に取り掛かっていたのだ。「きみが共演者とデキてるって」

　これはキティの注意を引いた。私はその言葉を彼女に、浴びせかけたと言っても過言ではない。なぜなら長年の経験からして、プライベートについては遠まわしに尋ねても、取材対象が気難しい相手なら、時間がかかってイライラさせてしまうだけだし、取材対象が感じのいい相手なら、恥ずかしがってやんわりと避けられてしまうだけだからである。

「そんなの完全なデタラメよ！」キティは声を張り上げた。「トムとわたしはとてもいい友達なの。奥さんのニコールも大好きだし、彼女ずっとわたしの理想なのよ。子どもたちの面倒だって見たことがあるんだから」

　私は伝家の宝刀を抜くように、にんまりとした笑みを浮かべた。その笑いに意味はなく、ただ相手の神経を逆撫でし、動揺させるという戦法である。私の手法

ャクソンの現前する場では一時的に消し飛び、我々はどんな特徴も所有しない状態になる。そのようにして我々はかくも、他の近接する非キティ・ジャクソンから区別できない状態にあるので、うちひとりが彼女を見れば、残り全部が同時に反応するのだ。

が残忍にすぎるとお考えの方がいれば、どうか思い出してほしい。与えられた時間はたった四十分で、うち二十分近くがすでに経過しているのだ。そして個人的に付け加えさせてもらえば、もしこの記事がお粗末なものになれば、すなわち、読者諸賢の知らないキティの新しい面を見せることに失敗したならば（レオナルド・ディカプリオとのヘラジカ猟や、シャロン・ストーンとのホメロス読書、ジェレミー・アイアンズとの潮干狩りを書いた私の記事は、失敗だったと見做されている）、この記事はボツになるだろうし、そうすればニューヨークとロサンゼルスにおける私の株はますます下がるだろう。そして「あんたがこのところ仕出かしている奇妙な失敗の連続」（引用元、アッティカス・リーヴァイ、我が友人にして編集者。先月ともにした昼食に際して）を、さらに延長してやらかすことになるのだ。

「どうしてそんなふうに笑ってるの？」キティが敵意を込めて言った。

ご覧あれ。もう感じはよくない。

「ぼく、笑ってたかな？」と私。

キティはコブ・サラダへと注意を向けた。私もそうした。頼れるものは僅かしかなく、キティ・ジャクソンの内なる聖域への入り口は数が限られているので、ここは観察に甘んじて、食事を中継することにしよう。この昼食時間のあいだに、彼女はレタスの全部と、鶏肉を約二と二分の一口、そしてトマトを数切れ食べただけであった。オリーブ、ブルーチーズ、ゆで卵、ベーコン、アボカドは無視した。つまりコブ・サラダの中身のうち、実質的にそれをコブ・サラダたらしめているすべての部分を無視していた。ドレッシングに関しては、彼女は「別に分けて」と頼んでいたが、別の容器に入れられたそのドレッシングに、ただ一度人差し指の先を突っ込み、舐めとった以外には、手を付けもしなかった。*2「ぼくが何を考えてるか、教えてあげよう」テーブルに高まりつつあった緊張の波をほぐすように、私は言った。「十九歳で、最高興行収入の映画にも出てしまっている。目の前では世界の半分が、きみを熱烈に歓迎している。そんなとき、次にはどこへ行ったらいい？ 次には何をしたらいい？」

キティの表情に、私は幾つかのものを読み取った。これ以上ひどいことを、これ以上トム・クルーズとの関係のことを、云々されなかったという安堵。そしてその安堵と綯い交ぜになった（部分的にはその安堵によって引き起こされた）ひとつの願望。この私を、インタビューを記録するテープレコーダー以上のものとして見、信じがたいほど奇妙な彼女の世界の、理解者だと思いたいというひとつの願望だ。ああ、それが本当だったら！ 私はキティのいる世界の奇妙さを、こ

---

*2　人生が時折与えてくれる、ふとした休息や愉しき無為《ドルチェ・ファール・ニエンテ》のときに、慌ただしい日常生活においては大方やりすごされている問いを、考え直してみることがある。たとえば光合成の仕組みについて、どれくらい正確に思い出せるか？ あるいは〝存在論〟という言葉を、会話のなかで上手に使えたことはあるだろうか？ それまで享受していたまともな人生から外れ、現在の場所へと運ばれる軌道に乗ったきっかけは、ほんの誤差程度の方向のずれは、いったいどの瞬間に起きたのか？ ——そして私の場合、現在の場所とはライカーズ島刑務所である。

数カ月にわたって私は、キティ・ジャクソンとの昼食を構成したすべてのフィラメント、一分一ナノ秒に至るまでを、分析の対象としてきた。その詳細さに較べれば、安息日を見極めるタルムード学者でさえ軽率に感じられるほどである。その結果、私の微妙かつ決定的な方向転

の上なく理解したい――その奇妙さのなかに深く入り込み、ずっとそのまま出てきたくない。だが私にできることはせいぜい、我々のあいだには真のコミュニケーションなど不可能だという身も蓋もない事実を、なんとかキティから隠すことくらいだ。そしてこれまでの二十分間、隠しおおせてきたのは勝利だと言える。
　なぜ私はこの記事において、自分自身のことを言及――〝挿入〟と言い換えてもいい――し続けているのか？　なぜなら私は十九歳の、とても、とても感じのよい少女から、記事として読むに値するものを、力ずくで奪おうとしているからだ。私はひとつの物語を生み出そうとしている。その物語のなかで私は、まだ十代の彼女の心の、びろうどに包まれた秘密の鍵を開けるだけではない。そこには――おお、神よ！――親密な意味を伴った行動と、進展とが含まれるのだ。だがひとつ問題がある。キティはあくびが出るほど退屈な人間だということだ。キティにおいてもっとも興味深いものは、彼女が他者に及ぼす影響である。そしてこ

換は、キティ・ジャクソンが「別に分けて」もらったサラダ・ドレッシングのボウルに指を突っ込み、ドレッシングを舐めとったまさにその瞬間に起きたのだと結論づけることになった。
　以下に記すのは、そのとき私の頭をめぐっていたと思しき思考と衝動のなれの果てを、注意深く分解し、時間軸に沿って並べ替えることで、当時を再現したものである。
　思考1（キティが指を突っ込み、舐めるところを目撃して）――この蠱《こ》惑《わく》的な若い娘は、ひょっとしておれを誘ってるのか？
　思考2――いや、それはあり得ない。
　思考3――だがなぜ、なぜあり得ない？
　思考4――なぜなら彼女は十九歳の著名な映画女優であり、お前は「なんかいきなり太った？　気のせいかな？」（引用元、ジャネット・グリーン。我々の最

の集団的洞察に対し、みずからの精神生活をもっとも気前よく提供してくれる〝他者〟とは、この場合たまたま私である。よって以下のような成り行きが自然である――というか、要求される（「頼むから。あんたに依頼したおれが馬鹿に見えないよう、なんとかうまく仕上げてくれよ」引用元、アッティカス・リーヴァイ、先日の電話口で。その電話の会話において私は、ふたたびセレブの人物評記事を書くことに対する絶望を表明していたのだった）――すなわち、キティ・ジャクソンとの昼食に関する当該記事は、実質的には、サラダ・ランチを通して彼女が私に及ぼした、多種多様な影響についての記事となる。そしてその影響が広く理解されるために、心に留めてほしいのだが、三年のあいだ私の恋人であり一カ月と十三日のあいだ私の婚約者であったジャネット・グリーンは、二週間前に私を捨てて、とある男に走ったのである。彼は自伝作家であり、最近出した著作において、思春期に家の魚飼育用水槽のなかへマスタベーションをするという性

後の、そして失敗に終わった性交に際して）であり、皮膚疾患がある上に、世界に対する影響力もない。

思考5――だが彼女はたったいま指をサラダ・ドレッシングのボウルに突っ込み、お前のいる前でそれを舐めたではないか！　ほかにいったいどんな意味があるというのか？

思考6――その意味はこうである。お前はキティの性的対象の範疇からはるかに隔たっているため、過度に希望を持たせたり扇情的になる可能性を持つ動作――たとえばサラダ・ドレッシングに指を突っ込み、舐めとるといった動作を、それを性的関心のしるしと解釈しかねない男の前でするというような行動を、ふだんであれば抑制するような感知装置が作動しなかった。

思考7――なぜ？

思考8――なぜならお前はキティ・ジャクソンにとって〝男〟ではないからで

的趣味があったことを詳《つまび》らかに打ち明けていた（「少なくとも彼は、自分の仕事に取り組んでるわ！」引用元、ジャネット・グリーン、先日の電話口で。その電話において私は、彼女が犯した壮大な間違いを指摘しようとしたのだった）。

「わたし、いつも考えるのよ。……次はどうなるんだろう、って」キティが言った。「ときどき、いまこの瞬間を回想してる自分を思い浮かべる。そして考えるの。その回想しているわたしは、どんな場所にいるんだろう？　そしてそこから見ると、いまの瞬間は素晴らしい人生の幕開けに見えるのかしら、……それとも？」

だがキティの語彙における〝素晴らしい人生〟とは、正確にはどう定義されるのか？

「あら。わかるでしょう？」くすくす笑って、頬を染める。私たちはまた感じよくなっていたが、最前とは違う種類の感じのよさである。私たちはちょっとした諍《いさか》いをして、仲直りしつつあるのだ。

「富と名声？」私は突つくように言った。

ある。よってお前と一緒にいるとき彼女は、ダックスフントといるときほども自意識が働かないのだ。

「それもあるわ。でも、……幸せかな。真実の愛を見つけたいのよ。陳腐に聞こえようとかまわない。わたしは子どもが欲しい。だから新しい映画でも、わたしは代理母という役に思い入れを……」

　しかしこの昼食における前宣伝的要素はことごとく食い止めるという、私の条件反射的努力はこのたびも功を奏した。キティは口を噤んだ。私は勝利を祝ったが、ほとんど同時にキティが自分の腕時計（エルメスである）を盗み見たのに気づいた。この動作は私にどう影響したか？　ふむ。私は怒りと恐怖そして肉欲がごっちゃになった、一種の液状爆発物が、自分の内側で零れそうになるのを感じた。まず怒り――この純真な少女は、明らかに筋の通らない幾つかの理由により、この世界において私が到底得られないような力を持ち、そして与えられた四十分が過ぎ去ってしまえば、ストーカー犯罪による以外、地中に埋もれた私の道と、はるか上空をゆく彼女の道とを交差させることはできないのだ。次に恐怖――私が私の腕時計を見ると（タイメックス社製である）、その四十分のうち三十分がすでに失われたことが判明し、それなのに私は人物評記事の中心的読みどころとなるべき〝出来事〟をまだ得られていない。そして肉欲――彼女の首はとても長く、ほとんど透明に見えるほど華奢な金鎖のネックレスに縁取られている。白いホルターネックの夏ワンピースから露出する肩は細く、日焼けしてとても繊細そうで、二羽の雛鳥のようだった。こんな比喩を用いて書くと、魅力的には聞こえないかもしれないが、しかしそれはじつに並外れて魅力的なのだ！　〝雛鳥〟という語を用いたのは、それらが（つまり彼女の肩が）あまりに素晴らしく見えたため、小さな骨ごとそれを毟り取り、一本一本に至るまで肉をしゃぶり尽くしたいと、私がしばし夢想したことを意味する。*3

私はキティに、セックスシンボルであるというのはどんな感じかと訊いた。

「どんなふうにも感じないわ」つまらなそうに、そして苛立たしげに彼女は答えた。「それはわたしじゃなくて、ほかのみんなの感じることよ」

「つまり男たちの感じること？」

「たぶんね」その端正な顔を、新たな表情が横切った。急にひどく疲れたとでもいうような風情がそこに宿っていた。

私もまたそれを感じた――急に、ひどく疲れていた。まあ私のほうは、いつも疲れているのだが。「まったく、何もかもが茶番だぜ」と私は言った。束の間気が緩み、本音が出てしまった。その台詞には何の戦略も目的もなく、したがって数秒後に後悔するのは間違いない。「なんでこんな茶番にわざわざ、出演しなきゃ

＊3　これらの空想的表現を、私が〝人間以下〟で〝キ○ガイ〟であり〝キモすぎる変態〟（引用元はすべて、獄中で受け取った、面識のない人々からの書簡）であることの、さらなる証左と読まれる諸君に対しては、私はただ以下の例を示したい。もう四年ほど前の、ある春の日のことである。私はひとりの、胴長で短足の、ピンクの絞り染めのTシャツを着た娘が、デュアン・リードのビニール袋に犬のうんちを片付けているのに気づいた。高校で水泳かダイビングをしていると思しき筋肉たくましい娘で（後にそのどちらもやってはいないことが判明したのだが）、犬は疥癬持ちの、じめじめとした小さなテリアで、もっとも中立的かつ客観的な基準から言っても、かわいくない犬だった。だが娘は犬をかわいがっていた。「ほら、ウィスカーズちゃん」と甘やかしていた。「こっちおいで」彼女を見ていると、そのすべてが目に浮か

ならないんだろうな？」

　キティが私の顔を覗き込んだ。私が始終疲れていること、そしてその理由までも、彼女は読み取ったように思えた。彼女は私をじっと見ていた。憐れんでいた、と言うべきだろうか。芸能報道における唯一最大の危機に、私は瀕していた。つまり取材対象に調査目線の矢印をひっくり返されること。そうなると私は見られる側になり、もはや彼女を見ることはできない。突然の緊張で、大幅に後退しつつある髪の生え際に汗が噴き出してきた。私はパンを大きな塊にちぎると、サラダ皿の底に溜まったソースを拭い、歯医者が歯に詰め物をするように口のなかへねじ込んだ。その瞬間——ああ、まさにその瞬間——もぞもぞとしたくしゃみの前兆が、そして、来た、**へーっくしょいのコンチキショウ**、パンだろうとなんだろうと、顔に空いた穴という穴が一気に噴火するのを止められない。キティは恐れ慄いていた。私が混乱を収拾するあいだ、小さく身体をすくめていた。

んだ——狭く、暖房を効かせすぎのアパートの部屋には、ジョギング用シューズやレオタードが散らばっている。週に二回は両親のいる実家で夕食をともにし、唇の上に生える色の濃い産毛を、酸の匂いのする白いクリームで週に一回脱色している。そのとき私はといえば、彼女を欲しているというより、彼女に取り囲まれたという感じだった。こちらから動きもしないのに、うっかり彼女の人生に足を踏み入れてしまったようなものだ。

「お手伝いしましょうか？」彼女とウィスカーズが立っている日向《ひなた》へと私は歩いていき、うんちでいっぱいのデュアン・リードの袋を、彼女の手から取った。

　その娘、ジャネットが歯を見せて笑った。まるで誰かが旗を振ったみたいだった。「あなた、頭おかしいひと？」と彼女は言った。

最悪の事態は回避された。少なくとも未然に防がれた。洟《はな》をかんでいた。三分近くを浪費した。「ねえ」と私は言った。やっとのことでパンを呑み込み、「ちょっと散歩に出たいんだけど。どうかな？」

戸外へ出ていけるという期待に、キティは弾かれたように椅子から立った。その日は完璧なお天気だったのだ。レストランの窓越しに、陽光が射しこんでいた。しかし彼女の高揚はたちまち、それと同程度かつ逆方向に働く用心によって相殺された。「ジェイクはどうしたらいいかしら？」と彼女は言った。ジェイクは彼女の広報で、我々の四十分が終わるころに現れる予定だった。そして魔法の杖を一振りし、私をカボチャに戻してしまうのだ。

「電話が掛かってきたら、合流したらいいよ」

「そうね」と彼女は言って、最初の純粋な高揚を精一杯復元しようとした。だがあいだにサンドイッチのように、用心深さという具材が挟まってしまっていた。「それでいいわ。行きましょう」

私はそそくさと勘定をすませた。レストランからの脱出を企てたのには、幾つか理由があった。ひとつ——私はキティから、もう数分余計にもらいたかった。そうすることで、この取材をやり遂げ、さらに言えば、かつては前途有望だったものの、いまや先細りになりつつある私の文学的評価を、挽回しようと望んでいた（「あの子はたぶん、がっかりしたのよ。一冊目の本が売れなかったあと、あなたがもう小説を書こうとしなかったから……」引用元、ベアトリス・グリーン、お茶を飲みながら。その日私は、彼女のスカーズデールの家の玄関口に泣いて座り込み、その娘ジャネット・グリーンが私を捨てた理由について、意見を聞かせて欲しがったのだ)。二つ――私はキティ・ジャクソンが立ち上がって歩くところを見たかった。この目的のために、私はレストランを出ていく彼女に後ろからついていった。彼女はテーブルのあいだを縫うようにしながら、顔を伏せて進んでいった。並外れて美しい女性と、有名人とが共通して見せる仕草である(その両方であるキティは、もちろんその仕草をする)。彼女の姿勢と足取りの物語ることを、言葉に置き換えるとこのようになる。――**わたしは自分が有名で、かつ堪らなく魅力的なことを知っている――その二つの特性を一度に併せ持つことは、放射能を帯びるようなもの――そしてこの場所にいるあなたがたは、わたしに対して無力である。わたしとあなたがたが面と向かい、わたしの放射性とあなたがたの無力さとを互いに思い知ることになれば、互いに困惑してしまうだろう。だからわたしはあなたがたが安全にわたしを眺められるよう、こうして顔を伏せるのだ。**そのあいだ、私はキティの脚を食い入るように見ていた。身長のわりに長く、またよく焼けた脚だった。日焼けサロンで焼いたような、赤茶けた色ではない。もっと深みのある、栗色の――そう、馬を思わせる色だ。

一ブロック先にセントラルパークがあった。四十一分が経過した。時間は刻々と経っていく。私たちは公園へ入った。一面緑で、あちこちに光と影が戯れていた。まるで静かな水面を持つ深い池へと、二人で飛び込んだみたいな気がした。「何時に始めたんだっけ?」キティが腕時計を見た。「あと何分残ってるかしら?」

「いや、まだ大丈夫だよ」呟くように私は言った。夢のなかにいるような気持ちだった。歩きながら私はキティの脚を見ていて（これ以上見ようと思うなら、彼女のそばの地面に這いつくばるしかないほどに――そしてそんな動作をする自分が、頭のなかをよぎっていった）、その膝に極上の金色をした産毛が生えているのを発見した。キティはとても若く、栄養も行きわたっていて、他者の無根拠な残酷さから隔てられ、自分がこの先中年になり、やがては死ぬ（孤独死かもしれない）ことになど気づいてもいない。いまだ自分に失望しておらず、またその早熟な達成を見守る世界のなかで我に返ることとすらない。そうしたすべての理由により、キティの肌は――滑らかでふっくらとして、甘く匂いたつ皮袋は、この先人生がその失敗と疲労の痕跡を刻んでいくにしても、いまのところはまだ――完璧だった。そして〝完璧〟の語が意味するのは、何ひとつ垂れたり、たるんだり、折れたり皺が寄ったり縮んだり、瘤ができたりしていないということだ。つまり彼女の肌は、まるで植物の葉の表面のようだ。ただ、緑色ではないというだけで。このような見かけの肌が、匂いや手触りや風味において不快だということは想像できない――ましてやたとえば、（事実ありえないだろうが）うっすらとでも湿疹ができるなんてことは。

私たちは芝生の斜面に並んで座った。キティは律儀にも、彼女の新しい映画についてふたたび話しはじめた。広報が戻ってくるという見通しに、その映画の話をすることが私と一緒にいる唯一の理由だと、思い出したからに違いない。

「ああ、キティ」と私は言った。「映画のことは忘れよう。ぼくたちは公園にいて、こんなに素晴らしい天気なんだ。そんな人たちのことは放っておいて、もっとほかの、……そうだ、馬の話をしよう！」

なんという表情！　なんといううまなざし！　考え得る限りの陳腐な比喩が心に浮かぶ。雲間に顔を出す太陽、花開こうとする蕾、不意に現れる神秘の虹。うまくいった。私は向こう側に、あるいは周囲に、または内側に手を触れた――真のキティ・ジャクソンに触れることができたのだ。そしてある不可解な理由から、もっとも不可思議な量子力学的謎にも比すべき理由から、私はこの接触を天啓のように、先を促すもののように感じた。この若い女優とのあいだにある深い溝を越えていくことで、私は迫りくる闇の上空へと、持ち上げられたような気がしたのだ。

キティは白いハンドバッグを開けて、一枚の写真を取り出した。馬の写真だ！　鼻面に星形の白い斑《ふ》がある。馬の名はニクソンというらしい。「大統領の名前みたいだね？」だがこの指摘には、彼女は奇妙なほど無反応だった。「ただ響きが好きでつけただけよ」そう言って、ニクソンに林檎を食べさせるときの興奮を語った――馬らしいあごに林檎を咥《くわ》え、一瞬で粉々に嚙み砕き、乳白色の熱い果汁を滴らせるその様子。「でもずっと会ってないの」彼女は心から寂しそうだった。「誰かほかの人を雇って、ニクソンに乗ってもらわないと。わたしちっとも実家に帰れないから」

「きみがいなくて馬も寂しいだろうね」

キティが私に向きなおった。私が誰なのか、忘れていたのだと思う。彼女を芝生に押し倒したいという衝動に駆られた。そしてそうした。

「ちょっと！」我が取材対象は叫んだ。くぐもった、驚いたような声だったが、正確にはこの時点ではまだ、怖がっている声ではなかった。

「ニクソンに乗っていると思え！」私は言った。

「**誰か！**」彼女が声を張り上げたので、片手でその口を塞いだ。私の身体の下で、彼女はじたばたと身を捩っていたが、私の一九〇・五センチの身長と、一一七・九キログラムの体重のもとでは敢えなく断念した。その体重の約三分の一は我が腹まわりの「スペア・タイヤ」(引用元、ジャネット・グリーン。我々の最後の、そして失敗に終わった性交に際して）に集中しており、それは土嚢《どのう》のようにしっかりと彼女を押さえつけていた。片手でその口を塞ぎながら、私はもう片手を我々二人の、激しく揺れる身体のあいだに這わせていって、そしてとうとう――よし！――自分のズボンのジッパーを摑まえることに成功した。こうしたすべてのことは、私にどう影響したか？　ふむ。我々はセントラルパークの丘の上に横たわっている。ある意味遮断された場所であるが、実質的には丸見えである。そこで私は不安になった。自分のキャリアと評判を、この不法行為によって危険に曝しているのだとぼんやり意識した。しかしそれ以上に私は、狂気じみた――何？――そう、憤怒に駆られていた。ほかに説明のしようがない。キティを魚のように切り分け、内臓を引きずり出したいという願望は。そしてまたそれとは別だが、彼女を真っ二つに引き裂いて、彼女のなかを巡っている透明な芳しい何かの液体に両腕を突っ込みたいという、付随的な欲求があった。私はその体液を、赤く腫れた「腺病やみの」（引用元、同前）、かさかさに乾いた自分の皮膚に擦りつけたい。そうすれば、この皮膚疾患も治るような気がするのだ。私は彼女をファックしたい（当然）、そののちに殺したい。あるいは彼女をファックするという行為において殺したい（〝死ぬほどファックする〟〝脳ミソが飛び出るほどファックする〟などもまた、基調目的の変奏であり、条件を満たす）。彼女を殺して然るのちにファックするという行為には、私は何の興味も抱かない。なぜなら私が熱烈に触れたがっているのは、彼女の生命――キティ・ジャクソンの内なる生命だからである。

結論から言うと、私にはそのどちらもできなかった。

先ほどの瞬間に戻ろう。片手で彼女の口を塞ぎ、同時にそのやや活発にすぎる頭部の動きを制しつつ、もう片方の手を動かしてジッパーを降ろそうとしていたのだが、これにはちょっと手こずった。おそらく取材対象が私の下でじたばた動いていたためだろう。キティの手に関しては、残念なことに制御しきれていなかった。その手の片方はどうにか、白いハンドバッグへと辿りついた。そこにはさまざまな品が格納されていた。まず馬の写真。ポテトチップ一枚の大きさしかない携帯電話（先ほどから数分にわたり、途切れなく鳴り続けている）。そして小型の缶――私には推測するしかないのだが、顔に直接スプレーされたときの衝撃からすると、メースか何かの催涙ガスに違いなかった。熱い、目を潰すような刺激とともに涙が溢れてきて、喉には締めつける刺激を感じ、痙攣したように噎《む》せ、ひどい吐き気を感じた。そうしたすべてに促されて、私は跳び上がり、気の遠くなるような苦痛に身体を二つに捩ったが、それでもまだ片足でキティを地面に押さえつけていた。その瞬間に彼女は、例のハンドバッグのさらなる品を利用したのだった――鍵束につけられた、スイス製のアーミーナイフで、刃はちっぽけでややなまくらだったが、にもかかわらず彼女はそれを、カーキ色の私のズボンを突き通し、脹脛へと突き立てたのだ。

そのころには私はもう、包囲された水牛のように、唸り、泣き叫んでいた。キティは走って逃げてゆき、よく焼けたその四肢に木漏れ日が光の斑を作っていたはずだが、私はあまりの苦しみに、それを見ることすらできなかった。

これをもって我々の昼食の終わりとするべきだと考える。私は余分の二十分を、易々と手に入れた。

そう、昼食の終わりだ。だがたくさんのその他のことの始まりでもある。大陪審を前にした証言と、それに続く強姦未遂、誘拐、加重暴行罪による起訴。そして現在の投獄状態（アッティカス・リーヴァイが果敢な骨折りをして、五十万ドルの保釈金を調達しようとしてくれたにもかかわらずである）。そして今月始まる予定の、差し迫った裁判――その裁判の日は折しも、キティの新しい映画『夜鷹が落ちる』が、全米一斉公開される日だ。

キティは獄中の私へ手紙をくれた。「あなたのノイローゼ、わたしのせいだったら、ごめんなさい」と彼女は書いていた。「それと、刺（原文ママ）しちゃってごめんね」すべてのiの字の上の点が○になっており、最後にはスマイル・マークが描かれていた。

ほら言っただろう？　この感じのよさ。

我々のあいだの災難はもちろん、キティにとっておおいに役立った。一面の大見出し。それに続く数々の、心痛に満ちた追跡調査記事。社説と、それに見開きになった特集ページでは、関連するさまざまなテーマが取り上げられた――「セレブ達への危険、高まる」（《ニューヨーク・タイムズ》紙）、「拒絶感に耐えられない男の無力と、その暴力性」（《USAトゥデイ》紙）、雑誌編集者はフリーランスの記者をより厳しく吟味すべきとの警告（《ニュー・リパブリック》誌）、そしてセントラルパークにおける昼間の警備が不充分だという指摘。[*4] この恐ろしい怪物の犠牲となった、象徴的殉教者キティは、すでに同世代にとってのマリリン・モンローのような扱いを受けている。しかも、彼女は死んでさえいない。

キティの新作は当たるだろう。どんな内容のものであろうとも。

＊4　編集者へ

先日のあなたがたの記事（「公共空間の脆弱性」、八月九日）に見られた真摯な精神において、これを聞き入れてくれることを願う。〝疑うことを知らない若い女優〟に対する私の〝残忍な攻撃〟がきっかけとなり、あなたがたが公共領域から根絶しようと望むことになった〝精神的に不安定な人間、言い換えれば他人の脅威となる人間〟の具体例である者として、私は以下のことを提案したい。少なくともジュリアーニ市長の心には訴えるだろう提案だ。つまり、――セントラルパークの入り口に検問所を設置して、入場を希望する人々に、身分証の提示を求めてはいかがか？

そうすれば人々の記録をその場で呼び出すことができるし、彼らの人生が比較的成功しているか、失敗しているかも審査することができる。――結婚しているか否か、子どもがいるか否か、職業的な成功を収めているか否か、銀行口座は健全か否か、幼馴染と連絡を取っているか否か、夜穏やかに眠ることができるか否か、取り留めも途方もない、青春時代の野心を叶えているか否か、恐怖や絶望の発作を払いのけることができるか否か。そしてこうした要素を用いつつ、おのおのの人々を、〝その個人的な失敗が、より成功している人々に向かって嫉妬の爆発を引き起こす〟可能性の高さに基づき、ランク付けすることができる。

そうすればあとは簡単だ。おのおのの人々のランクを、電子回路付きブレスレットにコード化して記録し、彼らが公園に入ろうとする際、手首に付けさせればよいのである。そしてレーダー画面に映るコード化された点の光を監視し、職員を配備しておく。ランクの低い無名の人間がうろつきまわることで、〝著名人に与えられて然るべき、ほかの人々と同程度の安全と心の平穏〟が侵害される危険に備えてだ。

私はただ以下のことを希望する――我々の尊い文化伝統との調和を図るため、汚名もまた名声と同等にランク付けしてもらいたい。そうすれば、公における私への厳しい非難が完結したとき――その最たるものは、二日前に私が獄中へ迎えた《ヴァニティ・フェア》誌の記者が（彼女は私の指圧療法士とアパートの管理人へ取材を行ったのちにやってきた）、TVニュース雑誌と協力して行うものになるだろう――、私の裁判と刑期が終わり、世間に戻るのを許され、公共空間の木の下に立ち、そのでこぼこした樹皮に触ることを許されたとき、――そのとき私は、キティのように、何らかの保護を受けることができる。

誰にわかるだろう？　いつの日かセントラルパークを散歩しながら私は、同じように散歩しているキティを見かけるかもしれない。そのときはむしろ、言葉を交わすことさえないかもしれない。遠くに立ったまま、手を振りたいと思う。

敬具

ジュールズ・ジョーンズ

10　体を離れて

きみの友人たちは、あらゆる才能に恵まれているかのように振る舞っている。そしてきみに恵まれた才能は、彼らの偽りをあばくことだ。ドリューはこのまま法科大学院に進むという。そこでしばらく業務経験を積んだあと、州議会議員に立候補する。それから国の上院議員に。最終的には、大統領になる。こうした計画を聞かせる彼の口調は、きみがたとえば、「近代中国絵画の授業に出てから、ジムへ行く。その後夕食時までボブスト図書館で勉強する」なんていう計画を聞かせる口調と変わらない――もしきみがまだ計画を立てることがあればの話であり、それはもうないのだけど――もしきみがまだ大学に行っていればの話であり、事実もう行ってはいないのだけど。もっとも、それは一時的な休学と思われてはいるのだが。

光に漂うハシシュの煙越しに、きみはドリューを見ている。彼はフトン・カウチに凭れながら、サーシャに腕をまわしている。ドリューは人好きのする立派な顔に、暗い色の髪をしている。体格もいい。ウェイトトレーニングで得たきみの身体とは違い、動物本来の動きによって身についた筋肉だ。きっと水泳をしているためだろう。

「そんなことを言うなんて、だいぶ煙を吸い込んでるな？」と、きみは彼に言う。

全員が笑う。独りパソコンに向かっているビックスを除いて。きみは○・五秒のあいだだけ、自分が面白い人間になった気がする。けれどもすぐに、みんなが笑ったのは、きみが面白いことを言おうとしているのがわかったからにすぎないのではと思い当たる。きみがほんとうに些細なことで、窓から東七丁目の通りへ身を投げてしまうのを、みんな恐れているだけなのではないかと。

ドリューは長い一服を吸った。煙が肺に流れ込むのが聞こえる。吸い終わるとパイプをサーシャに渡す。サーシャは吸わずにリジーへ渡す。

「約束するよ、ロブ」煙を肺で止めたままの、押し殺した声でドリューは言う。「誰かに聞かれたらおれは、ロバート・フリーマン・ジュニアと吸ったハシシュは美味だったと答えるぜ」

この〝ジュニア〟は、馬鹿にしているんだろうか？　ハシシュは思ったほど効いておらず、きみはマリファナをやってるときのような被害妄想に駆られる。いや、ドリューは馬鹿にしてない、ときみは結論する。ドリューは信念を持っている――去年の冬、彼はワシントン・スクエアで、学生に有権者登録を呼びかけるビラを必死で配っていた。サーシャとドリューが付き合うようになると、きみは彼を助けるようになった。多くはジョック（学校社会の頂点に立つ、スポーツの得意な男子生徒）たちとのあいだを取り持った。というのも、きみは彼らとの話し方を心得ていたから。きみの親父さんであるコーチ・フリーマンは、ドリューのようなタイプを〝森が似合う〟人間だと評する。孤独を好む人種だ、と親父さんは言う――スキー選手とか木こりとか。チーム選手ではないな。だがきみのほうは、集団スポーツを知り尽くしている。チーム・スポーツをやっている連中に口を利くこともできる（きみがニューヨーク大学を選んだのは、過去三十年にわたってフットボールのチームがないという理由からだと、サーシャだけが知っていた）。もっとも調子がよかったころ、きみは親民主党派のチーム選手を十二人有権者登録し、書類をドリューに手渡した。「ロブ、お前はコツがわかってるんだな」とドリューは言ってくれた。だがきみは、自分自身のことは登録しなかった。それが問題だった。時間が経てば経つほど、きみはそれを悔やんだ。そしてもはや手遅れになった。きみの秘密を知り尽くしているサーシャでさえ、きみがビル・クリントンに一票を投じなかったことを知らない。

　ドリューはサーシャに寄りかかり、濡れたキスをする。ハシシュのせいで興奮しているのがわかる。なぜならきみ自身がそうだから。興奮のため歯が疼いている。誰かを殴るか、殴られるかしなければ、おさまらない疼きだ。こんなとき、高校時代なら喧嘩を吹っかけたものだけど、いまは喧嘩してくれる相手もいない。三カ月前、きみがカッターナイフで自分の手首を切り開き、出血多量で危うく死にかけたことが、みんなを怖がらせ、抑止力となっているのだろう。それは一種の力場として機能し、その結果、きみを励ますための笑顔を、みながら揃って麻痺したように浮かべているのだ。きみは鏡を掲げて見せ、彼らに問いかけたくなる——**ねえ、この笑顔がぼくにとって、いったいどれだけの足しになると思う？**

「ハシシュを吸ってて大統領になったやつはいないよ、ドリュー」きみは言う。「そんなのはあり得ない」

「これはおれの、いわば青春期の実験の日々なんだ」ドリューは真面目に答える。ウィスコンシン州の出身者でなければ、笑ってしまうような真面目さだ。「それに」と彼は付け加える。「誰が告げ口するって言うんだ？」

「ぼくが」

「おれもお前を好きだよ、ロブ」笑いながらドリューが言う。

誰がお前を好きだなんて言ったよ？　きみはそう訊き返しそうになる。

ドリューはサーシャの髪を指に取り、縄を綯《な》うように巻いていく。あごのしたの肌にキスをする。きみは我慢ならなくなり、立ちあがる。ビックスとリジーのアパートは狭く、まるで人形の家だ。いたるところに植物と、植物の匂いが溢れている（植物っぽい湿った匂いだ）。リジーは植物が好きなのだ。壁はビックスが集めている〝最後の審判〟のポスターで埋め尽くされている——そこでは赤子のように裸にされた人類が、善と悪とに二分されている。善人たちが金色の光溢れる緑の楽園へと昇天する一方、悪人たちは怪物の口へと呑み込まれていく。部屋の窓は開け放たれていた。きみは窓枠を乗り越えて、非常階段に出る。三月のつめたい風がきみの鼻孔をくすぐる。

すぐにサーシャが追いかけてきて、非常階段に立つ。「何してるのよ？」ときみに訊く。「わからない」ときみは答える。「いい空気」どちらも音にすると五つだったので、きみはいつまで五音で喋れるか試してみようと考える。「いい天気」

東七丁目の通りの向こうに、二人の女性がそれぞれの窓辺でバスタオルをたたむのが見える。そして肘をつき、通りを見下ろしている。「ほらご覧」ときみは二人を指さす。「スパイだよ」

「心配になるじゃないの、ボビー」とサーシャが言う。「あなたがこんなところにいると」きみをそんなふうに呼んでいいのは、サーシャだけだった。十歳になるまで、きみは〝ボビー〟と呼ばれていた。けどきみの親父さんが、十歳以上だと女の子の愛称になると言ってやめさせたのだ。

「なぜだろう？」ときみは言う。「三階だ。腕折れる。足折れる。悪くても。せいぜいさ」

「なかに入ってちょうだい」

「落ち着きなよ、サーシャ」きみは四階の窓へと続く格子階段に腰かける。

「おっ、パーティー会場がこっちに移ったか？」ドリューがオリガミを折るように身体を曲げ、リビングの窓から非常階段へと出てくる。手すり越しに通りを見下ろす。リジーが部屋のなかで電話に出るのが聞こえる――「もしもし。あっ、お母さん！」――声からハシシュの気配を吹き飛ばそうとしている。彼女の両親はいま、テキサスから出てきてこっちにいる。ということは、黒人であるビックスは、博士課程で在籍している電気工学の研究室に寝泊まりしなくてはならない。リジーの両親は娘と一緒にすらいない――両親はホテルに泊まっている！　それでもなお、おなじ市内のどこかでリジーが黒人と寝ていれば、彼らはなぜか嗅ぎつけるのである。

リジーが窓から上半身を出す。彼女はごく短い青のスカートに、膝上まである黄褐色のエナメル革のブーツを履いている。リジーは自分ではすでに、衣装デザイナーのつもりだ。

「元気かい。差別者さんは」五音以上になったのを無念に思いつつ、きみは言う。

リジーが顔を赤くしてきみに向きなおる。「あなた、うちの母が差別主義者だって言うわけ？」

「ぼくじゃない。きみ言った」

「わたしのアパートの部屋で、そんな口は利かないでね、ロブ」彼女はあの〝穏やかな声〟で言った。きみがフロリダから戻って以来、みなが使っているあの声音。その声を聞くときみは、あとどれくらいやったら限界がきて、その穏やかさが壊れるか、試さずにはいられなくなる。

「部屋じゃない」非常階段を示してきみは言う。

「わたしの非常階段でも、よ」

「きみでなく」ときみは訂正してやる。「ビックスの。でもあるよ。ほんとうは。市の備品」

「くたばれ、ロブ」とリジー。

「あんたもね」言いながらきみはにやりと笑う。真の怒りが現れた人間の顔を、久しぶりに見ることができたからだ。

「落ち着いて」サーシャがリジーに言う。

「なんですって？　わたしに落ち着けっての？」とリジー。「こいつはほんとうのカス野郎よ。フロリダから戻って以来ずっと」

「まだ二週間しか経ってないわ」

「まるでこの場に、ぼくがいないみたいなやり取りだ。素敵だねえ」と、きみはドリューに所見を述べる。「彼女たち、ぼくが死んだと思ってるのかな？」

「お前がラリってると思ってるんだよ」

「そりゃ正しい」

「おれもラリってる」ドリューは非常階段を昇ると、きみの少しうえの段に座る。彼は深々と空気を吸い込み、その風味を味わう。きみもおなじようにする。ウィスコンシンにいたころ、ドリューは弓矢でヘラジカを射ては、皮を剝ぎ、肉を切り分けて、リュックサックに入れて担ぎ、家まで持ち帰ったという。かんじきを履き、雪のなかを歩いて。それともドリューの冗談だろうか。彼はまた兄弟たちと一緒に、素手で丸太小屋を建てたりもした。湖のすぐそばで育ち、冬のあいだも毎朝、その湖で泳いだ。いまはニューヨーク大学のプールで泳いでいるが、塩素で目が痛くなるし、屋内で屋根があるから、湖とは違うとドリューは言う。それでも彼はよくそのプールで泳いだ。落ち込んだりイライラしたり、サーシャと喧嘩したときにはとくに。「お前も泳いで育ったんだろうな」きみがフロリダ出身だと聞いて、ドリューはそんなふうに言った。もちろん、ときみは答えたけど、ほんとうのことを言えば、水は好きではなかった——サーシャだけが知ってる、きみの秘密だ。

きみは階段をよろめきながら、非常口のもう反対側の足場まで行く。そこの窓からは、ビックスのパソコンが置かれた一角が覗き込めた。彼はほかの院生たちにメッセージを打ち込んでいる。葉巻ほども太さのあるドレッド・ヘアが見える。彼はパソコンの前にいる。院生たちもそれをパソコンで読む。そして彼らの返信してくるメッセージをまたビックスが読む。ビックスが言うには、このパソコン通信のメッセージはどでかいものになる——そのうち電話を凌ぐものになるそうだ。彼は未来を予言してみせるのが大好きで、きみはそれに反論したことがない。彼が年上だからかもしれないし、黒人だからかもしれない。

窓の外にきみの姿が、いきなりぬっと現れたので、ビックスは仰天する。きみはぶかぶかのジーンズを穿き、フットボール選手時代のジャージを着ている。どういうわけか、そのジャージをまた着るようになっていた。「おいおい、ロブ」とビックスが言う。「お前いったい、そこで何してるんだ?」

「きみ見てる」

「リジーはすっかり神経をすり減らしちまったぞ」

「悪かった」

「じゃあこっち来て、リジーに直接そう言え」

きみはビックスの窓からなかに入る。ビックスの机の正面には、アルビ大聖堂にあるフレスコ画〝最後の審判〟のポスターが貼ってある。きみも去年、美術史学入門の授業でこの絵を見たのを憶えている。その授業がとても気に入ったので、きみは専攻である商学に加え、美術史学を取ることにしたのだ。ビックスは信心深いのだろうか、ときみは考える。

リビングではサーシャとリジーが、険しい顔でフトン・カウチに座っていた。ドリューはまだ非常階段にいる。

「悪かった」ときみはリジーに言う。

「いいのよ」と彼女は答え、きみはそこでやめておくべきだと悟る――これでいい、充分だ。だが内側で何かが狂ったように発動し、きみはそこでやめることができない。「きみのお母さんが差別主義者で悪かった。ぼくがクソ野郎で悪かった。ビックスがテキサス出身の彼女と付き合うことになって悪かった。ぼくがクソ野郎で悪かった。ぼくが自殺を図ったことできみの神経を使わせて悪かった。きみの素敵な午後のひと時をぼくがぶち壊しにして悪かっ……」言いながらきみの喉は詰まり、強張《こわば》っていたみなの表情が哀しみに変わっていくのを見るうち、目には涙が溢れてくる。何もかもが心動かす、優しさに満ちた瞬間。ただひとつ、きみが完全にはそこにいない、ということを除いて。――その瞬間きみの一部は、数フィート離れたところ、もしくは数フィート上にいた。そしてこう思っていた。よかった、みんなは許してくれる、見捨てないでいてくれる。だけど問題は、あれこれ言ったりやったりしているきみと、うえから眺めているほうのきみ、いったいどちらがほんとうの〝きみ〟なんだ？

ビックスとリジーのアパートを出て、きみはサーシャ、ドリューと一緒に西へ、ワシントン・スクエアに向かって西へ歩く。手首の傷が寒さに引き攣《つ》る。サーシャとドリューはまるで、それぞれの肘、肩、そしてポケットが結び目になった組み紐のように、腕を組んでいる。恐らくは、きみより寒くないだろう。きみがフロリダの港町タンパで療養していたとき、二人はグレイハウンドの長距離バスで首都ワシントンへ行き、大統領就任式に参加していた。一晩じゅう起きていて、ナショナル・モール広場に昇る朝陽を目にしながら（と二人は揃って言った）、彼らの足許で世界がいままさに変化していくのを感じたのだった。サーシャがその話をしたとき、きみは鼻先で笑ったのだが、爾来《じらい》きみは気がつけば、往来をゆくひとびとの表情にそのしるしを探すようになってしまった。彼らもまた、その変化を感じているのだろうかと。ビル・クリントンか、あるいはもっとおおきな何かに起因する変化が、いたるところにあるのかもしれない。空気中にも、足のしたにも。誰の目にも明らかなその変化を、ただきみだけが感じていないのだろうか。

ワシントン・スクエアまで来ると、きみとサーシャはドリューに別れを告げる。ドリューはひとりプールに行って、ハシシュの酔いを洗い流すらしい。サーシャはリュックサックを背負っており、これから図書館に行くのだった。

「ありがたい」ときみは言う。「彼消えた」五音で話す決まりを破れなくなってしまっている。もうやめたいのだけれど。

「ほほう」とサーシャが言う。

「冗談だ。彼すごい」

「知ってるわ」

ハシシュの恍惚は薄れつつある。頭のなかに糸くずの詰まったような感覚だけが残されていく。麻薬の恍惚は、きみが新しく覚えたことだった――その恍惚と無縁だったことが、サーシャがあのときぎみを選んだ理由のすべてだった。去年ワシントン・スクエアで開かれた、新入生オリエンテーションの初日でのことだ。ヘナで染めたようなその赤い髪が、ふと日光を遮った。彼女の敏《さと》そうな目は、きみを正面からではなく、やや横から見ていた。「恋人のふりをしてくれるひとを探してるの」と彼女は言った。「あなた、引き受けてくれない？」

「本物の恋人はどうしたんだい？」ときみは訊いた。

彼女はきみの隣に座り、ことの次第を説明した。ロサンゼルスの高校時代、彼女はとある、きみの聞いたこともないバンドのドラマーと駆け落ちし、国外へ出て、ヨーロッパやアジアをひとりで放浪していた。高校は卒業すらしなかった。彼女は新入生だけれども、そろそろ二十一歳だった。義理の父親は手を尽くして彼女をこの大学へ入れた。その義父が先週話したことには、彼女がここニューヨークで〝地に足をつけている〟かどうか、探偵を雇って見張ることにしたらしいのだ。「いまこの瞬間も、誰かがわたしを見てるかも」そう言って、新入生でごった返す広場に目をやった。新入生たちはみな、互いに知り合いのようだった。

「見られてる感じがするわ」

「じゃあ、肩に腕をまわしたほうがいい？」

「お願い」

笑顔を作れば幸福になると、いつかどこかで聞いたことがある。同様に、サーシャに腕をまわすことで、きみは彼女を守りたくなった。「でも、どうしてぼくを？」ときみは尋ねた。

「一応、訊いておきたいんだけど」

「だってハンサムだし」とサーシャ。「それに、麻薬とかやらなそうだもの」

「ぼくはフットボールをやってるんだ」きみは言った。「いや、やってた、かな」

きみとサーシャは教科書を買わねばならなかった。そこで二人して一緒に買った。きみは寮のサーシャの部屋に遊びに行き、ルームメイトのリジーとも知り合った。彼女はきみが背中を向けたときに、身振りでサーシャに、いいんじゃない、と伝えた。五時半にはカフェテリアに行き、二人でトレーを山盛りにした。きみはほうれん草をたくさん摂った。フットボールの筋肉は、やめたとたんゼリーみたいにぶよぶよになると聞いていたから。その後揃って図書館カードを取得し、きみは自分の部屋へ戻った。八時にアップルで飲む約束をしていた。アップルは学生でいっぱいだった。サーシャは絶えずあたりに目を配っていた。探偵が気になるのだろうときみは思い、サーシャに腕をまわして頬や髪にキスした。髪は日に焼けた匂いがした。これは芝居なんだという感覚は、きみを安心させた。地元で女の子と付き合ったときは、こんなふうには安心できなかった。そのときサーシャが、第二段階を説明した。すなわち、これからお互いに、このひとと本気で恋人になるのは無理、と思わせるエピソードを相手に話す。

「こういうの、前にもやったことあるの？」信じられない思いで、きみは訊いた。サーシャはすでに白ワインを二杯飲んでいて（きみはその一杯につきビールを二杯飲んだ）、三杯目を飲みはじめるところだった。「ないわよ、もちろん」

「ええと、……ぼくが以前、子猫を虐待してたと言ったら、ぼくと寝る気が失せるってこと？」

「そんなことしてたの？」

「まさか」

「じゃあ、わたしのほうからはじめるわね」

彼女は十三歳のとき、女友達と万引きをするようになった。ビーズのついた櫛やきらきらのイヤリングを袖に隠し、誰がいちばん多く持って逃げられるか競争したのである。だがそれはサーシャには違う意味を持った——身体じゅうが熱を帯びるほどの幸福を感じたのだ。のちに授業中に、彼女はその逸脱行為を頭のなかで繰り返し再現し、ふたたび行う日を指折り数えて待った。ほかの少女たちは不安そうだったし、競争心のためだけにやっていた。だからサーシャも苦心して、その程度の気持ちだと見せかけた。

ナポリで所持金が尽きると、彼女は店から物を盗み、スウェーデン人のラースに売って稼いだ。ラースの台所の床に座り、自分の番が来るのを待った。彼の台所には空腹の若者たちが、観光客の財布や模造宝石、アメリカのパスポートなどを手にして集まっていた。ラースが正当な取り分をくれないと言って、彼らは不平を漏らしていた。ラースは故郷スウェーデンではフルート奏者だったという。だがその噂の出どころもラース自身らしかった。彼らはその家で、台所より奥には入れてもらえなかった。しかし半ば開いた扉の向こうに、ピアノがあるのを見た者もいた。サーシャは時折赤ん坊の泣き声も聞いた。最初のとき、ブティックからくすねてきたスパンコール付きの厚底靴を持ったサーシャを、ラースはほかの連中より長いこと待たせた。そしてみんなが金を受け取って帰ってしまってから、台所でサーシャの前の床にしゃがみ、ズボンのボタンを外したのだった。

数カ月のあいだ、彼女はラースと仕事をした。ときには何も盗んでくることができず、手ぶらで、ただ金をもらいに行くこともあった。「彼はわたしの恋人なんだと思ってた」とサーシャは言った。「でもいま思うと、わたし何も考えてなかったの」彼女は更生し、もう丸二年何も盗んでいないと言う。「ナポリでは、わたしじゃなかったのよ」混み合ったバーを眺め、サーシャは言った。「あのわたしは誰だったのか、いまでもわからない。そしてその誰かわからない彼女を、気の毒に思うのよ」

そしてきみは、サーシャに挑戦されたような気がしたからか、あるいはサーシャときみのいる、この告解の小部屋においては何を言っても許されるからか、それともふだんはきみを支配している物理法則をサーシャが吹き飛ばし、真空状態にしてしまったからか、彼女に、かつておなじチームにいたジェイムズのことを話したのだった。――ある晩きみとジェイムズは、親父さんの車で女の子を二人拾った。そして女の子たちを家に送り届けると（翌日は朝から試合だったので、早めにそうした）、きみとジェイムズはひと気のない場所まで運転していき、車のなかで一時間ばかり、二人きりですごした。そんなことになったのはただ一度きりだ。話し合って合意したうえのことでもなかった。その後ジェイムズとはほとんど口を利かなかった。時折、そんな出来事は、きみの作り出した妄想なんじゃないかという気もする。

「ぼくはホモじゃない」きみはサーシャに言った。

あのときジェイムズと一緒に車にいたのは、きみではない。きみはどこかべつのところにいて、見下ろしながら思っていた。——あのホモ、またべつの男を誘惑してる。あの男、どうしてあんなことができるのかな？　あんなことをしたいなんて？　よく自分に我慢できるな？　と。

図書館でサーシャは、ダイエット・コーラをこっそり啜りながら、モーツァルトの若年期に関する論文を二時間かけてタイプ打ちする。彼女はみんなより年上なので、後れを取っている気がしているのだ。三年で卒業できるよう、ひと学期に六講座を取り、夏期講座にも登録していた。きみと同様、商学と芸術学をダブル専攻していたが、彼女の場合芸術学は音楽だった。サーシャが終わるまで、きみは机のうえで両腕に頭を載せ、居眠りをして待っている。それから二人して暗いなかを、三番街のきみの寮まで歩く。エレベーターにいるときからすでにポップコーンの匂いがする——三人のスイート・メイト（寮でトイレ、シャワーを共有する人）がもう帰宅しているのは間違いない。そのなかにはピラーもいる。ピラーはきみが去年の秋、うわべだけのデートをした女の子だった。サーシャがドリューと付き合いだしたあと、気持ちを紛らわすためにそうした。きみが入っていくとたちまち、かかっていたニルヴァーナの音量が落とされ、窓がおおきく開け放たれる。きみはいまや、教授か警察官のような人種と見做されているらしい。つまりきみが来ると、みんなとたんにビクビクするのだ。この状況は、楽しめないこともないはずだ。

　きみはサーシャのあとに続き、彼女の部屋へ行く。学生たちの部屋はたいてい、ハムスターの巣みたいだ。紙屑やどうでもいい日用雑貨で溢れている。枕とか犬のぬいぐるみとか、電気ポットとかふわふわのスリッパとか。でもサーシャの部屋は、ほとんど何もないも同然だ。彼女は去年、スーツケースひとつだけ持ってここへやってきた。部屋の隅には彼女が練習している借り物のハープが立てかけてある。きみはサーシャがシャワー用手提げと緑色のキモノを持って出ているあいだ、彼女のベッドに仰向けに横たわる。彼女はすばやく戻ってくる（ひとりにしておきたくないのだ、ときみは感じる）。キモノを着て、頭にタオルを巻いている。彼女が長い髪をひと振りし、目の粗い櫛でもつれをほどいていくのを、きみはベッドのうえから見ている。彼女はキモノを床に滑り落とすと、今度は服を身に着けていく——レースの付いた黒いブラジャーとショーツ、破れたジーンズ、色褪せた黒のTシャツ、ドクター・マーチンのブーツ。リジーが去年ビックスと付き合いはじめ、部屋を空けるようになってから、きみはサーシャの部屋に泊まるようになった。彼女のベッドから一メートルと離れていない、リジーの空いたベッドで眠った。きみはサーシャの左足首に傷跡があるのを知っている。わりと最近手術したもので、まだ完全には癒えていない。臍《へそ》のまわりの赤っぽいほくろが北斗七星を描いていることも、寝覚めの彼女の息は樟脳の匂いがすることも知っている。誰もがきみたちを恋人同士だと思い込んでいた——それくらい親密だったのだ。サーシャは眠りながら泣くことがあり、するときみは彼女のベッドへ移り、呼吸がふたたび穏やかになるまで抱きかかえてやった。腕のなかの彼女はとても軽かった。抱きかかえたまま一緒に眠ってしまい、日覚めると勃起しているのだけど、きみはただ横たわっていた。よく知ったサーシャの身体、肌、匂いが、きみ自身の欲求、誰かをファックしたいという欲求と並行して隣に並んでいる。その二つの事柄がひとつに溶け合うのをきみは待った。**ほら、すべてをひとつにするんだ、普通の人間らしく行動し、変化を遂げるんだ。**だがきみは自分の情欲を試すのが怖かった。下手をしたら、サーシャとの関係がすべて壊れてしまうかもしれない。それはきみの人生で最大の失敗だった——サーシャをファックしなかったことは。彼女がドリューと恋に落ちたとき、残忍なほどにはっきりと、きみはそのことを悟った。きみは恐ろしく痛手を受けた。後悔の念に苛《さいな》まれるあまり、生きて乗り越えるのは無理だとまで思った。サーシャを手放さず、かつ同時にまともになれたかもしれないのに、きみはやってみることすらしなかった——神様がきみの人生に投げかけたチャンスを棒に振った。もう手遅れだった。

かつてサーシャは、人前できみの手を取り、身体に腕をまわし、キスをしたものだった——

—探偵の目を欺くためだ。探偵はどこにでもいた。ワシントン・スクエアで雪玉を投げ合い、サーシャがきみの背中に飛び乗って、彼女のミトンについた綿毛がきみの舌に繊維を残したときも、彼はきみたちを見ていた。日本食レストラン〝ドージョー〟で、蒸し野菜のボウルを前に乾杯したときには、彼は目に見えない同席者ですらあった（「健康な食生活を送っているところを、彼に見てもらいたいの」とサーシャは言った）。時折きみはその探偵について、率直な疑問を抱くことがあった——サーシャの義父は、その後探偵について何か言っているのだろうか？　探偵が男だというのははっきりわかっていることなのか？　この監視状態は、いつまで続くと思っているのだろう？　だがそうした疑問はサーシャを苛立たせるようだったので、きみは追及しなかった。「わたしが幸せだということを、彼に知って欲しいの」と彼女は言った。「わたしがまた元気にしてるところを、見てほしいのよ……わたしがこんなにまともだってことを。あんな何もかものあとでもこんなに、ちゃんと生きてるってことを」それはまた、きみの望みでもあった。

　ドリューと出会ったとき、サーシャは探偵のことを忘れた。ドリューはまさしく探偵に見せるべき証拠だった。そのうえ、彼女の義父にも気に入られた。

　三番街のセント・マークス書店で、きみとサーシャがドリューと落ちあうときには、もう午後十時をまわっている。泳いだあとでドリューの目は赤く、髪は濡れている。彼はサーシャに一週間も会わなかったあとみたいなキスをする。彼はしばしばサーシャを〝年上の女《ひと》〟

と呼び、彼女がより広い世界を、たったひとりで彷徨《さまよ》っていた事実を愛しがった。もちろんドリューは、サーシャのナポリでの悪事については何も知らない。そしてこのごろではサーシャ自身が、当時を忘れたがっているようにきみには見える。忘れて、ドリューに似つかわしい人間として、再出発しようとしているみたいに。きみは吐き気がするほどの嫉妬を覚える。どうしてきみはサーシャにとって、そんな存在になれなかったのか？　この先誰が、きみにとってそんな存在になってくれるのだろう？

東七丁目のビックスとリジーのアパートを通りすぎるが、部屋の灯りは消えている。リジーは両親と出掛けたのだろう。通りはひとで溢れていて、そのほとんどが笑っている。きみはまた、サーシャが首都ワシントンの夜明けに感じた、あの変化のことを考える――このひとたちもまた、それを感じているのだろうか。だから笑ってるんだろうか。

アベニューAまで来ると、きみたち三人はピラミッド・クラブの外に立って耳を澄ませた。

「まだ二番目のバンドね」とサーシャが判断したので、ロシア人の売店でエッグ・クリーム（牛乳、チョコレートシロップ、炭酸水で作る飲み物）を買い、トンプキンズ・スクエア公園のベンチで飲む。閉鎖されていた公園は、去年の夏からまた入れるようになっていた。

「ほら」ときみは言って、手のなかのものを見せる。三粒の黄色い錠剤。サーシャがため息をつく。我慢の限界のようだ。

「なんだ、それ？」とドリュー。

「E（エクスタシーと呼ばれる合成麻薬の一種）さ」

ドリューは目新しいことすべてに対し、前向きな興味を示す人間だ。新しいこと、知らないことは、自分を高めるもので、傷つけるものではないという信念を持っている。きみはこのごろ、ドリューのそんな性質を利用し、こういうパン屑をひとつひとつ、鳥に撒《ま》いてやるように出していった。「きみと一緒にやりたいよ」ドリューはサーシャに言うが、彼女は首を振る。「ラリってたころのきみを見たかった」物足りなそうにドリューが言う。

「見せられなくって幸いだわ」とサーシャ。

きみは錠剤をひとつ口に放り込み、残りの二粒はポケットに戻す。クラブに入ると同時にEが効いてくるのがわかる。ピラミッド・クラブはひとでいっぱいだ。ザ・コンデッツはここ数年、大学周辺で元気のあるバンドだったが、サーシャの見通しによれば、彼らの新作アルバムは掛け値なしに素晴らしく、数百万枚の大ヒットになるに違いないということだった。サーシャは真ん前の真正面でそのステージを見たがったが、きみはもう少し距離が欲しかった。ドリューはサーシャにくっついている。しかしコンデッツの常軌を逸したリード・ギタリスト、ボスコが、憑《つ》かれた狂暴な案山子のように、我が身をステージに転がしはじめると、ドリューは後ろに引き下がるのが見える。

きみは腹の底がわくわくするような幸福感に包まれている。大人になるとそうなるといいなと、子どものころ願っていたような幸福だ。失くした物の輪郭は霞み、退屈な食事時間や宿題、教会からも解放される。そしてこんな小言からも——**お姉ちゃんにそんな口の利き方をしては駄目よ、ロバート・ジュニア。**だってきみはお兄ちゃんが欲しかったのだ。きみはドリューに、自分の兄になって欲しいと思う。そして一緒に丸太小屋を建てて、そのなかで眠る。窓の外には雪が積もっている。一緒にヘラジカを殺し、皮を剝いで、それから血で濡れてしまった服を焚火のそばで一緒に脱ぐ。ドリューの裸をただ一度でも見ることができたなら、きみの内側の、この深く耐えがたい苦痛も和らぐだろうという気がする。

客席に身を投げたボスコが、きみの頭上で運ばれていく。シャツはどこかへ脱ぎ捨ててしまい、痩せた露わな上半身が、ビールと汗に濡れて光っている。そのとても硬い背中の筋肉に、きみの両手が触れる。ボスコはそれでもなおギターを弾き、マイクもなしに叫んでいた。ドリューがきみを見つけて近づいてくる。首を振っている。リーシャと付き合うようになるまで、コンサートなど縁がなかったのだ。きみは上体を揺すってポケットから黄色い錠剤を一粒取りだし、ドリューの手のひらに押しつける。

さっきまで何か面白いことがあったのに、それがなんだったかもう思い出せない。ドリューにも思い出せないみたいだ。にもかかわらず、きみたちは二人とも、身をよじらせて痙攣したように笑い転げている。

サーシャはライブのあと、二人がなかで待っていてくれるものと思っていた。だがきみたちが路上に出ていたので、見つけ出すのに少し手間がかかった。毒々しい街の灯りのなかで、彼女の目はきみたちを交互に見る。「ああ。なるほどね」

「怒るなよな」とドリューが言う。彼はきみのほうを見ないようにしている——目が合えば、また狂ったように笑ってしまうから。でもきみはドリューを見るのをやめられない。

「怒ってないわよ」とサーシャ。「ただ、つまらないだけ」彼女は先ほど、ザ・コンデッツのプロデューサー、ベニー・サラザーを紹介された。ベニーは彼女を打ち上げに誘ってくれたらしい。「三人で一緒に行こうと思ったのに」とドリューに言う。「あなたたち恐ろしくラリってるんだもん」

「ドリューはきみとは行きたくないって」唸るような声できみが言う。鼻から笑いと鼻水が一緒になって出かかっている。「ドリューはぼくと一緒にいたがってる」

「そりゃ違いない」とドリュー。

「いいわよ」サーシャは怒っている。「それで全員満足ね」

きみとドリューは千鳥足でサーシャから離れていく。数ブロック歩くあいだは歓喜に満たされていたけれど、だんだんそれが嫌になってくる。痒《かゆ》みみたいなものに変わっていく。掻けば掻くほど広がっていき、皮膚を通り筋肉と骨を突き抜け、やがては心臓をずたずたにしてしまう一種の痒みみたいなものに。立ち止まらずにはいられない。二人して地面にしゃがみ込み、互いに凭れてほとんど啜り泣く。きみたちはオレンジジュースを半ガロン（約一・九リットル）買い、街角で交互に飲む。ジュースが二人のあごを伝い、ダウンジャケットを濡らす。きみは紙パックを逆さにして口に宛《あ》てがい、最後の一滴まで飲む。空のパックを放り投げると、街の暗さがさらに迫ってくる。きみたちは二丁目のアベニューBに来ていた。ひとびとは握手するふりをしながら麻薬の小瓶をやり取りしている。だがドリューは両腕を伸ばして、

Eの効いている自分の指先を確かめている。ドリューが何かを恐れているところを見たためしがない。いまもただ、好奇心が浮かんでいるだけだ。

「サーシャには悪いことをしたね」ときみは言う。

「大丈夫さ」とドリュー。「彼女なら許してくれる」

あのとき、きみの手首が縫われ、包帯を巻かれ、知らない誰かの血液が体内に送り込まれ、フロリダ州タンパの空港で始発の飛行機が到着するのを両親が待っていたとき、サーシャは点滴の管をわきによけながら、セント・ビンセント病院のきみのベッドによじ登った。鎮痛剤を打ったにもかかわらず、きみは手首のあたりに痛みが脈打つのを感じていた。

「ボビー？」とサーシャは囁きかけた。顔と顔とが触れあいそうだった。サーシャはきみの吐いた息を吸い、サーシャの吐く息を、恐怖と睡眠不足のために麦芽のような匂いのする息を、きみが吸っていた。きみを発見したのはサーシャだった。あと十分遅かったら……と医者は言った。

「ボビー、聞いて」

サーシャの緑色の目が、きみの目のすぐそばにあった。互いの睫毛が絡みあいそうだった。

「ナポリには、自分を見失ってる若者がたくさんいた。彼らはもといた場所に戻ることも、まともになってやり直すこともうないの。でもそうじゃないひとたちもいる。戻ってやり直せるひとも」

スウェーデン人のラースはどっちだったのか、きみは尋ねようとした。でもうまく声が出なかった。

「聞いて」とサーシャはまた言った。「あと少しで、わたし病室から叩き出されるわ」

きみは目を開けた。自分がいつの間にか目を閉じてしまっていたことに気がついた。サーシャが言った。「つまりわたしの言いたいのは、**わたしたちは生き残った**んだってこと」

彼女の口調は、きみの頭に詰まっていた靄のようなものを取り除き、澄ませていくかのようだった。まるで封筒を開けて、きみが至急知らなければならなかった結果を読み上げるかのようだった。まるで反則で捕まっていたきみを、矯正して送り出すみたいだった。

「みんながみんな、ってわけじゃない。でもわたしたちはそうなの。わかる？」

「わかった」

サーシャはきみのそばに横たわっていた。身体じゅうが触れあっていた。彼女がドリューと出会う前、幾晩もそうしていたように。肌越しにサーシャの強さが染み込んでくるのを感じた。サーシャを抱きしめたかったけれど、きみの手は縫いぐるみみたいに力なく投げ出されていて、動かすことができなかった。

「それはつまり、もう二度と、こんなことをしては駄目ってことなのよ」彼女は言った。

「絶対、絶対、絶対、絶対駄目。約束してくれる、ボビー？」

「約束する」そうしてそれはほんとうだった。サーシャとの約束は、きみは決して破らないだろう。

「ビックス！」とドリューが声を上げる。ビックスがアベニューBを勢いよくやってくるところだ。ブーツが敷石にあたる音がする。ビックスはひとりだ。緑色のアーミー・ジャケットのポケットに両手を入れている。

「おおっ」ビックスは笑い出す。ドリューの目を見て、彼がどれだけハイになっているかわかったからだ。きみのはうでは薬の酔いがだんだん失われつつあった。Eの最後の一粒をまた飲むつもりだったけど、代わりにビックスにやることにする。

「おれはもうこういうのはやめたんだ」ビックスは言う。「でもルールってのは破るためにある。だろ？」ビックスは守衛によって研究室を追い出されたらしい。行くところがなく、もう二時間も歩きまわっていた。

「で、リジーは寝てるんだね。きみのアパートで」

ビックスが冷ややかな目で見る。きみの上機嫌に水を浴びせるような目だ。「その話はよそうぜ」と彼は言う。

Eがビックスに効いてくるのを待ちながら、きみたちは歩いていく。午前二時をまわっていて、正常なひとびとは家に帰って寝る時間だ（じっさい、帰っていくひとたちがいる）。酔っ払い、頭のおかしいやつ、ろくでなしなどばかりが外に残る。きみはそういう連中のひとりになりたくないと思う。寮の自分のスイートに戻り、サーシャの部屋をノックしたいと思う。ドリューが泊まりに来ていないときは、彼女は鍵を開けている。

「聞こえてるかい、ロブ」とビックスが言う。ふやけたような表情で、目は魔法にかかったス。

「帰らせないぞ！」ビックスが叫ぶ。仲間への愛が、彼の身体からオーラのように輝き出してくる。その熱がきみの肌にも伝わる。「お前はおれたちの行動の中心なんだぜ」とビックスみたいに潤んでいる。

「もう帰ろうかと思ってたんだ」きみは言う。

「はいはい」ときみは答えておく。

ドリューが肩に腕をまわしてくる。彼はウィスコンシンの匂い――森、焚火、湖の匂いがする。きみはウィスコンシンに行ったことはないけれど。「違いないぜ、ロブ」ドリューが真剣に言う。「お前はおれたちの、痛いほどに強く脈打つ心臓なんだ」

きみたちはビックスの知っている、ラドロー通りの、定時すぎまで店を開けているクラブへと繰り出していく。クラブはラリっていて家に帰れない連中で溢れており、全員が踊りまくっている。現在と明日とのあいだをひたすら、ついには時間が逆戻りするまで、再分割しようとするかのように。きみは強力なハシシュの吸い口を、ある女の子と一緒に吸う。前髪をひどく短く切り揃えていて、明るい額がおおきく露わになっている。彼女はすぐそばで踊っていて、腕をきみの首にまわしてくる。ドリューがきみの耳許で、音楽に消されないよう大声で言う。「彼女、きみと一緒に帰りたがってるぜ、ロブ」だけど女の子は最後には諦めたか、どうでもよくなったみたいだ――あるいは、きみのほうでどうでもよくなった。彼女はどこかへ行ってしまう。

三人がクラブを出るころには、空が明るみはじめている。きみたちは北へ、アベニューAの店レシュコーズへと歩き、スクランブル・エッグと山盛りのフライド・ポテトを食べ、満腹になって、揺れて見える道へと戻っていく。きみとドリューのあいだにビックスがいて、腕をそれぞれ二人の肩にまわしている。並ぶ建物の側面には、非常階段がぶら下がっている。教会の鐘がしわがれたような音色で鳴りはじめ、きみは今日が日曜日だったことを思い出す。

イースト河へ続く六丁目の歩道橋へと、誰かが先導しているようなのだが、きみたちは三人くっついているので、ウィジャボード（こっくりさんのような遊び）をするときみたいに誰が動かしているのかわからない。太陽が視界に飛び込んでくる。金属質の強烈な輝きがきみの眼球に刺さるようで、また水の表面にも電離を起こすので、そのきらめきのしたにある汚染や油をきみは見ることができない。この世のものとも思われない、聖書のなかの景色のようだ。きみは喉許に塊がこみ上げるのを感じる。

ビックスが二人の肩をぎゅっと抱き寄せる。「みなさん、おはよう」

きみたちは河岸に立ち、見渡している。溶け残った最後の雪が、足許にかたまっている。「あの水を見ろよ」とドリューが言う。「あそこで泳げたらな」そしてしばらく黙っていてから、「この日を憶えておこうな。互いの消息もわからなくなるくらい、ずっとずっと後になっても」

きみはドリューを見やる。太陽のなかで、目を細めて。すると束の間、遠い未来とトンネルで繋がって、その向こうからべつの〝きみ〟が、ふとこちらを見返していた。そしてその瞬間、きみは感じたのだ——通りを歩くひとびとの顔に見たのとおなじものを。——きみをはっきりとは見えない何かへ押し流していく、引き波のような動きの高まりを。

「おい、おれたちは永遠に、互いのことをわかるんだぜ」とビックスが言う。「消息がわからなくなるって時代は、もう終わりかけてる」

「どういうことだ？」ドリューが尋ねる。

「おれたちは、あるべつの場所で、ふたたび会うだろうってことさ」とビックス。「会えなくなっていたひとたちを、すっかり見つけるだろう。あるいは、向こうがこっちを見つける」

「どこで？　どうやってだよ？」ドリューがさらに訊く。

ビックスは躊躇っている。あまりに長いこと仕舞っておいたため、その秘密を空中に放ったら、何が起きるかわからないと恐れるみたいに。「おれはそれを、最後の審判の日みたいに思い描いてる」ビックスはようやくそう言う。目は水を眺めている。「おれたちはみんな体を離れて、霊魂の状態で互いを見つけるんだ。その新しい場所で、みんな再会する。全員がいっぺんに。最初は変な感じがするだろう。だがすぐに、連絡を取れなかったり、連絡してもらえなかったりしていたことのほうが変だったと思うようになる」

ビックスは知ってるんだ、ときみは思う——あのコンピューターに向かいながら、もうずっと前からわかってたんだと。そしていま、その知識を自分たちに伝えている。でもきみはこんなことを言ってしまう。「その場所でやっと、リジーの両親にも会えるのかい？」

不意を突かれた表情が、ビックスの顔に現れる。彼は笑う。腹の底から大声で。「それはわからんよ、ロブ」首を振りながらビックスは言う。「たぶん駄目だな。……たぶん、そういう部分は変わりえないいんだ。でも会えればいい、とは思うよ」ビックスは目蓋《まぶた》を擦る。その目はとたんに疲れて見える。「さあ、そんな話をしたところで、もう家に帰る時間だ」

そしてビックスは歩き去る。アーミー・ジャケットのポケットに両手を突っ込んで。だけどほんとうに彼が帰ってしまったと感じるまで、少し時間がかかる。きみは財布から最後のハシシュの吸い口を取りだし、ドリューと一緒に吸いながら南へと歩く。河は静かでボートも見えない。歯の抜けた怪しい男が二、三人、ウィリアムズバーグ橋のたもとで釣りをしているだけだ。

「ドリュー」ときみが言う。

彼は川面を見つめている。ハシシュの酩酊のなかで放心したように。どんなものにもじっくりと見る価値があるとでもいうように。きみは神経質な笑い声を上げる。ドリューが振り向く。「なんだよ?」

「あの丸太小屋に住めたらいいなと思うんだ。きみとぼくとで」

「丸太小屋?」

「きみが建てた丸太小屋だよ。ウィスコンシンで」ドリューが混乱しているのを見て、きみはこう付け加える。「ほんとうに丸太小屋があればの話だけど」

「もちろん、丸太小屋はちゃんとあるぞ」

ハシシュの酩酊が、きみの周囲で空気をざらざらの粒に分解していく。やがてドリューの顔も分解される。そして再構成された彼の顔には慎重さが宿っていて、きみは怖くなる。「サーシャがいなくなったら、寂しいだろうな」ゆっくりと彼は言う。「お前もそうだろ?」

「きみはほんとうの彼女を知らない」息を殺して、半ば自棄《やけ》になって、きみは言う。「自分が恋しがってるのが誰なのか、きみは知らないんだ」

道と河とのあいだには、巨大な倉庫が立ちはだかっていて、きみたちはその建物に沿って歩いている。「おれがサーシャの何を知らないっていうんだ?」くだけた、親しげな調子だが、いつもとは少し違っている——ドリューがすでに、背を向けつつあるのをきみは感じ取る。きみはパニックに陥っていく。

「サーシャは売春婦だ」ときみは言う。「売春婦で泥棒だ。彼女はそんなふうにして、ナポリで生き延びていたんだ」

一言ごとに、耳のなかで風が唸り声を上げる。ドリューが足を止める。きみは、ぶたれるに違いないと思い、彼がそうするのを待つ。

「馬鹿馬鹿しい」と彼は言う。「そんなことを言うなんて、お前はろくでもないやつだ」

「サーシャに訊いてみればいい」きみは叫ぶ。風の唸る音のなかでも聞こえるよう、大声で。「スウェーデン人のラースを知っているかと。フルート奏者だったラースを」

ドリューがまた歩きはじめる。項垂《うなだ》れて。きみもその隣を歩く。その一歩一歩にパニックは節をつける――**お前・何を・した？　何を・した？　何を・した？　何を・した？**　フランクリン・D・ルーズベルト高速が頭上を走り、タイヤの轟音や肺に染み込むガソリンの匂いがする。

ドリューがまた足を止める。暗くおぼろな、油のような空気をあいだに、まるではじめて目にする人間を見るようにきみを見ている。「ああ、ロブ」と彼は言う。「お前はほんとうの、正真正銘のクズ野郎だ」

「いまごろ気づいたのか」

「おれは知ってた。知らないのはサーシャだけだ」

ドリューは背を向けると、きみを残して早足で歩いていく。きみはとあることを直感し、ドリューめがけて走っていく。彼を黙らせてしまえば、自分の犯した過ちは封印されるに違いないと確信して。サーシャはまだこのことを知らない、きみは自分に言い聞かせる、そう、サーシャはまだ知らない。ドリューがきみの見えるところにいるあいだは、彼女はまだ知らない。

川岸に沿って歩くドリューのあとを、きみはついていく。あいだには七メートルほどの距離があり、遅れないようきみは小走りになる。ドリューは一度だけ振り返って言う。「ついてくるな！　お前とは一緒にいたくない！」だがどこへ行けばいいのか、何をすればいいかわからないという彼の混乱をきみは感じ取る。そしてあの確信を深める――**まだ、何もなかったことにできる。**

マンハッタン橋とブルックリン橋のあいだの、一種浜辺とも言うべきあたりで、ドリューは立ち止まる。そこはゴミで埋め尽くされている。古タイヤ、がらくた、木切れ、ガラス、汚い紙切れ、古いビニール袋などが、イースト河に溶け込んでいっている。ドリューはがれきのうえに立って見渡している。きみは少し下がって待っている。やがてドリューが服を脱ぎだす。目の前で起こっていることを、きみは最初、信じられない。彼はダウンジャケットを脱ぎ、セーターを脱ぎ、肌着を脱ぐ。ドリューの裸の上半身が現れる。思い描いていたような、頑丈で引き締まった身体。想像より少しだけ細い。色の濃い胸毛が菱形を描いている。

ジーンズとブーツだけの姿で、ドリューはゴミと水との境目まで進む。コンクリートの足場が斜めに突き出ている。建築途中で放置されている、何かの土台なのだろう。ドリューはそのてっぺんによじ登る。ブーツの靴紐を緩めて脱ぎ、そしてジーンズとボクサーショーツも脱ぎ捨てる。きみは恐れのなかにあってもかすかに、服を脱ぐ男性の武骨な美しさを讃える気持ちが湧き起こる。

彼はきみを振り返る。彼の裸の下半身の前が、その黒々とした陰毛と丈夫な脚が目に入る。

「おれはずっと、こうしたいと思ってた」ドリューは平坦な声で言うと、深く息を吸って止め、イースト河に飛び込む。いったん浅く潜って顔を出し、川面を強く叩いてから、叫びとも息継ぎともつかない声を上げる。彼は水面に顔を出していて、あえぐように息を飲む音がきみにも聞こえてくる。気温はせいぜい七度くらいしかない。

きみもまたコンクリートの足場によじ登り、服を脱いでいく。恐れで無気力になってはいるが、一方で、この恐れを克服することには意味がある、そうすれば何かを証しだてることができるのではないかという思いに、きみは動かされている。手首の傷が寒さでじんと痺れる。陰茎もまた胡桃《くるみ》のように縮こまり、フットボールで鍛えた身体も寒さにちいさくなっていく。だがドリューはきみを見てもいない。彼はただ泳いでいる。上手な泳ぎ手の見事なひと掻きが水を縫っていく。

きみはぎこちなく水に飛び込む。水面に身体がぶつかり、膝が底のほうで何か硬いものに当たる。水のつめたさがきみを閉じ込め、息をつけなくしてしまう。がれきから逃げようとして、きみは狂ったように泳ぐ。大小の錆びた鉤爪が水の底から伸び、性器や足をすっと切り取っていってしまう図を想像している。何に当たったのかわからないが、膝に痛みを覚える。

きみは顔をあげ、背中で浮かんでいるドリューを見る。「ちゃんとここから、岸に帰れるよね？」声を張りあげてきみは言う。

「大丈夫だ、ロブ」と彼は答える。さっきのあの、平坦な声で。「入ったときとおなじようにすればいい」

きみはそれ以上何も言わない。立ち泳ぎをし、息を止めないでいるのがせいいっぱいなのだ。しばらくすると、つめたかった水が急にとてもあたたかくなる。きみはそれを肌に感じ、鋭かった耳鳴りも徐々におさまり、また息ができるようになる。きみはあたりを見まわす。神話の世界のような美しさに気がついて驚嘆する。島の周囲で水が渦を巻いている。弾力のある舳先《へさき》で水を分けていく、遠くの引き船。自由の女神像。ブルックリン橋を渡っていく車の音が雷のように聞こえ、橋はハープを内側から見るようなかたちをしている。教会の鐘の音が、音程を外したように歪んで聞こえる。きみのお母さんが玄関につるしている鐘の音みたいだ。きみはすごい速度で移動していて、ドリューを探すけれど、見つからない。岸辺は遠く離れている。岸近くで誰かが泳いでいる。だが恐ろしく離れているために、そのひとが泳ぎをやめて静止し、狂ったように両腕を振ってもなお、きみには誰だかわからない。叫び声がかすかに耳に入る——「**ロブ！**」——きみはその声が、少し前からずっと聞こえていたということに気づく。恐慌が鋏のようにきみの身体を引き裂いていく。さまざまな要素が、このうえもなく明快なかたちを取って結びつく——きみは、海流に巻き込まれたのだ——イースト河には海流がある——きみもそれを知っていた——どこかで聞いたけど忘れていたのだ——きみは叫ぶ、けれどその声はあまりにもちいさく、きみを取り囲む激流はあまりに無慈悲だ——そうしたすべてが、結びつく一瞬。

「**助けて！　ドリュー！**」

きみは激しくもがく。恐慌を起こしてはいけないと知っている——それはきみの力を奪ってしまう——きみの意識は離れていく。いつものように、とても容易《たやす》く、自分でも気がつかないうちに。ロバート・フリーマン・ジュニアがひとり海流と闘っているあいだ、きみはより広大な景色のなかへ遠のいていく。河、ビル、縦横の通り。通りはまるで行き止まりのない廊下のようだ。ちょうどきみたちの寮の。そこではたくさんの学生が眠り、彼らの呼吸する息のために空気が濃厚になっている。きみはサーシャの部屋の、開いた窓を潜り抜ける。窓辺には彼女が旅先で集めてきた品々が載っている。白い貝殻、金色のちいさな仏塔、ひと組の赤いサイコロ。ハープは部屋の隅に、木の丸椅子とともに置かれている。狭いベッドで彼女は眠り、赤く焼けたその髪が、シーツに暗く広がっている。きみはそのそばへ膝をつく。眠るサーシャの懐かしい匂いを嗅ぎ、いくつかの言葉の混じった囁きをその耳に伝える。**ごめんね、**そして、**ぼくはきみを信じてる、**そして、**いつもそばにいてきみを守る、**そして、**ぼくは決してきみを離れない、きみが死ぬまでずっと、心臓のまわりに丸まっているから。**やがて水が勢いを増し、ぼくの肩と胸を押しつぶす。ぼくは目を覚ます。サーシャがぼくの顔の前で叫んでいる声を聞く。**がんばれ！　がんばれ！　がんばれ！**　と。

11　グッバイ、マイ・ラブ

行方不明の姪を探してナポリへ行くことを引き受けたとき、テッド・ホランダーは旅費を出す義理の兄に対し、その捜索計画の概要を示してみせた。麻薬をやるような若者たちが、行くあてもなく集まる場所——たとえば駅とか——をひとつずつまわり、彼女を知らないか尋ねるというものである。「サーシャ。アメリカ人。カペリ・ロッシ」——赤い髪。そんなふうに尋ねる計画だった。発音を練習し、「ロッシ」の頭のｒも完璧に言えるようになった。それなのに、ナポリに着いて以来一週間、ただの一度もその言葉を口にしていない。

今日こそはサーシャの捜索を開始すると決意したのに、彼はまたもやそれを破って、ポンペイ遺跡へ行ってしまった。古代ローマ時代初期の壁画をじっくりと眺め、円柱のある中庭に散らばる、イースター・エッグのようなかたちに丸まった死体を眺めた。オリーブの木の下で缶詰のツナを食べながら、気の狂いそうなほど空っぽな静寂に耳を澄ませた。ホテルに戻ったのは夕方早い時間だった。痛む身体をキングサイズのベッドに投げ出し、彼の姉でありサーシャの母であるベスに電話した。そして今日も一日頑張ったが、駄目だったと伝えた。「そう」ベスはロサンゼルスからため息をついた。一日の終わりに毎日聞くため息。ベスの落胆の力によって、そのため息は何か意識のようなものを授けられており、テッドは、それをまるで電話線のなかにいる第三者のように感じるのだ。

「申し訳ない」と彼は言った。一滴の毒が心に広がっていく。明日こそはサーシャを探そう。だがそんな誓いを立てながらもう、国立考古学博物館に行くという相矛盾する計画を再確認しているのだ。国立考古学博物館には、彼が長年礼賛しているオルフェウスとエウリュディケがある。ローマ時代の大理石レリーフで、原型はギリシャ時代のものである。彼はもうずっと長いあいだ、このレリーフを見たいと思っていた。

ベスの二人目の夫であるハマーは、いつも矢継ぎ早に質問を投げかけてくるのだが、それらは結局ただひとつの単純な問いに集約される――**私は金を無駄にしていないだろうか?**サボっているテッドは落ち着かない気持ちになるのだが、ありがたいことにハマーは今日電話の近くにいないか、さもなければ口を挟まないことにしているらしかった。電話を切ると、テッドは備えつけのミニバーへ行き、氷を入れたグラスにウォッカを注いだ。そして酒と電話をベランダに持ち出すと、白いプラスチックの椅子に座った。ここからはパルテノペ通りとナポリ湾が見渡せる。岩の多い海岸と、清潔かどうか疑わしい（とはいえ、目を見張るほどに青い）海。そして多くは肥満したナポリ人たちが、通行人や観光ホテル、車などから丸見えのなか、岩の上で服を脱ぎ、湾に飛び込んで遊んでいる。テッドは妻に電話を掛けた。

「あらあ、アナタ！」早い時間から電話が掛かってきたので、スーザンはびっくりしたようだ。妻にはたいてい寝る前に電話を掛けており、それは東海岸では夕食時にあたるのだ。

「いろいろ大丈夫？」

「ああ、大丈夫だ」

元気すぎる妻の口調に、テッドは早くもげんなりしていた。ナポリで彼女はテッドの心にしばしば寄り添っていたけれど、それは本物のスーザンとは僅かに異なるスーザンだった。思慮深く、分別があって、何も言わなくてもすべて通じ合うことのできる女性。ポンペイの静寂のなかで彼の隣にいて、注意深く耳を澄ませていたのは、この僅かに異なるほうのスーザンだった。人々の叫び声や崩れる灰の音が、いつまでも消えずにその地に反響していた。そんな凄まじい蹂躙《じゅうりん》が、いかにして沈黙に行き着くのだろう？　この一週間のひとり旅において、テッドの心を占めていたのはそんなふうな問いだった。一カ月とも、たった一分とも感じられる一週間だ。

「サスキンドの家のことで朗報があってよ」とスーザンが言った。この不動産がらみの報告に彼が喜ぶだろうと、明らかに期待している様子である。

妻に対してテッドは、ひとつがっかりするごとに、その収縮分に見合うだけの罪悪感に捕らわれた。何年も前、彼はスーザンへの自分の情欲を取り出して、半分に折りたたんだ。ベッドの隣で眠る彼女を、その貧相な腕とたっぷりとした尻を見るときに、どうしようもなく混乱した感覚を抱かずにすむように。そしてまた半分に折りたたんだ。するとスーザンに情欲を感じても、同時に恐怖を抱かずにすむようになった。つまり自分が決して満足できないだろうという苛立ちと恐怖とを。そしてまた半分に折りたたんだ。すると情欲を感じても、ただちに行動に移さずともすむようになった。そしてまた半分に折りたたんだ。するともはやほとんど情欲を感じなくなった。彼の情欲はとても小さくなり、机の引き出しやポケットに仕舞ったまま忘れてしまえるようになった。テッドは安心し、達成感を覚えた。夫婦を押しつぶしてしまう可能性のある、危険な装置を解体できたのだ。スーザンは当初困惑したが、やがて半狂乱になった。彼女は二度彼の頬を打った。嵐のなかを駆け出していき、モーテルに泊まったこともあった。股に穴の開いた黒い下着をつけ、寝室の床にテッドをねじ伏せたこともあった。だがやがて、一種の健忘がそれに取って代わった。反抗と苦しみは溶けてなくなり、甘ったるい、とこしえに変わることのない快活さへと変わったのだ。テッドは怖かった。それはまるで、死によって重みやかたちを与えられることのない、永遠の生のように恐ろしかった。彼は初め、スーザンの絶え間ない陽気さを、やがて来るべき新たな復讐を隠すための芝居ではないかと考えた。だがやがてスーザンが、テッドが情欲を二つ折りにする以前のことを、忘れてしまっていることに気づいた。彼女はすべてを忘れ、幸福だった。幸福ではなかったことなどないかのようだった。こうしたすべての成り行きにテッドは、鍛錬の果ての人間の順応力に畏怖の念を抱いた。しかし同時に、自分の妻は洗脳された気もした。彼の手によって。

「アナタ」とスーザンが言った。「アルフレッドが話したいって」

この気まぐれな、予測不可能な息子に向かうにあたり、テッドは心構えをした。「いやあ、アルフ！」

「パパ、その声やめてくんない？」

「どの声かな？」

「その父親然とした作り声」

「お前はいったい父さんに何を求めてるんだい、アルフレッド？　とにかく会話をしようじゃないか」

「ぼくたち負けたんだ」

「お前は、ええと、まだ五歳八ヵ月だろう？」

「四歳九ヵ月だよ」

「ふむ。時間はまだまだ幾らでもある」

「時間なんてないよ」とアルフレッド。「すぐ時間切れさ」

「お母さんはまだそこにいるのか？」些か捨て鉢にテッドは訊いた。「電話を戻してくれないか？」

「マイルズが話したいって」

テッドは残り二人の息子とも話すことになった。息子たちはさまざまな試合の得点を報告してきたので、テッドは自分がスポーツ賭博の胴元になったような気がした。彼らは想像し得る限りのあらゆるスポーツと、幾つかのスポーツではない（とテッドには思える）ものをやっていた。サッカー、ホッケー、野球、ラクロス、バスケットボール、フットボール、フェンシング、レスリング、テニス、スケートボード（スポーツじゃない！）、ゴルフ、卓球、ブードゥー儀式のテレビゲーム（絶対にスポーツじゃないし、テッドは断固として許可できないと言った）、ロック・クライミング、ローラーブレード、バンジー・ジャンプ（これは長男のマイルズ。この息子には自己破壊へ向かう嬉々とした意思があるとテッドは思う）、バックギャモン（スポーツじゃない！）、バレーボール、ウィッフル・ボール（穴の開いたボールを使う競技）、ラグビー、クリケット（どこの国の話だ？）、スカッシュ、水球、バレエ（これはもちろんアルフレッド）、そして一番最近ではテコンドー。ときどきテッドは、息子たちがスポーツをするのはたんに、その広大なすべての競技場に父を呼び出すためではないかという気がする。テッドはその都度ニューヨーク州北部の、秋ならば落ち葉の山や焚火の煙の薫るなかに、春なら虹色に輝くクローバーのあいだに、そして夏なら湿気と蚊の大群のあいだに律気に現れて、声が嗄《か》れるほど叫んでやるのだ。

妻や息子たちと話したあとで、酔いがまわってきたテッドは、ホテルの外へ出たくて仕方なくなった。彼はふだん、まず飲むことがない。酒を飲むと、頭にカーテンを引くように一気に疲労を感じ、毎晩二時間の貴重なひとときが奪われてしまうのだ。スーザンや息子たちと食事をしたあとの、二時間、あるいは三時間が。それは美術について考え、書くための時間だった。理想を言えば、彼は四六時中、美術について考えたり書いたりしているべきだった。しかしさまざまな要素の帰結として、考えることも書くこともいまや必要なく（三流大学に終身職を得ているので、論文出版へのプレッシャーはほとんどない）、それはかりか時間的に不可能だった（一学期に美術史を三講座教えていたし、大学運営に関わる業務も大量に引き受けていた──金が必要だったのだ）。考えたり書いたりするための場所は、むさくるしく散らかった家の奥に無理やり作った狭い書斎で、テッドはその扉に息子たちを締め出すための鍵を取り付けた。息子たちは歯の抜けた、悲しそうな顔を並べて、扉の外に物欲しげに集まった。父親が美術について考えたり書いたりする部屋の扉を、ノックすることすら禁じていたが、その外をうろつくことに関しては、テッドはどうすることもできずにいた。彼らは月光の下で池の水を飲む、妖怪か野生動物みたいだ。裸足の足でカーペットをほじくり、べとべとした手で壁を触り、脂っぽい跡をつけていく。テッドは毎週、その跡を逐一示し、掃除婦のエルザに消してもらうのだ。少年たちの立てる物音を聞き、詮索好きな熱い吐息を肌に感じるような心地で、テッドは書斎に座っている。決してなかには入れないぞと、自分に言い聞かせている。自分はここに座り、美術について考えるのだと。だが彼はしばしば絶望的に、美術について考えることのできない自分に気づくのである。彼はそこで、何についても考えることができない。

黄昏時に、テッドはパルテノペ通りからヴィットーリア広場へと散歩した。一帯は家族連れで溢れており、子どもたちはどこに行っても見かけるサッカーボールを蹴っていた。耳が痛くなるようなけたたましさでイタリア語が飛び交っている。だがその薄れゆく光のなかには、べつの種類の人々もいた。あてどのない、不清潔で、どことなく威嚇的な若者たち。彼らは失業率三十三パーセントのこの街を徘徊する、市民権を持たない世代なのだった。祖先たちが十五世紀に華麗な生活を繰り広げた、いまや老朽化したおんぼろ屋敷《パラッツォ》を彼らは渡り歩き、教会の階段で麻薬を打つ。その教会の地下納骨堂にはやはり祖先たちの遺体が、ちっぽけな棺に入れられ薪のように積み重ねられている。テッドは身体を小さくし、それらの若者を避けて歩いた。といっても彼は身長一九三センチ、体重は一〇四キロもある。自分で洗面所の鏡を見るときには充分おとなしそうに思えるのに、同僚からはしばしば、何かあったのかと訊かれてしまう顔だ。テッドは若者たちのなかにサーシャがいることを恐れた。日没後のナポリの街を満たす黄色がかった街灯の光越しに、彼の様子を窺っている瞳がサーシャのものであることを恐れた。テッドは財布の中身を抜き、クレジットカード一枚と最小限の現金だけにしてあった。彼は早足で広場を去り、レストランを探した。

サーシャは二年前、十七歳のときに失踪した。彼女の父親、アンディ・グレイディが失踪したのと同じように。アンディは紫色の目をした、気性の荒い投資家だった。ベスと離婚して一年後、取引に失敗してその世界を去り、その後消息がわからなくなった。サーシャは周期的に連絡を寄越し、広範囲に隔たったさまざまな場所宛てに電信為替の送金を要求した。ベスとハマーは二度、飛行機でその場所まで出掛けてゆき、娘を捕まえようとしたが無駄だった。サーシャは悲しみの目録のような思春期から逃げ出したのだ。麻薬の常習、万引きによる数えきれないほどの逮捕、ロック・ミュージシャンたちとの交際（ベスは途方に暮れつつその話をした）、四人の精神科医、家族療法、グループ療法、三度の自殺未遂。そうしたすべてをテッドは遠巻きに眺めていたが、やがてサーシャ自身を恐怖の対象とするようになった。幼いころの彼女は、愛らしい、人の心を虜《とりこ》にするような少女だった。ミシガン湖のそばの、ベスとアンディの家ですごしたひと夏の彼女を、テッドはよく憶えている。だが成長するにしたがって、クリスマスや感謝祭の集まりで顔を合わせるサーシャは、不機嫌な存在になっていった。テッドは自分の息子たちを彼女から遠ざけるようになった。その自滅的傾向が、息子たちに悪影響を及ぼすのを恐れたのだ。テッドはサーシャと関わりたくなかった。彼女は失われてしまったのだ。

翌朝は早くから起きて、タクシーで国立考古学博物館へ行った。がらんとしていて涼しく、足音が高く響いた。春なのに観光客はほとんどいなかった。ハドリアヌス帝やさまざまなカエサルの埃っぽい胸像のあいだを歩き、ほとんど官能的と言えそうなほどの多くの大理石像に囲まれるうち、身体が活気づいてきた。彼は実際に見ないうちから、オルフェウスとエウリュディケのそばにいることを感じた。展示室の向こう端から、その冷たい重さが伝わるようだった。だが敢えて、相対《あいたい》するまでの時間を引き延ばし、そこに描かれる瞬間にいたるまでの神話の成り行きを反芻した。——新婚の、愛に満ち溢れたオルフェウスとエウリュディケ。羊飼いから言い寄られて逃げるうち、毒蛇に嚙まれ、死んでしまうエウリュディケ。冥界へ下るオルフェウス、じっとりと湿ったその通路に、竪琴《リラ》で奏でる音楽と、妻を恋《こ》う歌とを響かせながら。エウリュディケを死から解き放つことを認める冥王ハデス、ただし唯一の条件として、昇ってゆく途中オルフェウスが振り返らないことを課す。そしてあの哀れなる刹那《せつな》、道中躓《つまず》きそうになる新妻を危ぶみ、我を忘れて振り返ってしまうオルフェウス。

テッドはそのレリーフのほうへ、一歩ずつ近づいていった。まるでその内側へと歩み入っていくようだった。それほどまでに完璧に、作品は彼を包み込み、彼の心に作用した。エウリュディケがふたたび冥界へと落ちてゆくことになるその一瞬前、オルフェウスと別れを交わす場面。テッドの心を動かし、胸のガラス細工を砕いたのは、そのやり取りの静けさだった。互いに見つめ合い、穏やかに触れ合う二人に、ドラマも涙も描かれてはいない。二人の了解はあまりに深く、口に出して言うことすらできない。それはつまり、すべてはすでに失われてしまったという、言いようのない認識だった。

テッドはレリーフを見つめたまま、三十分のあいだ立ちすくんでいた。彼は歩き去り、また戻った。展示室を出て、また帰ってきた。その都度、感激が彼を待ち受けていた。もう何年も、芸術作品から感じることのなかった、心臓を細かく震わせるようなあの興奮。それはさらなる興奮を、こうした興奮を感じることがまだ可能なのだという興奮を伴っていた。

残りの時間は、二階でポンペイ出土のモザイク画を見てすごした。だが心はつねにオルフェウスとエウリュディケを離れることはなく、博物館を出る前に、彼はもう一度レリーフに立ち寄った。

もう午後遅かった。テッドは外に出て歩き出したが、いまだ眩惑されていたので、入り組んだ路地裏に迷い込んだことにしばらく気づかなかった。道はとても狭く、それゆえ暗く感じた。彼は幾つかの教会を通りすぎた。教会には朽ちかけたパラッツォ群が隣接していて、不潔そうなその内部から、猫や子どもたちの泣き叫ぶ声が漏れ聞こえた。それぞれの重厚な玄関口には、上部に汚れた、忘れ去られた紋章が刻まれていて、テッドの気持ちをざわつかせた。こんなにも普遍的かつ明確な象徴が、ただ時間が流れたというだけで、無意味なものになるなんて。彼はあの、僅かに異なるほうのスーザンを思い浮かべた。彼女が隣に寄り添って、この驚きを共有してくれることを。

オルフェウスとエウリュディケの魔力が弱まってゆくにつれ、彼は周囲に埋もれていた細々した物音や、見交わされるまなざし、口笛などに徐々に気がついた。それらの合図は、教会の外で黒い衣服を引き摺っている老婆から、緑色のTシャツを着てスクーター《ヴェスパ》を唸らせつつテッドを追い越してゆく若者まで、その場にいるほぼ全員に通じているらしかった。ただひとり、テッドだけを除いて。とある窓から歳のいった女が、マルボロのたくさん入った籠を、ロープで通りへと降ろしていた。闇市だ、とテッドは思い、落ち着かない気持ちで見ていた。もつれた髪と日焼けした腕の娘が、煙草をひと箱籠から取り、代わりに硬貨を入れた。籠が揺れ、ふたたび窓へと昇っていくと、テッドは煙草を買った娘が、姪だということに気づいた。

恐れていた邂逅だった。その恐れはあまりに強かったので、彼はこの圧倒的な偶然に対する驚きを、すぐには実感できなかった。サーシャは眉根を寄せながら、マルボロの一本に火をつけた。テッドは歩く速度を落とし、パラッツォのべたついた壁を鑑賞するふりをした。サーシャがふたたび歩き出すと、後をつけた。彼女は色褪せた黒のジーンズを穿き、泥水のような灰色のTシャツを着ていた。片足を軽く引き摺りながら、不規則に、ときにゆっくり、ときにきびきびと歩いていく。テッドは彼女を追い越さないよう、または置いていかれないよう、注意深く歩みを調整した。

彼はいまや、細く入り組んだ街の深奥部に滑り込みつつあった。貧しい、観光化されていない地域だ。洗濯物のはためく音が、鳩の翼の苛立たしげな羽ばたきの音に混じっている。サーシャが何の前触れもなしに、片足を軸にくるりと振り返った。その目は動揺した様子で彼を見つめた。「まさか」と言葉に詰まっている。「……叔父さん？」

「なんてことだ！　サーシャじゃないか！」テッドは叫び、大げさに驚いてみせた。お粗末な演技だった。

「怖いじゃないの」まだ信じられないという顔で、サーシャが言った。「わたしはてっきり誰かが……」

「ぼくも怖かったよ」とテッドも調子を合わせ、二人して神経質に笑った。すぐにサーシャをハグすべきだった。だがもう遅い気がした。

明らかな疑問（いったいナポリで何をしているのか？）をかわすために、テッドは喋り続けた。「これからどこへ行くの？」

「と……友達のところよ」とサーシャ。「そっちは？」

「ええと……散歩してるんだ！」不自然なほどの大声で答えた。二人は揃って歩き出していた。「その足、どうしたの？」

「タンジールで足首を骨折したの」サーシャは言った。「長い階段から落ちたのよ」

「医者に診てもらうべきだ」

サーシャは憐れむような目を向けた。「三カ月半、ギプスをつけてたわ」

「じゃあどうして引き摺ってるの？」

「わからない」

彼女は大人になっていた。成熟は何ひとつ留保しなかった。胸、尻、なだらかに窪んだ腰、馴れた手つきで煙草を吸う仕草など、すべてに十全に表れていた。テッドにとってはその変化は一瞬のうちに経験された。奇跡だった。髪はかつてほど赤くはなかった。はかなげでありながら悪戯《いたずら》っぽい顔は、周囲の世界の色相が映り込んでしまうほどに白かった。紫、緑、ピンク――ちょうどルシアン・フロイドの描く顔のように。百年も前ならば、長くは生きなかったような娘、赤ん坊を産むと同時に世を去ったであろう種類の娘だ。羽根のように華奢な足の骨の傷が、完全には癒えることのない娘。

「この街に住んでるの？」とテッドは訊いた。「ナポリに？」

「もうちょっとマシな界隈だけどね」サーシャは通ぶって答えた。「そっちはどうなの、テディ叔父さん？　まだニューヨーク州のマウント・グレーに住んでるの？」

「そうだよ」姪の記憶力に驚きつつ、答えた。

「とっても大きな家なのかな？　木がたくさんある？　タイヤで作ったブランコも？」

「樹木は豊富だ。誰も使わないけど、ハンモックもある」

サーシャは立ち止まり、その景色を思い浮かべるように目を閉じた。「男の子が三人いたわね。マイルズ、エームズ、アルフレッド」

その通りだった。順番も合っている。「憶えてるなんてすごいな」とテッドは言った。

「わたしはなんでも憶えてるのよ」とサーシャ。

彼女が足を止めたのは一軒の怪しげなパラッツォの前だった。玄関の紋章には、上から黄色いスマイル・マークが描かれていたが、テッドには髑髏《どくろ》のように見えた。「友達が住んでるのはここよ」とサーシャ。「さよなら、テディ叔父さん。思いがけなく会うことができて、とっても楽しかったわ」そう言って握手した。湿った、細く長い指だった。

こんなにさっさと別れてしまうとは予想外だったので、テッドは咄嗟に返す言葉に迷った。

「待って。ええと……これから食事に行けないかな？」

サーシャは首を傾げ、彼の目を覗き込むようにしながら、「すごく忙しいの」言い訳がましく答えた。だが不意に、丁重さへの不断の心懸けに負けたかのように、「でも、そうね。夜なら空いてるわ」と言った。

ホテルの部屋のドアを開け、五〇年代風の寄せ集めのようなベージュ色の内装へと帰ってきたとき（サーシャを探さずにすごした日々、彼を迎えてくれていた部屋だ）、テッドは自分が動揺していることに初めて気がついた。いましがたの出来事の、あまりの異様さに動揺していることに。ベスへ日課の電話を掛ける時間だった。昨日とは打って変わった朗報に、姉が驚きのあまり声を失い、歓喜するさまを思い浮かべた。居場所を突き止めただけではない。サーシャは麻薬中毒でもなさそうだったし、そこそこ健康で精神的にも首尾一貫しており、友達までいるのだ。要するに、彼らが勝手に膨らませていた想像よりはるかに、マシだった。だがテッドは嬉しくなかった。なぜだろう？　ベッドに仰向けになって腕を組み、目を閉じて考えた。なぜ彼は、昨日や、もっと言えば今朝に、戻りたいと望んでいるのか――サーシャを探さねばならないと知りつつも、そうできずにいた平和な日々に？　わからない。彼にはわからない。

ベスとアンディの結婚生活が派手な終焉を迎えた夏、ミシガン湖の彼らの家にテッドも滞在していた。湖から二マイルほど北にある建築現場を監督していたのだ。結婚生活そのもののほかにも、夏が終わるまでにたくさんのものが犠牲になっていた。テッドがベスの誕生日に贈ったマジョリカ焼の皿。幾つもの壊れた家具。アンディはベスの左肩を二度脱臼させ、鎖骨を骨折させた。夫婦喧嘩が始まると、テッドはサーシャを外へ連れ出した。尖った草のあいだを抜け、湖のほとりに出た。サーシャの髪は長くて赤く、肌は青白かった。その肌が日焼けしないよう、ベスはいつも注意していた。テッドも姉の心配を真面目に受けて、湖岸の砂浜に行くときには日焼け止めを携帯した。昼下がりの岸辺の砂は熱く、サーシャは歩くたびに悲鳴をあげた。テッドが腕に抱えてやると、赤と白のツーピースを着た彼女は、猫のように軽かった。タオルを敷いて座らせ、肩や背中、顔、そしてちっちゃな鼻に、日焼け止めクリームを塗り込んでやった。確か五歳だったと思う。こんな暴力のただなかで育って、彼女はいったいどうなるのかとテッドは考えた。白いセーラー帽を被せようとするのに、サーシャは嫌がった。テッドは美術史を学ぶ大学院生で、学費を稼ぐため建築請負人の仕事をしていた。

「けんちく、うけおい、にん」サーシャは一生懸命繰り返した。「それ、なあに？」

「ええとね、いろんな種類の職人を集めて、ひとつの家を作らせる人だよ」

「床磨き人もいる？」

「もちろん。床磨き職人の知り合いがいるの？」

「うん」とサーシャ。「うちの床を磨いた人、マーク・エイヴリーって名前」

テッドはただちに、そのマーク・エイヴリーとやらに不信の念を抱いた。

「その人、魚をくれたの」とサーシャが続けた。

「金魚かい？」

「ううん」彼女は笑い、テッドの腕をぴしゃんと叩いた。「お風呂に入れるおもちゃの魚」

「泳ぐとき、キーキー音がする？」

「うん。その音は嫌い」

そんな会話が何時間も続いた。テッドは彼女が時間稼ぎのために会話を引き延ばすのではないか、家のなかで起きていることから、互いの注意を逸らそうとしているのではないかと思い、不安な気持ちになった。そして不意にこの子どもが、実際よりずっと大人びて見えた。この小さなご婦人は、すでに世を儚《はかな》んでいる、人生の重荷を進んで受け入れ、それに言及することすらない。両親のことにも、自分とテッドがこの浜辺で何から逃れているかにも、彼女はただの一度も触れたことがなかった。

「わたしを泳がせてくれる？」

「もちろん」彼は毎回そう答えた。

このときだけは、日除けの帽子を脱いでもいいと許可した。サーシャの髪は長く、絹のように滑らかだった。彼女を抱えてミシガン湖へ運ぶとき（姪はいつもそうして欲しがった）、その髪は風にあおられて、テッドの顔に当たった。太陽の熱にあたためられた細い脚と腕で彼にしがみつき、頭を彼の肩に預けていた。水辺に近づくにつれ、彼女の恐怖が募っていくのがわかったが、引き返そうとすると拒んだ。「駄目。大丈夫だから。進んで」彼の首に摑まったまま、険しい声で言うのだった。まるでミシガン湖の水に入ることが、より大きな善のため耐えねばならない試練であるかのように。テッドはさまざまに工夫を凝らし――ほんの少しずつ浸けたり、あるいは一気に水に入れてみたりしたが、サーシャはいつも苦しげに息を止め、しがみつく腕と脚に力を入れた。だがいったん入ってしまうと、彼女は自分を取り戻した。テッドがクロールを教えようとするのに、犬搔きしかしなかった（「泳ぎ方ならわかってる！」と苛立たしげに彼女は言った。「そうしたくないだけだもん」）。歯をカチカチ鳴らしながらも、勇敢にテッドに水を浴びせかけた。だがそうした何もかもが、彼を落ち着かなくさせた。姪を無理やり水に入れて、苦しめているような気がしたのだ。彼が望んでいるのは――いっそ夢想しているのは、彼女を助けることなのに。――まだ夜の明けぬうちに、彼女を毛布にくるんで、そっと家から抱えて出る。あらかじめ見つけておいた古い手漕ぎボートで湖へ漕ぎ出していく。彼女を抱えて向こう岸に降り、そのまま二度と戻らない。彼は二十五歳だった。信じられる相手はほかにいなかった。それなのに姪を守るために実質的には何もできず、一週間、また一週間と経つうち、テッドは夏の終わりが来るのを、何か真っ暗で不吉なこととして心に描くようになった。だがそのときが来てみると、奇妙なほどあっけなかった。テッドが車に荷物を積み、さようならを言うあいだ、サーシャは母親にくっついたままで、彼をろくに見もしなかった。テッドは彼女に憤りつつ車を発進させた。我ながら幼稚だと思いつつも、どうしようもなく傷ついた。そしてその感情が去ってしまうと、運転もできないほどに疲れ果てていた。彼はデイリー・クイーンのわきに車を停め、そのまま眠ったのだった。

「泳ぐところを見せてもらえないのに、きみが泳ぎ方をわかるって、ぼくはどうやってわかるんだい？」砂浜に座っていたとき、一度そう訊いたことがある。

「わたし、レイチェル・コンスタンザと一緒に泳ぎの授業を受けてるの」

「答えになってないよ」

するると彼女は、どことなくやる瀬なさそうに微笑んだ。子どもっぽさの背後に自分自身を隠しておきたいのに、そうするにはもう手遅れだと気がついたかのように。「レイチェルは、フェザーって名前のシャム猫を飼ってる」

「どうして泳がないんだい？」

「まったく、テッド叔父さんったら」と彼女は言った。その口調は気味が悪いほど母親にそっくりだった。「ほんとうに困った人ね」


サーシャは夜八時にホテルに現れた。丈の短い赤いドレスを着て、黒いエナメル革のブーツを履いている。華やかな化粧がその顔を引き締め、鋭利に見せていた。切れ長の目が鎌のような曲線を描いている。ロビーの向こう側にその姿を見たテッドは、近寄るのを躊躇した。麻痺したように動けなかった。彼女が来なければいいのにと、痛ましくも願っていたのだ。

それでもなんとかロビーを横切り、サーシャの腕を取った。「通りを少し行ったところに、悪くないレストランがあるんだ。ほかに行きたいところがなければ、そこに」

だが彼女にはあった。タクシーの窓から煙草を吹かしつつ、サーシャは怪しいイタリア語で運転手に捲したてた。タクシーは路地を突っ走り、やがて一方通行の道を逆走して登ると、ヴォメロ地区に出た。テッドが初めて来る高級住宅街で、高い丘の上にあった。彼はよろめきながら運賃を払い、建物と建物のあいだにサーシャと並んで立った。眼下に広がる光り輝く街は、気怠げにその爪先を海へ浸していた。デイヴィッド・ホックニー、とテッドは思った。リチャード・ディーベンコーン。ジョン・ムーア。遠くにヴェスヴィオス山が慈悲深く横たわっている。テッドはあの僅かに異なるほうのスーザンが、そばに立ち、この景色を理解する様子を思い浮かべた。

「ここから見るナポリが一番いいの」サーシャは不敵にそう言ったが、テッドの反応を量り、褒められるのを待っているのがわかった。

「素晴らしい眺めだね」と彼は言ってやり、緑の多い住宅地を一緒に歩きながら、こうも付け加えた。「ナポリで見たなかで一番きれいな住宅街だ」

「わたし、ここに住んでるの」とサーシャは言った。「通りを二、三本行ったところよ」

テッドは嘘だと思った。「じゃあこの辺で待ち合わせればよかったね。来てもらう手間が省けたのに」

「叔父さんひとりじゃ来られなかったと思うわ」とサーシャ。「外国人はナポリでは何もできやしないもの。すぐ盗難に遭うし」

「きみだって外国人だろう?」

「まあ厳密にはね。でも馴れてるから」

街角まで来ると、見たところ学生らしき人々が集まっていた（学生というのは不思議なことに、世界じゅうどこでも同じように見える）。黒の革ジャケットを着た若い男女が、ヴェスパで走り、ヴェスパに凭れ、ヴェスパに座っていた。ヴェスパの上に立っているのまでいる。このヴェスパの密集状態のために広場一帯が振動し、テッドはその排気ガスに軽く酔ったようになった。椰子の木のコーラス団が、ベリーニの描く黄昏の空に即興曲を奏でていた。学生のあいだを縫って歩くサーシャは、自意識を感じて硬くなるらしく、目は正面だけを凝視していた。

　広場の一角のレストランに入ると、サーシャは窓際の席へ案内させ、料理も注文した。花ズッキーニのフライ、それにピザだ。彼女は何度も、何度も、ヴェスパに乗った若者たちを窓から盗み見ていた。自分もそのひとりだったらと、望んでいるのが痛いほどわかった。

「あのなかに知り合いはいる？」テッドは訊いてみた。

「あの人たちは大学生よ」彼女は切り捨てるように言った。まるで〝大学生〟が〝無価値〟の同義語であるかのように。

「きみと同い年くらいだね」

　サーシャは肩をすくめた。「あの子たちはたいてい、まだ親と住んでるわ。それより、テッド叔父さんの話を聞きたい。いまも美術史の教授をしてるの？　ちょっとした大家になってるころじゃない？」

　自分の仕事について話そうとしたテッドは、またもや彼女の記憶に掻き乱され、俄かな苦しみを覚えた――両親を落胆させ、多大な借金をしてまで書いた学位論文の、そもそもの動機を思い出し、混乱したのだ。その論文のなかで彼は（いま読み返すと恥ずかしくなるほどの熱意を込め）、セザンヌのあの特徴的な筆致は、音を表現しようとした結果なのだと主張した――夏を描いた一連の風景画ではすなわち、蟬たちの眩惑的な合唱を表現したのではないかと。

「いまは古代ギリシャ時代の彫刻が、フランスの印象派に与えた影響について書いてる」快活に言ったつもりなのに、煉瓦のように重たく聞こえた。

「あなたの奥さんのスーザン」とサーシャが言った。「彼女の髪はブロンドだったわね？」

「そうだ。スーザンはブロンドだ……」

「わたしの髪は、前は赤かった」

「いまだって赤いさ」とテッド。「充分赤い」

「でも昔ほどじゃないわ」彼女は同意を求めるように、じっとテッドを見た。

「そうだね」

間があった。「スーザンのこと、愛してる？」

この生意気な質問は、テッドにはみぞおちに響いた。「スーザン叔母さん、と言いなさい」

彼はそう訂正した。

サーシャはちょっと反省したように、「じゃあ、スーザン叔母さんのこと」

「もちろん、愛してる」テッドは静かに答えた。

料理が運ばれてきた。薄いピザには水牛のモッツァレラが載っていて、バターのようにとろりとあたたかくテッドの喉を通っていった。二杯目の赤ワインが空くころ、サーシャは自分の話を始めた。家出したとき彼女は、ザ・ピンヘッズのドラマーであるウェイドと一緒だった（それがどういうバンドかは説明するまでもないという口振りだ）。東京で演奏する彼らについていったのだ。「わたしたち、ホテル・オークラに泊まったの。それって極上の生活よ。四月で、日本は桜の季節だった。木々はピンクの花で埋め尽くされ、会社員たちがその下で歌い、紙の帽子を被って踊ってたわ！」極東どころか近東にすら行ったことのないテッドは、ちょっとした嫉妬を覚えた。

　バンドは東京から香港へ移動した。「香港では丘の上の、白い高層マンションに泊まったわ。信じられないほど見晴らしがいいの。島々も、海もボートも、飛行機も何でも見えて……」

「で、ここナポリでは？　ウェイドはいまも一緒なのかい？」

　サーシャは瞬きをした。「ウェイド？　いいえ」

　香港で彼はサーシャを、その白い高層建築に置き去りにしてしまった。しばらくその部屋に居残っていたが、やがて家主に追い出された。そこで彼女はユースホステルに移った。ユースホステルの建物には搾取的作業場が幾つも入っていて、労働者たちはそこで布切れの山とミシンに埋もれて寝泊まりしていた。サーシャはそうしたさまざまな細部を、まるで愉快なことのように、声を弾ませて話した。「ホステルで何人か友達ができたの。それで一緒に中国に行ったのよ」

「さっき会おうとしてた友達かい？」

　サーシャは笑った。「行く先々で友達を作るの。それが旅してるときのやり方よ。テディ叔父さん」

　サーシャの頬には赤みがさしていた。ワインか、あるいは回想の楽しさのせいかもしれない。テッドは手をあげて給仕を呼び、勘定をすませた。彼のほうは憂鬱な、鉛のような気分だった。

夜の空気はひやりと冷たく、先ほどの若者たちはどこかへ消えてしまっていた。サーシャは上着を持ってきていなかった。「ぼくのジャケットを着るといい」テッドは言って、擦り切れたツイードの重いジャケットを羽織らせようとしたが、サーシャは言うことを聞かなかった。赤いドレスを覆い隠したくないのだと気づいた。彼女はロングブーツのせいで、余計に足を引き摺っていた。

何ブロックも歩いて、あまりパッとしないナイトクラブへ着いた。ドアマンが怠そうに二人をなかへ入れた。真夜中になっていた。「ここ、友達が経営してるのよ」サーシャは言って、犇《ひし》めく人混みと蛍光紫のライト、そしてどれも削岩機の音にしか聞こえないビートの鳴り響くなかを進んでいった。ナイトクラブには馴れていないテッドでさえ、そうした何もかもにうんざりするような既視感を覚えたが、サーシャは心を奪われているらしかった。「飲み物を買ってくれない、テディ叔父さん？」そう言いながら、手近なテーブルの不味そうなカクテルを指さした。「ああいうの。ちっさい傘の刺さってるの」

テッドは人混みを掻き分けつつバーカウンターへ向かった。姪のそばを離れると、まるで窓を開け放ったように、息苦しい圧迫から解放された。だが何がそんなに問題なのか？ サーシャは世界じゅうを見て、楽しんできた。彼女は二年間で、テッドの二十年間よりもずっと多くの経験をした。ではなぜ彼は、こんなに姪から逃れたくて仕方ないのだろう？

サーシャは低いテーブルの席を二つ確保した。テッドはあごの下に膝を折って座らねばならず、猿になった気分がした。傘つきドリンクを口許へ運ぶサーシャの手首に紫の照明が当たり、銀色に分光して、そこにある傷跡を青白く浮かびあがらせた。彼女がグラスを置いたとき、テッドは両手でその腕を引き寄せ、内側を上に向けた。サーシャはされるままにしていたが、やがて彼が何を見ているかに気づくと、さっと腕を引っ込めた。「これは昔の傷よ。ロサンゼルスにいたころの」

「見せなさい」

サーシャは嫌がった。テッドは自分でも驚いたことに、テーブル越しに手を伸ばしてその手首を掴んだ。娃を力任せにねじ伏せることに、一種暴力的な喜びを感じた。彼女の爪が赤く塗られているのに気づいた。待ち合わせまでの午後に塗ったのだ。サーシャは抵抗をやめて、悪趣味な寒色の照明の下で彼がその前腕を調べるあいだ、目を背けていた。サーシャの前腕は、古い家具のように傷だらけだった。

「本気でつけたんじゃない傷もたくさんある。わたし、すごく不安定だったから」

「つらい時期だったんだな」彼はサーシャにそう認めて欲しかった。

彼女は黙っていた。だがとうとう、こう言った。「わたし、父さんを見たような気がしてたの。ずっと。そんなこと思うの、おかしい？」

「わからない」

「中国でも、モロッコでも。ふと部屋の向こうに目をやると、父さんの髪が見えてドキッとした。あるいは脚が。いまでも父さんの脚のかたちを、正確に憶えてる。笑うとき首を後ろに反らせる癖もね。憶えてる、テディ叔父さん？　父さんの笑い方は、まるで叫んでるみたいだった」

「いま言われて思い出したよ」

「父さんがわたしのあとを、ついて来てるんじゃないかと思ってた。わたしが大丈夫か確めるためにね。父さんがそばにいない気がするときは、すごく不安な気持ちになったわ」

テッドが腕を放すと、サーシャは膝の上に腕を組んで載せた。「髪の色を目印にして、追いかけてるんだと思ってたの。でもわたしの髪はもう、赤くない」

「ぼくには見分けられたよ」

「確かに」サーシャが顔を彼のほうへ寄せた。青白いその顔は、ある予想をはっきりと抱いていた。「テディ叔父さん」と彼女は言った。「あなた、ここでいったい何をしてるの？」

ずっと恐れていた問いだった。しかしその答えは、骨から滑り落ちる肉のように、あっさりとテッドから零れた。「ぼくは美術のためにここにいるんだ」彼は言った。「作品を見て、美術について考えるためにね」

ほら、どうだ。たちどころに気持ちが平和に、軽くなった。安堵。彼はサーシャのために来たわけではなかったのだ。それはほんとうだった。

「美術？」

「そうさ。それがぼくのやりたいことなんだ」昼間見たオルフェウスとエウリュディケを思い出して微笑んだ。「それこそがいつもやろうとしてること。ぼくの大事にしていることだ」

サーシャの表情が緩んだ。ずっと持たされていた重荷を、取り除かれたかのように。「わたしを探しに来たんだと思ってたわ」

テッドは離れたところから彼女を見ていた。平和な距離感だった。

サーシャはマルボロの箱から一本火をつけ、二口ほど吸って揉み消した。「踊りましょう」そう言って椅子から立ち上がる動作は重たげだった。「こっちよ。テディ叔父さん」そして彼の手を取り、ダンスフロアへと誘うのだが、そこではたくさんの身体がひとつになって漂っていて、テッドは恐れにも似た内気さがこみ上げてきた。彼は戸惑い、嫌がったけれど、サーシャは踊る人々のあいだに彼を引き摺り込み、すると今度はたちまち空中に浮かび上がるような気持ちになった。最後にナイトクラブで踊ってから、どれくらい経つだろう？十五年？　もっとかもしれない。彼は躊躇いつつも身体を動かしていった。まるででくのぼうみたいだと思い、教授然としたツイードを着ていることに引け目を感じつつも、近くの人々のステップを真似て足を動かした。そのうち、サーシャがまったく動いていないことに気がついた。彼女はただそこに立ち、彼を見ていた。だがやがてテッドに手を伸ばすと、長い腕を使いながら彼の周囲をまわりはじめた。そして彼に密着したので、テッドは彼女の控えめな体積を、この新しいサーシャの身長と体重を感じることができた。かつてあんなに小さかったのに、こんなに成長した彼の姪。後戻りできないその変化に、テッドはいびつな悲しみを覚え、喉が詰まり、鼻孔がひりひりと痛み、音を立てた。彼はサーシャに忠誠を誓ったのに、彼女は、あの小さな女の子はどこかへ消えてしまったのだ。彼女を愛していた、あの熱意溢れる青年とともに。
とうとうサーシャが身体を離した。「ここで待ってて」と、目を合わせずに言った。「すぐに戻ってくるわ」テッドは勝手がわからなくなり、踊るイタリア人たちのあいだをうろついていたが、次第に場違いさが募ってダンスフロアにいたたまれなくなった。フロアのわきに下がり、そこにしばらくいた。だがついにはクラブじゅうを歩きまわった。友達が経営していると言っていたが——誰か友人と会って話しているのだろうか？　それとも外へ出てしまったのか？　不安になり、酔いのため朦朧としてきたので、バーカウンターでサン・ペレグリノの炭酸水を注文した。そのときになって初めて、財布がなくなっていることに気づいた。サーシャが盗んでいったのだ。

固く閉ざした目蓋を太陽がこじ開け、彼を無理やり目覚めさせた。ブラインドを閉めるのを忘れていたのだ。ようやくベッドに入ったのは朝の五時だった。まず警察への道を訊いた相手が、みな滅茶苦茶なことばかり教えるので、途方に暮れつつ何時間も迷うことになった。やっとのことで辿りつき、今度は油っぽい髪の警官に彼の悲惨な物語を（スリが自分の姪だということを除いて）すっかり語って聞かせたが、警官は終始純然たる無関心をもって対処した。その後、警察署に居合わせた初老の夫婦が申し出て、ホテルまでタクシーに乗せてくれた（それこそが彼の心底必要としていた助けだった）。夫婦はアマルフィからのフェリーのなかで、パスポートを盗まれたとのことだった。

テッドはベッドから起き上がった。頭はずきずきと痛み、心臓は猛り狂っていた。電話があったことを告げる伝言がテーブルに散らばっていた。ベスからのものが五件、スーザンから三件、アルフレッドから二件（ホテルの係が片言の英語で、〝ぼく負ける〟と書いたのが読めた）。テッドはそれらを昨夜自分が散らかしたままにしておいた。シャワーを浴び、髭は剃らずに服を着ると、ミニバーのウォッカを飲み干し、部屋の金庫から現金と予備のクレジットカードを出した。彼はサーシャをいま——今日じゅうに——探さねばならない。これまでどんな折にも発動されたことのないこの至上命令は、ここへ来た当初の彼の怠慢とは真逆の、緊急を要するものだった。しなければならないことはほかにもあったが——ベスへの電話、スーザンへの電話、食事など——そんなものは二の次だ。とにかく、彼女を探さねばならない。

だがどこを？　ロビーでエスプレッソを三杯飲みながら、テッドはじっくり考えた。カフェインとウォッカが頭のなかで二匹の闘魚のようにぶつかる。この無秩序に広がる悪臭漂う街で、どこにサーシャを探したらいいのか。かつてやり損ねた作戦を、彼はふたたび吟味した。駅やユースホステルにいる、自堕落な若者たちに尋ねてみるというやり方。いやいや、それはいまさらにすぎる。

明確な方針のないままに、彼はタクシーを拾い、国立考古学博物館まで行った。そして昨日、オルフェウスとエウリュディケを見たあとで歩いたと思しき方向へと、進んでいった。

何ひとつ同じようには見えなかった。だが彼自身の心理状態が昨日とあまりに違うのだろう。パニックが小さなメトロノームのように、彼のうちで揺れていた。何ひとつ同じようには見えないが、すべてに見覚えがあった——汚れた教会や、傾いたぼろぼろの壁、ささくれだった木製の柵。狭い通りを結論を探してくねくねと辿っていくと、古びたパラッツォが幾つも両側に立ち並ぶ大通りへ出た。パラッツォは一階部分がぶち抜かれ、安物の服や靴を売る店舗が入っていた。一陣の風のようなひらめきがテッドに訪れた。彼は左右を注意深く見つつ、ゆっくりその通りを歩いて行ったが、やがて剣と十字架の紋章の上に描かれた、黄色いスマイル・マークが目に入った。

テッドは湾曲した広い入り口に取られた、小さな長方形の扉を押した。もともと四頭立ての馬車を迎え入れるために作られた玄関だ。通路を抜け、石畳の中庭に出る。先ほどまでの陽射しの熱がまだ残っている。匂いは腐ったメロンのようだ。ガニ股の老婆がひとり、よろよろと近寄ってきた。スカートの下に青い靴下を穿き、頭にはスカーフを巻いている。

「サーシャ」老婆の衰えた、濡れた目に向かって、テッドは言った。「アメリカ人。カペリ・ロッシ」rの音で躓いたので、もう一度言った。「ロッシ」と、今度は巻き舌ができた。

「カペリ・ロッシ」言いながら、この赤い髪という説明はもう、正確ではないのだと意識した。

「ノー、ノー」老婆はくぐもった声で答えた。そして去っていこうとしたので、テッドは追いかけ、そのふやけた手のひらに二十ドル札を掴ませると、もう一度同じ質問をした。もう

rにも躓かなかった。老婆は舌打ちし、あごをしゃくった。そしてほとんど悲しげな顔つきで、ついてくるよう身振りで促した。従いながらもテッドは、こんなにも容易く買収された老婆に軽蔑を覚えた。彼女の守っているものは、たったそれだけの価値しかないのだ。正面扉を入ると、片側に幅の広い階段が続いていた。ナポリ大理石の豪奢な斑点が、渋面の下からそっと目配せをしてくるかのようだった。老婆は手すりにつかまりながら、階段を一段ずつ昇っていった。テッドもあとに続いた。

二階は、テッドが学部生たちへの講義で長年教えているように、主階《ピアノ・ノービレ》になっている。屋敷の主人が、客たちに富を披露する階だ。換羽期の鳩たちが羽根を散らかし、その排泄物が漆喰のように重なっている現在でも、中庭を見下ろすアーチ天井はこの上なく華麗だった。テッドの視線に気づくと老婆は、「ベリッシマ、エ？　エッコ、グアルダーテ！（美しいだろう？　ほら、これをご覧！）」と言い、テッドからすればいじましいほど誇らしげな様子で、ひとつの部屋の扉を開けた。それは大きく暗い部屋で、壁には黴《かび》のような染みがたくさんついていた。老婆がスイッチを引っ張ると、天井からぶら下がった電球が灯り、黴にしか見えなかったそれらのかたちを、ティツィアーノやジョルジョーネの様式で描かれた壁画に変えた。肉付きのよい裸の女が果物を摑み、木立ちには暗い緑の葉が茂っている。銀色の鳥たちの囁き。ここは、舞踏室だったに違いない。

三階へ来ると、ある戸口のところで青年が二人、煙草をまわし吸いしていた。種々雑多な洗濯物の下で眠りこけている青年もいた。濡れた靴下や下着が、注意深く針金に留めて干してある。麻薬と饐《す》えたオリーブ油の匂いがし、見えないところで活動する音が呟き声のように聞こえていた。このパラッツォは下宿屋になっているのだと気づいた。ずっと避けてきた、いかがわしい連中の溜まり場のただなかにいるという事実は、テッドを愉快にした。さあ、来たぞ、と彼は思った。ついにここまで来たのだ。

最上階の五階は、昔召使たちの住んでいた階で、ほかよりも小さな扉が狭い廊下沿いに並んでいた。年老いた案内係は、足を止め、壁に凭れて休んだ。テッドが先ほど感じた軽蔑は、感謝の念へと取って代わっていた。彼女はたった二十ドルで、こんな重労働をせねばならない！　老婆はその二十ドルが、どうしようもなく欲しかったのだ。「申し訳ない」とテッドは言った。「こんなにたくさん歩かせてしまって、申し訳なかったよ」だが英語を理解しない老婆は、ただ首を振るだけだった。彼女は廊下をふらふらとなかほどまで進んでいくと、小さな扉のひとつを鋭くノックした。扉が開き、そこにサーシャがいた。寝ぼけた顔で、男物のパジャマを着ている。テッドを見た瞬間、その目は大きく見開かれたが、平然とした表情は崩さなかった。「あら、テディ叔父さん」と彼女は穏やかに言った。

「サーシャ」言いながらテッドは、彼自身息切れしていることに初めて気づいた。「きみと話したくて……来たんだ」

老婆の視線は二人のあいだを行ったり来たりしていたが、やがて背を向けて歩いていってしまった。老婆が角を曲がったとたん、サーシャが彼の目の前で扉を閉めた。「帰って。忙しいの」

テッドは扉に近寄り、ささくれだったその木の板に手のひらを当ててみた。扉越しに姪の、そわそわとした落ち着きのなさと、怒りの気配が伝わってきた。「ここに住んでるんだね」と彼は言った。

「もっといい場所へ引っ越す予定よ」

「スリで得た資金が貯まったらかい？」

間があった。「わたしじゃないわ」とサーシャ。「友達がやったのよ」

「きみはそこらじゅうに友達がいるようだけど、ぼくはまだひとりもその姿を見てない」

「帰って！　もう消えて、テディ叔父さん」

「そうしたいのは山々なんだ」と彼は言った。「ほんとうだよ」

でも立ち去ることができなかったのだ。動くことすらできなかった。脚が痛くなるまで立っていたが、やがて膝を曲げ、滑り落ちるように床へ座った。もう午後になっていた。廊下の突き当たりの窓から、太陽が薄い雲を透かして、くすんだ光を投げかけていた。テッドは目を擦った。このまま眠ってしまいそうだった。

「まだそこにいるの？」扉の向こうから、罵《ののし》るような声が聞こえた。

「いるよ」

ほんの少しだけ扉が開き、財布が落ちてきた。それはテッドの頭に当たり、弾んでそのまま床に落ちた。

「失せな」とサーシャは言い、ふたたび扉を閉めた。

テッドは財布を開けて、中身がすべて無事なことを確かめると、自分のポケットへ戻した。そして座っていた。長いこと――もしかしたら何時間も（腕時計を忘れたのでわからない）――ただ静けさだけがあった。時折、姿の見えないほかの間借り人が、それぞれの部屋で立てる物音がした。テッドは自分がこの屋敷の一部なのだと想像してみた。知覚を持った塑像《そぞう》、あるいは階段の一段なのだと。そして何世代にもわたる盛衰を目撃し、屋敷がその中世的な巨軀《きょく》を緩めて深く大地へと沈んでいくのを、また一年、また五十年と感じている運命にあるのだと。間借り人が通る邪魔になったので、テッドは二度立ち上がって道をあけた。罅割《ひび》れた革のハンドバッグを震える手に持った娘たちは、ろくに彼を見ずに通っていった。

「まだいるの？」扉の向こうからサーシャが訊いた。

「いるよ」

　彼女は扉から出ると、すぐにその鍵を掛けてしまった。青いジーンズにTシャツ姿で、ゴムぞうりを履き、色褪せたピンクのタオルと小さな手提げを持っていた。「どこへ行くんだい？」とテッドは訊いたが、彼女は答えず、さっさと廊下を歩いていってしまった。二十分後、戻ってきたサーシャの髪は濡れ、石鹼の花のような匂いがしていた。彼女は扉の鍵を開けたが、そこで躊躇った。「この部屋の家賃を払うために、わたし、ここの廊下という廊下をモップ掛けしてるの。あの汚《き》ったない中庭も掃き掃除してるのよ。どう？　これで満足？」

「きみはそれで満足なのか？」と彼は言い返した。

蝶番《ちょうつがい》を軋ませて、扉が力いっぱいに閉められた。

テッドは座って、この午後の急展開を思っていたが、そのうちにふと、スーザンのことを考えている自分に気づいた。あの僅かに異なるほうのスーザンではなく、本物のスーザン、すなわち彼の妻のことをだ。何年も前、テッドが情欲を二つ折りにした挙句小さな欠片にしてしまう、ずっと以前のことをである。あるとき二人は、ニューヨーク市へ出るのに、スタテン島フェリーに乗ることにした。二人とも乗ったことがなかったので、一度そうしてみようということになったのだ。フェリーの上で、スーザンが不意に彼を振り返り、「ずっとこんなふうでいましょうね」と言った。そのころはまだ、二人の思考はぴったりと寄り添っていたので、彼女がそう言った理由を、テッドは正確に理解することができた。その朝二人がベッドで愛し合ったからでも、昼食にプイィ・フュイッセの白ワインを飲んだからでもない。時間とは経っていくものであると、彼女が気づいていたからだ。やがてテッドもそれを感じた。茶色く波立つ海、疾走するボート、風――混沌と動きとがあらゆる場所にあった。彼はスーザンの手を握った。そして言った。「ずっと。ずっとこんなふうでいよう」

最近テッドはその小旅行のことを、何かのついでに思い出して話した。だがスーザンは彼の顔をまじまじと見て、あの陽気すぎる新しい声音で、節をつけて歌うように言った。「それほんとにわたしの言ったこと？　そんなの、憶えてなくってよ！」そして弾むような仕草で、テッドの額に軽くキスをした。記憶喪失、と彼は思った。洗脳、とも。だがいまテッドは、スーザンはただ嘘をついていたのかもしれないと思った。彼はスーザンの手を放し、代わりに自分を守った——だが、自分の何をだろうか？ その答えがないことに、テッドは恐怖した。それでもなお彼は手放してしまったのだし、彼女は去ってしまったのだ。

「そこにいる？」とサーシャが呼んだが、テッドは返事をしなかった。

彼女はさっと扉を開け、出てきた。「いたわ」と安心したみたいに言った。テッドは床に座ったまま見上げ、何も言わなかった。「入ってもいいわよ」とサーシャが言った。

彼は苦労して立ち上がると、彼女の部屋へ入っていった。ちっぽけな部屋だった。狭いベッドに机、そしてプラスチックのカップにミントが一枝生けてあり、その匂いが部屋じゅうに漂っていた。壁のフックにはあの赤いドレスが掛かっていた。ちょうど太陽が沈みはじめたところで、夕陽が屋根や教会の尖塔を次々に照らし、やがてこの部屋にも、ベッドわきのただひとつの窓越しに、入ってきた。その窓辺には、サーシャの旅の思い出らしき品々が並んでいた——金色の小さな仏塔、ギターのピック、白く細長い貝殻。そして窓ガラスの真ん中には、洋服用ハンガーを曲げて作った、針金のいびつな輪っかがぶら下がっていた。サーシャはベッドに腰掛けて、彼女の貧相な持ち物を眺めていくテッドを見ていた。昨日会ったときには見落としたことを、彼は残酷なまでにはっきりと認識しつつあった。この外国で、姪がどんなに孤独なのかということを。その手のひらがこんなにも空っぽなのだということを。

彼の思考の流れを読み取ったかのように、サーシャは言った。「たくさんの人と友達になったわ。でも誰とも長続きしなかったの」

机には英語の本が何冊か積まれていた。『世界史がわかる二十四のレッスン』『ナポリの至宝』といった本だ。そのてっぺんには、『タイピングを覚えるために』というタイトルの、擦り切れた一冊が載っていた。

テッドは姪と並んでベッドに座り、その肩に腕をまわした。上着越しに感じる彼女の肩は、鳥の巣のようにはかなく思えた。テッドは鼻孔にひりつく痛みを覚えた。

「なあ、サーシャ」と彼は言った。「ひとりで生きていくことは、可能だ。だが人よりずっと苦しい道になるぞ」

サーシャは答えなかった。彼女は太陽を見ていた。テッドも見た。くすんだ色が窓ガラス越しに反乱を起こすようだった。ターナー、と彼は思った。ジョージア・オキーフ、パウル・クレー、と。

そして二十年以上の月日が流れ、サーシャが大学へ行き、ニューヨークに暮らすようになったあと、そして大学時代の恋人とフェイスブックで再会し、晩《おそ》めの結婚をしたあと（ベスはもう諦めかけていた）、二人の子どもを、うち一人はやや自閉症気味の子どもをもうけたあとのこと。サーシャがほかの人たちと同じように、日々のちょっとしたことに頭を悩ませ、感激したり、驚いたりして暮らしているときに、もうずいぶん前に離婚していて、孫もできているテッドが、カリフォルニアの砂漠に建つサーシャの家を訪れる日が来る。サーシャの子どもたちが散らかしたがらくたのなかを通り抜け、リビングに入ったテッドは、ガラスの引き戸に燃えている西陽を見るだろう。そしてその瞬間、このナポリのことを思い出すのだ。

――ちっぽけな部屋にサーシャと座っていたこと。そして沈みゆく夕陽が窓の中心に差し掛かったとき、彼女の針金の輪のなかにすっぽりと捕らえられたこと。その瞬間の衝撃と喜びを思い出すだろう。

いまテッドは笑いながら、サーシャに向きなおった。彼女の髪と頬は、オレンジ色の光に照らされ、燃えるように赤い。

「ほら」太陽を見たまま、呟いた。「わたしのよ」

12

偉大なロックン・ロールにおける間《ポーズ》

作成：アリソン・ブレイク

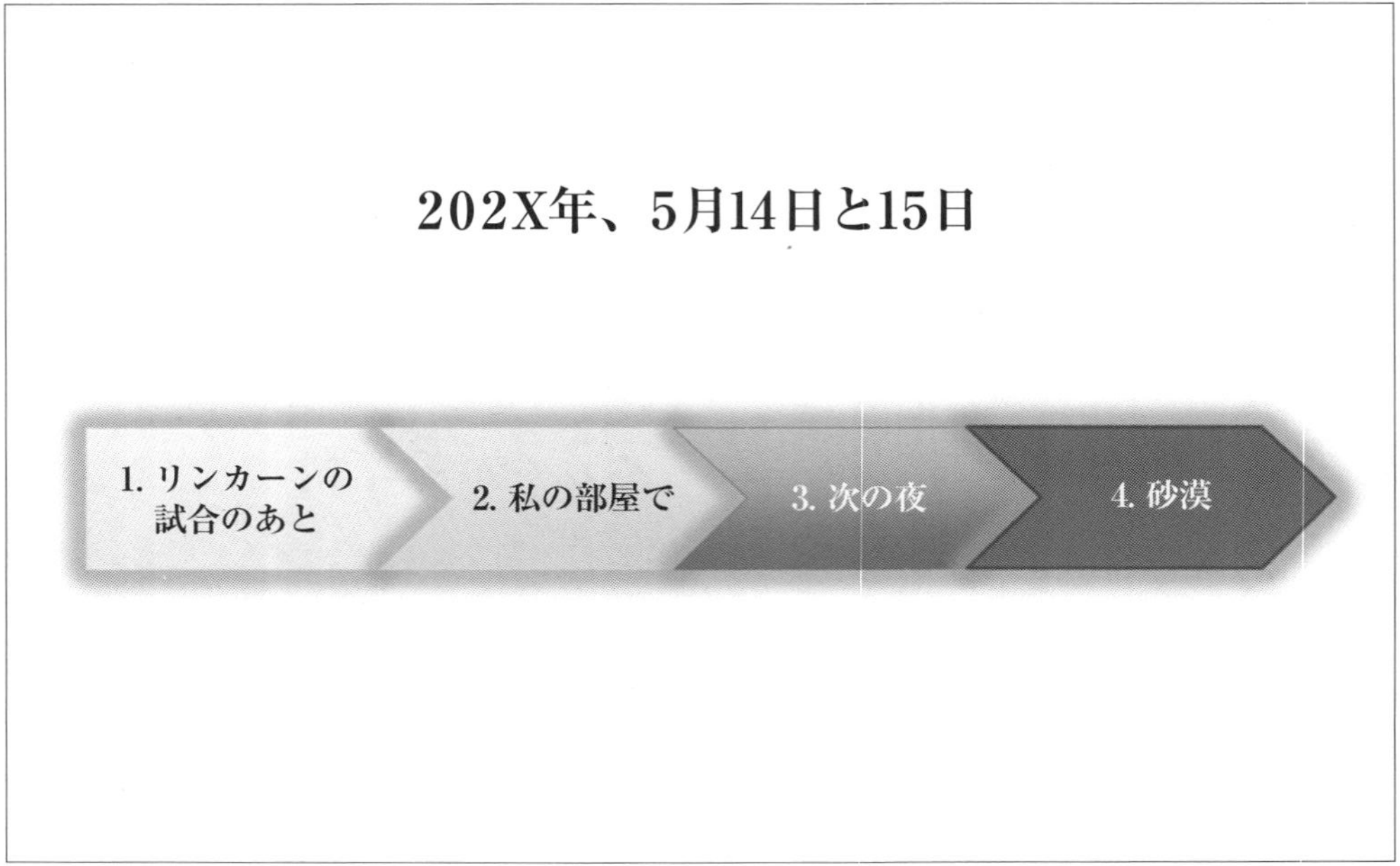
202X年、5月14日と15日
1. リンカーンの試合のあと
2. 私の部屋で
3. 次の夜
4. 砂漠

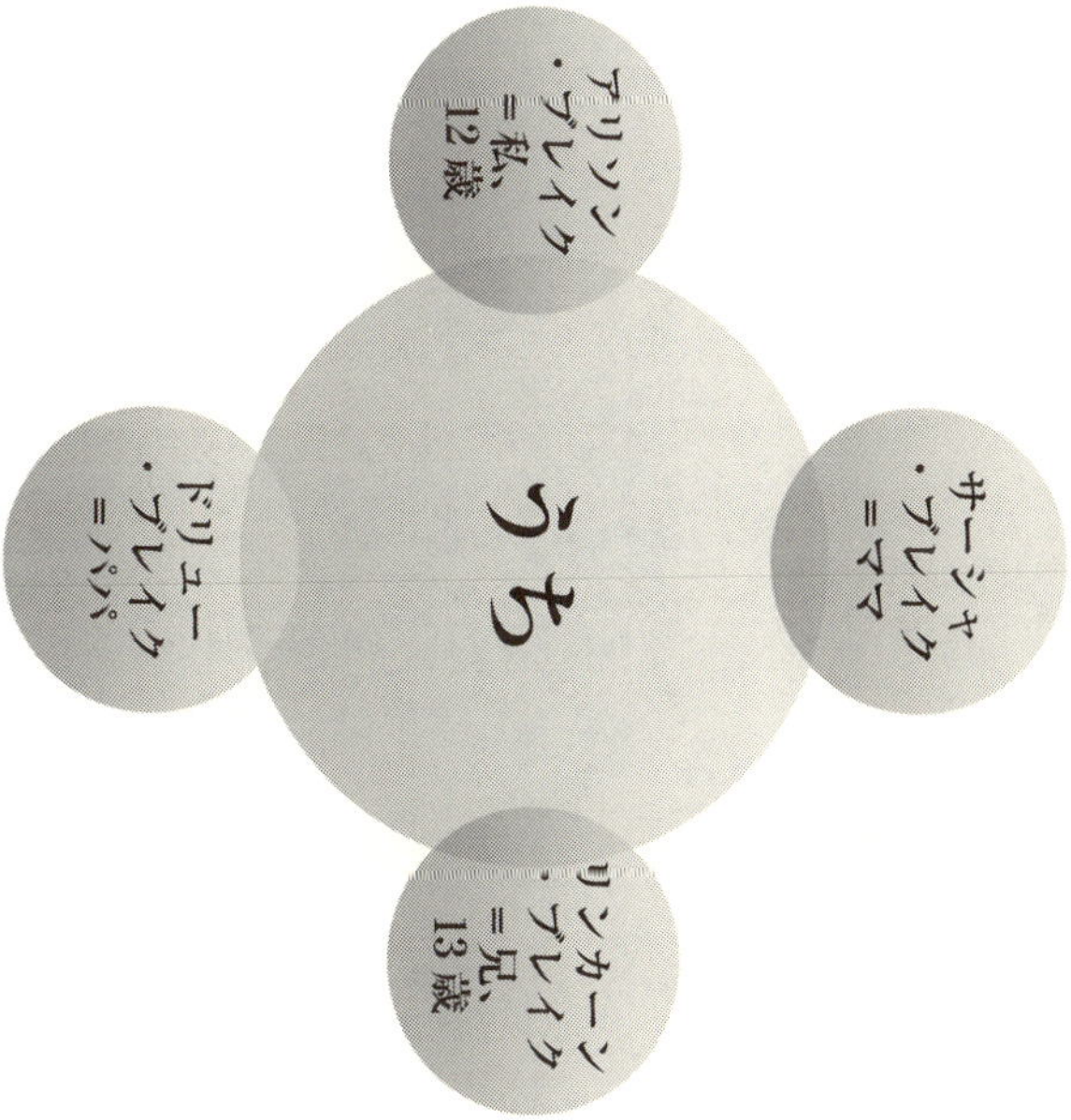
アリソン・ブレイク＝私、12歳
うち
サーシャ・ブレイク＝ママ
ドリュー・ブレイク＝パパ
リンカーン・ブレイク＝兄、13歳

リンカーンの試合のあと

1

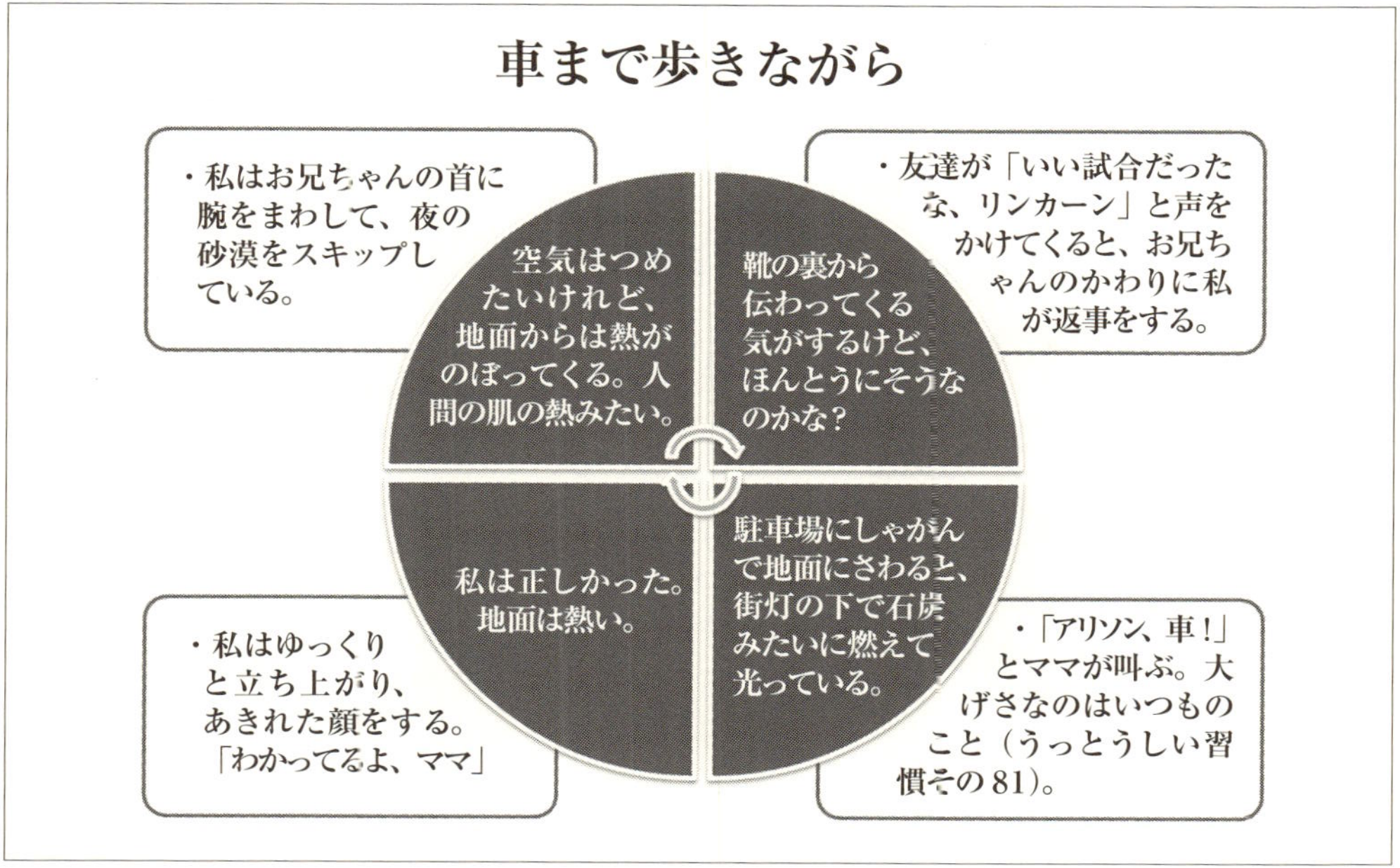
車まで歩きながら
・私はお兄ちゃんの首に腕をまわして、夜の砂漠をスキップしている。
・友達が「いい試合だったな、リンカーン」と声をかけてくると、お兄ちゃんのかわりに私が返事をする。
空気はつめたいけれど、地面からは熱がのぼってくる。人間の肌の熱みたい。
靴の裏から伝わってくる気がするけど、ほんとうにそうなのかな？
私は正しかった。地面は熱い。
駐車場にしゃがんで地面にさわると、街灯の下で石炭みたいに燃えて光っている。
・「アリソン、車！」とママが叫ぶ。大げさなのはいつものこと（うっとうしい習慣その81）。
・私はゆっくりと立ち上がり、あきれた顔をする。「わかってるよ、ママ」

うっとうしい習慣　その48

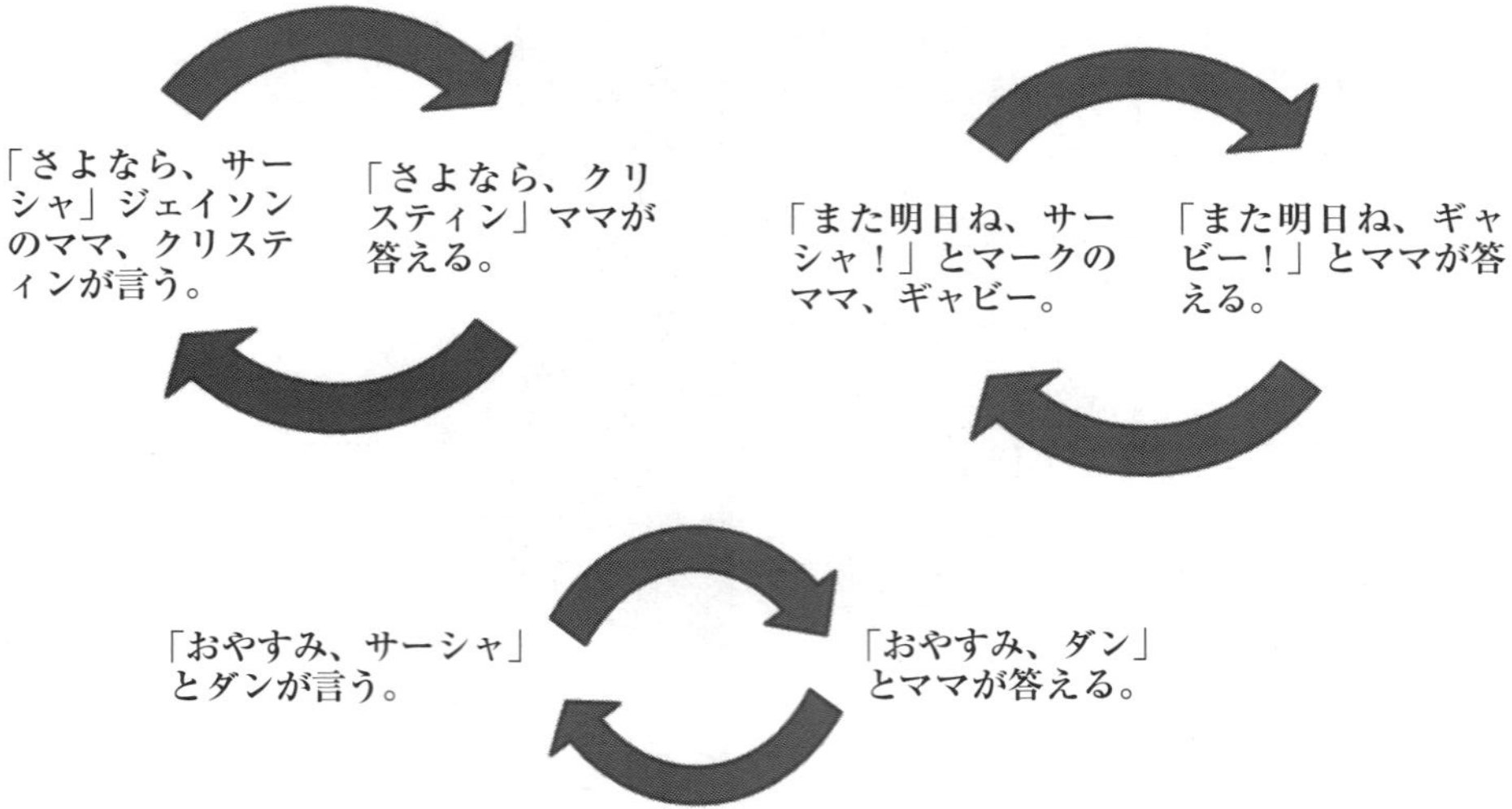
「さよなら、サーシャ」ジェイソンのママ、クリスティンが言う。
「さよなら、クリスティン」ママが答える。
「また明日ね、サーシャ！」とマークのママ、ギャビー。
「また明日ね、ギャビー！」とママが答える。
「おやすみ、サーシャ」とダンが言う。
「おやすみ、ダン」とママが答える。

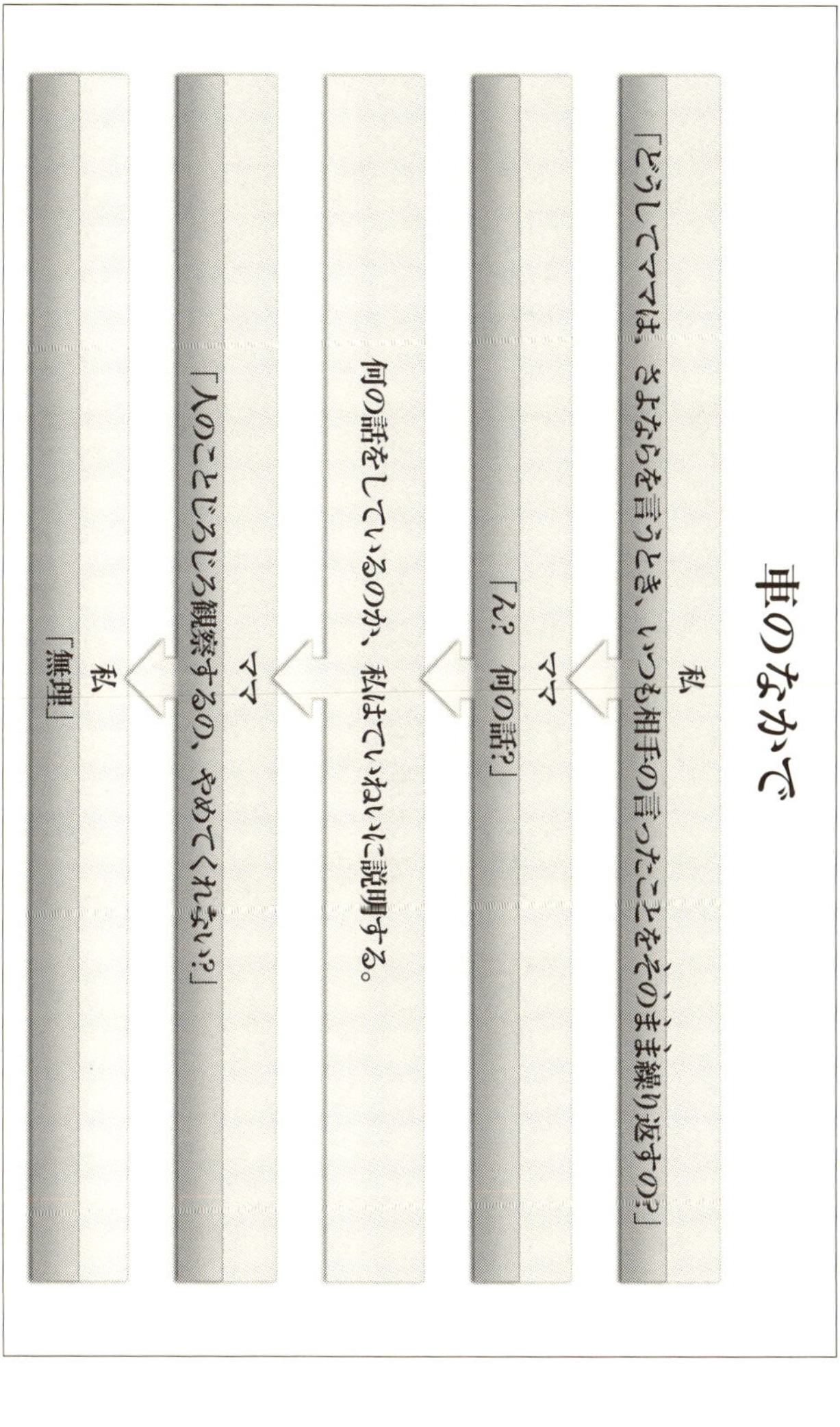
車のなかで
私
「どうしてママは、さよならを言うとき、いつも相手の言ったことをそのまま繰り返すの?」
ママ
「ん?　何の話?」
何の話をしているのか、私はていねいに説明する。
ママ
「人のことじろじろ観察するの、やめてくれない?」
私
「無理」

パンパは仕事

砂漠の景色

私が小さかったときは芝生があった。

でも芝生を維持するにはとても手間がかかる。あるいはタービン装置を設置するかだけど、それも高い。

私の家は砂漠のすぐそばにある。2カ月前、テラスのわきの砂にトカゲが卵を産んでいた。

ママとリンカーンと私は、ピクニック用のテーブルセットに座り、星空を見上げている。

ママは砂漠に、ゴミとか私たちの古いおもちゃとかを使って、彫刻を作っている。

その彫刻はいずれ壊れてしまうのだけど、壊れることも“作品の一部”らしい。

リンカーン

パパに似
てるけど、
もっと若いし
痩せてる。
“全休符”は4拍
で、“2分休符”
は2拍。
最近、長
い間《ポーズ》を持つ
ロックの曲に夢
中になっている。
いくつ
かのこと
に関しては、
大人よりずっと
たくさんのことを
知ってる。

曲とリンカーンのコメント

『バーナデット』
フォー・トップス

・「これはロック初期における素晴らしい間である。ボーカルがだんだん小さくなっていき、2分38秒から2分39秒5のあいだ、1.5秒の完全な沈黙がある。その後コーラスが再開する。おい、終わってなかったじゃないかと思うが、その26.5秒後、ほんとうに終わる」

『フォクシー・レディ』
ジミ・ヘンドリックス

・「これもまた初期の素晴らしい間である。3分19秒の曲の、2分23秒のところに2秒の間がある。しかし完全な沈黙ではない。ジミ・ヘンドリックスの呼吸の音が聞こえるからである」

『ヤング・アメリカンズ』
デヴィッド・ボウイ

・「これは台無しにされた例である。チクショウ、“…打ちのめして泣かせる…”のあとに、まるまる1秒、あるいは2秒、もしかしたら3秒もの間を入れることができたのに、なぜかボウイは怖気づきやがった」

パパ 対 ママ

パパの台詞（家にいれば言ったであろうこと）	ママの台詞
「おお、よくこんなに曲を分析したなあ、リンカーン」	「この3曲では、『バーナデット』が一番好き」
「こんな重箱の隅をつつくようなことを、できるお前はすごいよ」	「ボウイは怖気づいたわけじゃないと思うわ。間を入れなかったのは、何かべつの理由があったのよ」
「今日は友達と遊んだかい？」	「チクショウなんて言葉を使っちゃ駄目」

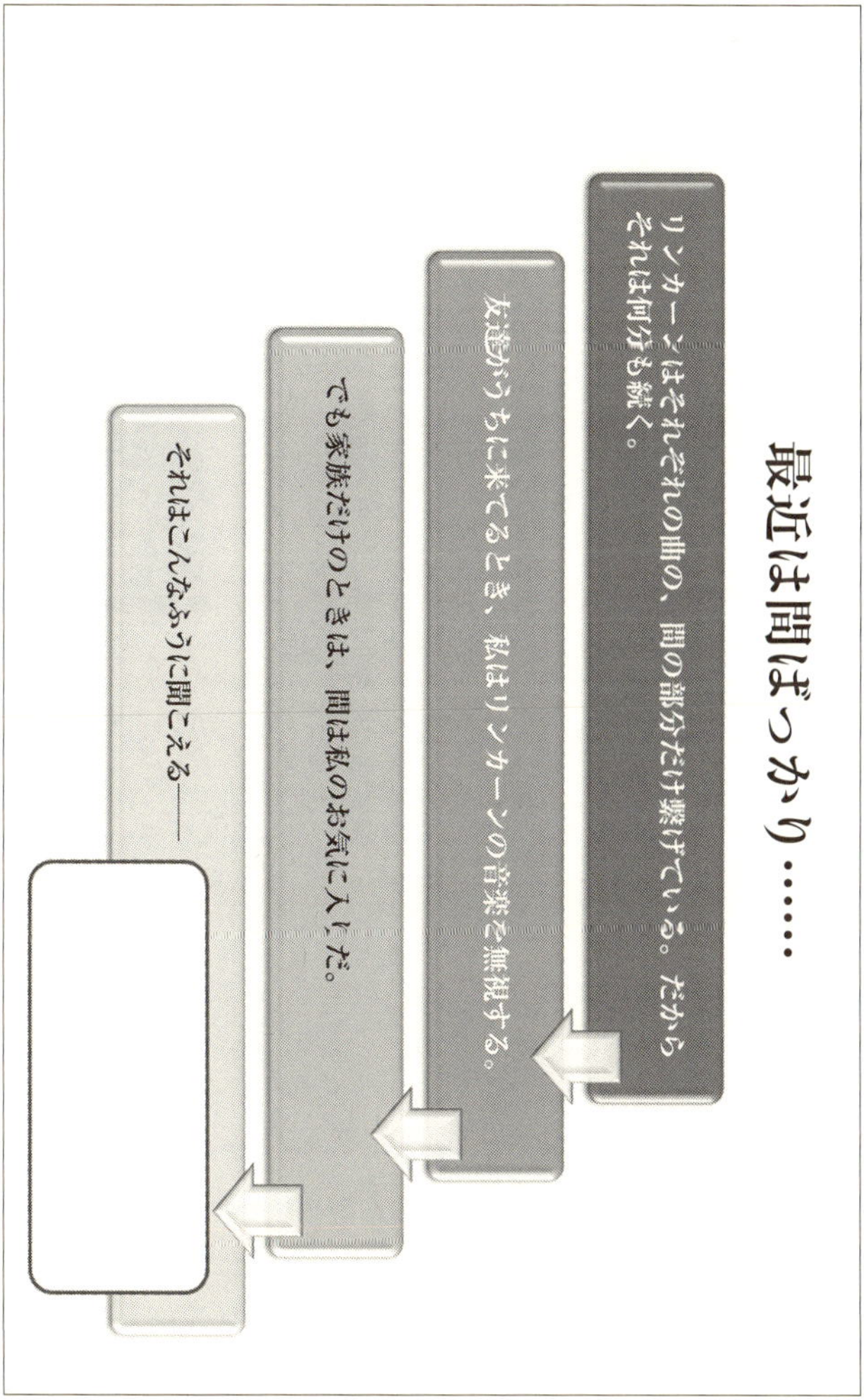
最近は間ばっかり……
リンカーンはそれぞれの曲の、間の部分だけ繋げている。だから
それは何分も続く。
友達がうちに来てるとき、私はリンカーンの音楽を無視する。
でも家族だけのときは、間は私のお気に入りだ。
それはこんなふうに聞こえる——

ママの台詞

「『バーナデット』の間には、くすんだような味わいがあるわ。きっと８トラックのテープで録音してるからよ」

「ヘンドリックスの笑い声を延々聴かされるのは、ちょっと気持ち悪いわね。これを本物の間と呼ぶべきかどうか、自信がないわ」

「ああ、ほんとうに気持ちいい夜。パパが一緒だったらなあ」

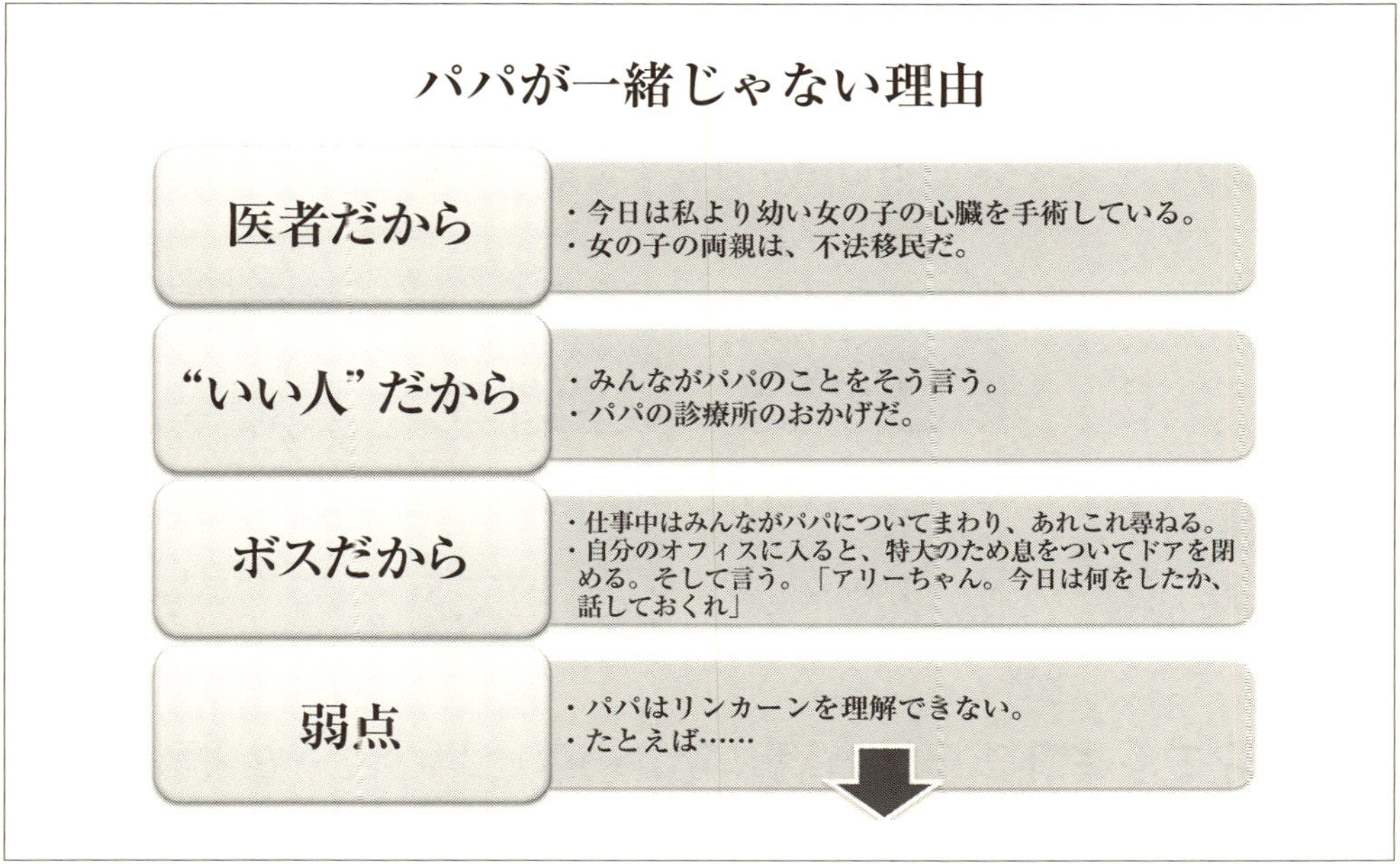
パパが一緒じゃない理由
医者だから
・今日は私より幼い女の子の心臓を手術している。
・女の子の両親は、不法移民だ。
“いい人”だから
・みんながパパのことをそう言う。
・パパの診療所のおかげだ。
ボスだから
・仕事中はみんながパパについてまわり、あれこれ尋ねる。
・自分のオフィスに入ると、特大のため息をついてドアを閉める。そして言う。「アリーちゃん。今日は何をしたか、話しておくれ」
弱点
・パパはリンカーンを理解できない。
・たとえば……

リンカーンの言いたいこと／結局言ってしまうこと

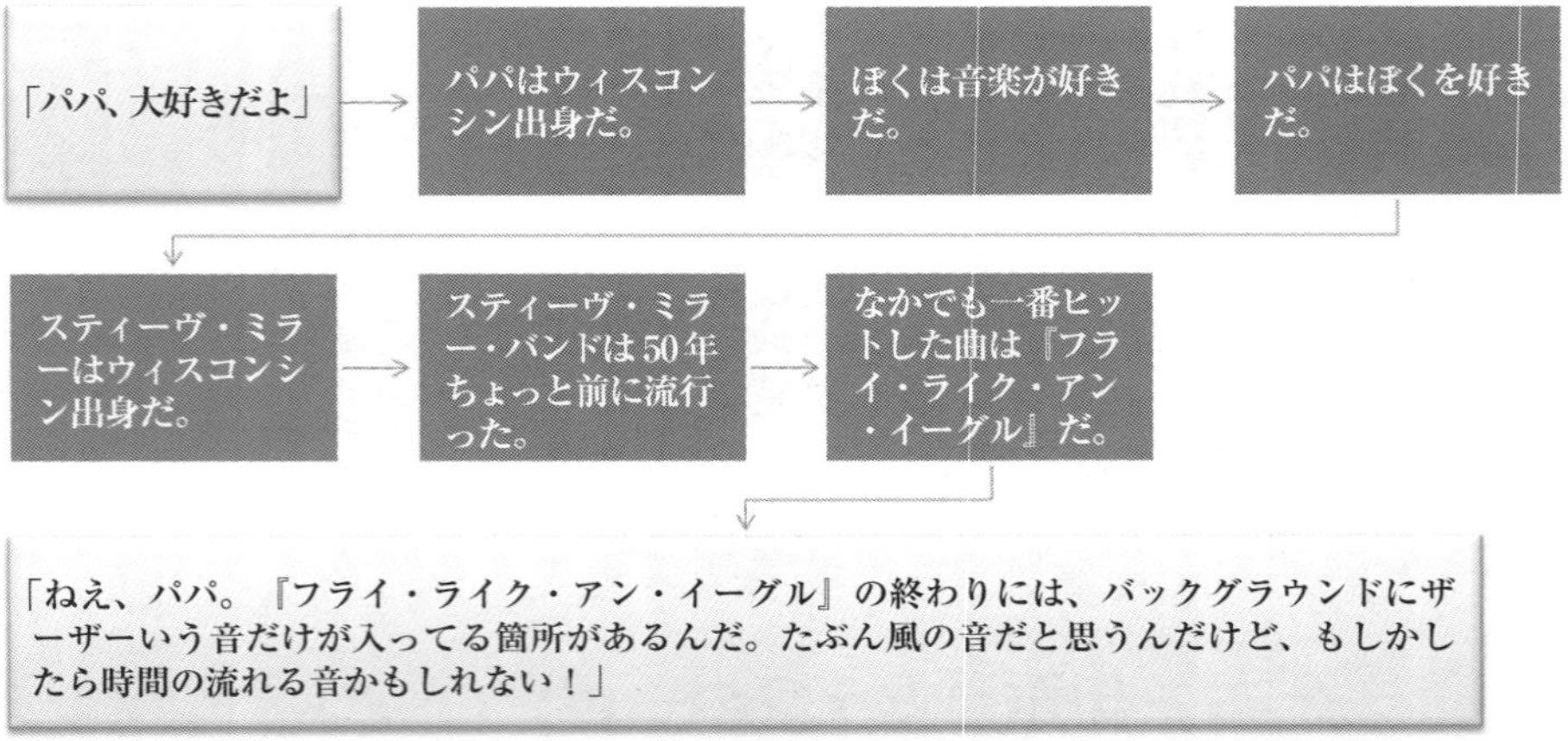
「パパ、大好きだよ」

パパはウィスコンシン出身だ。

ぼくは音楽が好きだ。

パパはぼくを好きだ。

スティーヴ・ミラーはウィスコンシン出身だ。

スティーヴ・ミラー・バンドは50年ちょっと前に流行った。

なかでも一番ヒットした曲は『フライ・ライク・アン・イーグル』だ。

「ねえ、パパ。『フライ・ライク・アン・イーグル』の終わりには、バックグラウンドにザーザーいう音だけが入ってる箇所があるんだ。たぶん風の音だと思うんだけど、もしかしたら時間の流れる音かもしれない！」

「それはよかったね、リンカーン」とパパ。

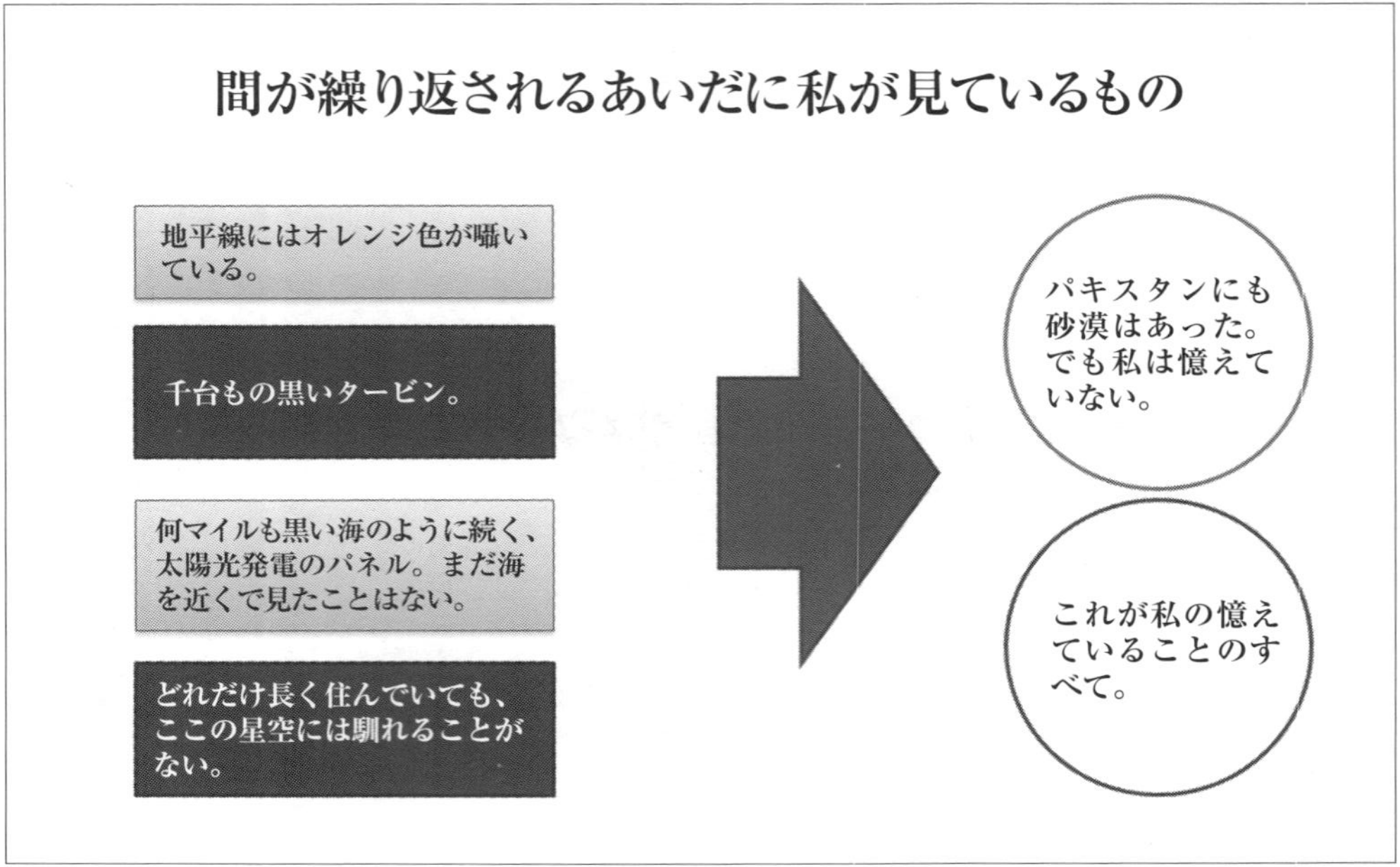
間が繰り返されるあいだに私が見ているもの
地平線にはオレンジ色が囁いている。

千台もの黒いタービン。

何マイルも黒い海のように続く、太陽光発電のパネル。まだ海を近くで見たことはない。

どれだけ長く住んでいても、ここの星空には馴れることがない。

パキスタンにも砂漠はあった。でも私は憶えていない。

これが私の憶えていることのすべて。

2

私の部屋で

うっとうしい習慣　その92

ママ（スライドを作る私を見て）
「またあ?」

私
「そうだけど?」

ママ
「たまには何か書いてみたら?」

私
「だからいま、スライドで日記書いてるじゃない」

ママ
「紙に書いたら、って言ってるのよ」

私
「うっわ！　いまどきそんな言葉、誰も使わないよ」

ママ
「余白ばっかりに見えるけど、どこに書いてるっていうの?」

学校のスライドで覚えてきて、私がママにぶつける標語
（ママをうっとうしがらせるのが目的）

「ワードウォール*2は続くよ、どこまでも！」

「お願い、アリー。もう勘弁して」とママ。でも笑ってる。

「図表は理解を促すもの、混乱させるものではない！」

「ちり紙《ティシュー》ではなく論点《イシュー》を！」

「グラフィックを追加して、トラフィック*1を増加せよ！」

訳注　＊1：通信回路内のデータの交通量　＊2：あるテーマに沿って言葉を集め、壁を埋めるように貼ったもの

ママは玩具《おもちゃ》の馬を指さす

私はその馬を窓辺に飾っている。杏の種の殻でできた馬だ。

パキスタンに住んでいたとき、パパとママが買った。

ママは以前、「赤ちゃんが産まれたら、この馬で遊ぶかもしれないと思ったの」と言った。

パパとママがふたたびお互いを見つけたとき、ママはニューヨークの荷物をまとめて引き払い、海外でパパと落ち合った。

「後悔はしなかったわ」とママは言う。

私は部屋でひとりのとき、いまでもたまにその馬で遊ぶ。

もう12歳なんだけど。

予感を現実にするのが好きなのだ。

「ああ、アリー。この馬を見れてとても嬉しい」と
ママは言う。

「じゃあこれは?」と私は言って、ある本を開く。

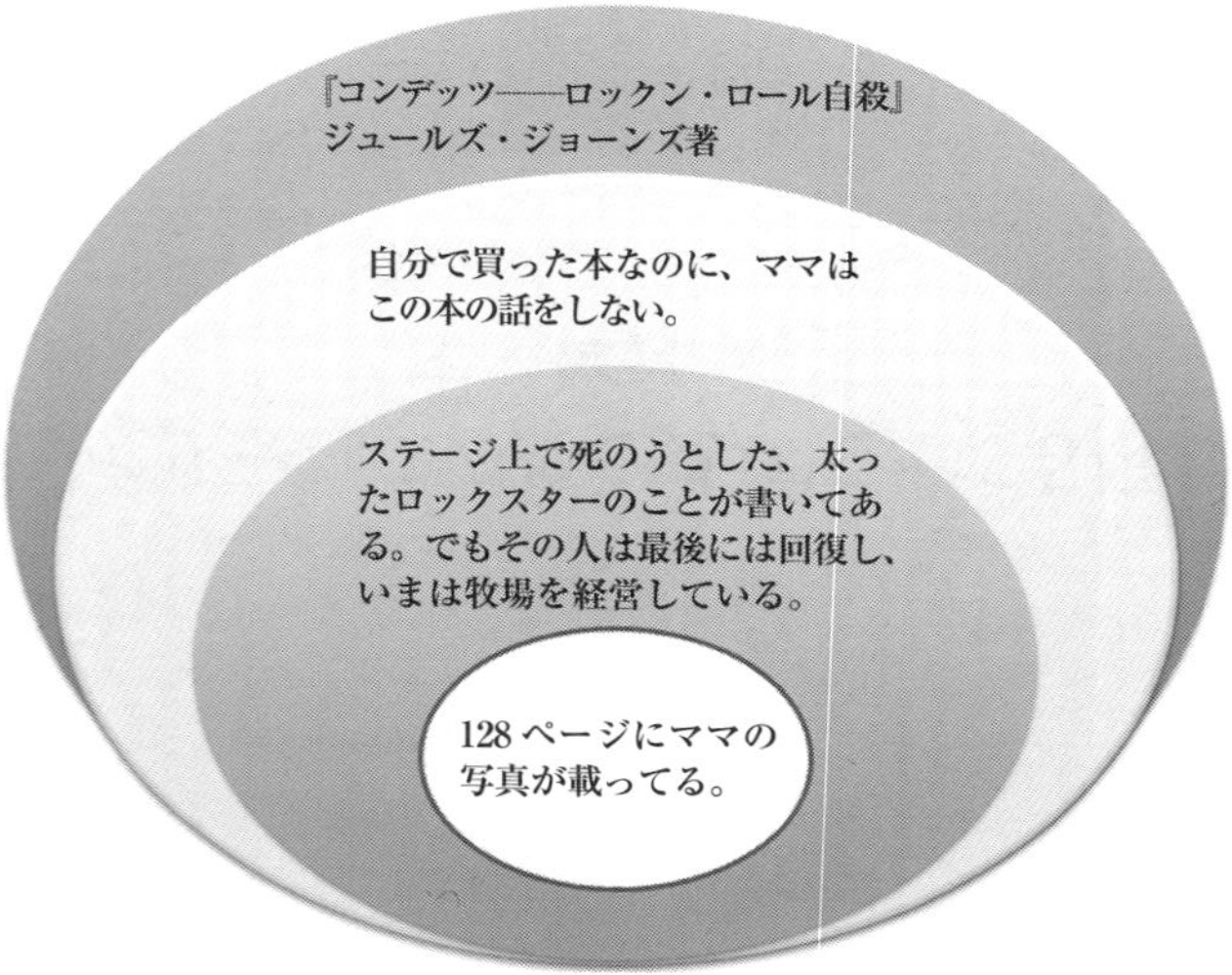
『コンデッツ――ロックン・ロール自殺』
ジュールズ・ジョーンズ著
自分で買った本なのに、ママは
この本の話をしない。
ステージ上で死のうとした、太っ
たロックスターのことが書いてあ
る。でもその人は最後には回復し、
いまは牧場を経営している。
128ページにママの
写真が載ってる。

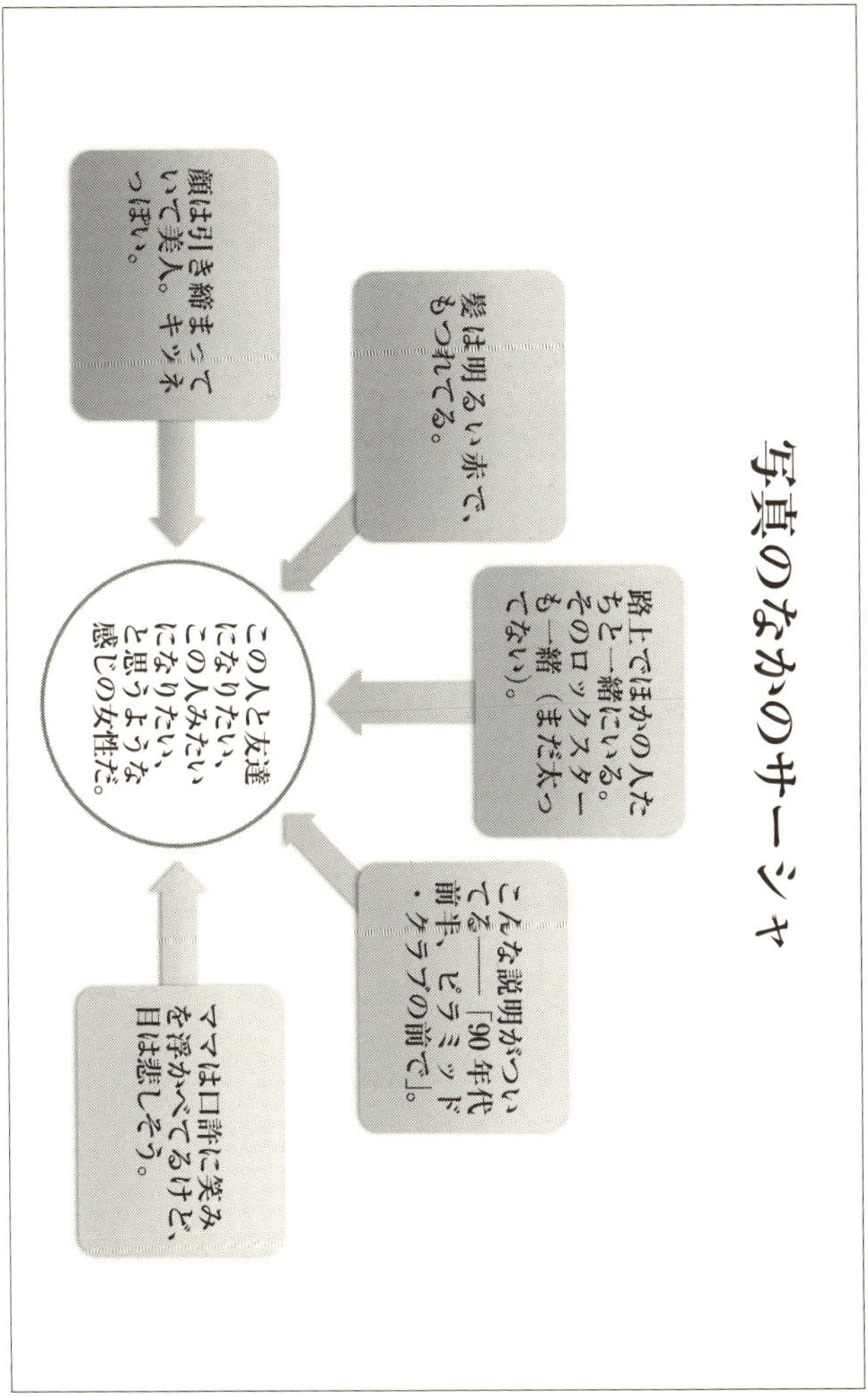
写真のなかのサーシャ
顔は引き締まっていて美人。キツネっぽい。
髪は明るい赤で、もつれてる。
路上でほかの人たちと一緒にいる。そのロックスターも一緒（まだ太ってない）。
こんな説明がついてる――「90年代前半、ピラミッド・クラブの前で」。
ママは口許に笑みを浮かべてるけど、目は悲しそう。
この人と友達になりたい、この人みたいになりたい、と思うような感じの女性だ。

ママが当時を語らない理由

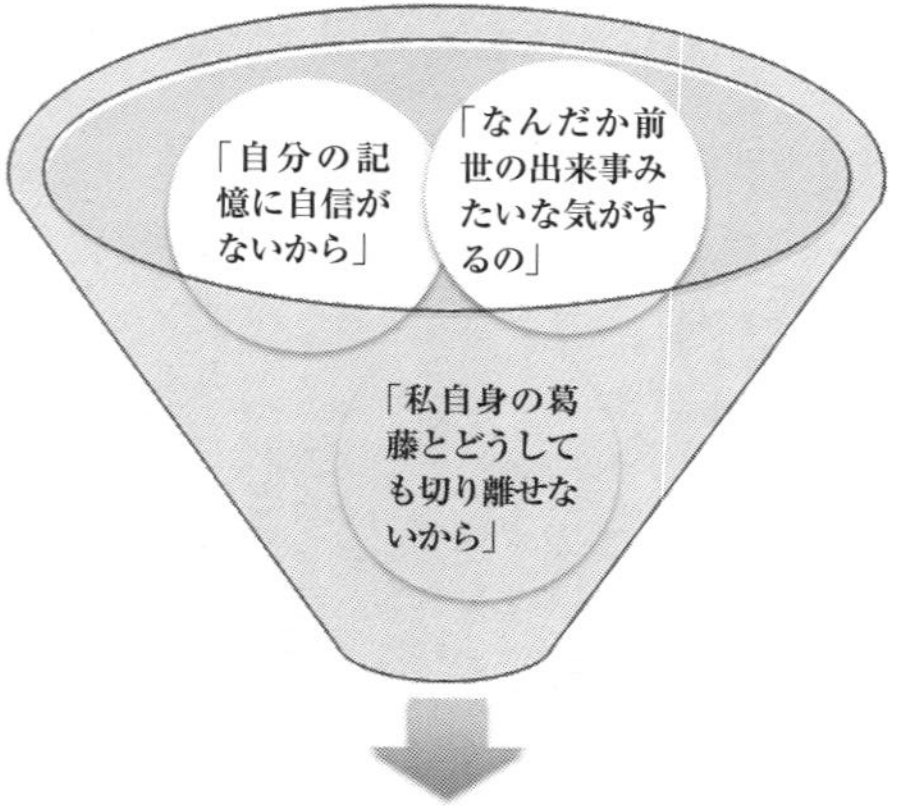
「自分の記憶に自信がないから」
「なんだか前世の出来事みたいな気がするの」
「私自身の葛藤とどうしても切り離せないから」

「どんな葛藤?」と私はママに訊いたことがある。
「あなたは知らなくていいことよ」とママは言った。

リンカーンのベッドと私のベッドは、壁を挟んで隣りあっている

- 私からのノック2回＝「おやすみ、アリー」
- ママは次にお兄ちゃんの部屋に行く。
- リンカーンの部屋にいる時間のほうが長い。

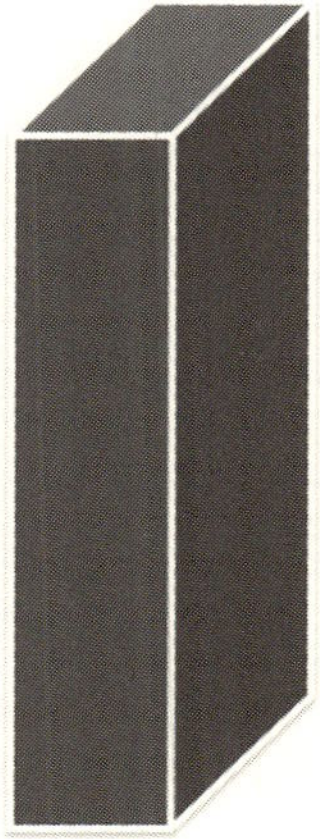

- 私からのノック2回＝「おやすみ、リンク」
- 壁越しに二人の話し声が聞こえる。
- 私の部屋に来るほうが先だ。

ママは私のベッドの端に腰かける

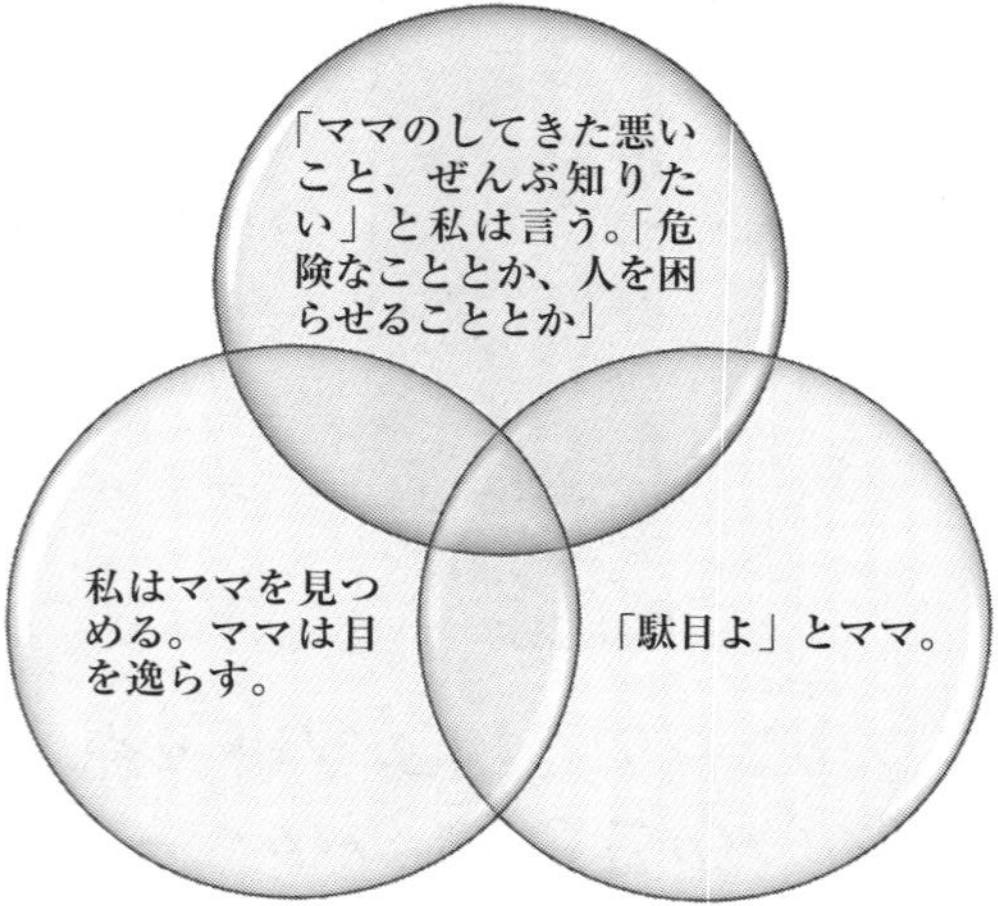
「ママのしてきた悪いこと、ぜんぶ知りたい」と私は言う。「危険なこととか、人を困らせることとか」
私はママを見つめる。ママは目を逸らす。
「駄目よ」とママ。

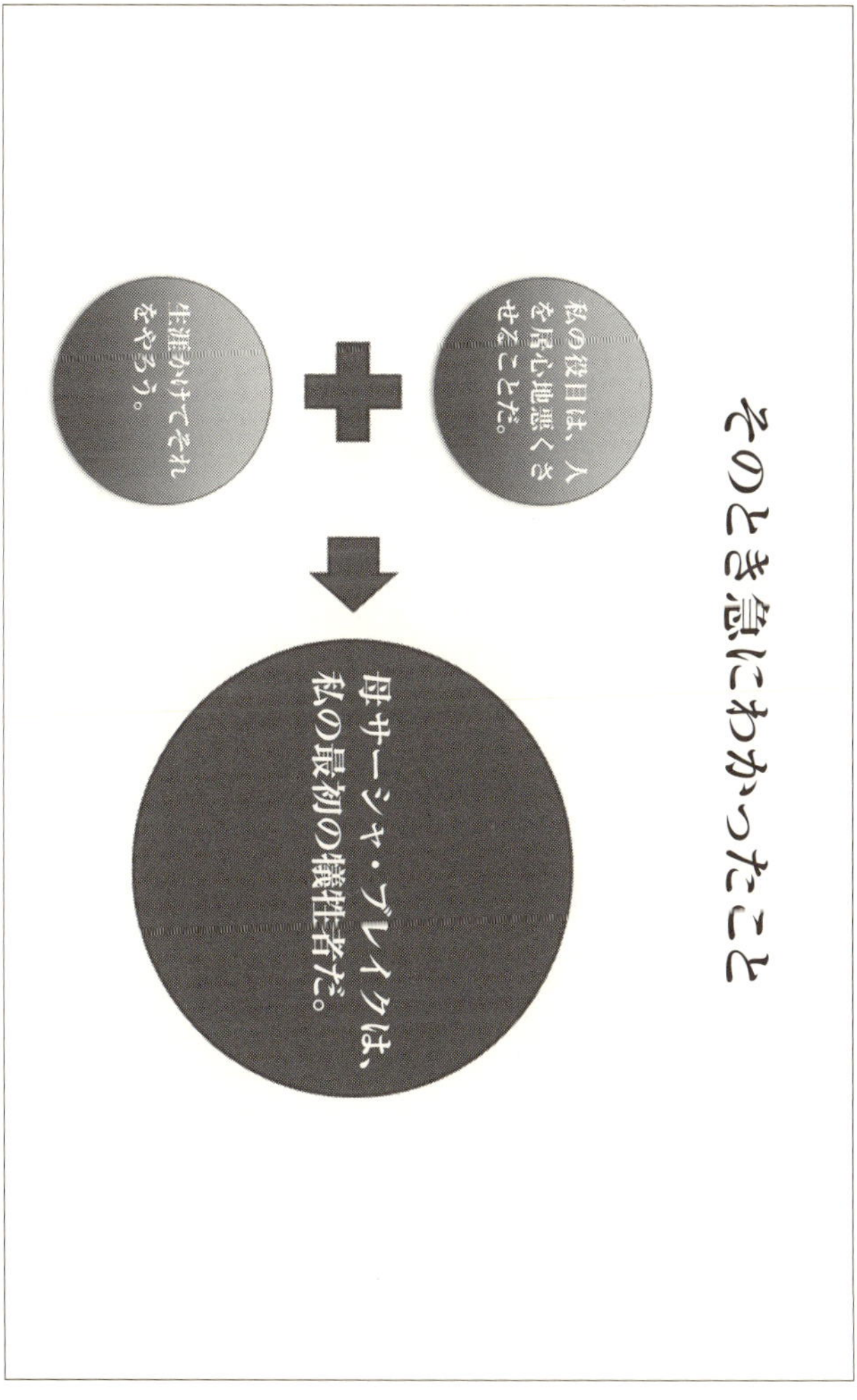
そのとき急にわかったこと
私の役目は、人を居心地悪くさせることだ。
生涯かけてそれをやろう。
母サーシャ・ブレイクは、私の最初の犠牲者だ。

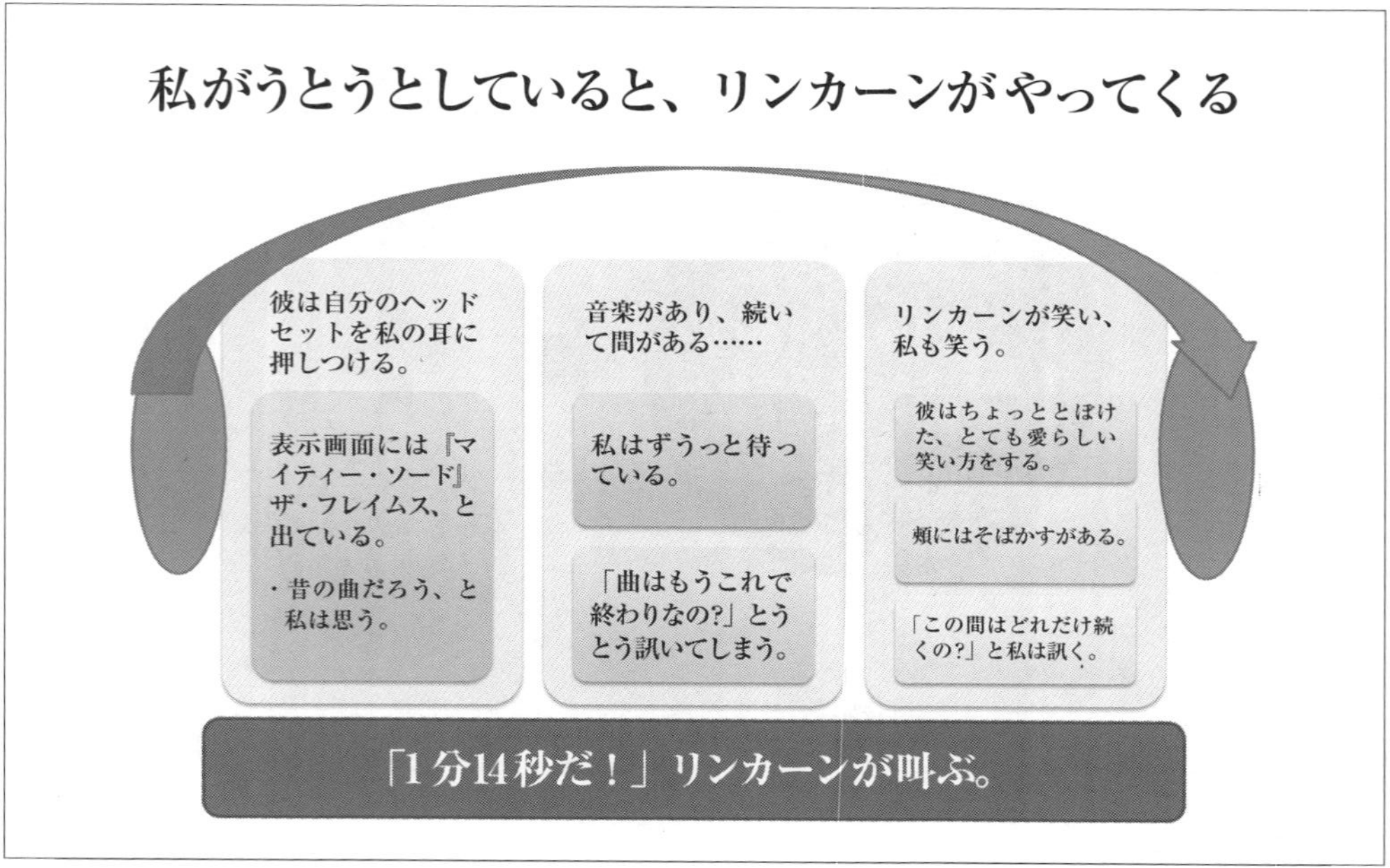
私がうとうとしていると、リンカーンがやってくる
彼は自分のヘッドセットを私の耳に押しつける。
表示画面には『マイティー・ソード』ザ・フレイムス、と出ている。
・昔の曲だろう、と私は思う。
音楽があり、続いて間がある……
私はずうっと待っている。
「曲はもうこれで終わりなの?」とうとう訊いてしまう。
リンカーンが笑い、私も笑う。
彼はちょっととぼけた、とても愛らしい笑い方をする。
頬にはそばかすがある。
「この間はどれだけ続くの?」と私は訊く。
「1分14秒だ!」リンカーンが叫ぶ。

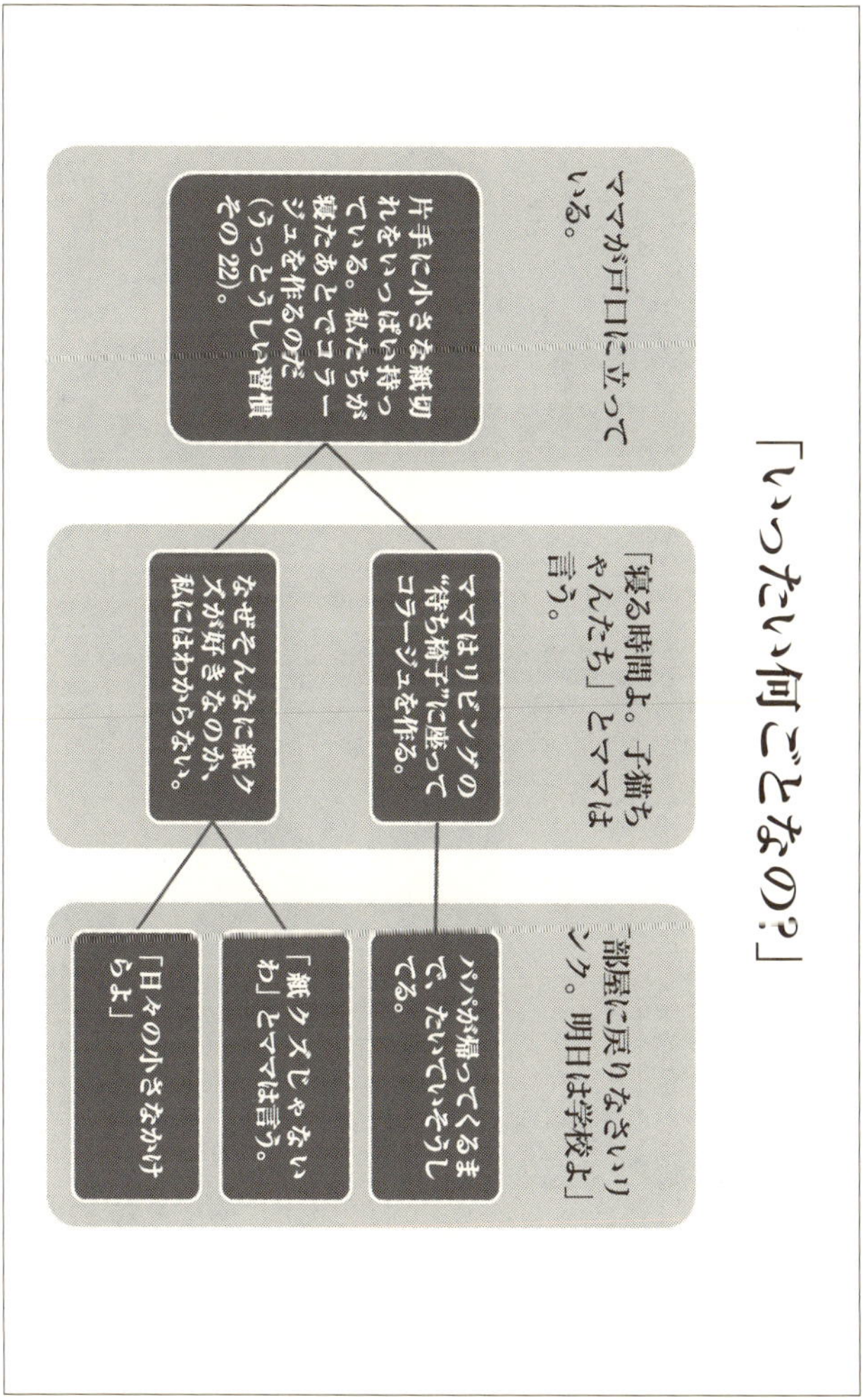
「いったい何ごとなの!?」

ママが戸口に立っている。

片手に小さな紙切れをいっぱい持っている。私たちが寝たあとでコラージュを作るのだ（うっとうしい習慣その22）。

「寝る時間よ。子猫ちゃんたち」とママは言う。

ママはリビングの“待ち椅子”に座ってコラージュを作る。

なぜそんなに紙クズが好きなのか、私にはわからない。

「部屋に戻りなさいリンク。明日は学校よ」

パパが帰ってくるまで、たいていそうしてる。

「紙クズじゃないわ」とママは言う。

「日々の小さなかけらよ」

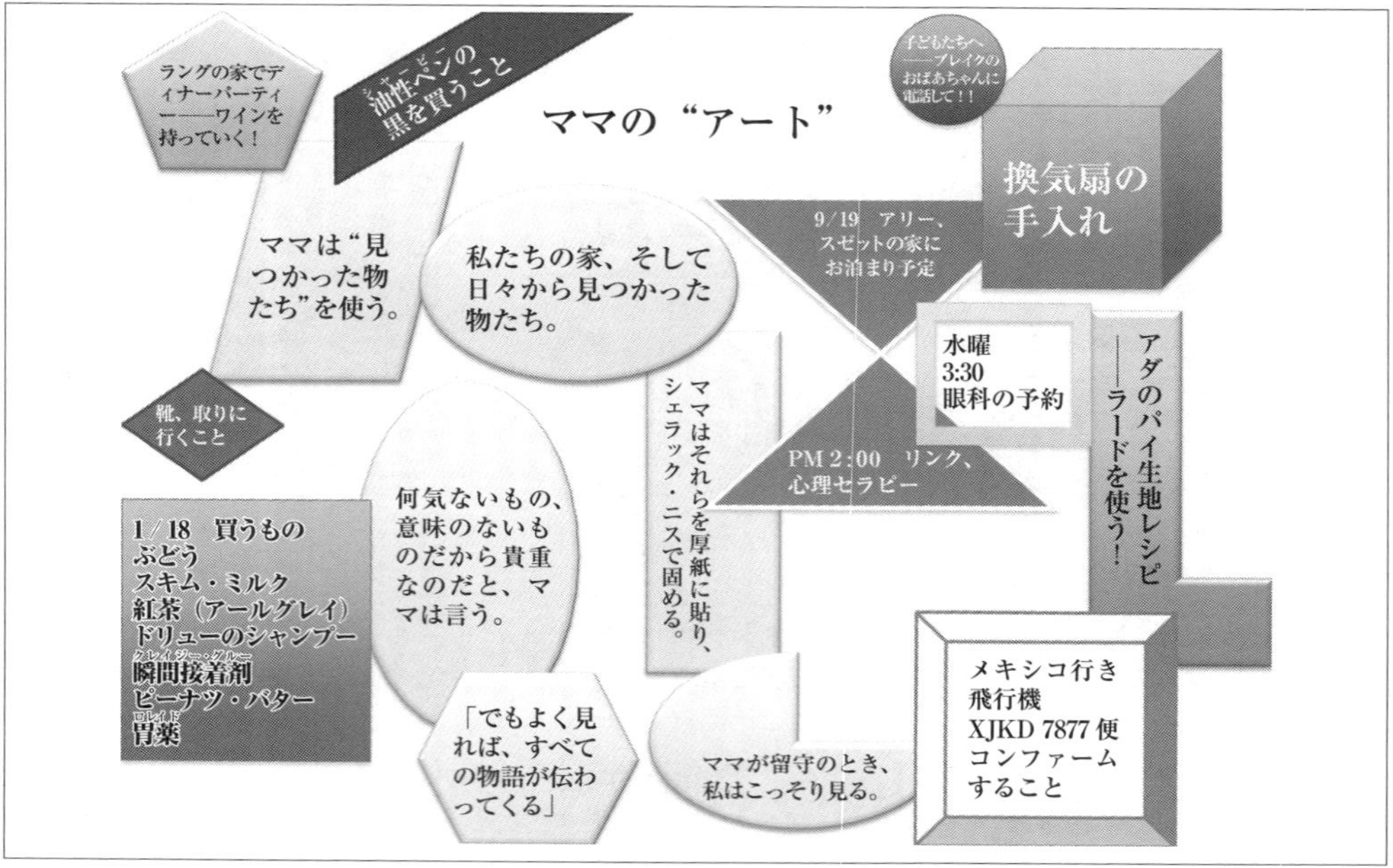
ママの“アート”
ラングの家でディナーパーティ——ワインを持っていく！
油性ペン《シャーピー》の黒を買うこと
子どもたちへ——ブレイクのおばあちゃんに電話して！！
換気扇の手入れ
ママは“見つかった物たち”を使う。
私たちの家、そして日々から見つかった物たち。
9/19　アリー、スゼットの家にお泊まり予定
水曜
3:30
眼科の予約
靴、取りに行くこと
ママはそれらを厚紙に貼り、シェラック・ニスで固める。
PM 2:00　リンク、心理セラピー
アダのパイ生地レシピ——ラードを使う！
何気ないもの、意味のないものだから貴重なのだと、ママは言う。
1/18　買うもの
ぶどう
スキム・ミルク
紅茶（アールグレイ）
ドリューのシャンプー
瞬間接着剤《クレイジー・グルー》
ピーナツ・バター
胃薬《ロレイド》
「でもよく見れば、すべての物語が伝わってくる」
ママが留守のとき、私はこっそり見る。
メキシコ行き
飛行機
XJKD 7877 便
コンファーム
すること

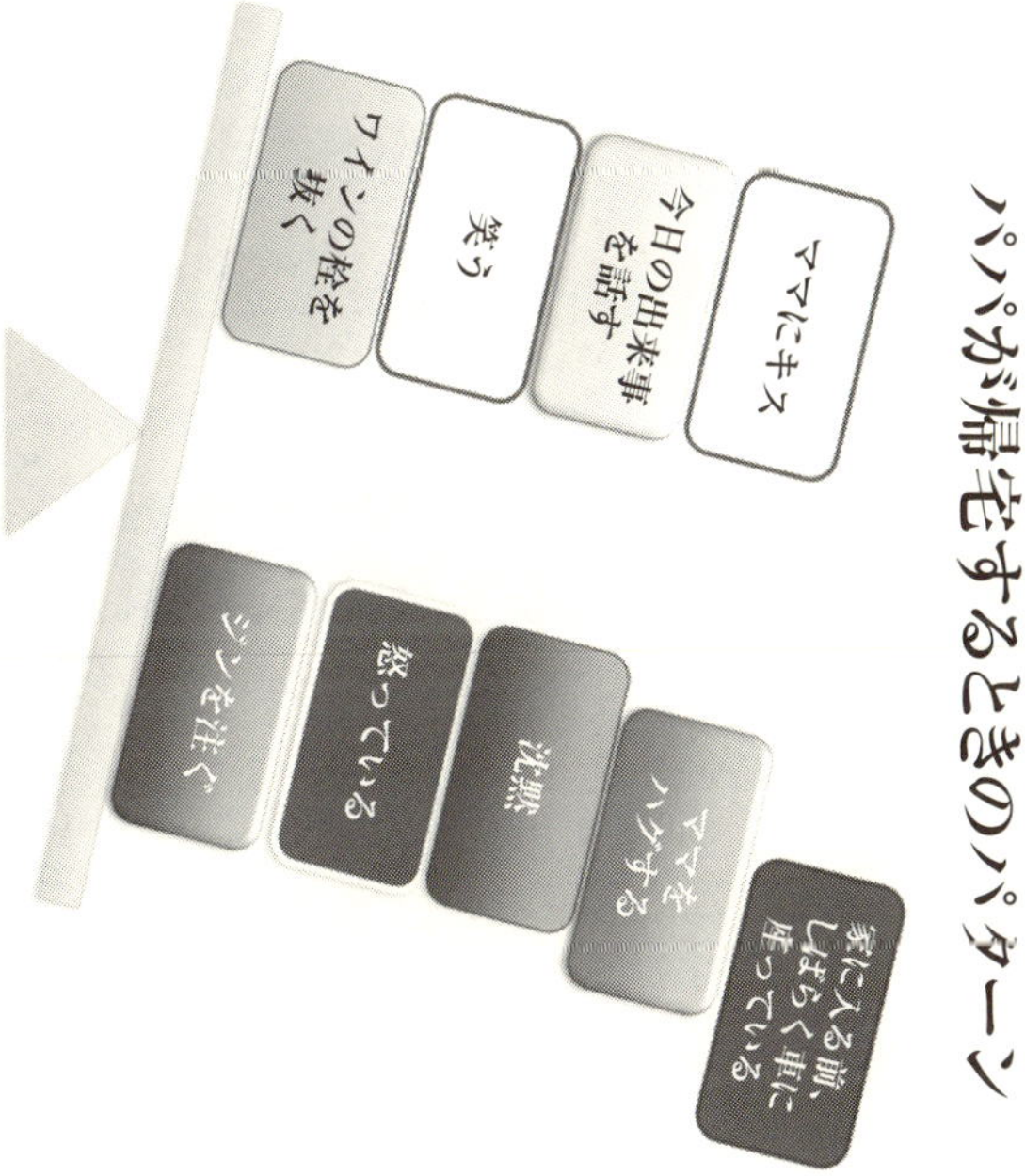
パパが帰宅するときのパターン
ママにキス
今日の出来事を話す
笑う
ワインの栓を抜く
家に入る前、しばらく車に座っている
ママをハグする
沈黙
怒っている
ジンを注ぐ

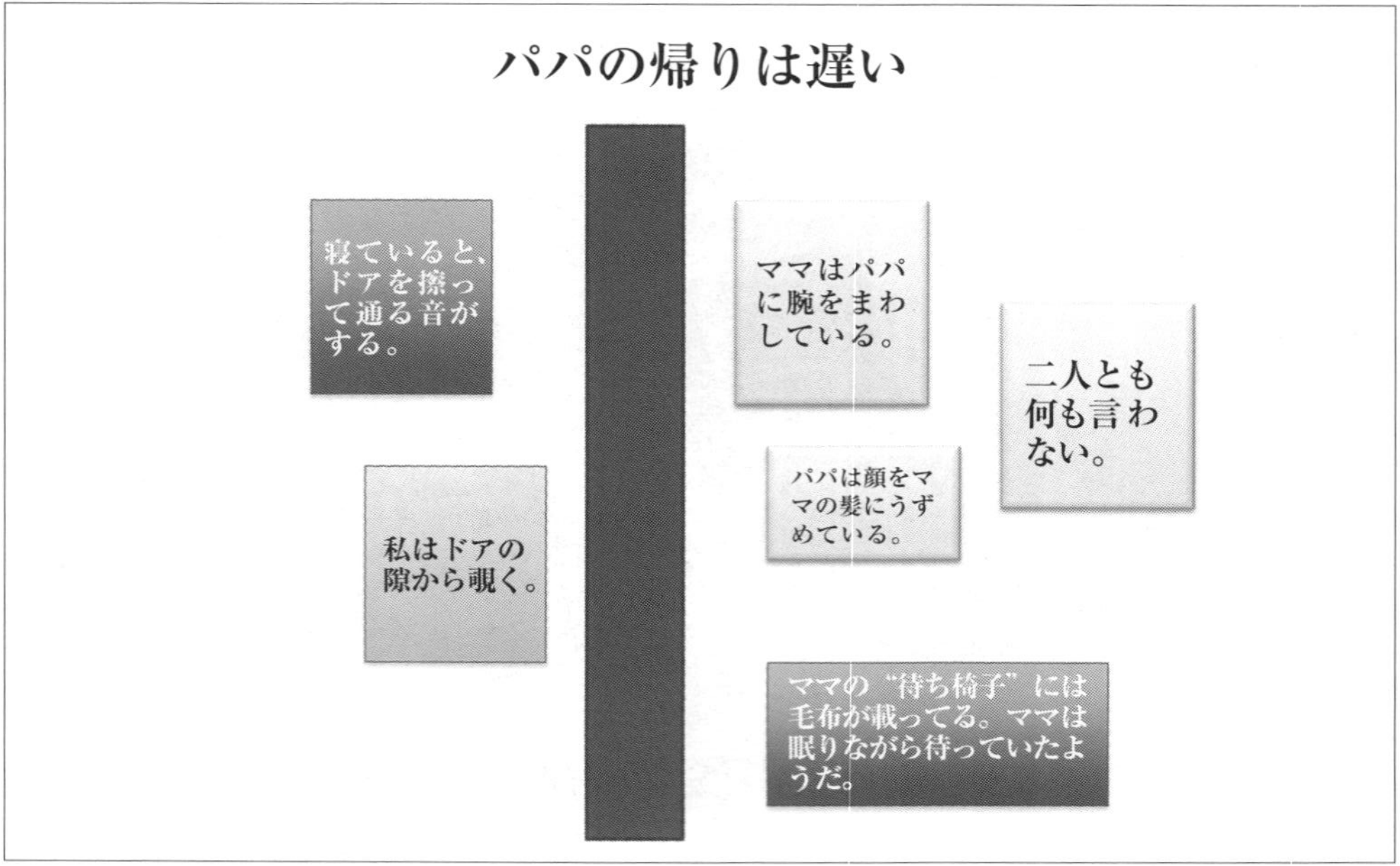
パパの帰りは遅い
寝ていると、ドアを擦って通る音がする。
私はドアの隙から覗く。
ママはパパに腕をまわしている。
パパは顔をママの髪にうずめている。
二人とも何も言わない。
ママの“待ち椅子”には毛布が載ってる。ママは眠りながら待っていたようだ。

3

次の夜

パパはテラスで鶏を丸焼きにする

ピクニック用テーブルセットで、みんなで食べる。

パパは学校のことを訊き、私は答える。

パパの作る晩ご飯はママのよりおいしい。同じものを作る場合でも。

ママはずっとパパに腕をまわして、頬にキスをしている（うっとうしい習慣　その62)。

私は心臓手術を受けた女の子の話を聞きたい。

パパのこと

髭を剃ったすぐあとは、指でこするとキュキュッと音がする。

ほかのパパたちとは違い、髪が多くてちょっとくせ毛だ。

いまでも私を肩車できる。

食べ物を噛み砕くとき、歯がぶつかる音が聞こえる。
・そんなにぶつかったら粉々になりそうだけど、パパの歯は頑丈で白い。

眠れないときは、砂漠を散歩する。

なぜあんなにもママを大好きなのか、それは謎だ。

パパの笑い

パパを
笑わせるの
は難しい。
笑うと、吠え声か唸り
声みたいに聞こえる。
もしかしたら、自分が笑ったことに驚
いて、吠え声や唸り声が出るのかも。
ママが言うには、パパは昔はもっと笑う人だった。
「若いころは誰だってよく笑うものよ」とママ（大学時代を含めて）。

ほんとうの話

パパは大学時代、ロブという名前の青年と一緒に泳ぎ、ロブは溺れ死んだ。

そのときパパは医者になろうと決めた。

「なぜ救助員になろうと思わなかったの?」私はときどき訊く。「それか水泳の先生とか」

「いい質問だね」とパパは言う。「いまからでもなれるかな？」

その前は、パパは大統領になりたかった。

「18歳なら誰でも思うことだろう？」とパパ。

パパはこの話を誰にでもする。

「思いを包むは罪深し」とは、パパの好きな諺だ。

ロブはママの親友だった。

ママはロブの写真を財布に入れている。

基本的にハンサムな顔立ちだ。赤っぽい無精ひげを生やし、きれいな目をしてる。登山家っぽい。

でも、パパのほうがハンサムだ。

その写真を注意深く見れば、ロブは夭折するだろうとわかる。

「彼のこと、愛してた?」と私はママに訊く。

「どんな人だったの?」

「どうして溺れたの?」

「なぜパパは彼を助けられなかったの?」

そういう表情を彼はしている。古い写真のなかにだけいる人特有の表情だ。

「ええ。友達としてね」

「とても優しくて、そして混乱してた。多くの若者と同じようにね」

「泳ぎが得意じゃなかったの。海流に呑み込まれたのよ」

「助けようとはしたわ」

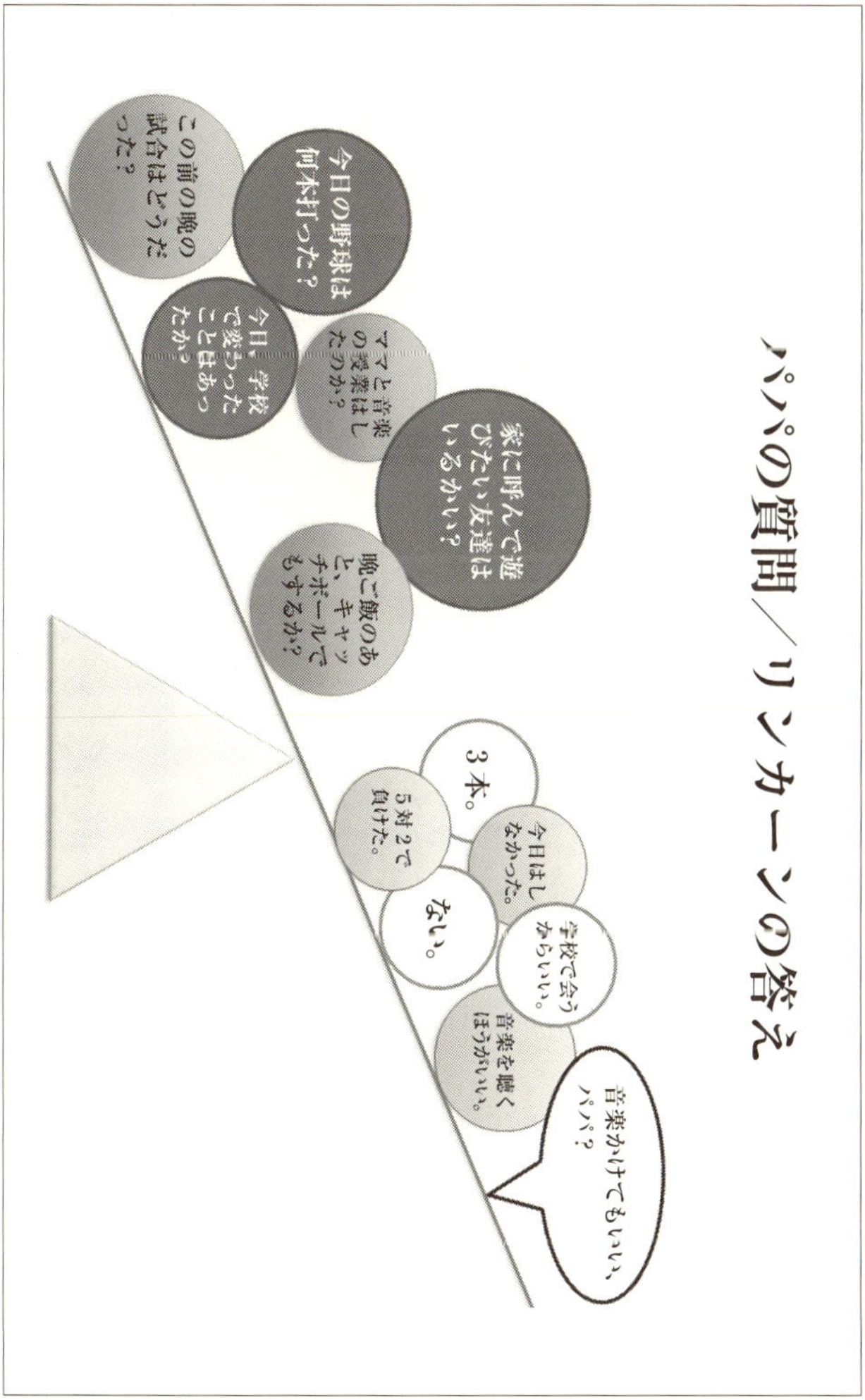
パパの質問／リンカーンの答え
この前の晩の試合はどうだった？
今日の野球は何本打った？
今日、学校で変わったことはあったか？
ママと音楽の授業はしたのか？
家に呼んで遊びたい友達はいるかい？
晩ご飯のあと、キャッチボールでもするか？
3本。
5対2で負けた。
今日はしなかった。
ない。
学校で会うからいい。
音楽を聴くほうがいい。
音楽かけてもいい、パパ？

パパが楽しくないしるし

「もちろんさ、リンク」夕食のあとでパパは言う。「何か音楽を聴こうじゃないか」

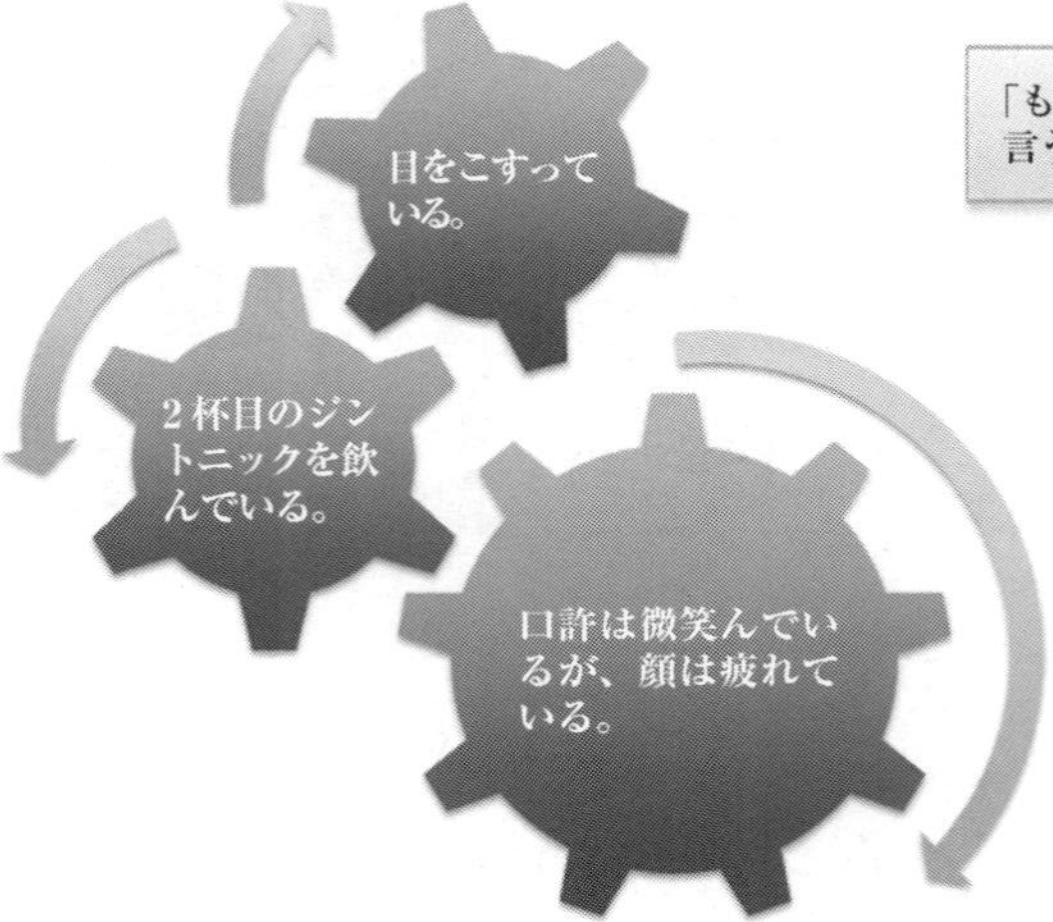
目をこすっている。
2杯目のジントニックを飲んでいる。
口許は微笑んでいるが、顔は疲れている。

曲とリンカーンのコメント

曲	コメント
『ロング・トレイン・ランニン』ドゥービー・ブラザーズ	・「間は2分43秒から2分45秒のあいだのたった2秒だ。しかしほぼ完璧な間と言える。のちリフレインが入り、3分28秒まで曲は続く——間のあとにもかかわらず、ほぼ丸1分の音楽がある」
『スーパーヴィクセン』ガービッジ	・「これはユニークだ。というのも音楽の休止していないところに間が発生しているからだ。それはただ1秒の途絶である——0分14秒から0分15秒のあいだと、3分08秒から3分09秒のあいだの。録音の途切れのようにも聞こえるが、これは意図的なものである！」

音楽に紛れてパパがママに囁く（でも私には聞こえる）

「これはやらせておくべきことなんだろうか?」

「もちろん、大いにやらせるべきよ」

↓

「こんなことが、ほかの友達と繫がるきっかけになるのか？」

「世界と繫がるきっかけになるわ」

↓

「何かほかのことに注意を向けてみたらどうかな？」

「いまリンカーンが興味を持ってることはこれよ」

↓

「だけどいったいなんなんだ、サーシャ？　これはなんなんだ？」

「ドリュー」とママは言う。「これは音楽よ」

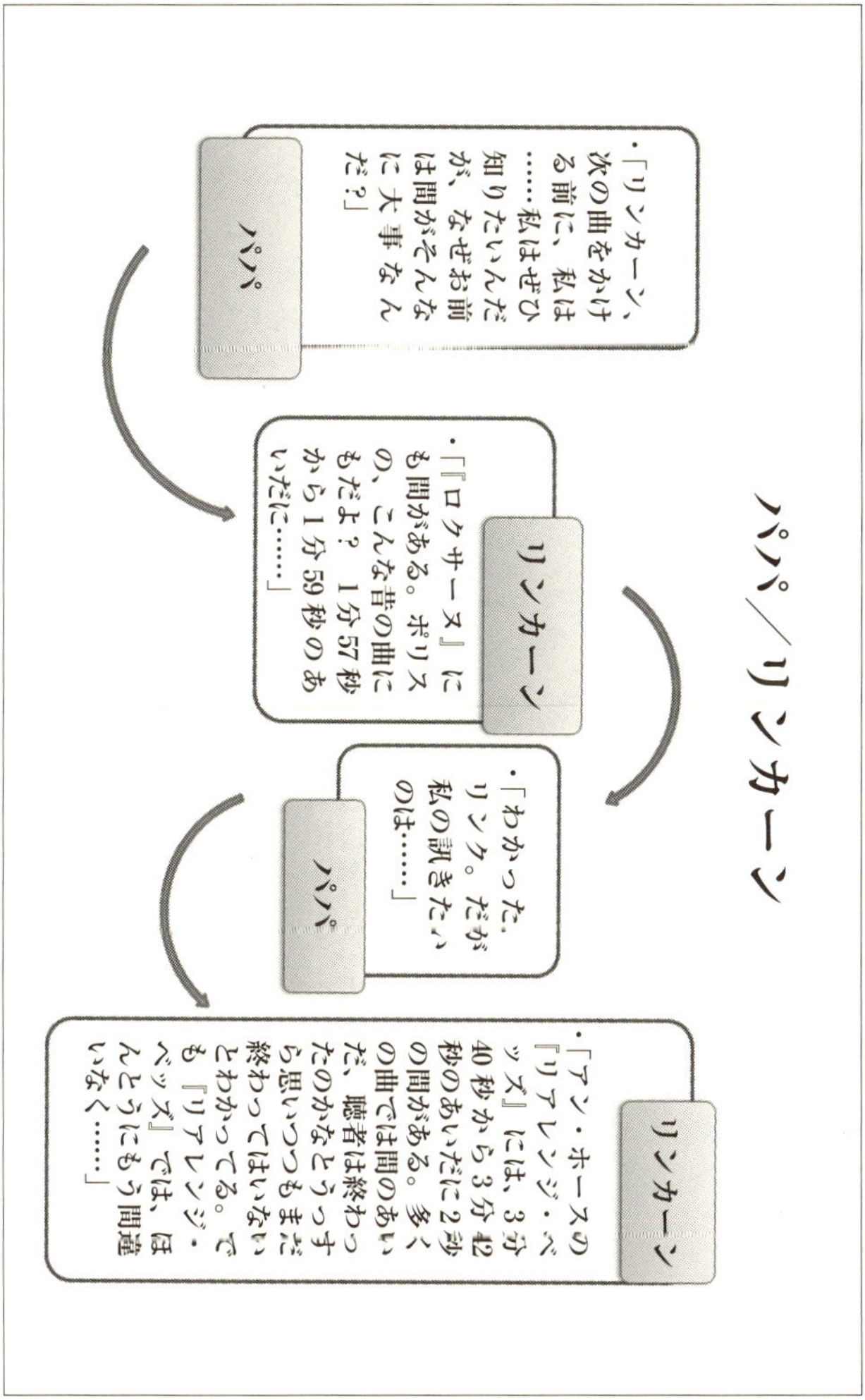
パパ／リンカーン
パパ
・「リンカーン、次の曲をかける前に、私はぜひ……私はぜひ知りたいんだが、なぜお前は間がそんなに大事なんだ?」
リンカーン
・「『ロクサーヌ』にも間がある。ポリスの、こんな昔の曲にもだよ? 1分57秒から1分59秒のあいだに……」
パパ
・「わかった。リンク。だが私の訊きたいのは……」
リンカーン
・「アン・ホースの『リアレンジ・ベッズ』には、3分40秒から3分42秒のあいだに2秒の間がある。多くの曲では間のあいだ、聴者は終わったのかなとうっすら思いつつもまだ終わってはいないとわかってる。でも『リアレンジ・ベッズ』では、ほんとうにもう間違いなく……」

「やめろ！」パパが叫ぶ。「もういい、頼む、やめてくれ。私の質問は忘れていいから」

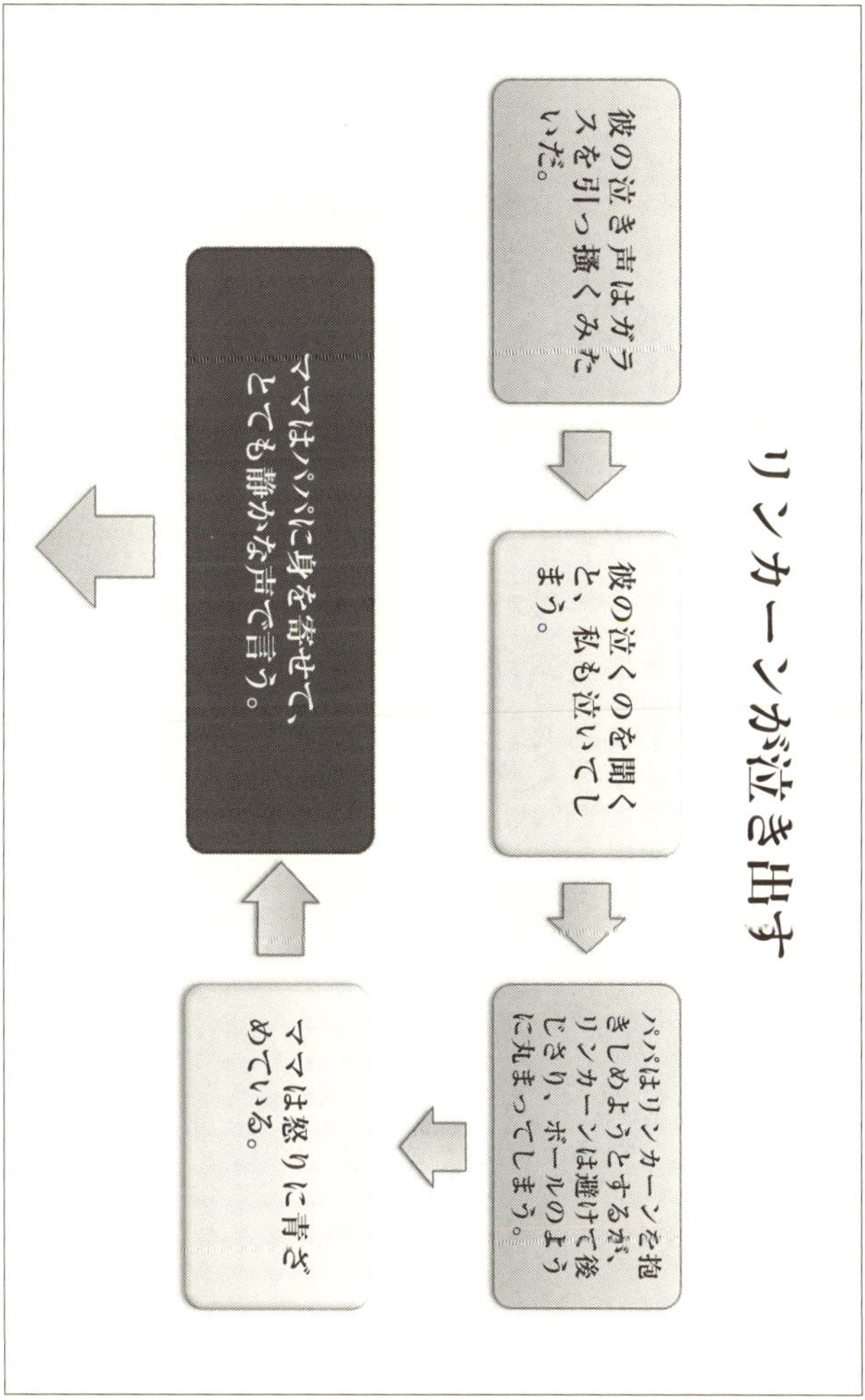
リンカーンが泣き出す
彼の泣き声はガラスを引っ掻くみたいだ。

彼の泣くのを聞くと、私も泣いてしまう。

パパはリンカーンを抱きしめようとするが、リンカーンは避けて後じさり、ボールのように丸まってしまう。

ママは怒りに青ざめている。

ママはパパに身を寄せて、とても静かな声で言う。

「間があると、曲が終わるのだと思う。でも曲はほんとうには終わっていなくて、ほっとする。でもそのあとで、曲はいよいよほんとうに終わってしまう。なぜなら、当たり前だけど、すべての曲は終わるからよ。そして、そのとき、その終わりは、この上なく、**本物**、なの」

私たちがテラスに立っているあいだの間

そしてパパはリンカーンを腕に抱く

リンカーンは抵抗するけど、パパのほうが強い。「よしよし」パパが優しく言う。「よしよし、リンク。ごめんよ」

抵抗をやめてからも、リンカーンは泣き続けている。肩甲骨がTシャツの下で激しく上下している。

二人はとてもよく似ている。パパが昔の、痩せた自分をハグしているのを見るようだ。

リンカーンが自分の部屋に駆け込み、
力まかせにドアを閉める
ママが後を追う。
私はパパとテラスに残る。
頭上の夕日が焚火のようだ。
パパはジントニックを飲み干すと、氷だけになったグラスを揺する。
「散歩しないかい、アリー？」とパパが言う。

砂　漠

4

それは以前うちの芝生があった場所から始まっている

- テラスを3歩も出れば、もう砂漠に囲まれてしまう。
  - 山々は切り絵のようだ。
  - 天幕のような空には星がいっぱい。
  - ママが玩具の線路と人形の首で作った彫刻群は、砂に埋もれつつある。
- 「蛇に気をつけて」とパパ。
  - 「こんなに寒いんだもん」と私。「蛇は寝てるよ」
  - 「じゃあ起こさないよう気をつけよう」とパパ。

音

砂は静かで、かつ賑やかだ。
カチカチいう音や引っ搔くような音が聞こえる。『バーナデット』の間みたいだ。
セミソニックの『クロージング・タイム』の間みたいな、ブーンと唸るような音が聞こえる。
砂漠は全体がひとつの間だ。

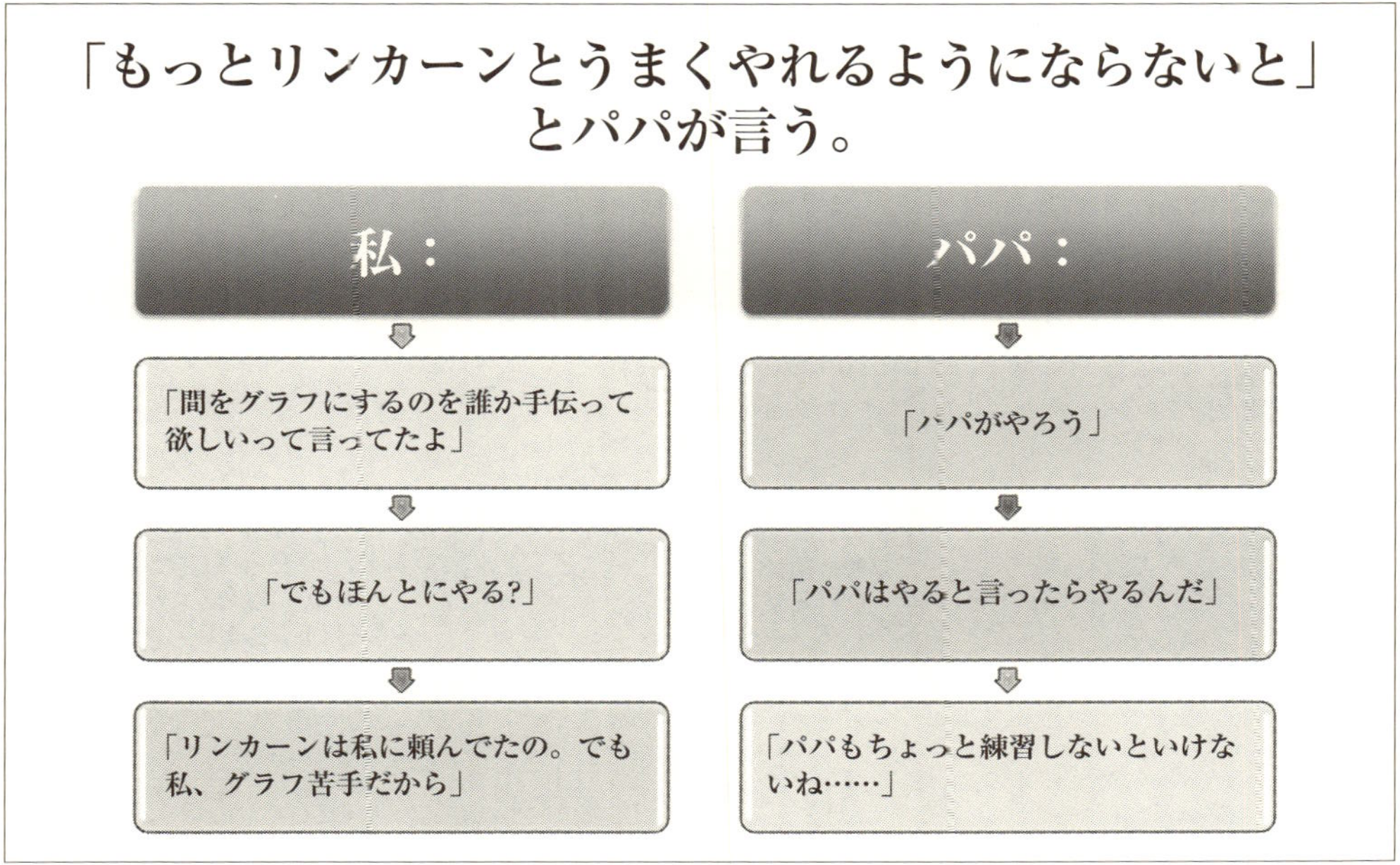
「もっとリンカーンとうまくやれるようにならないと」

とパパが言う。

私：

「間をグラフにするのを誰か手伝って欲しいって言ってたよ」

「でもほんとにやる?」

「リンカーンは私に頼んでたの。でも私、グラフ苦手だから」

パパ：

「パパがやろう」

「パパはやると言ったらやるんだ」

「パパもちょっと練習しないといけないね……」

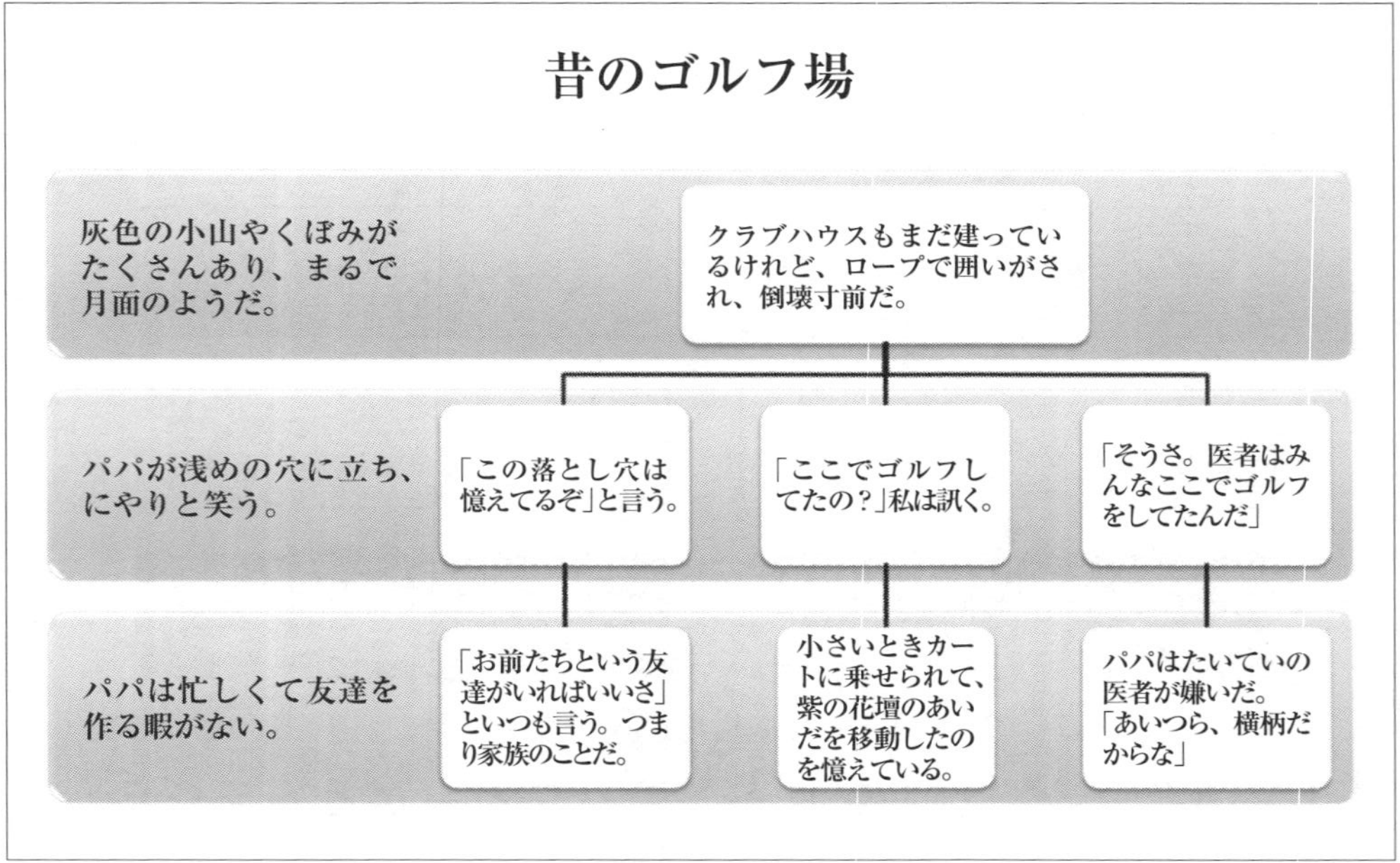
昔のゴルフ場
灰色の小山やくぼみがたくさんあり、まるで月面のようだ。
クラブハウスもまだ建っているけれど、ロープで囲いがされ、倒壊寸前だ。
パパが浅めの穴に立ち、にやりと笑う。
「この落とし穴は憶えてるぞ」と言う。
「ここでゴルフしてたの？」私は訊く。
「そうさ。医者はみんなここでゴルフをしてたんだ」
パパは忙しくて友達を作る暇がない。
「お前たちという友達がいればいいさ」といつも言う。つまり家族のことだ。
小さいときカートに乗せられて、紫の花壇のあいだを移動したのを憶えている。
パパはたいていの医者が嫌いだ。「あいつら、横柄だからな」

長く何もない散歩道

「ママは怒ってる?」と私は訊く。

・「きっとな」

「パパのこと許してくれるかな」

・「もちろんさ」

「どうしてわかるの?」

・「ママは寛大な人間だからね。ありがたいことに」

「ロブが溺れたときも、パパを許した?」

・パパは立ち止まって私を見る。ちょうど月が昇ってきたところだ。
「なぜいまロブのことを考えたんだい?」

「ときどき考えるの。ただ」

・「そうか。パパと同じだな」

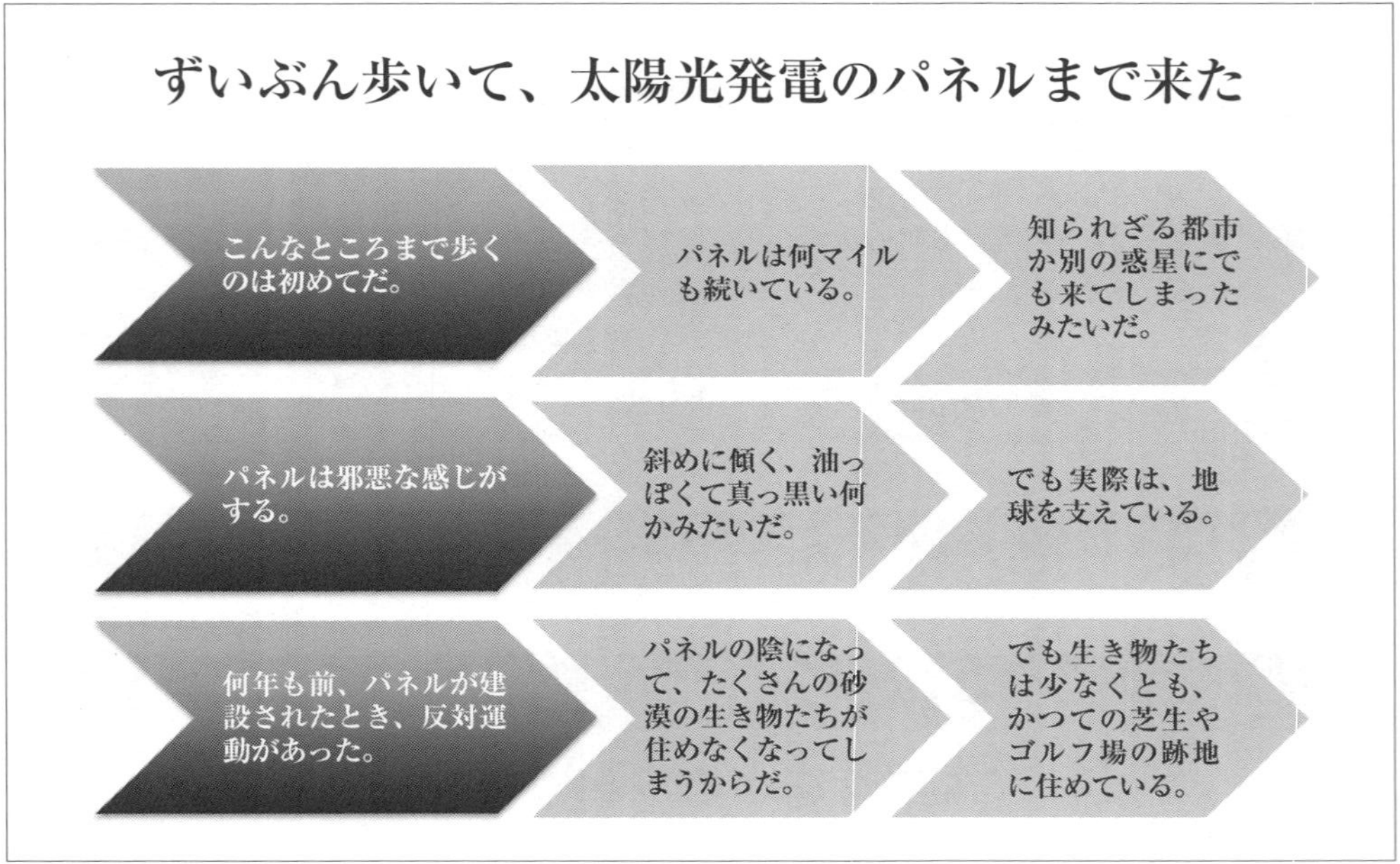
ずいぶん歩いて、太陽光発電のパネルまで来た
こんなところまで歩くのは初めてだ。
パネルは何マイルも続いている。
知られざる都市か別の惑星にでも来てしまったみたいだ。
パネルは邪悪な感じがする。
斜めに傾く、油っぽくて真っ黒い何かみたいだ。
でも実際は、地球を支えている。
何年も前、パネルが建設されたとき、反対運動があった。
パネルの陰になって、たくさんの砂漠の生き物たちが住めなくなってしまうからだ。
でも生き物たちは少なくとも、かつての芝生やゴルフ場の跡地に住めている。

「でもパパのせいじゃないんでしょ?」
「誰のせいでもないさ」とパパ。
「あの女の子は今朝死んだ」とパパ。
「昨日手術をした女の子」と私。「あの心臓手術の」

いきなり周囲で、唸るような音がする

何千枚もの太陽光発電パネルが一斉に持ち上がり、まったく同じ動きで傾いていく。

→ 私はパパの腕にしがみつく。「どうして動いてるの？」

→ 「月光を集めてるんだよ」とパパ。日光よりは弱いけど、エネルギーになることを思い出す。

→ パネルたちは移動し、動いている。

→ 「夜の散歩のとき、いつもここへ来てるの?」と私は訊く。

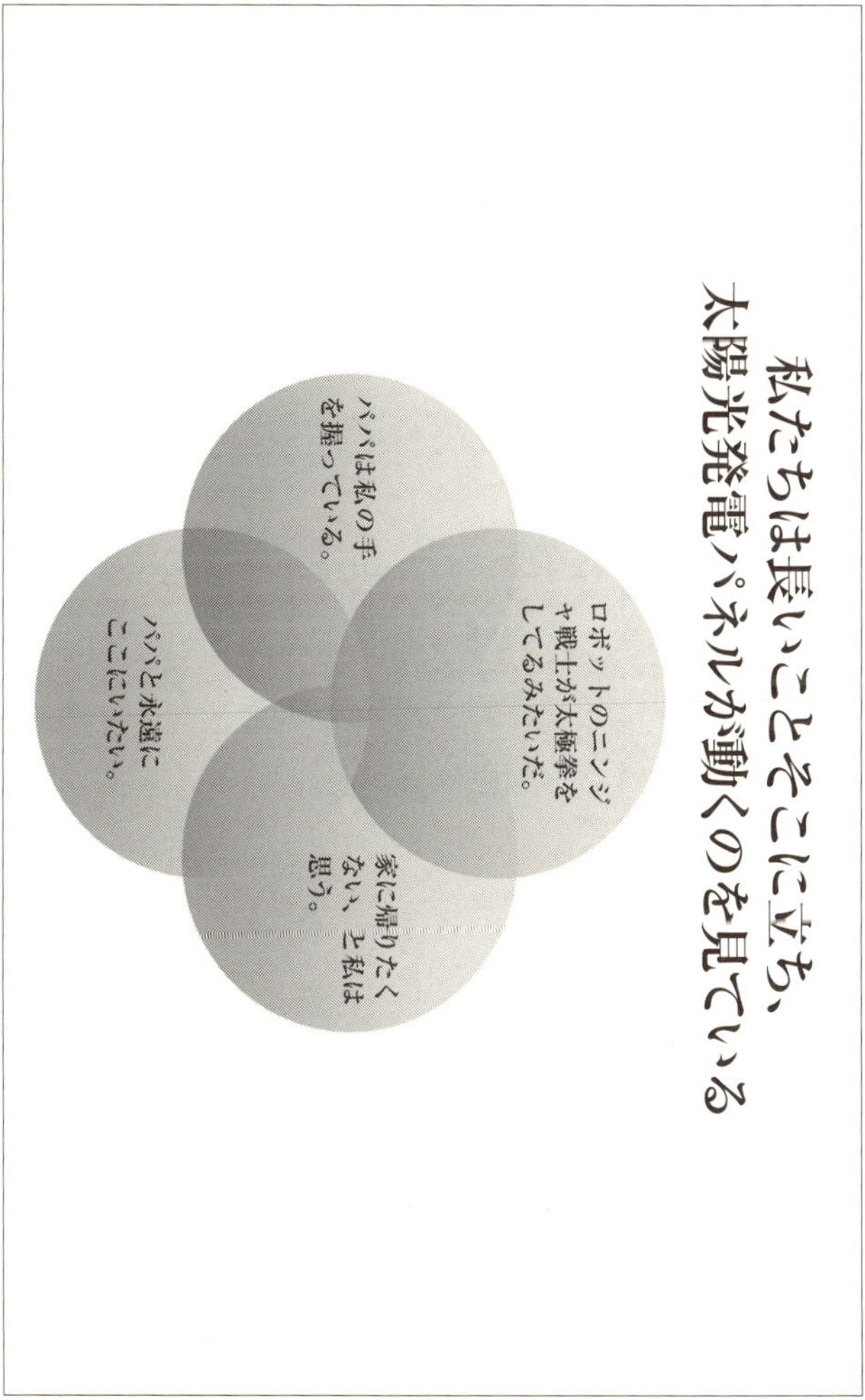
私たちは長いことそこに立ち、
太陽光発電パネルが動くのを見ている
ロボットのニンジャ戦士が太極拳をしてるみたいだ。
パパは私の手を握っている。
家に帰りたくない、と私は思う。
パパと永遠にここにいたい。

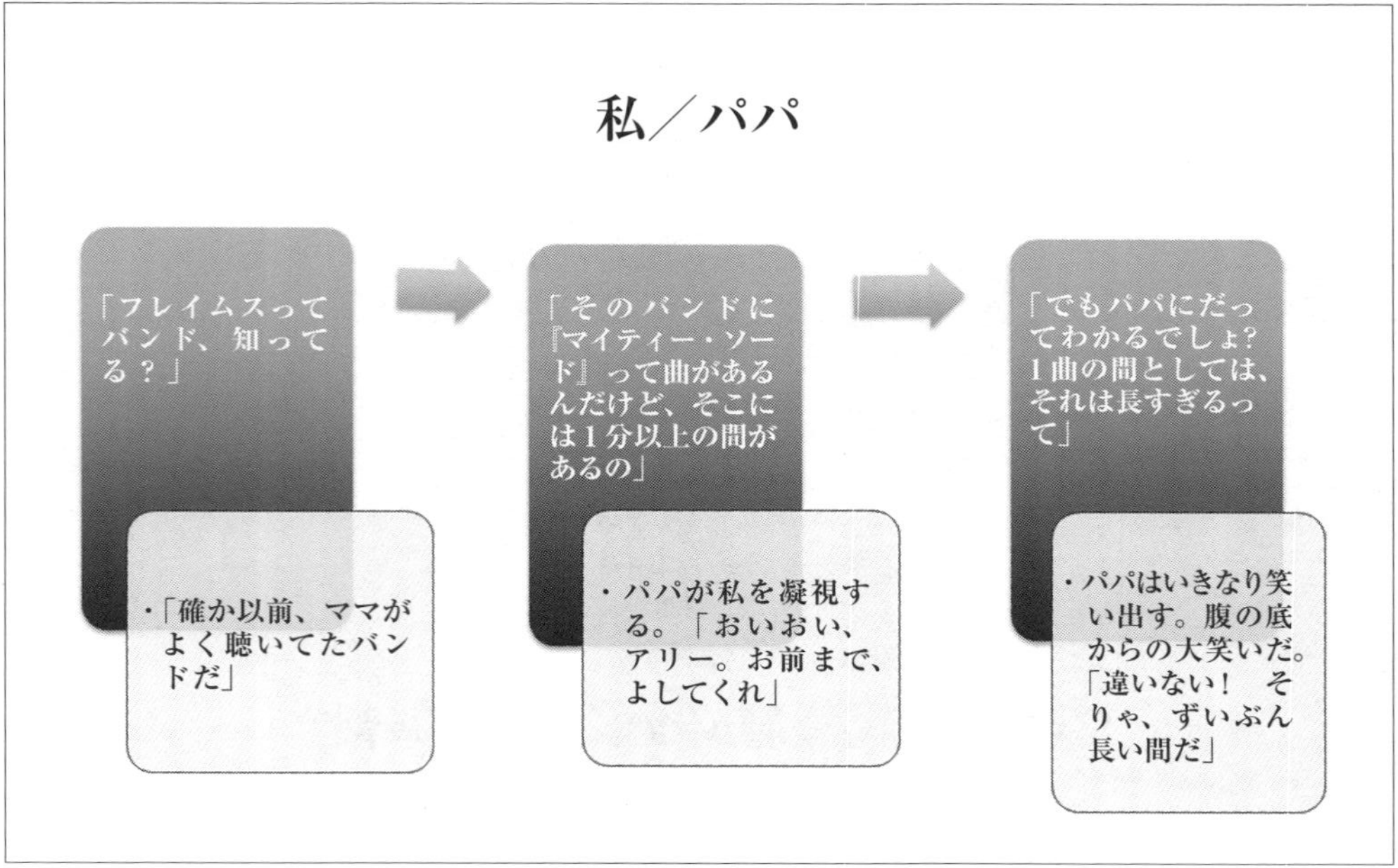
私／パパ
「フレイムスってバンド、知ってる？」
・「確か以前、ママがよく聴いてたバンドだ」
「そのバンドに『マイティー・ソード』って曲があるんだけど、そこには1分以上の間があるの」
・パパが私を凝視する。「おいおい、アリー。お前まで、よしてくれ」
「でもパパにだってわかるでしょ？　1曲の間としては、それは長すぎるって」
・パパはいきなり笑い出す。腹の底からの大笑いだ。「違いない！　そりゃ、ずいぶん長い間だ」

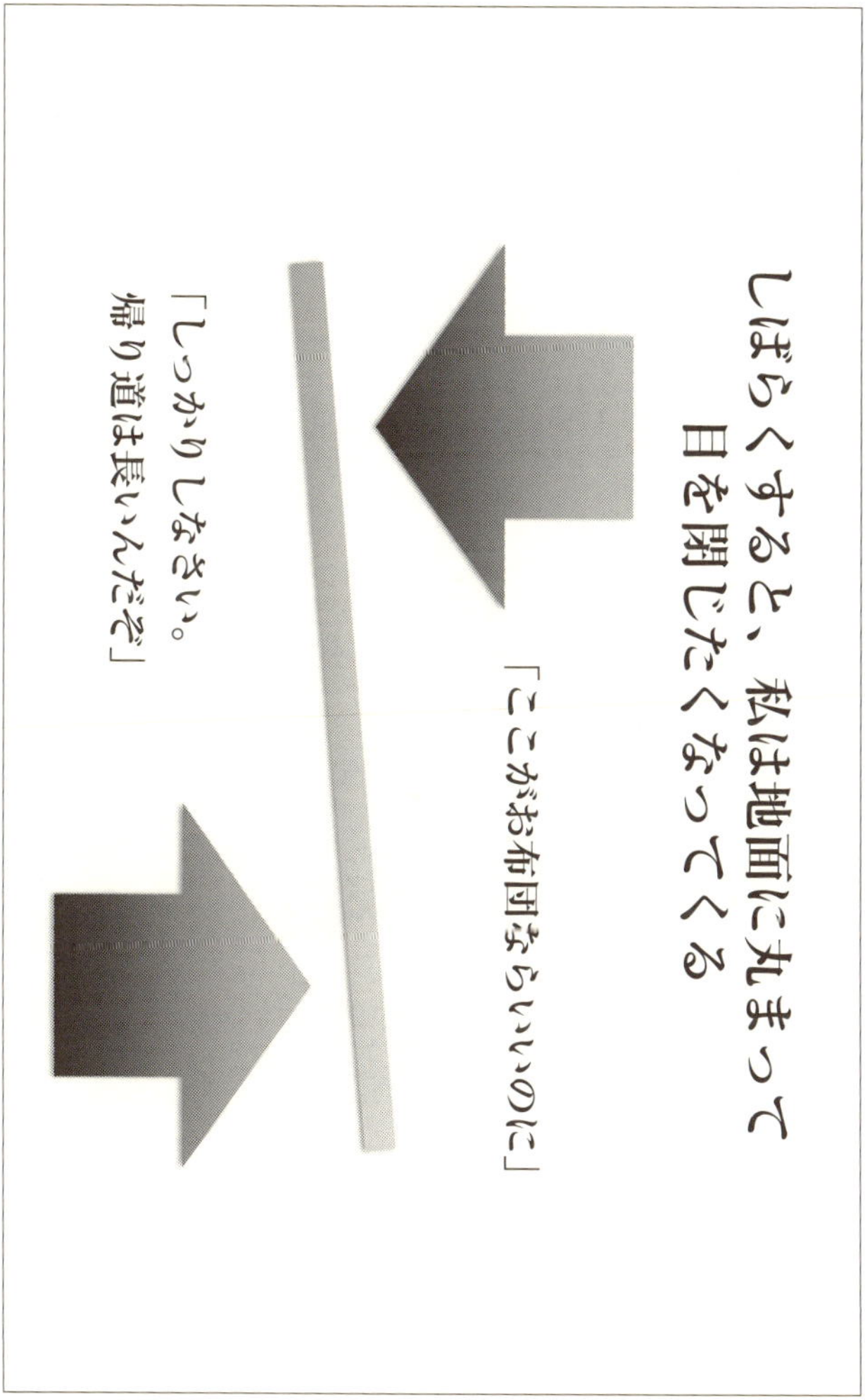
しばらくすると、私は地面に丸まって
目を閉じたくなってくる
「ここがお布団ならいいのに」
「しっかりしなさい。
帰り道は長いんだぞ」

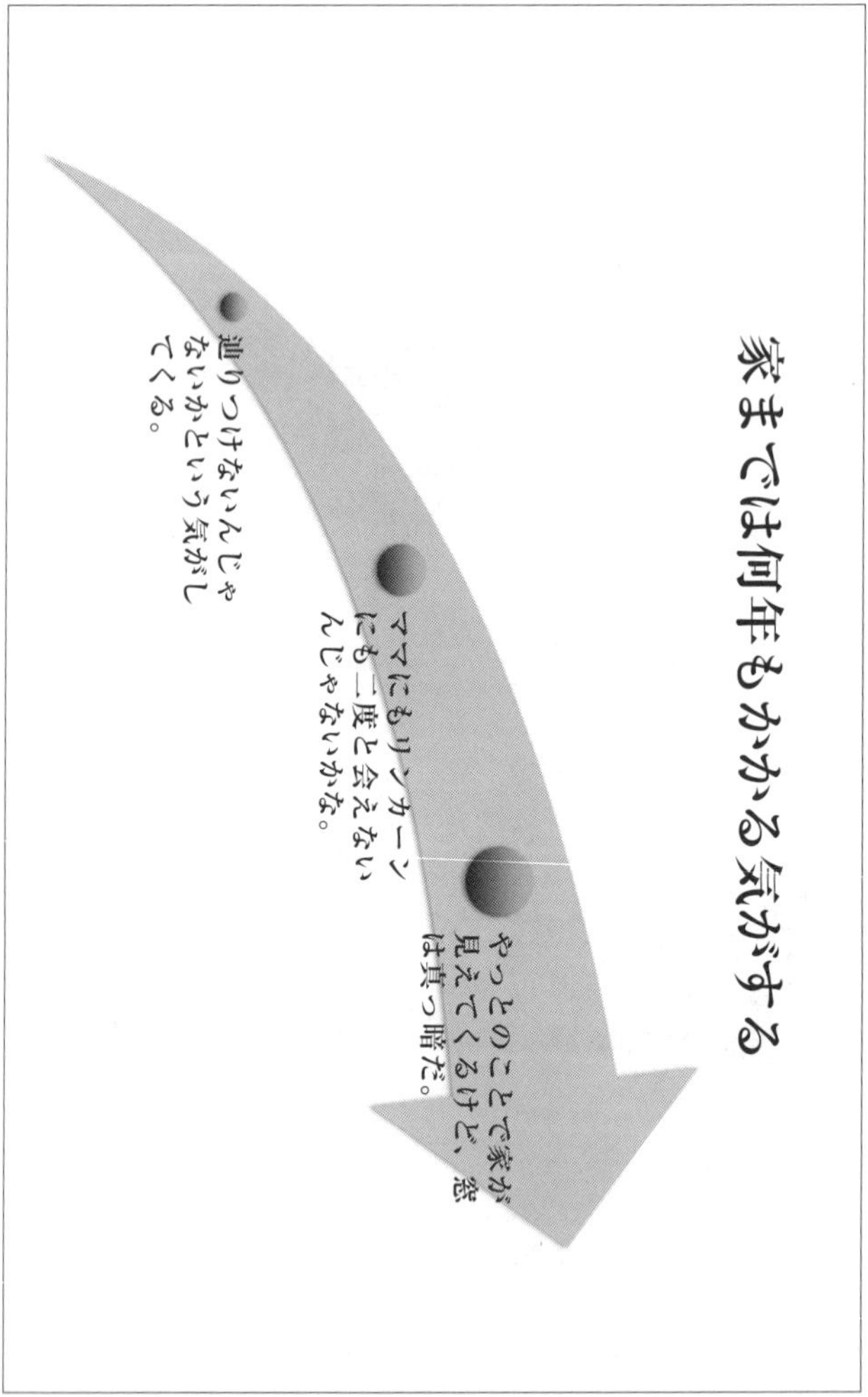
家までは何年もかかる気がする
辿りつけないんじゃないかという気がしてくる。
ママにもリンカーンにも二度と会えないんじゃないかな。
やっとのことで家が見えてくるけど、窓は真っ暗だ。

ママの彫刻に蛇が乗っているのを、パパが指さす

蛇は私の古い人形劇場に銀色の縄みたいにとぐろを巻いている。

パパが私を肩車する。

パパは世界一力持ちだ。

家まで私を乗せていってくれる。

なんだか空き家みたい。ゴルフ場に打ち捨てられたクラブハウスみたいだ。

「家にいないのかな？」と私。

パパは答えない。

私は急に怖くなる。

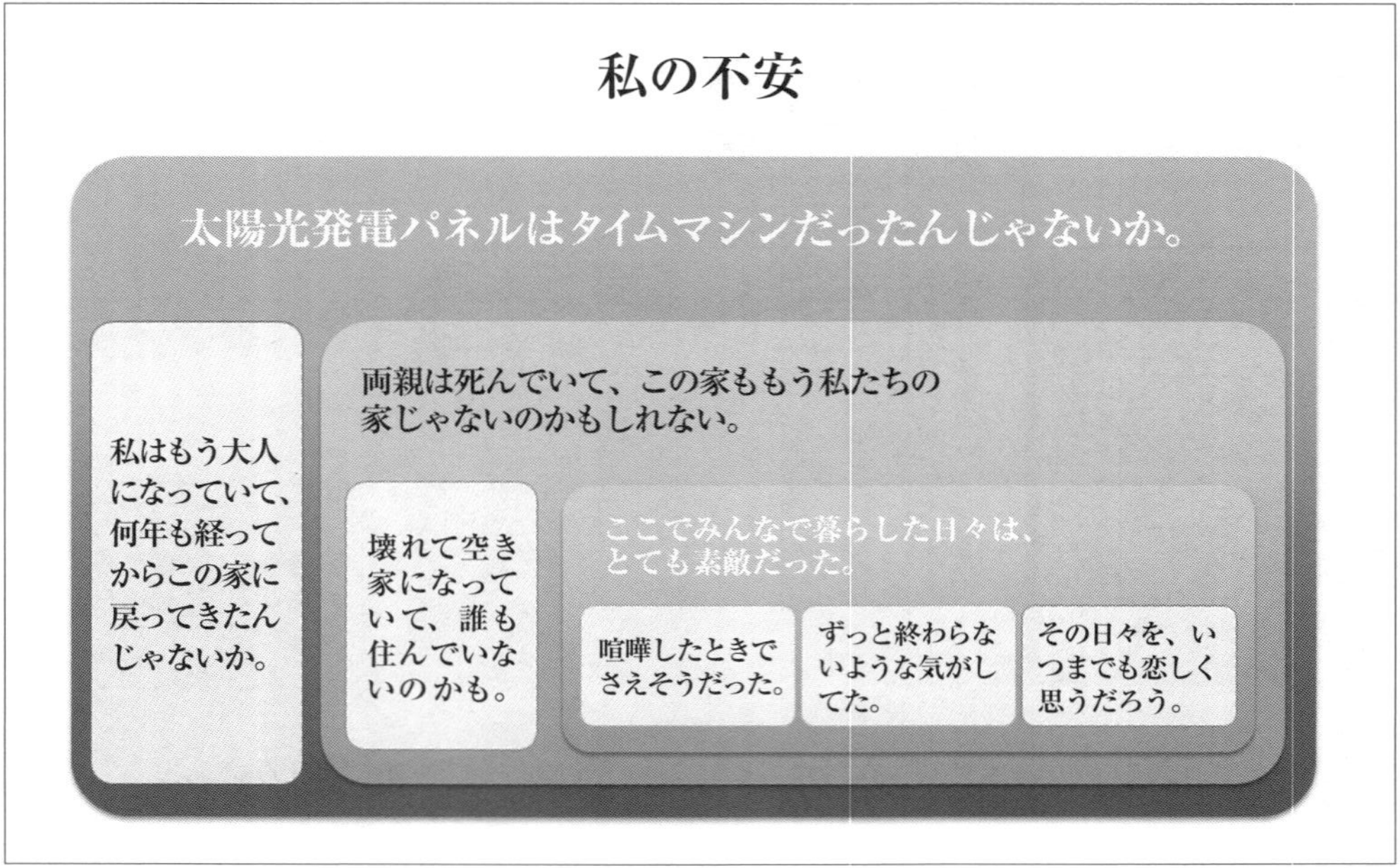
私の不安
太陽光発電パネルはタイムマシンだったんじゃないか。
私はもう大人になっていて、何年も経ってからこの家に戻ってきたんじゃないか。
両親は死んでいて、この家ももう私たちの家じゃないのかもしれない。
壊れて空き家になっていて、誰も住んでいないのかも。
ここでみんなで暮らした日々は、とても素敵だった。
喧嘩したときでさえそうだった。
ずっと終わらないような気がしてた。
その日々を、いつまでも恋しく思うだろう。

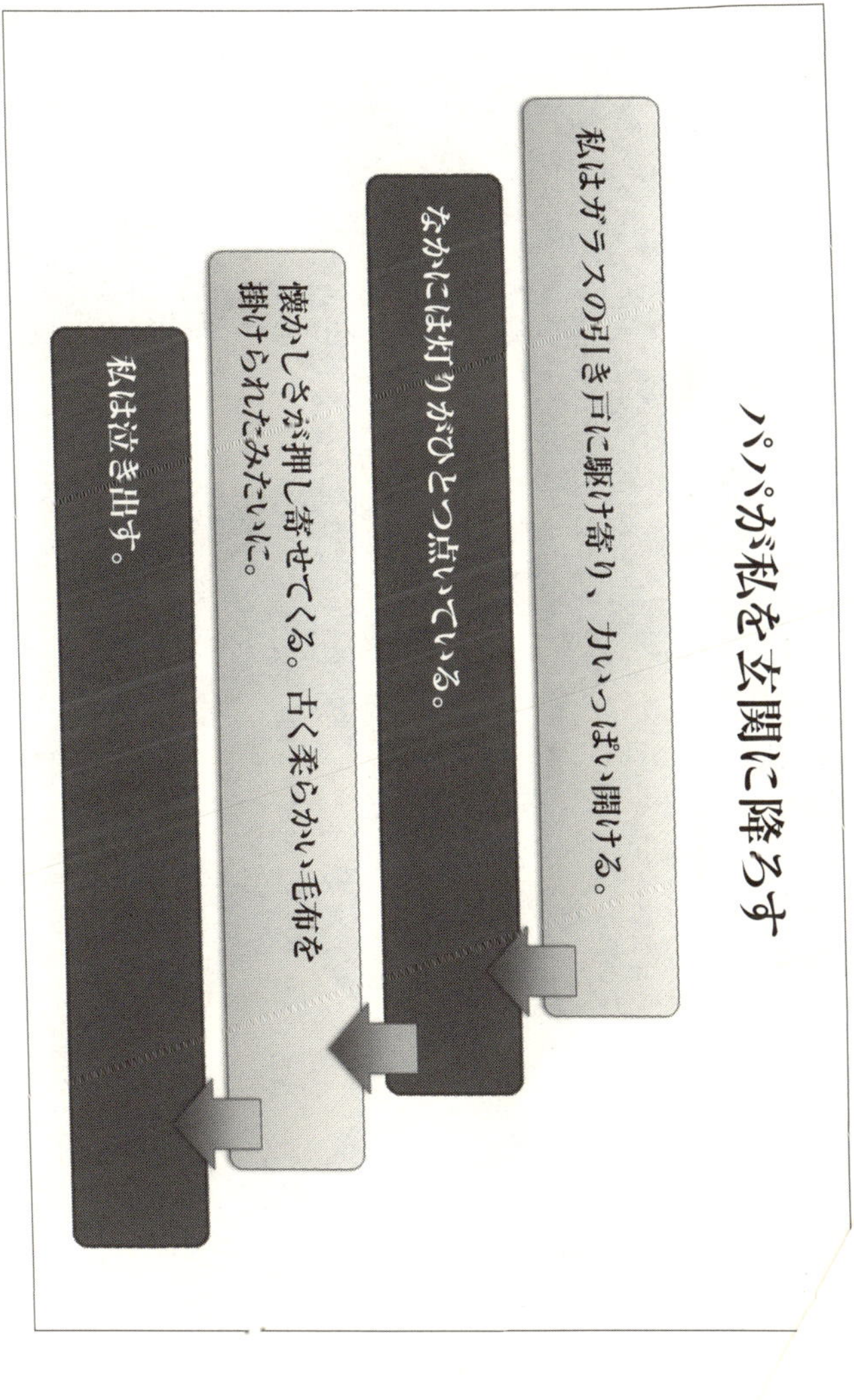
パパが私を玄関に降ろす
私はガラスの引き戸に駆け寄り、力いっぱい開ける。
なかには灯りがひとつ点いている。
懐かしさが押し寄せてくる。古く柔らかい毛布を掛けられたみたいに。
私は泣き出す。

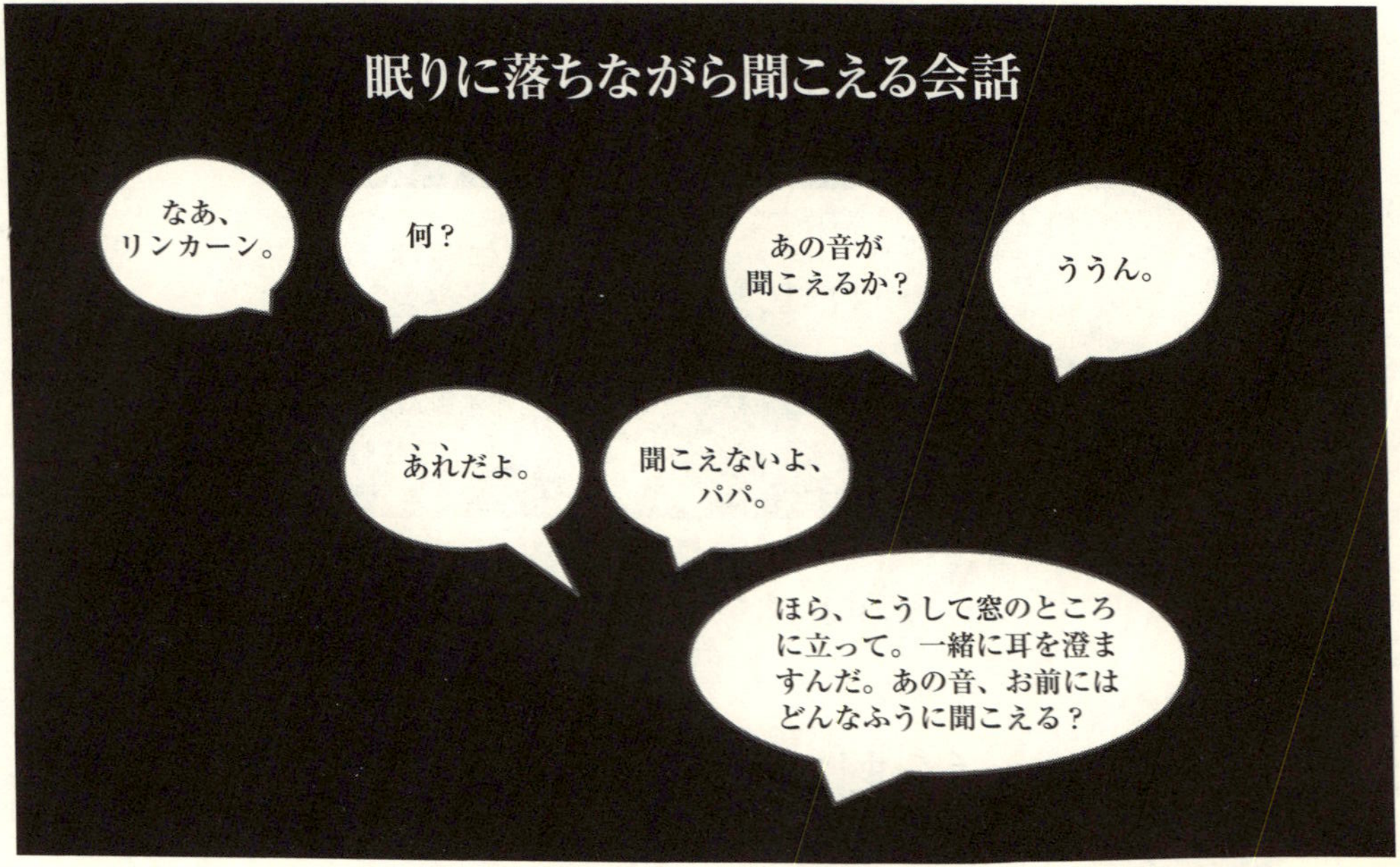
眠りに落ちながら聞こえる会話
なあ、リンカーン。

何？

あの音が聞こえるか？

ううん。

あれだよ。

聞こえないよ、パパ。

ほら、こうして窓のところに立って。一緒に耳を澄ますんだ。あの音、お前にはどんなふうに聞こえる？

「うん。わかったよ」

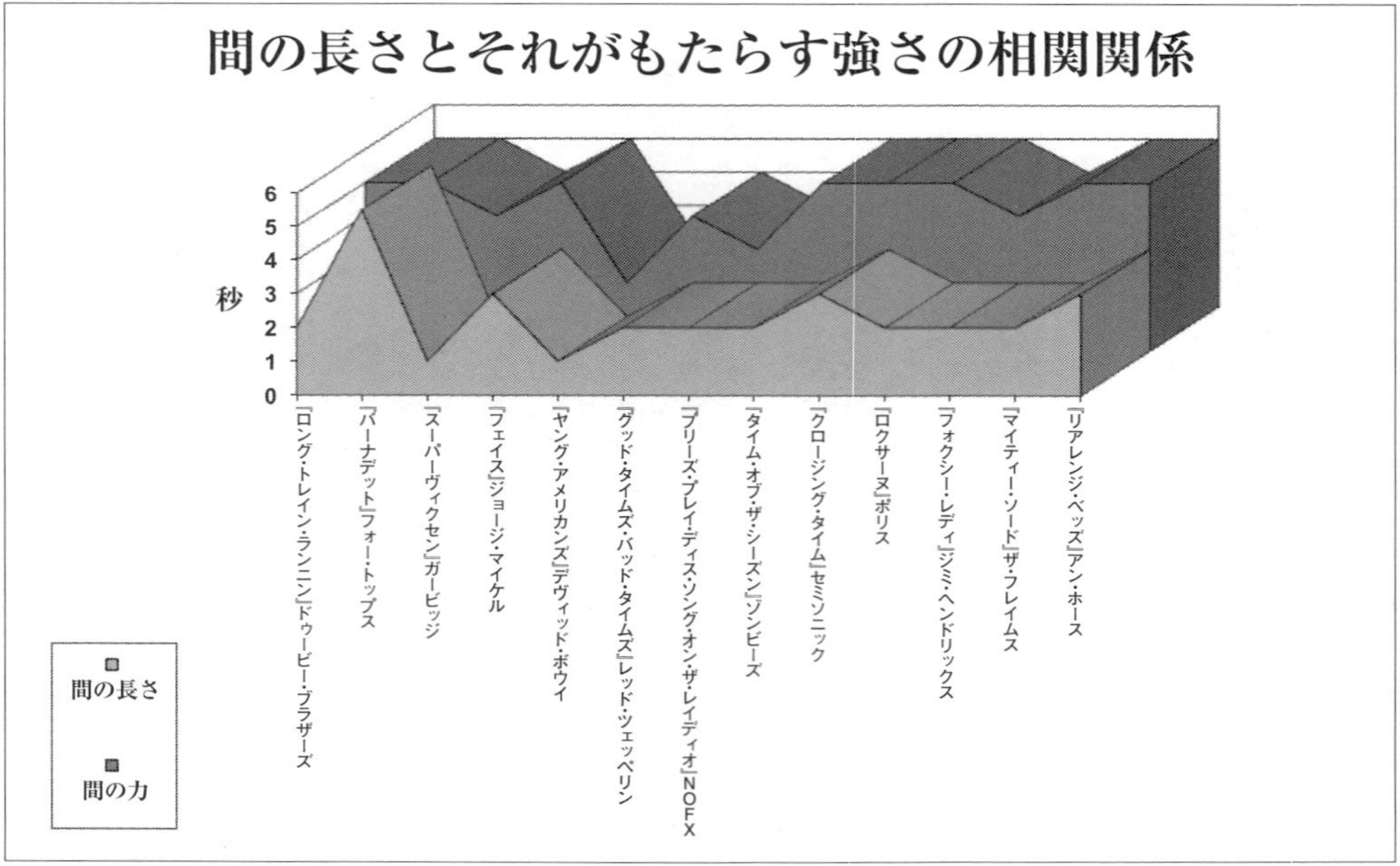
間の長さとそれがもたらす強さの相関関係
秒
0
1
2
3
4
5
6
『ロング・トレイン・ランニン』ドゥービー・ブラザーズ
『バーナデット』フォー・トップス
『スーパーヴィクセン』ガービッジ
『フェイス』ジョージ・マイケル
『ヤング・アメリカンズ』デヴィッド・ボウイ
『グッド・タイムズ・バッド・タイムズ』レッド・ツェッペリン
『プリーズ・プレイ・ディス・ソング・オン・ザ・レイディオ』NOFX
『タイム・オブ・ザ・シーズン』ゾンビーズ
『クロージング・タイム』セミソニック
『ロクサーヌ』ポリス
『フォクシー・レディ』ジミ・ヘンドリックス
『マイティー・ソード』ザ・フレイムス
『リアレンジ・ベッズ』アン・ホース
間の長さ
間の力

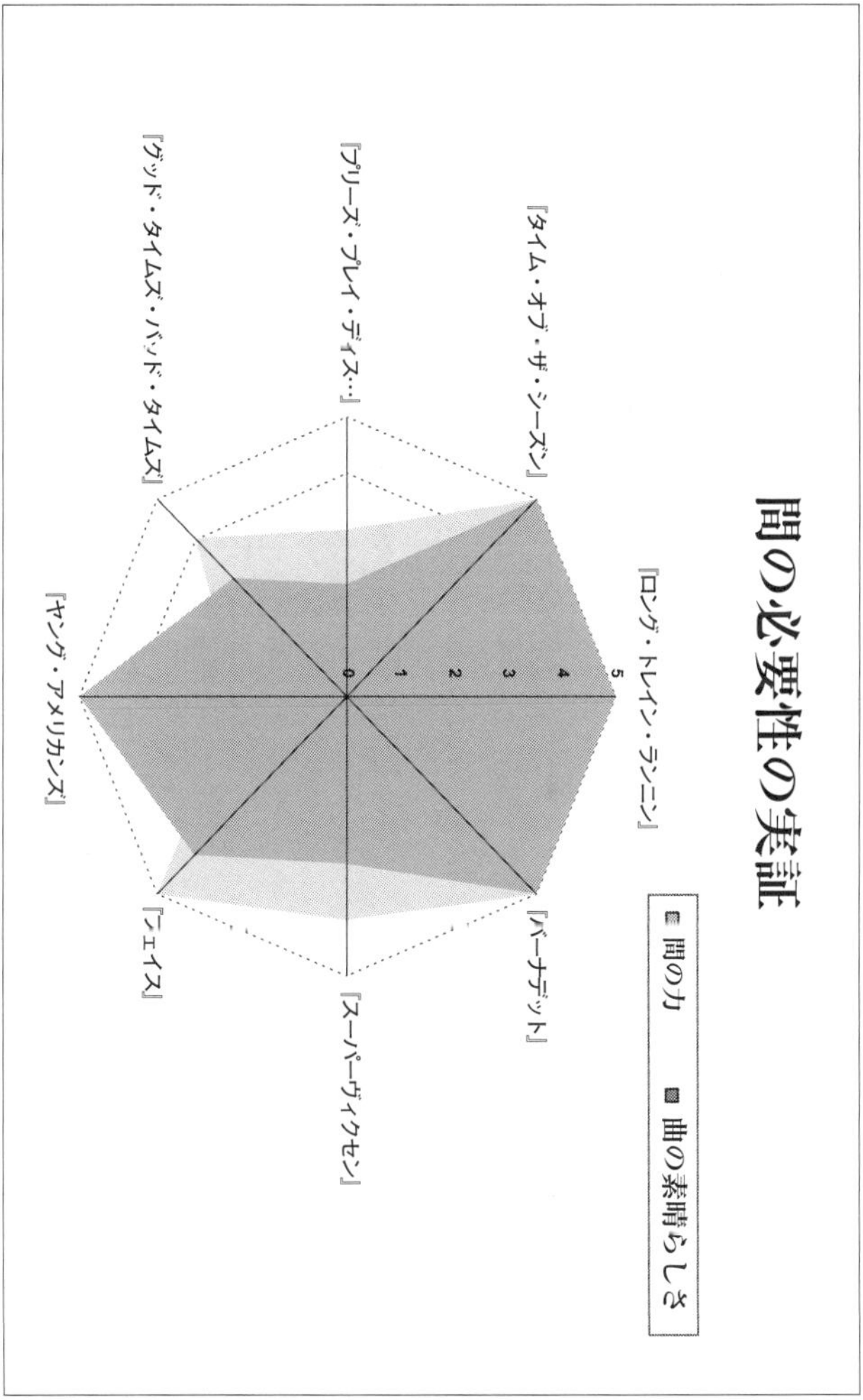

間の必要性の実証
間の力
曲の素晴らしさ
5
4
3
2
1
0
『ロング・トレイン・ランニン』
『バーナデット』
『スーパーヴィクセン』
『フェイス』
『ヤング・アメリカンズ』
『グッド・タイムズ・バッド・タイムズ』
『プリーズ・プレイ・ディス…』
『タイム・オブ・ザ・シーズン』

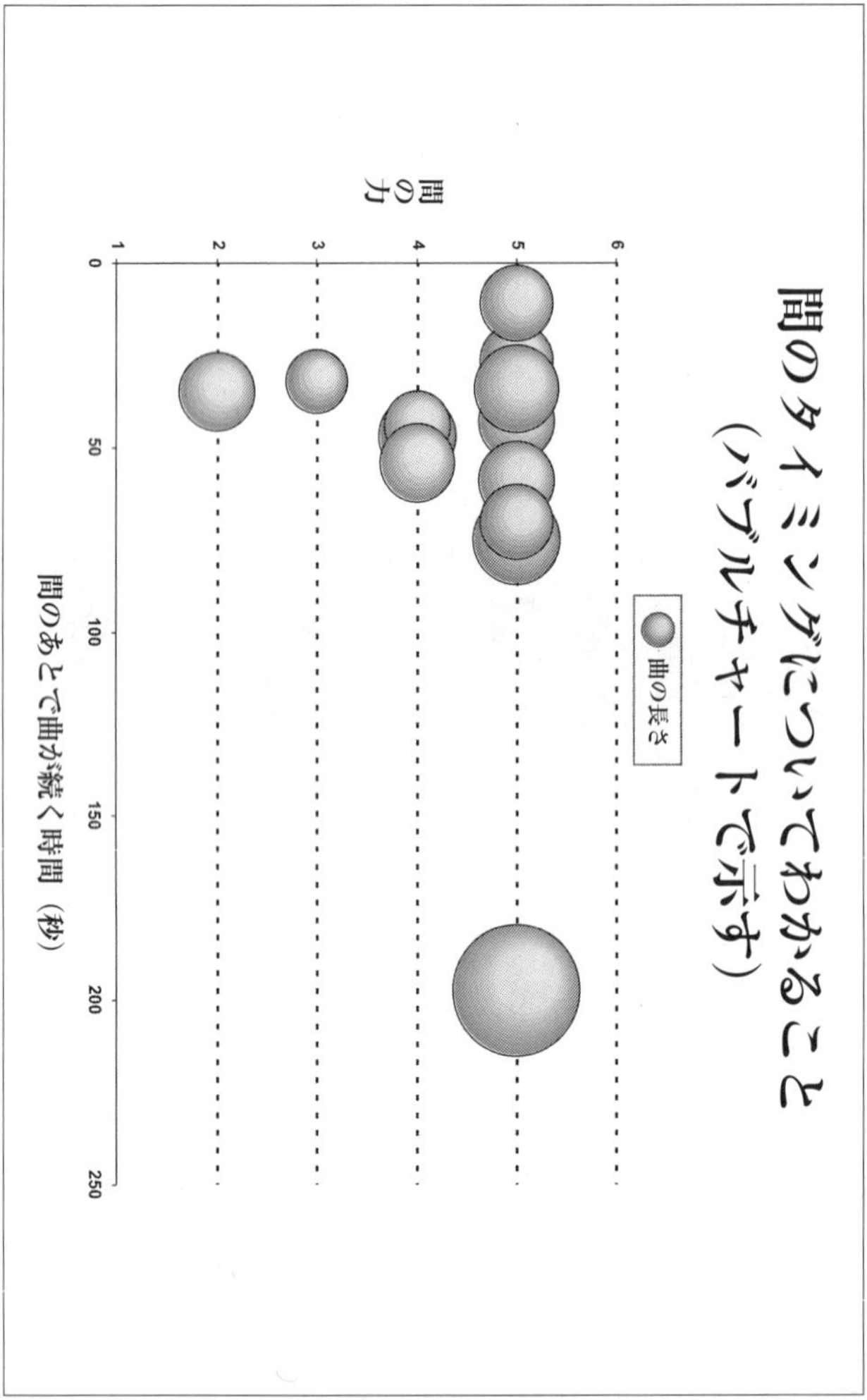
間のタイミングについてわかること
（バブルチャートで示す）
曲の長さ
間の力
6
5
4
3
2
1
0
50
100
150
200
250
間のあとで曲が続く時間（秒）

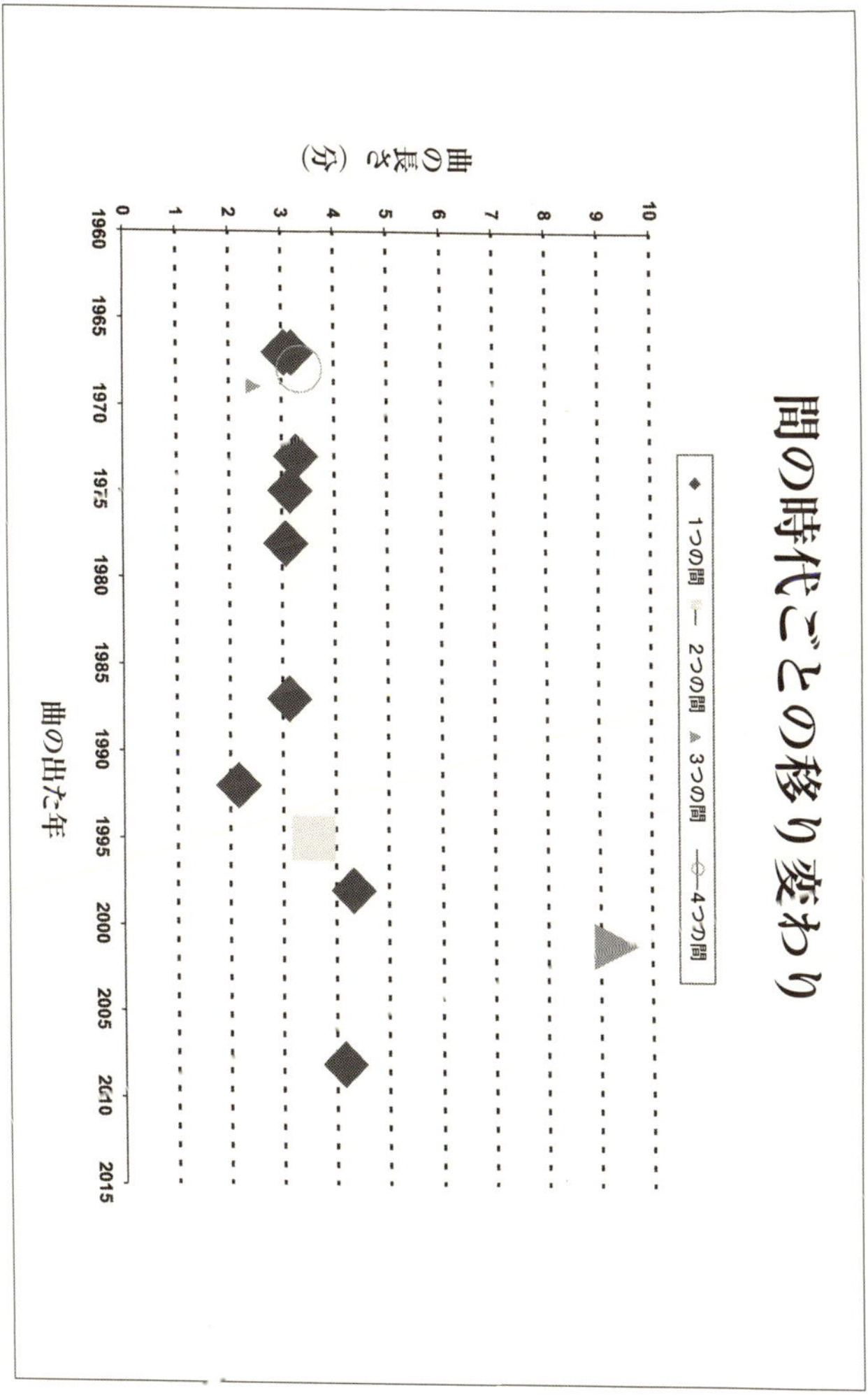
間の時代ごとの移り変わり
1つの間
2つの間
3つの間
4つの間
曲の長さ（分）
0
1
2
3
4
5
6
7
8
9
10
1960
1965
1970
1975
1980
1985
1990
1995
2000
2005
2010
2015
曲の出た年

終わり

13　純粋言語

「きみはやりたくないんだな」とベニーが呟いた。「そうなのかい？」

「そうです」とアレックスは答えた。

「きみはこれが裏切りだと感じてる。きみをきみたらしめている理念を、危険にさらすことになると」

　アレックスは笑った。「その通り。自分でもわかってます」

「ほら、きみは純粋主義者だ」とベニー。「だからこそ、これに適任なんだ」

　そうやっておだてる言葉が、まるでハシシュの最初の一服みたいに効いていくのを感じる。そのひと口は美味だが、吸い続ければやがて身の破滅を導く。ベニー・サラザーとの待ちに待ったブランチも、終わりに近づきつつあった。ミキサーとして雇って欲しかったアレックスは、自身を売り込む宣伝文句を猛練習しておいたのだが、失敗に終わってしまった。だがこうしてトライベッカ地区のベニーのロフトで、背凭れを斜めにした寝椅子に座り、天窓から降り注ぐ冬の陽射しを全身に浴びながら、アレックスはこの年上の男の好奇心が、俄かに強く自分へ向けられるのを感じた。妻たちは台所にいた。まだ赤ん坊の娘たちは、こちらの部屋でペルシャ絨毯に座り、互いを警戒しながら、ひと組のままごとセットで遊んでいた。

「もしやらなかったら」とアレックス。「そのときは適任とは言えないでしょう」

「きみはやると思うね」

アレックスは苛立つと同時に、ちょっとした興味を覚えた。「なぜです？」

「感じるんだよ」とベニーは言い、深く傾けていた身体を持ち上げた。「おれたちは、とある歴史を共有していると。いまだ起きてはいない歴史をね」

ベニー・サラザーの名前をアレックスが初めて聞いたのは、一度だけデートした女の子からだった。アレックスはまだニューヨークに来て間もなく、ベニーはまだ有名だった。その女の子はかつてベニーのもとで働いていた──それははっきりと憶えている。だが彼が思い出せるのは、ほとんどそれがすべてだった。彼女の名前も、外見も、二人が正確には何をしたのかも──そうした細部はすべて消えている。そのデートについていまも持っている印象は、冬、暗さ、そしてとりわけ**財布**に関わる何かだ。だが財布がどうしたのだったか。失くなった？　見つかった？　それとも盗まれた？　それは女の子の財布？　それとも彼の財布だった？　それらの答えのあるべき場所は、腹が立つほど空っぽなのだ。何かの感覚を呼び起こす歌を、思い出そうとする行為のようだ。曲名もアーティストも、旋律さえも不確かだ。彼女は手の届かないところへ消えてしまった。アレックスの頭のなかに、手がかりとして財布だけを残して。まるで彼をからかうように。ベニーとのブランチを前にした日々、アレックスはふと気がつくと、おかしなくらい熱心に、彼女のことを考えていた。

「ダス・マイン《あたちのよ》！」ベニーの娘、アヴァが不服を言う。アレックスはこのごろ、言語の習得段階で人はドイツ語を喋ると主張していたが、その説を裏付ける発話である。アヴァはプラスチックのフライパンを、アレックスの娘キャラ＝アンの手から奪った。キャラ＝アンは取られまいとしてよろけ、そして泣き叫んだ。「マイン・ポット《あたちのおなべ》！　マイン・ポット《あたちのおなべ》！」アレックスは飛び上がったが、見るとベニーは落ち着き払っている。そこでアレックスも自分を抑え、腰かけたままでいた。

「きみがミキシングをやりたいのはわかってる」とベニーは言った。声量を上げているわけでもないのに、娘たちの大騒ぎのなかでも、その声はなぜかよく聞こえた。「きみは音楽を愛してる。音をいじる作業をしたがっている。きみのその気持ちを、おれが味わったことがないと思うかい？」

　幼い娘たちは互いに掴みかかり、剣闘士のような激しさで、悲鳴を上げ、引っ掻き、生えてきたばかりの髪の毛を引っ張りあった。「そっちは大丈夫？」アレックスの妻レベッカが、台所から呼んだ。

「大丈夫だ」とアレックスも呼び返した。彼はベニーの平常心に度肝を抜かれていた。再婚していちから子育てをやり直すときは、こんなものなんだろうか？

「問題は」とベニーが続けた。「それがもはや音の話じゃないということだ。もはや音楽の話じゃないんだよ。届きやすさの話なんだ。まったく、それがおれの飲まされた煮え湯ってやつだった」

「わかります」

つまりこういうことだった。ベニーが何年も前に、自分自身のレーベルであるソウズ・イヤー・レコードをクビになった経緯を、アレックスもまた知っていた（この業界に関わる全員が知っていることだ）。彼は重役会の昼食の席で、取締役たちに対し、牛糞を振る舞ったのだ（「湯気の上がるお皿越しに喋ってます」と、秘書のひとりがこの大混乱を、ブログメディアのゴーカーにリアルタイムで書き、中継した）。唖然とする重役たちに、ベニーはこう喚いたと伝えられている。「あんたたちはおれに、大衆にクソを食わせろと命令する。ここでひと口食べてみて、どんな味がするか確かめてみろ！」クビになったあとベニーは、アナログのかすれた音を使った音楽づくりに回帰したが、そうしてできたものはどれも売れなかった。六十歳を目前にして、彼はいまや誰にも顧みられなかった。アレックスが耳にする話のなかで、ベニーはつねに過去形で語られた。

キャラ＝アンが生えてきたばかりの犬歯を、アヴァの肩に突き立てたとき、台所から駆け込んできて娘を引き離したのはレベッカだった。寝椅子に座り、禅僧のように落ち着き払っているアレックスを、彼女は当惑したように見た。ルパもまた一緒に入ってきた。黒い目をしたルパは、娘の遊び仲間の母親のうちでもとくに美しく、そのためアレックスは避けていたのだが、やがてベニー・サラザーの妻であることがわかったのだ。

アヴァの傷口に包帯が巻かれ、混乱が収束すると、ルパはベニーの頭にキスをし（彼のトレードマークだったもじゃもじゃの髪も、いまは白髪になっていた）、「スコッティの曲をかけてくれるのを、わたしずっと待ってるのよ」と言った。

自分よりずっと年若いこの妻に、ベニーは微笑んだ。「最後に残しておいたのさ」そう言って端末《ハンドセット》を操作した。ベニーの圧倒的な音響装置――この装置で聴く音楽は、アレックスには毛穴からまっすぐに入ってくるように感じられた――から、脅かすような男声ボーカルと、怒りに満ちたスライド・ギターの演奏が解き放たれた。「二カ月前にリリースした曲だ」とベニーは言った。「スコッティ・ハウスマンだ。名前を聞いたことはあるだろう？ポインターに人気があるんだぜ」

アレックスはレベッカを見やった。彼女は〝ポインター〟という言葉を嫌っていて、誰かがキャラ＝アンを指してその語を使うと、丁寧に、だが断固として訂正するのだった。妻は運よく聞いていなかった。ヒトデ《スターフィッシュ》という通称で呼ばれる子ども用端末は、いまやいたるところにあり、指さし《ポイント》のできる子どもなら誰でも音楽をダウンロードできるのだ。アトランタ在住の最年少購買者は生後三カ月で、ナイン・インチ・ネイルズの『ガ＝ガ』という曲を買っていた。音楽をめぐる十五年間の闘争はベビーブームによって終止符を打たれ、赤ちゃんたちは死に体にあった産業をよみがえらせたばかりでなく、音楽的成功を左右する裁定者にもなったのだ。言語習得以前の世代に受けるよう、多くのバンドが自己改革を余儀なくされた。ノートリアスＢＩＧ《ビギー》でさえもが、死後の新たなアルバムをリリースさせられた。そのタイトルは彼の定番をリミックスしたもので、『ファック・ユー、ビッチ』を『ユーアー・ビッグ、族長《チーフ》！』と聞こえるように変え、インディアンの羽根飾りをつけたビギーが、二、三歳くらいの幼児を抱き、あやしている写真が添えられた。スターフィッシュにはさまざまな特長があり、ほかにも指で絵を描けたり、歩きはじめた幼児のためにGPS機能を搭載していたり、ピクチャー・メールが送れたりした。だがキャラ＝アンはそれに触れたことがない。五歳になるまで触らせないでおこうと、レベッカとアレックスは決めていた。自分たちの端末も、娘の前では使わないようにしていた。

「この男の演奏を聴いてみろ」とベニーが言った。「ただ聴くんだ」

恐ろしく陰気なビブラート、スライド・ギターの耳障りな振動――アレックスには、悲惨なものに聞こえた。だが、ベニー・サラザーが言っているのだ。かつてザ・コンデッツを発掘した、このベニー・サラザーが。「あなたは何が聞こえるんですか？」とアレックスは彼に訊いた。

ベニーは目を閉じていたが、聴くという動作のために全身が隅々まで活気づいているのがわかった。「彼は絶対的に純粋だ。手つかずのままなんだ」

アレックスも目を閉じた。するとたちまちすべての音が、耳のなかで厚みを増した――ヘリコプター、教会の鐘、遠くで響く電気ドリル。クラクションやサイレンといった、いつもの彩りを添える音。頭上の可動照明がチリチリいう音、食洗機のごぼごぼという水音。キャラ＝アンの眠たげな「イヤ……」は、セーターを着せようとするレベッカに向けられたものだ。そろそろお暇《いとま》せねばならない。アレックスは咄嗟に恐怖を、あるいは恐怖に似た感情を抱いた。ベニー・サラザーとのブランチから、何の収穫もなしに帰らねばならないとは。

アレックスは目を開けた。ベニーもすでに開けていて、その茶色い、静謐《せいひつ》なまなざしは、アレックスの顔に注がれていた。「きみもおれと同じものを聴いたはずだ。そうだろう？」

その晩、レベッカとキャラ＝アンが寝ついたあと、アレックスは蚊帳を張ったような形状の、親子で使っている粥《ポリッジ》のようにあたたかなベッドからひとり抜け出し、リビング兼遊び部屋兼客間兼書斎へと移動した。中央の窓に近寄りまっすぐ視線を持ち上げると、エンパイア・ステート・ビルのてっぺんが、今夜は赤と金色にライトアップされているのが見えた。ガーメント地区のこの寝室ひとつの分譲アパートは、何年も前レベッカの両親が娘に買い与えたものだが、楔形《くさびがた》のその眺めは当時セールス・ポイントのひとつだった。9・11の衝突の直後のことだ。レベッカが妊娠したとき、二人はアパートを売ろうとした。だが窓から見下ろしていた隣の低いビルが、開発業者に買収され、取り壊して代わりに高層ビルを建てる計画ができていた。そうなると風も光もすべて遮られてしまうので、アパートに買い手がつかなくなってしまったのだ。それから二年が経ったいま、高層ビルの建設がとうとう着工された。その事実にアレックスは、恐れと不安でいっぱいになったが、同時に目眩がするほど甘美な気持ちにもなった――東に面した三つの窓からあたたかな陽が入る、そのすべての瞬間が愛しかった。敷居に置いたクッションに凭れ、しばしばマリファナを吸いながら、何年も眺めてきたこの銀色の夜景。それがいま彼の前に、悩ましいほど美しい蜃気楼として現れていた。

　アレックスはこの死んだような夜の静けさが好きだった。どこにでも飛んでいるヘリコプターや工事の騒音が聞こえない夜には、隠されていた音の扉が、彼の耳へとひとりでに開く。上階に住むシングルマザー、サンドラの、薬缶でお湯を沸かす音や、靴下を履いた足音。ハチドリの羽音のように聞こえるのは、その隣の部屋でサンドラの息子が端末に向かって自慰をする音だろう。通りからは咳をする音、そして堂々巡りの会話の声――「……あなたはわたしにまったく別の人間になれって言うのね……」そして「信じようが信じまいが、酒はおれの身体を消毒するんだ」

　アレックスはクッションに凭れ、マリファナ煙草に火をつけた。午後のあいだじゅうずっと、ベニー・サラザーから頼まれて引き受けたことを、レベッカに話そうと試み、そしてできなかった。ベニーは〝鸚鵡《パロット》〟という言葉を一度も使わなかった――ブログスキャンダル事件以降、それは猥褻な言葉となってしまった。政治ブロガーたちに金融情報の開示が求められ、明細をポストすることが義務付けられてもなお、人々の書く意見はほんとうには彼らのものでないという疑惑に歯止めがかかることはなかった。ちょっとでも熱心なところを見せると、「誰に金をもらってるんだ？」というしっぺ返しを、嘲笑とともに食らうことになる。こんな世のなかで、誰が自分を売るというのだろう？　だがアレックスは、〝正真正銘の〟口コミを生み出すため、五十人のパロットを用意するとベニーに約束した。来月ロウワー・

マンハッタンで開かれる、スコッティ・ハウスマンの初ライブに向けてだ。

アレックスは端末を操作し、一万五千八百九十六人の〝友達《フレンド》〟のなかから、パロットになる見込みのある人間を選び出すシステムを考案することにした。まず三つの変数を用意した――どれくらい金を必要としているか（〝必要度〟）、どれくらい人脈と人望があるか（〝波及度〟）、どれくらい気前よく、その影響を売ってくれるか（〝堕落度〟）。アレックスは無作為に何人か選び、各カテゴリー内に10から0でランク付けし、その結果を端末で三次元グラフにして、三つの線が相交わる点がどのような分布図形を描くか見た。だがどのフレンドの場合でも、二つのカテゴリーで点が高い場合、三つ目は全然駄目なのである。貧乏で堕落しやすい人間――たとえばノレンド、フィンの場合。俳優になりそこねた彼は、ドラッグ中毒すれすれで、自分のページにはスピードボール（コカインにヘロイン、モルヒネなどを混ぜたもの）のレシピばかりポストしており、ウェスレヤン大学で一緒だったかつての級友たちの善意によって生活させてもらっている（必要度9、堕落度10）、だが波及度はないに等しい（1）。貧乏だが影響力のある人間、ローズを見てみよう。彼女はストリッパーをしながらチェロを弾いていて、髪型を変えると即座に、イースト・ヴィレッジの一部の女子たちに真似されるが（必要度9、波及度10）、堕落はしない（0）。実際、彼女は自分のページ上で噂帳をつけており、それは私的な警察記録簿のような機能を果たしている。どのフレンドの彼氏がローズに暴力を振るったかとか、ドラム・セットを借りていって壊して返したのが誰かとか、飼い犬を駐車場のメーターに繋いだまま、雨のなか何時間も放っておいた飼い主は誰かとか、そんなことが記録されているのだ。影響力があると同時に堕落しやすい人間もいる。たとえばフレンドのマックスは、ザ・ピンク・ボタンズのボーカルをしていたこともあるが、いまは風力発電の実権を握っており、ソーホーに三階建て住居《トリプレックス》を持っていて、毎年クリスマスにはキャビアを大盤振舞いするパーティーを開くものだから、招いて欲しい人間たちは八月ごろから彼に媚びはじめるのだ（波及度10、堕落度8）。だがマックスが人気があるのは彼が金持ちだからであり（必要度0）、よって自分を売るメリットはない。

　アレックスは端末の液晶画面を凝視していた。こんなことをしようとする人間はいるんだろうか？　そのとき、すでにひとりいることに気づいた——彼自身だ。アレックスはレベッカの目からどう見えるかにしたがって、自分をグラフ化していった——必要度9、波及度6、堕落度0。ベニーが指摘した通り、アレックスは純粋主義の潔癖性だった。彼は（音楽業界にあって）不誠実な上司たちに我慢がならず、もといた会社を去った。そして現在は、ビジネス・アワーに赤ん坊をあやす男を見て寄ってくる女たちから、日々歩き去っているのである。まったくレベッカとの出会いにしてからが、ハロウィーン前日、狼のマスクを被った男にハンドバッグを引ったくられていたのを、追いかけてやったのがきっかけだった。だがアレックスはベニー・サラザーには、闘うこともなく屈してしまった。なぜだろう？　自分のアパートが間もなく、光も風も入らない場所になってしまうから？　レベッカがフルタイムで教えたり書いたりしているあいだ、ただキャラ＝アンと一緒にいる自分が後ろめたいから？　それともこれまでオンラインにポストしてきた自分の情報（好きな色、好きな野菜、好きな体位など）が、一バイト残らずすべて、多国籍企業のデータベースに蓄積されているということ（企業は誓ってその情報を利用しないと言っているが）――言い換えれば、自分は**所有されている**ということが、つねに頭を離れなかったから？　人生においてもっとも破壊的になっていた時期に、軽率にも自分自身を売り渡してしまったのだということが。あるいはそれとも、最初にベニー・サラザーの名前を聞いたのが、すべての始まりのあのころに、一度だけデートして消えてしまった女の子からであり、そして今度は、十五年の歳月ののちついに、娘の遊び仲間を通して、ベニーと出会ったというその奇妙な対称性のためだろうか？

　アレックスにはわからなかった。わかる必要もまたなかった。彼がすべきことはただ、自分と同じような人間をあと五十人見つけることだった。彼と同じように、それと気づかないうちに、自分自身であることをやめてしまった人間を。

「物理学は必修よ。三期分ね。単位を落としたら、課程から外されてしまう」

「マーケティングの学位でかい？」アレックスは唖然としてしまった。

「かつては疫学がそれに相当したわ」とルルが言う。「ご存知の通り、まだウィルス・モデルが主流だった時代にはね」

「もう〝伝染性の《ヴァイラル》〟とは言わないのかい？」訊きながらアレックスは、いま飲んでいるのが本物のコーヒーだったらよかったのにと思った。このギリシャ風軽食堂で注がれる、まずい代物ではなくて。ベニーの助手であるルルは、このコーヒーを十五杯から二十杯は飲んでいるように見える――さもなければそういう人格なのだ。

「〝ヴァイラル〟なんて言葉は、もう誰も使わない」とルル。「まあ、不用意に使ってしまうことくらいはあるかも。〝接続《コネクト》〟とか〝伝達《トランスミット》〟とかいう言葉と同じようにね――昔使われたこういう機械工学的比喩は、情報の移動の仕方とは何の関係もないわ。いい？　情報の波及は、もはや原因と結果では説明されない――それは同時的なものなの。情報の速度は、光の速度よりも速い。実際に測定された。だから現在わたしたちは素粒子物理学を学んでるの」

「そしてその次は？　ひも理論かい？」

「それは選択科目よ」

ルルは二十代前半で、コロンビア大学バーナード・カレッジで大学院生をしながら、ベニーの助手としてフルタイムで働いている。〝端末雇用者〟という新しい雇用形態の生ける見本である。紙なし、机なし、通勤なしで、理論上はどこにでもいることができる。とはいえルルは、ひっきりなしに端末を鳴らすビープ音を無視しているようだった。オンラインの彼女のページに載せられている写真は、実物のルルを十全に反映しているとは言えない。大きな目の、左右対称の、はっとするような彼女の顔。輝くばかりの髪の艶。彼女は〝まっさら〟だった――ピアスも開けず、タトゥーも入れず、傷をつけたこともない。このごろの若者はみんなそうだ。でも、とアレックスは思う。誰が彼らを責められるだろう？　上の人間たちが三世代にわたり、蛾に喰われたソファ・カバーのような刺青を、詰め物が足りずに萎《しぼ》んだような二の腕や垂れた尻にだらしなくまとっているのを、さんざん見て育ってきたのだ。

キャラ＝アンは抱っこ紐のなかで眠っていた。アレックスのあごと鎖骨の隙間に頭を押し込んでいる。果物かビスケットのような息の匂いが、彼の鼻孔を満たしていた。娘が目を覚まして昼ご飯を欲しがるまで、あと三十分、せいぜい四十五分しかない。それなのにアレックスは、会話に戻ってルルの言うことを理解しなければならないという、理に合わない必要を感じていた。彼女の何がこんなにも自分をどぎまぎさせるのか、その理由を突き止めねばならない。

「どうやってベニーのところに働き口を見つけたの？」とアレックスは訊いた。

「ベニーの別れた奥さんが、わたしの母のもとで働いてたの。何年も前、わたしが小さかったときにね。わたし生まれたときからベニーを知ってるわ。ベニーの息子、クリスも。クリスはわたしの二つ年上よ」

「そうなんだ」とアレックス。「きみのお母さんは何の仕事を？」

「パブリシストだったのよ。でもその仕事はもうやめてる」とルル。「いまは州北部に住んでるの」

「お母さんの名前は？」

「ドリー」

アレックスはこの線に沿って問いを続けていき、ルルが母親のお腹に着床した時点まで辿ってみそうになったが、自分を抑えた。沈黙があって、折よく食べ物が運ばれてきた。アレックスはスープを頼むつもりだったが、軟弱に見られそうな気がしてやめ、迷った挙句ルーベン・サンドイッチを頼んでしまった。キャラ＝アンを起こすことなくライ麦のサンドイッチを嚙むのは不可能だと忘れていたのだ。ルルはレモン・メレンゲ・パイを頼み、フォークの先でメレンゲを小さく崩しながら食べた。

「それで」とルルが、アレックスが何も言わないので話しはじめた。「ベニーが言うには、わたしたち、〝ブラインド・チーム〟を作ったらいいって。あなたが〝匿名のキャプテン〟になって」

「そういう言葉、ベニーが使ったの？」

ルルは笑った。「いいえ。どちらもマーケティング用語よ。学校で覚えたの」

「それはもともとスポーツ用語だ。ぼくは……スポーツで覚えた」アレックスはチームのキャプテンをしたことがかつて何度もあったが、彼女のような若者からすればあまりにも昔のことで、数のうちにも入らない気がしたのだ。

「スポーツの比喩はいまも有効よ」ルルはちょっと考えて言った。

「じゃあ知られてることなんだね？　ブ、ブ、ブラインド・チームって手は」まるで自分の思いつきであるかのようにはっきりと、アレックスはそれを思い浮かべることができた——パロットをやることとの恥辱と罪悪感を、チームを結成することで軽減する。チームの構成員に、それがチームだとわからせないよう、またそこにキャプテンがいることも悟られないようにしなから。構成員はそれぞれ個人的にルルとやり取りする。そしてアレックスが秘密裏に、全体を上から指揮するのだ。

「ええ、もちろんよ」ルルが答えた。「B・T――ブラインド・チームは、とりわけ相手が年配の場合に、うまくいくことが多いわ。つまり」と彼女は微笑んだ。「三十歳以上の場合にね」

「そしてその理由は？」

「人間は年を取るほど、抵抗を覚えるようになるからよ、つまり……」ルルは言い淀んだ。

「買収されることに対してか」

ルルが微笑んだ。「ほら。そういうのをわたしたちは、〝陰険な比喩〟って呼ぶのよ。〝陰険な比喩〟は、叙述するように見えて、そのじつ決めつけを行うの。たとえばオレンジを売る人は、買収されることになる？　電気器具の修理をする人は、身売りをすることになる？」

「ならない。というのもそういう人たちは、正々堂々とやってるから」言いながらアレックスは、自分が妙に相手に合わせていることを意識した。「白日のもとでやってる」

「ほらまた。そういう比喩――〝正々堂々〟に〝白日のもと〟。どちらもわたしたちが、〝先祖返り的純粋主義〟と呼ぶ体系の一部だわ。〝先祖返り的純粋主義〟は、倫理上非の打ちどころのない状態を暗に示唆している。そんな状態は存在しないし、かつて存在したことすらないのに、判断を行おうとする人間の先入観を下支えするのにいつも使われる」

アレックスは首許でキャラ＝アンが動くのを感じ、たっぷりと脂の乗ったパストラミ・ビーフの長い一切れを嚙まずに呑み込んだ。もうどれくらいのあいだ、こうして座っているだろう？　予定よりずっと長いのは明らかだ。だがアレックスは、この娘との議論に持ちこたえ、さらには反撃したいという欲求を抑えることができなかった。彼女の猛烈な自信は、幸福な子ども時代の帰結としては度を越しているように思えた。それはいわば、細胞のひとつひとつから溢れてくるような自信だ。ルルはまるで民衆のあいだに身をやつした女王のようだった。その素性を知られることを、必要としても望んでもいない女王。

「じゃあ」とアレックスは言った。「きみは金のために何かを信じたり、信じていると言ったりすることには、本質的に悪い点は何もないと考えるわけだね？」

「〝本質的に悪い〟」とルル。「なんてことかしら。〝硬直した道徳規範〟の顕著な例だわ。近代初期倫理学のバスティー教授に知らせてあげなくちゃ。彼はその実例を収集してるのよ。いい？」とルルは言った。背筋が伸び、アレックスを見る灰色の瞳に（顔全体に浮かべた気軽で親しげな表情とは裏腹に）厳粛な光が宿った。「わたしはわたしの信じるものを信じる。その理由の良し悪しを裁く権利など、あなたにある？」

「だけどその理由が金ならば、それは信念じゃない。ただのクソだ」

ルルが顔を顰めた。彼女たちの世代のもうひとつの特徴——それは決して罵り語を使わないことだ。〝いやはや〟とか〝これはこれは〟といった言葉を、十代の若者が大真面目に使うのを、アレックスはしばしば耳にする。「たびたび見かける例ね」ルルはアレックスを観察しながら、考え深げに続けた。「〝倫理的躊躇い《エシカル・アンビヴァレンス》〟――わたしたちはE・Aって略してる――が、〝強い《ストロング》マーケティング行動《アクション》〟に際して現れる」

「わかった、S・M・Aって略すんだね」

「その通りよ」と彼女は言った。「この場合あなたにとって〝ブラインド・チーム〟を結成することがそれに当たるわ。表面上は、あなたはそんなこと、とてもしそうにないように見える。それくらい躊躇してる。でもほんとうは逆だと思うのよ。つまりE・Aは予防接種みたいなものだと思うの。本心ではやりたいことを前にして、自分に言い訳するためのね。怒らせるつもりはないのよ」

「きみが〝怒らせるつもりはない〟と言いながら、同時に怒らせるようなことを言ってるのと、同じ仕組みだね？」

ルルはものすごく真っ赤になった。人がここまで赤面するのをアレックスは初めて見た。熱を帯びた朱色がたちまちその顔を覆いつくし、暴力沙汰でも起きたかのようだった。首を絞められているとか、多量出血を起こす寸前だとか。アレックスは反射的に身構え、キャラ＝アンの無事を確かめた。娘はぱっちりと目を開けていた。

「あなたが正しいわ」ルルは苦しげに息をついた。「ごめんなさい」

「気にしないで」とアレックスは答えた。ルルの紅潮は、彼女の自信以上に彼をまごつかせた。アレックスの見ている前で、その紅潮はルルの顔から徐々に引いていき、残された肌は青褪めて震えていた。「大丈夫？」と彼は訊いた。

「大丈夫よ。ただちょっと、喋るのに疲れたみたい」

「ぼくもだ」とアレックスも言った。実際、疲れ果てていた。

「間違いへの道はとてもたくさんある」とルル。「わたしたちに使えるものは、すべて比喩なんだもの。だから厳密な意味で正確であることは絶対にできない。**物そのものを言う**、なんてことは、決してできないのよ」

「だあれ？」キャラ＝アンが言った。まっすぐにルルを見つめている。

「ルルだよ」

「T《テクスト》を打ってもいい？」ルルが訊いた。

「ええと、それは……」

「いまここで、ってこと。いまTを打ってもいいかしら」質問はかたちだけのもので、彼女はすでに端末を操作しはじめていた。直後にアレックス自身の端末が、ズボンのポケットで振動した。取り出すのにキャラ＝アンをわきにどけねばならなかった。

　何人カ選ンデル？　液晶画面にはそう読めた。

　イマ送ル、とアレックスは打ち、五十人の名前と連絡先、それぞれへ接近する際のコツ、されると嫌がることなどの覚え書きを、ルルの端末へ一気に送り込んだ。

　スバラシイ　早速ヤル
　二人は顔を上げ、互いを見た。「簡単だったね」とアレックス。

「ほんと」とルルも言った。安堵のため、ほとんど眠そうな表情をしている。「これは純粋なんだわ……哲学もなし、比喩もなし、善悪の判断もなし」

「ちょうだい」キャラ＝アンが言った。アレックスの端末を指さしている。無意識のうちに、娘の顔から数インチの距離で使っていたのだ。

「駄目だよ」アレックスは俄かに不安になった。「もう……帰らなくては」

「待って」とルル。まるでいま初めてキャラ＝アンの存在に気がついたかのようだ。「その子にTを打つわ」

「いや、だけどうちでは……」アレックスは言いかけたが、レベッカと彼が共有している子どもの端末使用についての信念を、ルルに説明することはできない気がした。ふたたび彼の端末が振動した。キャラ＝アンが歓喜の叫び声を上げ、ぽっちゃりとした人差し指で液晶画面をつついた。「できたよ」と父親に知らせた。

ステキナぱぱネ。疑わしいと思いつつも声に出して読むと、紅潮が今度は彼の顔の上にのさばりはじめた。キャラ＝アンが、まるで飢えた犬が肉の貯蔵庫に放たれたかのような、異様なほどの熱心さで端末のキーを叩いていた。すると面白いものが現れた。子どもに送るためにストックされている画像のひとつ、燦然と輝く太陽の下のライオンだ。キャラ＝アンはライオンのあらゆる部分を拡大して見ている。まるで生まれてからずっとやってきたことのように慣れている。ルルがTを打った。ワタシハぱぱニ会ッタコトナイ。生マレル前死ンダ。

アレックスは今度は黙読した。

「そうなんだ。お気の毒に」そう言ってルルを見たが、自分の声が大きすぎるように――がさつな妨害のように感じた。彼は目を落とし、せわしなく動きまわるキャラ＝アンの指の合間を縫って、なんとかこう打った――カナシイ。

昔ノ話、とルルがTを返した。

「あたちのよ！」喉から振り絞るような声で憤然と主張しながら、キャラ＝アンがアレックスのポケットへ、抱っこ紐から人差し指《ポインター》を突き出す。ポケットでは端末が震えていた――父娘が軽食堂を出てからの数時間、ほとんど震えっぱなしだ。彼の身体に伝わる振動を、キャラ＝アンが感じ取っているのか？

「あたちのキャンディー！」端末をなぜそう呼ぶことにしたのか、アレックスにはわからなかったが、ともかく訂正はしなかった。

「何が欲しいの？　かわいい子」レベッカがキャラ＝アンに訊く。一日仕事に出ていたあとでは、しばしば娘にひどく気を使った話し方をする（とアレックスには思える）。

「パパ、キャンディー」

レベッカは訝《いぶか》しげにアレックスを見た。「キャンディーなんて持ってるの？」

「持ってないさ。もちろん」

彼らは西へと急いでいた。日没前に河へ着きたいのだ。温暖化を防ぐために地球の軌道が〝調整〟された結果、冬は昼の時間が短くなり、一月の現在は日の入り時刻が四時二十三分なのだ。

「キャラ＝アンを見ましょうか？」とレベッカ。

　彼女は娘を抱っこ紐から持ち上げ、煤けた舗道へ降ろした。娘は案山子のような足取りで、ぎくしゃくと何歩か歩いた。「キャラ＝アンが歩いてたら間に合わないよ」アレックスが言い、レベッカは娘を抱き上げて、さっきよりも早足で歩いた。アレックスは今日、図書館の前にいて、妻を驚かせたのだった。アパートにいると聞こえる工事の騒音を避けるため、このごろ図書館へ行くことが増えた。しかし今日待ち伏せしたのは、さらなる理由があったのだ。彼はベニーとの取り決めを妻に話さなければならない。もはや先延ばしにすることはできない。

　ハドソン河に着くころには、太陽はすでに〝水の壁〟の向こうに沈んでしまっていた。だが階段を昇り、一面に水の流れるその壁の上部の、〝水上散歩道〟と書かれた板作りの足場までやってくると、太陽はまだ空にあるのが見えた。オレンジがかった濃紅で、ホーボーケン地区の真上に卵の黄味のように浮かんでいる。「おりる」とキャラ＝アンが命じ、レベッカが下へ降ろした。娘は〝水の壁〟の端の、鉄のフェンスへと走っていった。この時間、そこはいつも人でいっぱいだった。彼らも（アレックスと同じように）この〝水の壁〟ができてしまうまでは、夕焼けなど気にも留めていなかったはずだ。でもいまはそれを切望している。キャラ＝アンを追って人混みに紛れながら、アレックスはレベッカの手を取った。彼と知り合ってからずっと、レベッカは冴えない眼鏡をかけていて、そのセクシーな魅力を減じている。ディック・スマートみたいに見えることもあれば、キャットウーマンみたいに見えることもある。その眼鏡は彼女のセクシーさを隠しきれないのであり、アレックスはそこが好きだった。だが最近は、そうでもなくなりつつある。この歳にして早くも増えてきた白髪や度重なる寝不足のために、変装小道具みたいだった眼鏡の冴えなさが、むしろ真の姿になりつつあるのではとアレックスは恐れていた。レベッカは大学教師の業務にせわしなく追い立てられていた。論文を書きながら、同時に二つの講座を教え、複数の委員会に出席していた。この構図のなかでの自分の位置を思うと、アレックスは落ち込んだ――自分の食い扶持《ぶち》を稼ぐこともできない、年取った音楽マニア。自分の妻からその生命を（少なくともそのセクシーな魅力を）、吸い取って生きている男。

レベッカはアカデミズムにおけるスターだった。最新の著作は〝言葉の外皮〟現象について書かれていた。これは彼女の造語であり、もはや引用符なしでは何も意味しない単語のことを指していた。英語はそうした空っぽな言葉で溢れている――〝フレンド〟とか〝リアル〟とか、〝ストーリー〟とか〝チェンジ〟とか――そうした言葉は、意味を剝《は》ぎ取られ、抜け殻になり果ててしまった。〝アイデンティティー〟〝サーチ〟〝クラウド〟などは明らかに、ネット用語として使われることで生命を失った。もっと複雑な事情を抱えた言葉もある――たとえば〝アメリカ人〟はいつの間に、皮肉な言葉になったのだろう？　〝デモクラシー〟はどうして、冷笑的でねじ曲がった使われ方しかされなくなったのか？

太陽が消えてしまうまでの数秒は、沈黙が人々を包み込む。キャラ＝アンでさえ、レベッカの腕のなかでじっと押し黙っていた。アレックスは夕陽の残滓《ざんし》を、顔と閉じた目蓋に受けながら、そのかすかなあたたかみを味わい、過ぎゆくフェリーの水音を耳で聞いていた。太陽が見えなくなったとたん、まるで魔法が解けたように人々が動きはじめた。「おりる」とキャラ＝アンが言い、水上散歩道を歩き出した。レベッカが笑いながら、そのあとを追いかける。アレックスはこの隙に、すばやく端末をチェックした。

じゅでぃ、考エ中

さんちょOK

かる、絶対ヤダッテ

それぞれのメッセージのなかに、この午後のやり取りのあいだに馴染み深いものとなった感情の取り合わせが、透けて見えるような気がした――承諾の答えには、軽蔑と綯い交ぜになった勝利の喜び、断りの答えには、見上げたものだという称賛の入り混じった落胆。アレックスが返信を打とうとした瞬間、ぱたぱたと駆けてくる足音とともに、娘の泣いて欲しがる声が聞こえてきた。「キャアアアアンディィイー！」アレックスはさっと端末を隠したが、すでに手遅れだった。キャラ＝アンが彼のジーンズを摑んでいる。「あたちの」と娘は言った。

レベッカがにじり寄ってきた。「キャンディーって、それだったわけね」

「らしいね」

「キャラ＝アンに触らせたの？」

「たった一度だけだぜ？」言いつつも、アレックスの心臓は高鳴っていた。

「二人で作った決まりを、自分ひとりで変えちゃったわけ？」

「変えたわけじゃない。うっかり破ったんだ。たった一度くらい、うっかりすることがあってもいいだろ？」

レベッカは眉を上げた。彼女が自分を観察するのがわかった。「なぜいまになって？」と彼女は言った。「長いことずっと守ってきたのに、なぜ今日……わたしには納得できない」

「納得しないといけないことなんて、ないさ！」アレックスはそう言いたてたが、頭のなかでは思っていた――なぜ彼女は気づいたんだろう？　そして次に、彼女は何に気づいてるんだろう？　と。

二人はそこに立ったまま、消えゆく光のなか、互いを見ていた。キャラ＝アンはおとなしく待っていた。キャンディーのことは忘れたらしい。水上散歩道にはもうほとんど人がいなくなっていた。ベニーとの契約を、レベッカに言うべきときだった――いまだ、いましかない！――だがアレックスは麻痺したようになっていた。打ち明けても、もはや汚れたものにしか聞こえない気がした。レベッカにTを打ちたいと、狂おしいまでに思った。頭のなかでその文章を組み立てさえした。――数週間ノ仕事モラッタ。儲カル仕事。ドウカ大目ニ見テ。

「行きましょう」とレベッカが言った。

アレックスはキャラ＝アンを抱え、抱っこ紐に戻した。彼らは水の壁を暗がりのなかへと降りていった。陰気な通りを歩きながら、気づくとアレックスはレベッカに出会った日のことを思い出していた。狼マスクのハンドバッグ泥棒を追いかけ、捕まえそこねたそのあとで、アレックスは彼女を誘い、一緒にビールを飲みブリトーを食べた。その後アベニューDの彼女の下宿で、三人のルームメイトを避けて屋上でセックスした。まだレベッカの名字さえ知らなかった。そこまで回想した瞬間、唐突に、何の前触れもなく、アレックスはあの女の子、ベニー・サラザーの元部下だった彼女の名前を思い出した——サーシャ。まるでひとりでに扉が開くように、何の努力もなしに思い出せた。**サーシャ**だ。アレックスはその名前を、注意深く心へ刻んだ。期待していた通り、それは追憶の先触れとなった。続いてさまざまな事柄が、矢継ぎ早に光のなかへ躍り出た。——ホテルのロビー。狭く、暖房の効きすぎた彼女のアパート。夢を思い出そうとするのに似ていた。彼女をファックしたのだったか？　そうに違いない、とアレックスは考える。ニューヨークへ来た当初のデートは、ほとんどすべてセックスで締め括られたから。現在彼が家族で寝ている、赤ん坊の身体の匂いと、生分解性紙オムツのかすかな薬品臭に満たされたベッドからは想像もつかないことだが。しかしサーシャはセックスの問いに答えてくれなかった。彼女はウィンクしたかと思うと（目は確か緑色？）、そのまま逃げ去ってしまった。

にゅーす聞イタ？　ある晩遅く、アレックスが窓際のいつもの場所に座っていると、端末にそんなTが来た。

聞イタ

〝ニュース〟というのは、ベニーがスコッティ・ハウスマンのコンサート会場を野外へ、

〝跡地〟へと変更するというものだった。コンサートに行く見込みのある人たちに変更が伝わるよう、アレックスのブラインド・パロットたちは（追加報酬なしで）さらに働かねばならなかった。

ベニーはアレックスに、会場の変更を前もって電話で知らせてきた。「スコッティは閉ざされた場所では気分が乗らないらしい。野外のほうが満足すると思うんだ」エスカレートしていく要求と特別注文の猛勢の、これがもっとも新しいものだった。「彼は孤独な人間なんだ」（スコッティがトレーラーを欲しがったとき、ベニーはそう説明した）。「うまく会話ができないんだよ」（スコッティがインタビューを断る理由）。「子どもとすごすのに馴れてないんだ」（〝ポインターの騒音〟が苦手な理由）。「テクノロジーには弱くてね」（ネット上のストリームで話したり、ファンが送ってくるTに返信したりできない理由。そうしたTは、ベニーがスコッティのために作ったウェブページを通して送られてくるのだが）。そのウェブページに載ったその男の写真――髪が長く、白い歯を見せて小粋に笑い、色とりどりの大きな球体に囲まれたその姿を見るたびに、アレックスはむかっ腹が立つのだった。

次ハ何ダロ？　と彼はルルにTを返した。牡蠣デモ欲シガル？

中華シカ食ベナイ

！

：

デモ会ウトイイ人？

会ッタコトナイ
まじデ⁇
恥ズカシガリ
＃＠＆＊
：
取り留めのない対話は、いつまでも続けることができた。アレックスはその合間に、ブラインド・パロットたちを見てまわった。彼らのウェブページやストリーム映像をチェックし、スコッティ・ハウスマンを熱く推薦する言葉を確認した。怠けている者がいれば〝違反者〟リストに加えた。三週間前の打ち合わせ以来、ルルには会っておらず、喋ってすらいない。彼にとってルルは、ポケットのなかの住人だった。彼女には、とくべつの振動パターンを設定していた。
アレックスは顔を上げた。工事中の高層ビルは、いまや窓の下半分を覆い隠し、柱や梁《はり》がごつごつとした影になっていた。エンパイア・ステート・ビルの尖ったてっぺんが、その向こう側にまだかろうじて見えた。あと数日で、それも見えなくなるだろう。ビルの骨組みが最初に、工事の男たちを乗せて窓の外に現れたとき、キャラ＝アンはひどく怯えた。アレックスは必死になって、面白いことにすり替えようとした。「ビルが伸びるよ。どんどん伸びる！」毎日そう言った。まるでその工程がとても愉快で、希望に満ちたものであるかのように。キャラ＝アンも真似して、両手を叩いて唱和した。「のびる！　のびる！」

びるガ伸ビルヨ。そうルルにTを打ちながら、赤ん坊に話す言葉はTのための狭いスペースにぴったりだと思った。

…びる？　とルルの返事があった。

ウチノ隣。光モ風モナクナル

阻止デキナイ？

ヤッテハミタ

引越ハ？

無理ッポイ

nyc、とルルは書いてきた。アレックスは一瞬、混乱した。嫌味なんてルルらしくないと思ったのだ。だがやがて、彼女は〝素敵《ナイス》〟と書いたわけではないと気づいた。〝ニュー《N》ヨ《Y》ーク市《C》らしいね〟と言っていたのだ。

　コンサートの日は〝季節外れの〟陽気だった。気温は三十一度もあり、空気は乾いていた。交差点へ出た彼らの目に金色の陽射しが斜めに刺さり、地面に伸びた影はおかしなほど長かった。一月には花を咲かせていた木々は、いまや躊躇いがちに葉をつけていた。レベッカはキャラ＝アンに、去年の夏に買った正面にアヒルの絵のついたワンピースを着せた。そしてアレックスとともに三人で、六番街に集まった大勢の若い夫婦たちに加わり、高層ビルのあいだを歩いていった。キャラ＝アンはアレックスの背中で、チタニウム製のおんぶ籠に入っていた。抱っこ紐の代わりとして最近買ったものだ。公共空間の集まりではベビーカーは禁止されていた。いざというとき、避難の妨げになるからだ。

このコンサートにどうやってレベッカを誘うべきか、アレックスはさんざん策を練っていたが、結局その必要はなかった。ある晩キャラ＝アンが寝ついてから、端末をチェックしていた妻はこう言った。「スコッティ・ハウスマンって……このあいだベニー・サラザーが聴かせてくれた人よね？」

アレックスは心臓のあたりが軽く爆発しそうになった。「そうだけど。なぜ？」

「彼の無料コンサートがこの土曜に、〝跡地〟で開かれるんだって。その話をしょっちゅう聞くんだけど。大人も子どもも対象らしいわ」

「へえ」

「ベニーと再度接触するチャンスじゃない？」ベニーがアレックスを雇わなかったことを、彼女はまだ気に病んでくれている。この話題が出るたびに、アレックスは良心の呵責を覚えた。

「そうだね」と彼は答えた。

「じゃあ、行きましょうよ。どの道タダなんだし」

十四丁目をすぎると、高層ビルは姿を消し、斜めの陽射しがじかに降り注ぐようになった。まだ二月で太陽の高度も低く、日除けの下から射し入ってくる。眩しさのあまりアレックスは、昔馴染みのズースがそばにいるのを見落とすところだったが、気づいてからは避けようとした――ズースはブラインド・パロットのひとりなのだ。だが遅かった。すでにレベッカがズースに呼びかけていた。ズースのロシア人の恋人、ナターシャも一緒だった。二人はそれぞれの抱っこ鞄に、生後六カ月の双子をひとりずつ入れている。

「スコッティを聴きに行くのかい？」とズースは、スコッティ・ハウスマンが共通の知人であるかのような口調で訊いた。

「そうだよ」アレックスは注意深く答えた。「きみは？」

「もちろん、おれもさ」とズース。「スライド・バーで弾くラップ・スチール・ギター……そんな演奏、生で聴いたことあるか？　ロカビリーの話をしてるわけじゃないんだぜ？」ズースは血液バンクに勤め、空いた時間には、ダウン症の若者たちがトレーナーシャツにプリントを入れて売る手助けをしていた。アレックスはズースの表情に、パロットであることのサインを探そうとした。だがこの友人は、唇の下に小さく剃り残したそのあご髭にいたるまで、いつもと何ひとつ変わらなかった。流行でなくなってからもずっと、ズースはこんな髭にしていた。

「きっとものすごくいいライブになるわよ」ナターシャが訛りの強い英語で言う。

「ええ、そう聞いたわ」とレベッカ。「もう八人くらいから同じことを聞いてる。おかしな気がするほどよ」

「おかしくなんてないわ」ナターシャが甲高く笑った。「その人たち、お金をもらってるんだから」アレックスは俄かに顔が火照るのを感じた。ナターシャを見ることができなかった。

しかし彼女が何も知らずにそう言っているのは明らかだ。ズースはすべてを秘密裏に運んでいる。

「でもそれ、わたしの友人たちよ」とレベッカが言った。

曲がり角に来るごとに、また新たに知り合いに出くわす日だった。古い友人、友人の友人、知人、あるいは知っているような気がする人。アレックスはあまりに長くこの街にいて、どこで彼らと知り合ったか思い出せないほどだった。ＤＪをしていたクラブで？　秘書として働いた法律事務所で？　トンプキンズ・スクエア公園で何年も続けた、ピックアップ・バスケットボールの試合でだろうか？　二十四歳で初めてニューヨークへ来たその日から、すでにもう明日にでもこの街を出ていくような気がしていた――現在でも、よりよい仕事とより安く暮らせる場所が見つかれば、彼とレベッカはいつだってここを飛び出す用意がある。それなのにいつの間にか、マンハッタンじゅうの人間と少なくとも一度は会ったことがあると思えるほどに、長い年月が経ってしまったのだ。このなかにサーシャはいるだろうかと、アレックスは考えた。ぼんやりと見覚えのある顔たちのなかから、無意識に彼女を探そうとした。どんな見た目になっているか見当もつかないのに。この長い年月の果てにサーシャを見分けられたなら、その報酬としてあの問いへの答えが与えられるかのように。

あなたも南へ行くところ？　……噂に聞いたんだ。……対象《ポインター》は子どもだけじゃないらしいよ。……彼のライブがあるんですって。

そうしたやり取りを九回か十回ほど繰り返したあと、ワシントン・スクエアに来たあたりで、アレックスは突如これらの人々**全員**が、子連れもそうでない者も、独り身も恋人同士も、ゲイだろうとストレートだろうと、〝まっさら〟だろうがピアスを開けていようが、全員、スコッティ・ハウスマンのコンサートに向かっているのだと気づいた。**ことごとく全員が**である。まず信じられないという思いが波のように押し寄せた。続いて所有と力の感覚が――やったのだ、ああ自分は天才だ――続いて吐き気がやってきて（勝利ではあるが誇ることはできない）、そして恐怖がやってきた。もしもスコッティ・ハウスマンのパフォーマンスが素晴らしいものではなかったら？　もしも二流か、それ以下だったら？　だが続いて自衛の絆創膏を貼るこんな言葉が、脳内Tのかたちでやってきた――誰モ知ラナイ。ボクハ目ニ見エナイ。

「大丈夫？」とレベッカが訊いた。

「うん。なぜ？」

「不安そうだから」

「そうかな？」

「わたしの手を、きつく握りしめてる」言ってから、ボタン穴のような眼鏡の下で微笑み、付け加えた。「嬉しいけどね」

カナル通りを渡りロウワー・マンハッタン（この場所の子どもの人口密度は、いまや全米一高かった）に入るころには、アレックスとレベッカとキャラ＝アンは、舗道から溢れ出し通りを満たす群衆の一部となっていた。交通規制がされ、上空にヘリコプターが集まってきていた。空中を鞭打つようなその音が、初めのころアレックスは我慢ならなかった――うるさい、あまりにもうるさい――だが何年も経つうち、次第に馴れた。安全の代償だ。その軍隊的騒音も、今日は不気味なほど似つかわしく感じられる。というのも、とアレックスは考えた――見まわせばあたり一面、抱っこ紐や抱っこ袋、おんぶ籠、小さな子の手を引く年長の子どもばかりの海に囲まれているが、これもまた一種の軍隊ではないか？　子どもたちの大軍――それはもはや何も信じなくなった人々の、最後に残った信念が具現化したものにほかならない。

子ドモガイルトコロ必ズ未来ガアル。ソウダロウ？

人々の目の前には、新しいビルたちが華々しい螺旋を描き、空へ向かって伸びていた。かつての二つのビル（アレックスはそれを写真でしか見たことがなかったが）よりも、ずっと素敵だった。新しいビルたちは空っぽで、ビルというより彫刻のようだった。そのあたりへ近づくにつれ、群衆の歩みは遅くなった。先頭の人々が水を張った池を囲む広場へ入ると、続く人たちに渋滞が起きた。警官や警備員たち（彼らは政府支給の端末を持っているので、そうわかる）の数が明らかに増え、視覚走査装置がひさしの下や街灯の柱、樹木などに設置されていた。二十年以上前ここで起きたことの重みがいまもなお残っているのを、アレックスはこの〝跡地〟に来るたび感じた。彼はそれを聴覚の範囲外の音、過去の事件の振動として知覚した。それがいま、これまでになく執拗に聞こえている――低く、深く、唸るような、ずっと以前から知っている音。アレックスが何年もかけて、作り、集めてきた音たちの内側で、ずっと響き続けていた音のように思えた。たくさんの音たちの、隠された鼓動のように。レベッカが彼の手をきつく握った。細い指が汗に濡れている。「愛してる、アレックス」

「そんな言い方、しないでよ。これから悪いことでも起きるみたいじゃないか」

「不安なの」と彼女は言った。「わたしも不安になってきたのよ」

「ヘリコプターのせいさ」と彼は言った。


「お見事だ」とベニーが呟いた。「そこで待っててくれ、アレックス。頼む。そのドアのそばで」

アレックスはレベッカとキャラ＝アン、それに友人たちと別れて、群衆のあいだを抜け出してきた。いまや何千にも膨れ上がった群衆は、ひとりひとりが辛抱強く――やがて痺れを切らしつつ、コンサートの開始時間が来るのを待ち、そしてすぎるのを見守っていた。組まれたステージの足場周辺を、四人の設営スタッフたちが神経質に固めていた。スコッティ・ハウスマンが演奏することになっているステージだ。ベニーが助けを求めているというTをルルから受け取ったアレックスは、厳重なセキュリティチェックを潜り抜けてスコッティ・ハウスマンのトレーラーへ辿りついたのだった。

トレーラーのなかでは、ベニーと年老いたスタッフがひとり、黒い折りたたみ椅子にがっくりと座っていた。スコッティ・ハウスマンの気配はなかった。アレックスは喉にひどい渇きを覚えた。ボクハ目ニ見エナイ、と念じた。

「ベニー、聞いてくれ」老スタッフが言った。格子縞のフランネル・シャツの袖口で、彼の手は震えていた。

「お前ならやれる」とベニー。「きっとだ」

「聞いてくれよ、ベニー」

「ドアのところにいろよ、アレックス」ベニーがまた言った。そう繰り返したのは正しかったのだ。アレックスはベニーのそばへ寄り、いったいぜんたい何をしようとしているのか尋ねるところだったのだ。この老いぼれたスタッフを、スコッティ・ハウスマンの身代わりにしようというのか？　こいつに彼を真似させようと？　頬は落ち窪み、赤く節くれだった手はポーカーをするのさえ困難そうだ。まして馴れない繊細な楽器、あの膝に挟んでいる楽器を演奏するのは無理じゃないか？　だがその楽器が目に入った瞬間、アレックスは知った。内臓が引き攣れる思いだった。――この老いぼれスタッフが、スコッティ・ハウスマンなのだ。

「みんな集まってる」とベニー。「すべては動き出したんだ。あとには引けない」

「いまさら手遅れだ。おれは年を取りすぎた。おれは、……おれにはできない」

スコッティ・ハウスマンの声は、泣いた直後か泣き出す寸前のように聞こえた。その両方なのかもしれない。後ろで束ねた肩までの髪も、しなびた空っぽの目も、すべてが落ちぶれた印象を与えた。きれいに髭を剃っているにもかかわらずだ。アレックスに見覚えがあったのは彼の歯だけだった。輝くように白く、場違いだった。この破綻した顔のなかでは、義歯たちにできることにも限界があった。やがてアレックスは理解した。スコッティ・ハウスマンというものは、存在しないのだ。彼は人間における〝言葉の外皮〟だった。その本質が消滅してしまった貝殻のようなものなのだ。

「お前にはやれる、スコッティ……やらねばならん」とベニーが言った。いつも通りの穏やかな声だが、その薄くなった白髪の隙から、頭皮が汗に光るのが見えた。「時間ってやつはならずものだ。そうだろ？　そのならずものたちを、のさばらせておくつもりか？」

スコッティは首を振った。「ならずものが勝ったんだ」

ベニーは深く息を吸った。腕時計を盗み見たのだけが、唯一苛立ちの仕草だった。「お前、おれのところへ来たよな、スコッティ。憶えてるか？　二十年以上も前……そんなに昔だなんて信じられるか？　お前、魚を持ってきたんだぜ」

「そうだな」

「おれはまた、お前が殺しに来たんだと思ったよ」

「殺すべきだった」スコッティは短く笑った。「殺してやりたかった」

「そのあと、おれは落ちるところまで落ちた……ステファニーに追い出され、ソウズ・イヤーもクビになった。そしておれはお前を引っ摑まえた。そのとき、おれはなんて言った？　イースト河で釣りをしてたお前を見つけたとき。憶えてるか？　出し抜けに、おれが何を言ったか？」

スコッティが何か呟いた。

「〝お前をスターにするときが来たぜ〟って言ったんだ。そしてお前は何と答えた？」ベニーはスコッティに上体を寄せ、その男の震える手首を、自分の、やや女性的な手に取ると、彼の顔を覗き込んだ。「お前は言った、〝やれるもんならやってみろ〟ってな」

　長い間があった。矢庭にスコッティが立ち上がり、椅子を引き倒してトレーラーのドアへと突進した。アレックスはわきに避《よ》けて彼を通す心づもりでいたのだが、スコッティがドアに着くほうが早く、そして着くとアレックスを力ずくで退かそうとした。そこでアレックスは初めて自分の役目を、ベニーが自分をそこへ立たせておいた理由を理解した。ミュージシャンが逃亡するのを防ぐためだったのだ。二人は荒い息をつきながら、無言のうちに揉みあった。スコッティの乾《ひ》からびた顔が間近に迫り、その吐く息を吸ったアレックスは、ビールか、または少し前に飲んだビールの名残らしき匂いを嗅ぎ取った。だが彼はこう結論した——イエーガーマイスターだ。

　ベニーが背後からスコッティを取り押さえたが、その力は充分でなかった——アレックスがそれに気づくが早いか、スコッティは体勢を立て直して彼のみぞおちに頭突きを入れた。アレックスは息ができなくなり、身体を二つに折って苦しんだ。ベニーが馬でもなだめるように、スコッティの耳に何か囁くのが聞こえた。

　ようやく息ができるようになると、アレックスは苦心して、上司に意見を求めようとした。

「ベニー、スコッティが嫌がっているなら……」

　スコッティはアレックスの顔を殴りつけようとしたが、アレックスがさっと身をかわしたので、ミュージシャンの拳はトレーラーの薄いドアを打ち壊した。苦いような血の匂いが広がった。

アレックスはもう一度言おうとした。「ベニー、これはちょっと……」

スコッティがベニーを完全に振り切り、アレックスの睾丸に膝蹴りを入れた。彼は急所をやられた痛みに、床に崩れ落ちて悶絶した。スコッティはそれを蹴って退かすと、勢いよくドアを開いた。

「こんにちは」と外から声がした。高く澄み切った、かすかに懐かしい声だ。「わたし、ルルよ」

アレックスは痛みに掻き乱されながらもどうにか首をまわし、トレーラーの外で何が起きているか見ることができた。スコッティはまだ戸口にいて、見下ろしていた。斜めに射す冬の太陽がルルの髪を輝かせ、顔のまわりに光の輪を作っていた。ルルはスコッティの行く手を阻み、両手をそれぞれ細い金属の柵に置いていた。彼女を力ずくで退かすことなど造作もないはずなのに、スコッティはそうしなかった。道を塞いでいる美しい娘を、躊躇いながらもうしばらく見つめた。スコッティの負けだった。

「ステージまで付き添ってもいいかしら？」とルルは訊いた。

ベニーが慌ててギターを持ってきて、蹲ったままのアレックスの上からスコッティへと手渡した。スコッティは楽器を手に取り、胸に押し抱くと、震える息で深呼吸をした。「腕を組んでくれるならね。ダーリン」彼はそう答えた。そしてアレックスはこのくたびれた老人に、スコッティ・ハウスマンのセクシーで粋な幻がちらつくのを見た。

　ルルはスコッティの腕に腕を絡ませ、二人は群衆のなかへと、まっすぐに進んでいった。長く変てこな楽器を抱えたふらつく老いぼれと、彼の娘でもおかしくないような若い女性。ベニーはアレックスを引っ張って立たせると、一緒にそのあとをついていった。アレックスの脚は震え、力が入らなかった。海のような群衆がいっせいに移動し、ステージへの道を空けた。ステージ上には丸椅子と、十二本の大きなマイクが設置されていた。

「ルル」とアレックスがベニーに言い、首を振った。

「彼女は世界をまわすだろうよ」とベニーが言った。

　スコッティはステージに登り、丸椅子に座った。そして観客に目もくれず、ひと言の挨拶もないままに、『私は子羊』を演奏しはじめた。その旋律の子どもっぽさは、スライド・ギターの細やかで鋭い響き、複雑で金属的な感傷によって裏切られた。続けて『山羊はカラス麦が好き』、『私はまるで小さな木』をやった。アンプは良好かつ強力で、増幅された音はヘリコプターの騒音を翳《かす》ませ、はるか遠くの群衆まで届いた。群衆の最後尾は、ビルの谷間に見えなくなっていた。アレックスは野次の飛ぶのを恐れつつ、身をすくませて聴いていた。彼が秘密裏に集めた数千の群衆は、あまりに長いこと待たされたため、彼らの善意の期待にはいわば利子がかかっていた。だが野次は飛ばなかった。こうした子どもの歌に馴染んだポインターたちは、手を叩き、満足げに叫んだ。大人たちも興味深そうに、容易に見いだされる裏の意味、隠された幾つもの層に波長をあわせていた。歴史上の特異な瞬間において、群衆とは集まった理由を正当化し、目的を作り出すものなのかもしれない。ヒューマン・ビーインに始まり、モントレー・ポップ、ウッドストックにおいてもそうであったように。あるいはまた、二世代にわたる戦争と監視のあとで、人々は自分たちの不安を、孤独で身の置きどころのないスライド・ギター弾きに体現させたいと強く望んでいるのかもしれない。その理由が何であれ、雨粒のようだった賛同の気配は見る見るうちに膨らんで、群衆の中心から出発してその途切れるところまで転がっていき、ビルと水の壁にぶつかって砕け、そこからふたたび跳ね返って二倍の強さでスコッティへと押し寄せた。スコッティは丸椅子から立ち上がり（スタッフがマイクの高さを手早く調整した）、少し前までは震える抜け殻にしか見えなかった彼自身を突き破ると、強く霊的で荒々しい何かを解き放った。その場に居合わせた誰もが後日、コンサートが真に始まったのはスコッティが立ち上がった瞬間だと言うだろう。彼が何年ものあいだ、隠れて書き溜めていた曲を演奏しはじめたのはそのときだ。誰も聞いたことのないような曲たち――『頭のなかの目』、『○と×』、『いちばん強く見てるのは誰』――パラノイアと断絶のバラードが、この男の胸を裂いて出る。ウェブ上のページもプロフィールも、ハンドルネームも端末《ハンドセット》も、かつて一度も持ったことがないと、見ただけでわかるような男。誰のデータにも載っていない、何年もただ隙間に埋もれ、忘れられ、憤怒に満ちて生きてきた。その生き方が、いま純粋さとして刻まれようとしている。手つかずのものとして。だが無論、スコッティ・ハウスマンの初コンサートに居合わせたのがほんとうは誰なのか、見分けるのはもはや容易なことではない。会場は広く、かついっぱいだったが、それでも収容力には限りがあり、そして参加したと主張する人々はその数よりずっと多いからだ。いまやスコッティは神話の域に入った。誰もが自分のものにしたがっている。それもきっと理にかなっている。神話とは、万人のものではないか？

　ベニーはスコッティを見守る傍ら、憑かれたように端末を操作していた。アレックスはその隣に立ち、周囲で起きつつあることを、まるですでに起こってしまったことのように、自分はそれを思い返しているかのように感じていた。レベッカとキャラ＝アンのそばにいたかったと、ぼんやりと、やがて痛いほど強く思った。アレックスの端末は、妻の端末の位置を容易に特定できたが、その区画にいる大勢の人間から彼女を実際に見つけ出すには、ズームを使いつつ何分もスキャンを行わねばならなかった。その過程で彼のカメラは、大人の幾つもの恍惚とした顔、ときに涙に濡れた顔を拾った。幼児たちは大はしゃぎで、まだ生え揃わない歯を見せて笑っていた。そして若者たち、たとえばルルはいま、彫像のような黒人の青年と手を繋ぎ、うっとりとした喜びのうちに二人でスコッティ・ハウスマンを見つめている。彼らの世代が崇敬できる対象を、いまやっと見出したのだ。

　そしてアレックスはとうとうレベッカを見つけた。微笑み、キャラ＝アンを腕に抱いている。彼女は踊っていた。だが母娘はあまりにも遠く、アレックスには手が届かなかった。その距離は取り返しのつかない、深い亀裂のように感じられた。レベッカの絹のような目蓋に触れることも、娘のあばら骨越しに、せわしなく動く心臓の音を聞くこともうできない。ズーム機能を使わなければ、二人を見ることすらできないのだ。やる瀬なさのうちに、レベッカにTを打った――ドウカボクヲ待ッテテ。我ガ美シイ妻ヨ。そして彼女の顔にズームを向けたまま、レベッカが振動に気づいて踊るのをやめ、端末に手を伸ばすまで、見ていた。

「運がよければ生涯に一度、めぐりあえるかどうかという代物だ。ああいうイベントはな」ベニーが言った。

「じゃああなたは、その一回にめぐりあえたってわけですね」とアレックス。

「いや、まだだ」とベニーが返す。「まだなんだよ、アレックス。……おれが言ってるのはそのことなんだ！　まだ掠《かす》ってさえいない！」彼はまだ幸福の絶頂から醒めやらぬようだった。襟首は緩められ、腕は前後に揺れている。お祝いはもう終わった。みなのグラスにシャンパンが（スコッティにはイエーガーマイスターが）注がれ、中華街で点心を食べ、マスコミからの千もの電話を、ときにはちょっと手間取りつつ捌《さば》き、小さな娘たちは母親にタクシーで家に連れ帰られ、母親たちは歓喜に溢れ（「彼の歌を聴いてた？」レベッカはアレックスに言い続けていた。「彼みたいな音楽、これまでに聴いたことある？」そしてアレックスの耳許で囁くのだ。「仕事のこと、もういっぺんベニーに頼んでみなさいよ！」）、そしてその締め括りに、ルルが婚約者のジョーを紹介した。彼はケニアから来ており、コロンビア大学でロボット工学の博士号を取得中なのだそうだ。もう零時をとうにすぎていて、ベニーとアレックスはロウワー・イースト・サイドを二人で散歩していた。ベニーが歩きたがったのだ。アレックスは奇妙に落ち込んでいた。その落ち込みをベニーに隠さねばと思うと、今度は憂鬱になった。

「きみは素晴らしかったよ、アレックス」ベニーは彼の髪をくしゃくしゃと撫でた。「生まれつきの天才だな。はっきり言って」

生まれつき何の天才だっていうんだ？　そう口に出しそうになったが、我慢した。代わりに、ちょっと間をおいてから訊いた。「これまでに……サーシャという名前の女性を、雇ったことがありますか？」

ベニーは足を止めた。その名前は二人のあいだの空中に、光を放って浮かぶようだった。**サーシャ**。「ああ。ある」とベニーが答えた。「おれの助手だった。知っているのか？」

「一度だけ会ったことがあるんです。ずっと昔に」

「ちょうどこのあたりに住んでいたんだ」ベニーは言い、また歩きはじめた。「サーシャか。もう長いこと、彼女のことは考えなかったな」

「どんな人でした？」

「素晴らしい女性だった。おれは彼女に夢中だったんだ。だが、盗癖があることがわかった」ベニーはアレックスを見た。「盗みを働いてたんだよ」

「まさか」

ベニーは首を振った。「一種の病気だったんだろうなあ」

アレックスの頭のなかで、何かが繋がりそうになった。だが途中で切れてしまった。サーシャが泥棒だと、自分は気づいていたのだろうか？　あの晩の出来事のなかで？　「それで……クビにしたんですか？」

「せざるを得なかった。十二年も一緒に働いてきて、彼女はおれの脳ミソの半分みたいなもんだった。いやそれ以上、四分の三だ」

「いまどうしてるか、わかります？」

「いいや。まだこの業界にいるなら、自然とわかるはずなんだが。ああ、そうでもないかな」ここで彼は笑った。「おれ自身、もうだいぶ業界から外れてる」

二人はしばらく黙って歩いた。月夜のロウワー・イースト・サイドは静かだった。ベニーはサーシャの追憶に捕らわれているようだった。彼はフォーサイス通りへ曲がるよう促し、少し歩いてから止まった。「ここだ」と、その古い安アパートをじっと見上げた。すり減ったプレキシグラスの向こうに、蛍光灯に照らされた玄関ホールが見える。「サーシャはここに住んでいたんだ」

薄紫の空へ向かって伸びる、煤けたビルを見上げたアレックスは、認識のめまぐるしい瞬きをたちどころに経験した。身震いするような既視感。まるでもう存在しない場所に、戻ってきたかのような。

「どの部屋か憶えてますか？」

「四階のF号室だったと思う」そして少し間をおいて、「彼女がいるか、確かめてみるか？」

ベニーは悪だくみするように笑っていて、その笑みは彼を若く見せた。自分たちはいま共犯者だと、アレックスは考えた。女の子のアパートの前をうろつく、自分とベニー・サラザーとは。

「名字はテイラーでしたか？」呼び鈴の手書きの名札を見て、アレックスが尋ねる。彼もまた、同じ笑みを浮かべていた。

「違うが、ルームメイトの名字かもしれない」

「鳴らしてみますね」とアレックス。

彼は呼び鈴を押した。身体じゅうのすべての電子が、暗い照明の灯る階段のほうへと励起《れいき》した。その急な階段を、まるで今朝サーシャのアパートを出てきたばかりのように、はっきりと思い出していた。心のなかでそれを昇ってゆき、やがて小さな、隠れ家のようなアパートの部屋に着く。紫と緑色が基調で、暖房とアロマ・キャンドルの湿気が籠もっている。ラジエーターが音を立てる。窓辺に並んだ小さなものたち。台所のバスタブ——そう、台所にバスタブがあった！　そんなアパートを実際に見たのは、あとにも先にも一度きりだ。

ベニーもアレックスのそばに立ち、待っていた。当てにならない期待に、ともに胸を弾ませながら。気づくとアレックスは息を止めていた。サーシャは二人を入れてくれるだろうか？　ベニーと一緒にこの階段を、部屋まで昇っていくのだろうか？　アレックスはサーシャを、サーシャはアレックスを、見分けることができるだろうか？　そしてその瞬間、彼が漠然とサーシャに求めていたものが、はっきりとしたかたちを取って現れてきた。——彼はサーシャの住まいへと入っていき、そこにまだいる自分を見つける——若かったころの彼自身を。たくさんの展望とこころざしを持ち、まだ何ひとつ決まってはいなかったころの彼自身を。空想は彼をさらに駆り立て、希望を膨らませた。アレックスはふたたび呼び鈴を押した。そしてさらに待つうちに、それがゆっくりと失われていくのを知った。気まぐれな思いつきは失敗に終わり、そのまま消し飛んでいった。

「もうここにはいないんだ」とベニー。「きっとどこか、遠い街に行ってしまったんだろう」そして空へと視線を持ち上げ、しばらく黙って見ていた。やがて言った。「よい人生を、見つけてくれていればと思うよ。彼女は、それに見合う人間なんだ」

二人はふたたび歩きはじめた。アレックスは目と喉に痛みを覚えていた。「自分がどうしてこうなったのか、ぼくにはわからない」そう言って首を振った。「ほんとうにわからない」

ベニーが彼を見た。中年期をすぎつつある、ぼさぼさの白髪頭の、思慮深い目をしたその男は、言った。「大人になったんだよ、アレックス。おれや、みんなと同じようにね」

アレックスは目を閉じ、耳を澄ませた。店先のシャッターが下ろされる音。吠える犬のかすれ声。橋を渡るトラックの低い響き。耳のなかの、びろうどのような夜。そしてささめく小さな音、いつも聞こえている、あの音。それは何かの残響ではなくて、時間のすぎてゆく音だったのかもしれない。

　青イ夜
　見エナイ星
　ササメク音ガツイテクル

静寂をハイヒールの靴音が破った。舗道に高く響いてくる。アレックスははっと目を開けた。彼とベニーはすばやく振り返り、灰色の夜の闇に、サーシャの姿を見とめようとした。だが、それはべつの女性だった。若く、この街に来たばかりの。彼女は鍵を手にしていた。

謝　辞

本書の着想、執筆動機は、ジョーダン・ペイヴリン、デボラ・トリーズマン、アマンダ・アーバンに多くを負っている。彼らは卓越したやり方で、私を導いてくれもした。

編集上の洞察と支援、そして時宜を得たよいアイデアを与えてくれた、アドリエンヌ・ブロデュール、ジョン・フリーマン、コリン・ハリスン、デイヴィッド・ハースコヴィッツ、マヌーとラウルのハースコヴィッツ兄弟、バーバラ・ジョーンズ、グレアム・キンプトン、ドン・リー、エヴァ・マンテル、ヘレン・シュルマン、イレーナ・シルヴァーマン、ロブ・スピルマン、ケイ・キンプトン・ウォーカー、モニカ・アドワー・ワーナー、トーマス・ヤゴダにも感謝する。

本が出来上がるのを辛抱強く見守ってくれた、リディア・ブシュラー、レスリー・レヴィーン、マーシ・ルイスにも感謝する。

私が不案内だった分野について専門的助言を与えてくれた、アレックス・ブサンスキー、アレクサンドラ・イーガン、ケン・ゴールドバーグ、（『ソー・ユー・ワナ・ビー・ア・ロックンロール・スター』の著者である）ジェイコブ・スリクター、チャック・ツウィッキーにも感謝する。

長年にわたり素晴らしい読書会を開いてくれた、エリカ・ベルジー、デイヴィッド・ハースコヴィッツ（ここでもまた。彼にはいつも感謝せねばならない）、アリス・ノード、ジェイミー・ウォルフ、アレクシー・ワースにも感謝する。

最後に私の仲間たち、その比類なき才能と優しさとを深く頼りにしている友人たちに、感謝の念を捧げたい。ルース・ダノン、リサ・フューガド、メリッサ・マクスウェル、デイヴィッド・ローゼンストック、エリザベス・ティッペンズ——彼らがいなければ、『ならずもの』はそもそもあり得なかっただろう。本人たちが誰よりそれをわかっているはずだ。

訳者あとがき

　この本はジェニファー・イーガンの小説 ***A Visit from the Goon Squad*** の全訳である。二〇一一年のピュリッツァー賞および全米批評家協会賞を受賞したほか、数々の文学賞の最終候補ともなった。

　イーガンの五冊目の小説だ。これまで彼女は三冊の長篇——***The Invisible Circus***（1995）（『インヴィジブル・サーカス』夏目れい訳、アーティストハウス）、***Look at Me***（2001）、***The Keep***（2006）（『古城ホテル』子安亜弥訳、ランダムハウス講談社、のち文庫化）、および一冊の短篇集 ***Emerald City***（1993）を上梓している。『インヴィジブル・サーカス』はキャメロン・ディアス出演で映画化もされたので（『姉のいた夏、いない夏』）、記憶されているかたも多いかもしれない。

　本書は四冊目の長篇と呼ぶべきか、それとも二冊目の短篇集と呼ぶべきだろうか。十三の章から成り、1から6章までがA、7から13章までがBと分かれている。人物たちの多くが音楽、とりわけロック・ミュージックに関わっているが、本作の構成も本というよりレコード、A面とB面から成る、ひとつとしておなじでない技法で作られた、けれど通奏低音によってゆるやかに繋がる一枚のアルバムに似ているかもしれない。

すべての章が、べつべつの主人公にあてられている。1章の主人公サーシャは三十五歳、ニューヨークに住み、盗癖があるためカウンセリングを受けている。音楽プロデューサーのベニー・サラザーのもとで働いていたが、現在は求職中だ。2章はそのベニーの物語で、時間は少し遡り、サーシャはまだ彼の助手である。3章はサンフランシスコへ移り、今度はベニーの高校時代、彼にひそかな思いを寄せていたパンク少女が語り手だ――。各章は短篇として独立していて、おなじ人物でも章が移れば、まったくべつの側面が見えてくる。ちょっとした視差、時間の差。それが万華鏡を傾けるかのごとく、新たな模様を見せてくれる。人間を多面的に描くのに、こんなやり方があるのかと、形式と内容は一体のものだと――少なくとも本書においては幸福な融合を果たしていると感じる。ポストモダンでありながら、同時に十九世紀小説を読んでいるような気持ちにもなるとは、幾つかのレビューやインタビュアーの述べていることだが、その通りだと思う。十九世紀には十九世紀の人間の書き方があり、二十一世紀には二十一世紀に見合った、ひとや社会の描き方があるということなのに違いない。

サンフランシスコのマブハイ・ガーデンズは実在したクラブであり、七〇年代後半から八〇年代にかけてプロモーターと司会を務めたディルク・ディルクセンは、ブロンディやデッド・ケネディーズなどを演奏させ、また地元バンドを世に出すきっかけを作った。マンハッタンのイースト・ヴィレッジにあるピラミッド・クラブも同様で、アンディ・ウォーホルが訪れ、ベルベット・アンダーグラウンドが演奏し、ニルヴァーナやレッド・ホット・チリ・ペッパーズがニューヨークでの初ライブをやったというこのクラブはいまも営業中だ。ベニーと同年の生まれである著者も、そうした音楽に親しんできた。ただしイーガンはもっぱら聴き手であり、音楽業界そのものについては調査を行いつつ書いたという。

基軸となっているのは音楽だが、この小説を楽しむのにその文化を知っている必要はない。知っていれば二度楽しいのはもちろんだけど、ここで描かれるのはむしろ、音楽を通して見えてくる世のなかであり、人間模様であるからだ。

明らかな年号が記されていることはなくても、注意深く読んでいれば何年の話かわかるものも多い。9・11やイラク侵攻、その後訪れる監視社会。アメリカに生きるひとびとに、それがどんな波紋を投げかけたか。――サラザーという異国風の名字を持つベニーは、高級住宅街の隣人たちからイスラム系ではないかと白い目で見られる（7章）。あるいはニューヨークきってのパブリシストだったドリーが、凋落のなかで見るこの世の様相（8章）。記事形式で書かれた9章は、同時に強姦未遂犯の手記でもあるという、バリエーションに富む本書のなかでもとりわけ極端な章であるが、〝頭のおかしい〟ジュールズの繰り広げる一見とんでもない公共領域論は、一抹の苦い真実に触れている——ひとびとをその成功の度合いによってランク付けし、それをもとに監視を行うとはいかにも理不尽だが、ではどのような監視であれば理にかなっているというのだろう？

こうした社会感覚の鋭さは、ノンフィクション・ライターとしての著作も多いイーガンならではかもしれない。一人一人の内面に添った個人史を描きつつ、その連なりによる社会史をも捉えている。最後の二章は近未来、二〇二〇年代が舞台だ。テーマのひとつは時間だと作者自身述べているが（タイトルの〝ならずもの goon〟とは時間のことである）、過去を描くのとおなじ自然さで、未来もまた自在に描かれている。小説において過去が回想されるのはごく一般的なことなのに、おなじようにして未来が書かれてこなかったのはなぜだろうと思ってしまうほどに。そしてそんな時間のなか、躓き、迷い、他人の成功を妬み、人生なぜこうなったと鬱々と自問していたひとびとも、いつかふたたび再生へのゆるやかな道のりを歩き出す。

けれども訳していてもっとも心を捕らわれたのは、そうした時間の軌跡から取り残されてしまったような人物たちだった。私的な感想になるかもしれないが、全体としては愉快な印象を残すこれら十三の物語の、深いところに隠され、抱かれた核とは、そうしたひとびとの物語ではないかという気がする。

サーシャが大切に写真を持ち歩いている、大学時代の親友ロバート。彼の物語である10章は、二人称で書かれている。実験的ではあるものの、異化効果を狙った二人称とは性質が違う。ではなぜ二人称なのかは、ここで明かすことは控えるけれど、その必然性、また人称の切り替えの見事さは特筆すべきだと思う。パワーポイント形式の12章もまた忘れられない〝文体〟だが、それとはまたべつの意味で群を抜いている。

ビル・クリントンが大統領になり、新しい時代の幕開けをみなが祝おうとしていた九〇年代（ウィンドウズ95が発売され、パソコンによるネットワークが飛躍的に向上したのもこのころだ）。高校でフットボールをやっていて、ジョックと呼ばれる強い男子生徒たちとも交渉できたというロバートは、男社会の連帯のなかにいたものの、そこから外れてしまった存在だ。トンプキンズ・スクエア公園について、こんな記述が出てくる――「閉鎖されていた公園は、去年の夏からまた入れるようになっていた」と。

この公園は当時犯罪が多発し、ホームレスのテントが並び、違法薬物の取引がなされる問題の多い場所だった。八八年には警察がホームレスを強制退去させようとした結果、暴動が起きた。多くの負傷者が出たが、警察の手荒なやり方が罪に問われることもほとんどなく、公園は閉鎖された。新時代への期待が高まる一方、都市の暗部は覆い隠され、いわゆる弱者はともすれば不可視のものとして扱われていたのではないか。もがき苦しむロバートは、そうした変化の負の部分を敏感に引き受けてしまっているようにも思える。

「イーガンは諷刺家の目と、ロマンス作家の心とを持ち合わせている」とは《ニューヨーク

・タイムズ》が与えた賛辞だが、このロマンス的な核は、自殺した姉の足跡を追う『インヴィジブル・サーカス』から一貫したものであるように感じられる。本作ではそれが諷刺的な目、多角的でポリフォニックな視点を取り入れることで、よりおおきな何かを獲得しているのではないだろうか。

一九六二年シカゴに生まれ、サンフランシスコで育った作者は、ペンシルヴァニア大学で英文学を学び、その後二年間の奨学金を得てケンブリッジに留学した。現在は夫と二人の息子とともにブルックリンに暮らしている。彼女のホームページ http://jenniferegan.com/ では、各章についての著者のコメントが読めるほか、12章をまさにパワーポイントとして閲覧することができ、引用されているロックの曲の〝間〟の部分を聴くこともできる（二〇一五年四月現在）。

《ニューヨーカー》のアカウントでツイッター小説 *Black Box* を発表したこともあるイーガンだが、彼女自身のアカウントには数えるほどしかツイートがない。またパワーポイント小説を思いついたはいいものの、その時点ではパソコンにソフトも入っておらず、一時は諦めかけたそうである。近未来にまで及ぶ情報社会に目配りした作品を書きながら、本人はスコッティ・ハウスマンを思わせるようなアナログなところもあるらしく、なんだか親しみが持てる。執筆も手書きで、黄色い法律用箋に一日五枚書くらしい。

すべてを訳し終えたその翌日だったか、電車に乗って iPod でブロンディの『ハート・オブ・グラス』を聴き、乗り合わせたひとびとを眺めながら、涙が止まらなくなってしまったことがある。ひとと時代に寄り添いながら、ときにパセティックにときにコミカルに、けれど総じて肯定的であろうとするこの小説の、魅力をうまく訳出できていることを願うばかりだ。

＊

以上が、単行本刊行時に付した「あとがき」である。

この二年半のあいだに、ブルックリン・ハイツを訪れ、イーガンそのひとと会う機会も得た。マンハッタンはわたしにとって、あなたの小説そのものだったと伝えると、熱心に読んでくれて嬉しいと笑った。青が綺麗なセーターを着て、シルバーの小振りのピアスはよく見ると髑髏のかたちだった。イーガンらしいなと思った。スティーブ・ジョブズが恋したというのも頷ける、気さくで聡明で、家族思いの、美しいひとだった。

文庫化に際して、訳文も原書もすべて読み返し、ところによっては大幅に手を入れた。以前には気づかなかった発見もした。わたしの力不足のせいでもあるが、翻訳という作業にはどこまでも終わりがないのだと感じた。

〝ならずもの〟の時間は流れたけれど、いまでもこの小説の感想を伝えてくれるひとが途切れない。それくらい素晴らしい作品なのだ。これを機に、より多くの読者の手に届くことを願っている。

二〇一五年　桜の頃

解　説

慶應義塾大学教授
大和田俊之

本作の原書が刊行されたとき、私は大学の客員研究員としてニューヨークに滞在していた。アメリカの音楽文化に関する本を執筆していた私にとって、ニューヨーク以上にふさわしい街はないように思われた。グリニッジ・ヴィレッジにはボブ・ディランが当地で初めて出演したライヴハウスがあり、ブロードウェイを北上すれば、若きキャロル・キングやバート・バカラックが作曲に励んだブリル・ビルディングが聳え立つ。ハーレムのアポロ・シアターには明日のスターを夢見るアフリカ系アメリカ人が現在も数多く出演し、ブロンクスに足を延ばせばヒップホップ誕生の地をこの目で見ることもできるのだ。そして、本書の重要な舞台となるロウワー・イースト・サイドからイースト・ヴィレッジの一角には、ニューヨーク・パンクの聖地、CBGBの跡地が――現在はアパレル・ショップになっているとはいえ――全盛期の面影を残していた。

ニューヨークに移り住んで三カ月ほど経ったある日、ダウンタウンのカフェで知人のアメリカ人ライターとお茶をしながら、私は自分の研究にとってこの街がいかに特別であるかを力説した。すると、ジェニファー・イーガンとほぼ同世代で長くニューヨークに住む彼は、精一杯私に気を遣いながら、しかしどこか昔を懐かしむ素振りを隠しきれずに、次のように言ったのだ。

「でもニューヨークはファミリー向けの街になってしまったよ」と。

本書は、ジェニファー・イーガンの五冊目の小説である。これまで短篇集 ***Emerald City*** (1993) の他に、***The Invisible Circus*** (1995、夏目れい訳『インヴィジブル・サーカス』)、***Look at Me*** (2001)、***The Keep*** (2006、子安亜弥訳『古城ホテル』) と三冊の長篇を発表している。また、『インヴィジブル・サーカス』はアダム・ブルックス監督、キャメロン・ディアス主演で映画化もされた。

もともと彼女の小説の評価は高かったものの、本書が刊行されたときにアメリカの文壇を席巻した高揚感はやはり特別だったといえるだろう。新聞や雑誌の書評欄に絶賛レビューが次々に掲載され、馴染みの書店員から勤務先の同僚まで、私のまわりでも多くの人が興奮気味に本書を話題にしたのを憶えている。そして結果的に、本書はその年のピュリッツァー賞と全米批評家協会賞を同時受賞したのだ。

高校時代に結成したパンク・バンドのメンバーとその周辺人物の人生が断片的に描かれた群像劇――本書の内容を簡潔にまとめればこのようになるだろう。中年を迎えたレコード・

レーベルのオーナーに盗癖に悩む女性アシスタント、再起を図るパブリシストに妄想癖のあるジャーナリスト——まるでロバート・アルトマンの映画のように、本書を構成する13の章はそれぞれ異なる語り手を擁しながら緩やかに結びついている。

イーガンはあるインタビューで、この作品を執筆する上で参考にしたのが、ザ・フーの『トミー』や『四重人格』のようなロックバンドのコンセプト・アルバムであったと述べている。それぞれの曲のスタイルやアレンジがまったく異なるにもかかわらず、それらが一枚のアルバムに収録されることでひとつの有機的なストーリーを形作る——本書はまさにそのような作品として構成されている。

二人称の語り手やパワーポイントのスライドが用いられる章（！）など、多様なナラティブの形式に目が留まるが、むしろ五十年近い時間軸のなかで過去と未来を自在に行き来する「時間」概念の操作——この点についてイーガンはプルーストの『失われた時を求めて』にインスパイアされたという——が印象的な作品である。

また、イタリアやアフリカを舞台とする章もあるものの、本書は間違いなくニューヨークを主題とした作品だといえるだろう（できればニューヨーク市の地図を手元に置きながら本書を読むことをお勧めしたい）。なかでもロウワー・イースト・サイドは、本書における「ニューヨークらしさ」を象徴する場所として描かれている。いわゆるジェントリフィケーション（再開発）が進む前のロウワー・イースト・サイドは荒廃した地区であると同時に、若き表現者たちが集う場所でもあった。主人公のひとり、サーシャの部屋がこの地域に設定

されているのはそれが理由だし、最終章でベニーとアレックスが再びそのアパートに戻ってくるのも示唆的だろう。ミュージシャンや作家、演劇人はこの場所からキャリアを築き始めるのであり、本書でもニューヨークのクリエイティヴィティーの中心として位置づけられている（そしていうまでもなく、先述したアメリカ人ライターはジェントリフィケーション以前のニューヨークの文化的なムードを懐かしがっている）。

だが、二十一世紀に入りニューヨークのカルチャー・シーンがマンハッタンからブルックリンに移ったことはよく知られている。ジュリアーニ市政下でマンハッタンの家賃が急騰したこともあり、ダウンタウンを拠点とした多くの文化人がブルックリンに移り住んだのだ。古くからこの地区に住んでいたポール・オースターは別としても、ジョナサン・レセム、ジュンパ・ラヒリ、ジョナサン・サフラン・フォア、ニコール・クラウスなど現代アメリカ文学を代表する作家の多くがブルックリンを拠点にしている（二〇一〇年代に入り、ブルックリンがあまりにも「ヒップ」な場所として知れ渡った結果、若いクリエイターたちはクイーンズやブロンクス地区に移動し始めているという話も聞く）。

重要なのは、この「ブルックリン・ルネサンス」が文学だけでなく音楽シーンと平行して興った点である。八〇年代にジョージア州アセンスがインディー・ロックの中心地だったとすれば、グランジが華開く九〇年代のシアトルを経て、二〇〇〇年代はブルックリンがオルタナティヴ・ミュージック・シーンの中心地に浮上した。スフィアン・スティーヴンズ、ヴァンパイア・ウィークエンド、ダーティー・プロジェクターズなどアメリカのインディー・

ロックを少しでも追っている人にとっては、ブルックリンは現在もっとも注目すべきシーンのひとつである。その意味で、本書はニューヨークの音楽と文学が交錯するカルチャーの到達点として捉えられるだろう。

ところが、イーガン自身は本書でブルックリンを描いていない（本書刊行時に彼女自身がブルックリンのフォート・グリーンに住んでいたにもかかわらず、である）。彼女はあくまでもマンハッタンのカルチャーにこだわっており、本書で描かれる音楽シーンもイースト・ヴィレッジからロウワー・イースト・サイドを拠点としたパンク／ニューウェイヴに限られている。

いったいそれは何故だろうか。

第七章でベニーとステファニーが住むクランデールという架空の街は、おそらく本書の別の箇所でも言及されるスカーズデールという実在する地域をモデルにしている。ウェストチェスター郡スカーズデールはニューヨーク郊外の高級住宅街であり、若いころにマンハッタンで暮らした裕福なカップルが、子供が生まれてから移り住む場所というイメージだ。緑が多く、優れた学校に恵まれたこの地域は、日本企業の駐在員家族が多く住むことでも知られている。

ステファニーのテニス仲間となるキャシーが「共和党員」であることはクランデールの保守性を示しているが、ベニーをパーティーに招待したヘッジファンドの経営者ダックが（ベニーがプロデュースしたバンドの）ザ・コンデッツのファンであるという設定は、その保守的な共和党支持者ですらパンク／ニューウェイヴの洗礼を受けた世代であることを表している。

そのクランデールにあるカントリー・クラブが「ベニーが来ることのできたもっとも遠い場所だった」という記述も、クランデールからハッチンソン・リバー・パークウェイ、クロス・ブロンクス高速、ヘンリー・ハドソン・パークウェイを乗り継いでたどり着くロウワー・マンハッタンまでの経路も、ニューヨークの地理的／階級的なイメージの落差を利用した描写である。

そして、車中からロウワー・マンハッタンの建物群をぼんやりと眺めるジュールズは、突然、自分とアメリカが似ているとつぶやいたあとに、次のように続けるのだ——「おれたちの手は汚れてる」と。

ジュールズが見つめる「建物群」のなかに、世界貿易センタービルはない。その「不在」は、本書で何度が言及されることになるだろう。9・11後の「汚れた」世界——イーガンは、ニューヨークの盛衰を通してアメリカの〈老い〉を描きたかったのではないだろうか。

人生におけるさまざまな過ちや喪失を経験した登場人物たち——本作において、彼らはようやく獲得した安息の瞬間を自ら台無しにしてしまう。それは多くの場合、彼らが肝心なときに「言い過ぎてしまう」ことによるのだが、そうした〈老い〉特有の辛辣さや悲哀は、ときにため息の出るような叙情とカタルシスをもたらしている。

アメリカは〈老い〉を迎えている。本書の登場人物と同じように、「過ち」や「汚れ」を経験したアメリカは少しずつ、そして確実に凋落し始めている。

だが、若さと可能性を象徴する国の〈老い〉が、本書の多様な文体――そしてそれを巧みに日本語に移した訳者の力量を忘れてはならない――を通してこれほど魅力的なペーソスと、ときに息を呑むほどのリリシズムを醸し出すのだとすれば、この国の作家が紡ぎ出す言葉をもう少し追ってみてもいいかもしれない――ジェニファー・イーガンの『ならずものがやってくる』は、読者をそのように思わせるのだ。

本書は二〇一二年九月に早川書房より単行本として
刊行された作品を文庫化したものです。

ハヤカワ epi 文庫は、すぐれた文芸の発信源（epicentre）です。

訳者略歴　京都大学文学研究科修士課程修了，作家，翻訳家，近畿大学講師　著書『舞い落ちる村』（文藝春秋刊）他　訳書『喪失の響き』デサイ，『アニマルズ・ピープル』シンハ（以上早川書房刊）他多数

ならずものがやってくる

〈epi 82〉

二〇一五年四月二十日　印刷
二〇一五年四月二十五日　発行
（定価はカバーに表示してあります）

著者　ジェニファー・イーガン
訳者　谷《たに》崎《ざき》由《ゆ》依《い》
発行者　早川浩
発行所　株式会社　早川書房
郵便番号　一〇一 - 〇〇四六
東京都千代田区神田多町二ノ二
電話　〇三 - 三二五二 - 三一一一（大代表）
振替　〇〇一六〇 - 三 - 四七七九九
http://www.hayakawa-online.co.jp

乱丁・落丁本は小社制作部宛お送り下さい。
送料小社負担にてお取りかえいたします。

印刷・中央精版印刷株式会社　製本・株式会社明光社
Printed and bound in Japan
JASRAC 出 1503566-501
ISBN978-4-15-120082-3 C0197

本書は活字が大きく読みやすい〈トールサイズ〉です。